〔日〕岛崎藤村

著

黎明之前

徐红梅 李春雷

杨剑 校

译

中国社会科学出版社

图书在版编目（CIP）数据

黎明之前／（日）岛崎藤村著；徐红梅，李春雷译.
北京：中国社会科学出版社，2025. 4． -- ISBN 978 - 7
- 5227 - 4192 - 5

Ⅰ. I313. 45

中国国家版本馆 CIP 数据核字第 202487AW28 号

出 版 人	赵剑英	
责任编辑	王小溪	
责任校对	师敏革	
责任印制	戴 宽	

出 版	中国社会科学出版社	
社 址	北京鼓楼西大街甲 158 号	
邮 编	100720	
网 址	http://www.csspw.cn	
发 行 部	010 - 84083685	
门 市 部	010 - 84029450	
经 销	新华书店及其他书店	

印刷装订	北京君升印刷有限公司	
版 次	2025 年 4 月第 1 版	
印 次	2025 年 4 月第 1 次印刷	

开 本	710×1000 1/16	
印 张	22.5	
插 页	2	
字 数	294 千字	
定 价	79.00 元	

译者前言

"平田国学"兴起于江户时代，推崇"皇国至上论"，并与日本固有的神教结合在一起，宣传天皇的神权统治论，因此在明治维新前后，"平田国学"对当时社会产生了很大影响，一度具有极高的权威。岛崎藤村从社会学的角度看到，"平田国学"的思想理论有着难以克服的局限性，不能适应社会发展的需要。作为一位勇于剖析自己、揭露社会问题的作家，岛崎藤村站了出来，于是，《黎明之前》应运而生。

岛崎藤村原名岛崎春树，诗人、小说家，出生于岐阜县中津川市。岛崎藤村是日本自然主义文学的巨匠，与夏目漱石、森鸥外并称为日本近代的三大文豪。岛崎藤村是日本笔会的第一任会长，参加了《文学界》的创刊，其作品被称为国民式的日本近代文学。他的一生历经了明治、大正、昭和三个时代，留下了大量描述这段历史的作品。

岛崎藤村最初是浪漫主义诗人，诗集《若菜集》是他的代表作。藤村后来转而进行自然主义文学的创作，通过小说《破戒》确立了他的作家地位，成为日本自然主义文学的先驱。代表小说有《春》《家》《新生》《黎明之前》等。岛崎藤村在小说创作领域的成就远大于他在诗歌创作上的成就。他的小说作品不仅在挖掘自己的内心，而且影射着日本社会。

岛崎藤村以自然主义的写作风格闻名于世。自然主义文学与浪漫主义文学相比，更具现实性，因此研究自然主义文学，可以更好地了解当时的社会状况。1868年明治维新之后，日本迅速进入从封建社会到资本主义社会的过渡期。这个时期日本在政治、经济、文化等各个方面都发生了巨大的变化，其间，自然主义文学作品在一定程度上可以勾勒出当时人们的生活实景，对于明治时期各阶层的思想变化、封建家长制度的瓦解等方面的研究而言，是不可或缺的参考资料。《黎明之前》正是描绘这一时期日本社会变化的自然主义小说。

《黎明之前》是描绘日本明治维新时期历史的重要作品。《黎明之前》的主人公青山半藏以岛崎藤村的父亲岛崎正树为原型，作品向读者展现了一个封建大家族在明治维新浪潮中逐渐走向衰败的历史。本书也可以被视为一部反映当时日本社会各阶层思想激变过程的社会史。作为岛崎藤村的长篇巨著，其本人评价该作品是"一部启明星"。中国学者师瑜撰写了一部研究岛崎藤村的专著《岛崎藤村论稿》，书中高度评价了《黎明之前》（师著中译作《黎明前》）这部作品。

《黎明之前》主要用纵、横两条主线贯穿全书。纵线是历史时间的推进，横线是青山半藏在幕府末期明治初期的日常生活。两条线相交错，展开了一幅明治维新时期开港史的画卷。

从大的方面讲，《黎明之前》是研究日本近代社会变革的一份参考资料；从小的方面讲，《黎明之前》是研究封建家长制的衰亡，以及神权、夫权瓦解过程中女性婚恋观变化的重要参考资料。

目　录

序章 ……………………………………………………（1）

第 一 部

第一章 ……………………………………………………（3）

第二章 ……………………………………………………（31）

第三章 ……………………………………………………（36）

第四章 ……………………………………………………（41）

第五章 ……………………………………………………（51）

第六章 ……………………………………………………（53）

第七章 ……………………………………………………（59）

第八章 ……………………………………………………（65）

第九章 ……………………………………………………（109）

第十章 ……………………………………………………（119）

第十一章 …………………………………………………（128）

第十二章 …………………………………………………（138）

第 二 部

第一章 ……………………………………………………（159）

第二章 ……………………………………………………（166）

第三章 …………………………………………………… （202）

第四章 …………………………………………………… （206）

第五章 …………………………………………………… （215）

第六章 …………………………………………………… （218）

第七章 …………………………………………………… （262）

第八章 …………………………………………………… （276）

第九章 …………………………………………………… （296）

第十章 …………………………………………………… （301）

第十一章 ………………………………………………… （309）

第十二章 ………………………………………………… （316）

第十三章 ………………………………………………… （324）

第十四章 ………………………………………………… （329）

最终章 …………………………………………………… （333）

序　章

一

　　木曾路是一条名副其实的山路。有的地方贴在险峻的悬崖边，有的地方临近数十米深的木曾川，还有的地方盘绕在山谷入口处，从头到尾，贯穿整个深山。

　　从东境的樱泽到西边的十曲岭，木曾十一道驿站散布在二十二余里①的绵长溪谷之中。历史上，道路的位置几经变更，使原本的古道不知何时已经深埋在山间。德川末期这里已经架起了桥梁，有些地方狭窄，不好通行，人们就用藤蔓将砍好的木头捆扎起来，铺放在地上充当路面。时间久了，这条被修修补补的木曾路，再险峻的地方如今也能如履平地。但每逢大雨倾盆，河水就会泛滥，这条路也会格外难走，经常会有旅客被迫停留在此，只能等待河水退去之后再匆匆赶路。

　　木曾路的变化，是长达几个世纪的封建社会之发达、封建制度之严密的表现。在加强对武器和妓女管制的时代，对旅行者的管理也更加严苛。溪谷最深处隐没着木曾福岛②城的关卡，是木曾路最为险要的地势。

---

　　① 里，日本的长度单位。1 里合 3.927 公里。本书脚注皆为译者所加，如无特殊情况，不再另作说明。
　　② 木曾福岛，木曾谷的中心，旧时中山道的驿站。

东山道，是木曾驿道六十九关卡的一部分。这条路东经板桥临近江户，西经大津直达京都。即使目的地不在东海道①，行人也不得不踏上这条横贯东西的大路。古人每行经一里地就会堆个土堆，种上榎树，以便回来时能找到返程的路。以前难辨道路的时候，赶路人无一不把指南针揣在怀里，奔波于驿站之间。

马笼②位于溪谷的尽头，靠近木曾路最西边的入口，是木曾十一道驿站之一。从美浓出发，途经十曲岭，爬过一段崎岖的山路，到达山岭上方，就是马笼了。街道两侧修建了石墙，民房的屋顶隐隐约约超过墙头，为了抵挡风雪，上面加盖了石板。以官府布告牌为中心，民房分列左右两排，驿站人、商人、地方官、马官、行路官、水官、信使等将近一百户人家构成了这里的主要住户，此外还有六十多户人家分布在驿站附近的巷子里。驿站附近，有卖狸子膏药的，有卖当地名吃栗子饭的，还有供来往客人歇脚的地方。尽管身处深山，但抬眼便是惠那山的山脚，远眺可见美浓平原，西境的清风拂面而来，一切反而更加开阔。

村里负责驿站的人叫作吉左卫门，担任地方官的是金兵卫，两人都是土生土长的马笼人。吉左卫门出身青山氏，金兵卫出身小竹家。如今两人都已年过半百，吉左卫门五十五岁，金兵卫五十七岁，他们对这条驿道所有的事情都了如指掌。吉左卫门的父亲半六，在驿站工作到六十六岁，这样的事情在当时并不少见，让出家督之位后开始了深居简出的隐居生活。吉左卫门准备让儿子半藏做自己的继承人，但他现在还不打算退休隐居。金兵卫亦是如此，他听说福岛有人到了隐退时期，还不想退休，官家就让他接着任职了，他可不想输给这个人。

———————————

① 东海道，从畿内到关东地区连接东部尚岸的道路，江户时代成为"五街道"之一。

② 马笼，位于今岐阜县，与北部的妻笼一起作为中山道的驿站繁荣起来。

二

山里的春天来得晚。每年农历三月，惠那山的积雪开始融化，路上的行人也多了起来。一波中津川的商人从邻国涌来，到奥津（指从三留野、上松、福岛到奈良一带）收账的、伊那来借祭祀典礼用衣服的，大神乐的人也蜂拥而来。此时也正是去伊势、津岛、金比罗或者善光寺参拜的时节，一群群人结伴而行，给整条街道注入了活力。

西边领地的大小官员去江户晋谒，此处是必经之路。不仅如此，日光例币敕使①、大坂的公职人员以及军队全都从此路过。吉左卫门和金兵卫穿羽织②但不能佩刀，须配扇子，因为他们要带着一众人到驿站最西边迎接这些官员，然后从东头的驿站广场一直送到山顶。每趟行程，大到人员安顿，小到车马行李，一干人等从头到脚的事务都需要驿站一一安排。如果很多人同时来此休息整顿，或是来此小憩，则需要提前准备，不可怠慢。水户的茶使，公仪的鹰使来此，都免不了如此招待一番。但这只是些寻常事，他们不会过问村里的财政和山林田地的状况，只是单纯的路过。若是来者为视察木曾山一带尾张国的木材监管，单是迎送继驿就相当奢华。

木曾发生过一些令人唏嘘的事情。文政九年十二月，黑川村的百姓由于砍伐木曾五木，虽然免除了牢狱之灾，但被强行流放到美浓境内，他们一行二十二人从宿笼出发，凌晨五点到达马笼。二十二人无一不被绳子绑住了手腕，由四个武士从福岛押送过来。十二月已近年关，又正值隆冬，为了给他们腾出两间屋

---

①　例币敕使，朝廷每年向神社供奉的币帛被称为例币，负责此事的特使称为例币敕使。

②　羽织，长袍外面的短褂。领子外翻，胸前系有外褂绳。

子，并把一行人送到国境边上，吉左卫门和金兵卫两人在大雪中奔走。

在吉左卫门五十五年的人生里，给他印象最深的场面，大概要数给尾张领主送葬的场景。尾张领主在江户不幸去世，他的遗体要用车马运送到木曾谷领地。据说，福岛的地方官山村从名古屋大领主那里只得到了木曾谷的行政权，所以吉左卫门他们实际上有两个主子，他们把名古屋领主叫作尾州殿下，在其之下的山村叫作福岛殿下，以此区分。

"那是天保①十年的事了。真的，那次大通行真是闻所未闻啊。"

每次金兵卫说这句话，吉左卫门都会皱一皱他那"驿站鼻"的大鼻头，仿佛在说，"金兵卫又要说他的闻所未闻了"。

金兵卫一脸无奈地看着吉左卫门，他那张白皙的脸，有着跟年龄不相符的年轻之态。但正如金兵卫所说，那时的大通行确实配得上"闻所未闻"四个字。同行大概一千六七百人，这已经不单单是驿站的事了，商人九太夫、地方官仪助、同僚新七都来协助，简直是要倾全村之力来完成这次接待任务。

木曾谷只能接纳七百三十人，这是远远不够的，于是分了一千多人住在伊那助乡②那里。从各个地方汇集来的马匹超过了二百二十匹。吉左卫门的家是村里最大的，自然接待的人也是最多的。连金兵卫的住所也住满了人，除了两个管家，上上下下还住了八十人，同时还要负责照看两匹马。

木曾谷谷内崎岖，耕地狭小。有限的粮食根本供应不起这么多人的吃食。于是，在通往伊那的路上，赶马的铃声和号子此起彼伏，

① 天保，江户后期，仁孝天皇的年号。1830 年 12 月 10 日—1844 年 12 月 2 日。
② 助乡，江户时代，在驿站常备人马不足的情况下，作为补充，在驿站附近村子设立的备用人马。另外，也指被征用助乡的村子。

驮着米袋的马匹成群地从木曾街道经过，成为当时一道亮丽的风景。

三

村子附近的很多东西都昭示着这里地处深山。比如鹿，这种栖息在树林深处胆小谨慎的生灵，它们有时会下山来到村子东南角的下坂河饮水。

从历史悠久的坂越，可以看到惠那山。早在大宝年间，刚开始修建木曾路的时候经过坂越，坂越的几个山谷之外便是惠那山的山脚，那里是一片雾气缭绕的高原，隐约能看到一些古老牧场发出微弱的光。

有时会有一些野猪冲出山林跑到街道上。从盐泽跑出来的野猪，从驿站附近一直跑到药师堂前，在村里四处乱窜，有时还会闯进马场。一旦有人喊："那里有头猪！"大家就纷纷拿起枪支赶来，一直追赶到夜幕降临，看不见野猪的身影为止。能跟野猪相提并论的动物，大概就是鹿了。鹿有时出现在对面山上，在石头屋的那条小路上转几圈就钻进了灌木丛。一群村民集合起来，纷纷放箭，直到终于有一箭射中，小鹿应声而倒。但是邻村汤舟泽却对此表示不满，两村人甚至会因此吵起来。

"吵架比鹿更有意思。"吉左卫门笑着对金兵卫说。一会儿，两人不知因什么事被叫出了村子，对两村吵架之事并不在意。

生长于深山的刺柏、花柏、明柏、扁柏以及侧柏统称为木曾五木。巢山和留山是村民绝对不允许进入的禁地，只有明山可以自由进出。但就算是明山，也不允许砍伐木曾五木。尾张领主不仅为了保护森林，更多的是对优质木材的重视。政府甚至还制定了严格的森林监管措施，一旦稍有怠慢，木曾谷中三十三村的庄屋①就会被

---

① 庄屋，江户时代，对类似村长一职的称呼。主要是在关西一带的称呼，在关东称为名主，在北陆、东北称为肝煎。

请到上松官邸喝茶。吉左卫门家世世代代负责本阵①、问屋②、兼任庄屋，每次有村民犯了禁止砍伐的律令，他都要为村民开脱。每一棵刺柏都不能随便处置，在官府眼里，一棵刺柏比百姓的生命都重要。

"过去，在木曾山砍一棵树就要掉一颗脑袋！"官府的人如此恐吓道。

当木材监管使要来问罪的消息一传到村里，马上掀起了不亚于猎猪、猎鹿的骚乱。有人慌张地把还没用的木材烧掉，有人把藏在院子里的刺柏木板转移到别的地方。那些平时砍了很多刺柏的村民此时格外狼狈，他们或是把木材削成薄板，或是赶紧低价卖掉。比起砍树受审，被搜家的风言风语对村民来说更为恐怖。

幕府的捕吏弥平是告密人，在村里已经潜伏了很长一段时间。他带福岛官员进村子那天的情形，吉左卫门至今记忆犹新。审讯在吉左卫门家里进行，牵连人数之多，在村子历史上是绝无仅有的。福岛的官员并排站在前院，旁边跟着四名武士。村民都被叫了出来，按照罪名绑起来，押到驿站管事处。当时的法令，出于怜悯之心，年龄超过七十岁的人可以免除被绑，只受训斥之罚。

吉左卫门的儿子半藏躲在院子梨木桌子的阴影处，偷偷看着这一切。当时半藏十八岁，注视着衙役的一举一动，村民被绳索捆绑的样子尽收眼底。吉左卫门注意到他，立马赶他离开："走！一边儿去！这没有你站的地儿！"

彼时六十一个人被拘押起来。金兵卫收押了十个人，其实作为马笼的驿站管事和村领导，这是不合规矩的。当福岛的官员去

---

① 本阵，江户时代，大名、公家、幕府官员等住宿的高级旅店。
② 问屋，江户时代，主要负责对路过驿站的公家、武士的随行物品等进行换驿继送。

了邻村之后，为了让不幸的村民早日被释放，金兵卫一直跟着等到清晨，直到令状发到村里。

松绑之后，一个村民走到官员面前，怯生生地说道："我们之前对大人有所冒犯，实在非常不好意思。那我就直说了，就如您所知道的，木曾地处深山，没有多少可供我们耕作的田地。在这片深山里，如果不靠采伐树木，我们将如何维持生计呢？"

四

马笼驿站西头新茶屋的路边，建了一座松尾芭蕉的诗歌冢。由此可见，不管怎么说，从德川家康时代到现在还都是和平年代。

"在信浓①和美浓国境交界一里地的木曾路入口处，过往行人经常眺望的平缓山坡处，盖一座诗歌冢，摆一处枯山水，栽几棵杜鹃和兰花，再竖上刻有诗人名句的石碑，营造一种俳句氛围。"整日跟俳句毫无关系的金兵卫，突然产生了这种想法，不禁让吉左卫门目瞪口呆。吉左卫门虽然其貌不扬，但平日里也是爱好风雅之人，本阵和庄屋的工作之余依旧醉心于写一些美浓风格的俳句。

这种事很容易牵动一颗久居深山人的心。吉左卫门对此类事情并不陌生。这天金兵卫又以差不多完成了石屋的工作为由，邀请吉左卫门去看看那座诗歌冢的施工。于是，两人穿着山民风的和服就去了。

"我父亲喜欢俳句，经常说要趁自己活着建一座诗歌冢……可能是从小跟着父亲长大的，我才会有这样的想法吧。"

金兵卫有一句没一句地聊着，带着吉左卫门凑到刻好的石碑

---

① 信浓，旧国名，属于东山道。大部分位于现在的长野县，极少部分被划入岐阜县。

边仔细观察起来，碑上刻着这样一行字：

> 离人送往，乃木曾之秋。芭蕉

"好句！"

"不过，这秋（古日语的秋写作龝）字却是不得我心。禾字边写得也太潦草了，而且右边，写的是龟字边吧。"

"这也是一种字体啊。"

"再怎么看啊，我也觉得是个蝇字（龟字旁写得不规范，写成黾了）。"

一晃，这番对话，竟是多年之前了。

彼时时值天保十四年，也就是天保改革时期，一时间万事万物天翻地覆，日新月异。每个村子的账本都要审查。福岛官邸的公差和建筑监理、尾张的寺庙僧人，还有木材监理一拥而至。他们来调查有人私自砍刺柏做了神社大门一事。村民抽的土烟、用的纸张甚至女孩用的簪子，只要是银簪子之类的都必须上缴、收押、称重，寄存在庄屋那里。这个世道的政治如此严苛，但即便如此，那时百姓还是有喘息之处的。

那年四月，金兵卫邀请了一群朋友首次供奉诗歌冢。不巧赶上阴天，八点半开始下起了雨。收到邀请的人尽管地域不同、口音不同，但主要是美浓的朋友，带的礼物也都是清一色的乡村风格，扇子、羊羹、香菇，有人还特意准备了金兵卫先父喜欢的点心和白玉年糕。有个名叫宗匠崇佐坊的人，甚至送来了美浓流派俳人支考的《赵三图》。一会儿，聚会就开始了。

身为主人的金兵卫，虽然自己不懂五十韵、百韵，但看着此情此景也激动地说："父亲一定会为此感到高兴。"

大家本来应该在建好的诗歌冢处一同祭诵，但要完完整整按程序来一遍的话，到黄昏才能结束，所以祭诵的环节就改在金兵卫的宅邸举办。只有祭祀部分，在新茶屋进行。

古板的金兵卫觉得，完成了父亲的夙愿，应该好好感谢大家，特意自己一个人跑到落合，给宗匠崇佐坊送去了加棉的羽织外衣。

五

盛夏来袭。农历五月的街道，来来往往的大多是兜卖生丝的中津川商人。空气中蒸腾着青草的热气，去江户参谒的大小官员依旧行路忙。每月月末是福岛的马市交易时间，各个村落都要购买新的小马驹。当时在幕府颇有势力的彦根藩主，久违地回了趟领地，一路行经木曾，路过须原驿，在妻笼驿站吃过饭，又到马笼休息，可谓马不停蹄地赶路。

进入六月之后，晴天明显增多，日照开始变长变强。村子被酷暑天气笼罩，大家都觉得是时候开始求雨了。荒町的小村子有的已经开始行动了。

正好，有人从山岭牵着马来村子。看起来像是从福岛的马市回来，除了一匹母马，还牵了匹壮实的小马驹。心直口快的商人九太夫看见了，立马打招呼："喂！去哪儿啦？"

"买马了！"

"你知道这天有多旱吗？你出门期间，地里都干巴了！荒町那边已经开始爬梵天山求雨了，你也去看看吧，热闹得很！"

"我哪有时间啊。"

"你看，再这么热下去的话，要用伊势神木求雨了。"

伊势神木是向伊势神宫祈愿用的神树。在这个深山的村落里，一直都有求雨的习俗。如果不是太糟糕的年份，一般无须请出伊势神木的。

六月初六，村民会聚在守护神所在的荒町，一同商讨关于禁伐令的问题。以驿站、商人为首，驿站的大小管事一个不落地全部参加了这次集会，商量着在公林中砍一棵刺柏树。

"一棵不够做伊势神木的啊!"吉左卫门一开口，金兵卫马上回答，"这件事交给我吧，正好我家林子里还有一棵"。

定下来的两棵刺柏挂上稻草绳做了标志，伊势神官在树前进行一番祈福。傍晚时分，村民分列两侧，高声喊着号子，用一根蟒蛇粗的绳子开始拖拽这棵大树。

"嘿哟! 嘿哟!"

村民的号子声传到了荒町旁马笼驿站中央的告示牌那里。这种阵势下，身为庄屋的吉左卫门也不由得加入了队伍。金兵卫因为自己进奉的神树，实在放心不下，草草吃了晚饭，就带着马笼的人前去帮忙。那时，伊势神木已被荒町的村民拖到新茶屋去了。但是大家还想把神树接着运到荒町，于是从三屋家的门口，一直拖到石滩附近。最终，那天晚上，把伊势神木停放在了荒町。当筋疲力尽的村民们回到家，第一声鸡鸣已经响起。

"今年真是流年不利啊。"

"这么一说，好像正月开始就有奇怪的事情发生。听说正月初三晚上，东边有一些奇怪的亮光，然后飞到了西南方。大家见了都吃惊得不得了。不只是我们马笼，妻笼、山口、中津川的村民也都看见了。"

吉左卫门和金兵卫闲聊之际，村民为了伊势神木急急忙忙集合到一起。住在深山里的人，听到或看到一点点奇怪的事情，都会把它当作上天的暗示。

村民们花了三天，终于把伊势神木拖到落合川，供奉给守护神，但是什么也没有发生。于是，村民又分别在山顶的熊野神社、荒町的爱宕山点了一百零八个火把祈福，寄托自己的期望。驿站的人分成两组，过几天也要开始祈雨了。村子派了两个人代表全村去诹访神社参拜，向上天求雨。

序　章

　　当西洋船猛然出现在东海道久里海岸浦贺驿站的时候，村里正如火如荼地进行着求雨仪式。

　　商人九太夫最先从彦根信使那听说了此事，马上转告了吉左卫门和金兵卫。因为西洋船出现后，彦根的领主被幕府任命为现场第一负责人。

　　嘉永六年，六月初十，这天晚上空气干燥，结束参拜的两个村民正急急忙忙地赶回村子，与此同时，彦根的使者也火急火燎地一路向西。江户来的消息经过中仙道，传到山里，即使是脚程最快的信使前前后后也要花上几天的时间。除了知道一艘外国船出现在了浦贺海滨外，别的大家一概不知。甚至连美国水军将领佩里率领四艘军舰抵达了日本这件事也无从知晓。

　　"江户要变天了啊。"金兵卫附在吉左卫门的耳畔说道。

第 一 部

第 一 章

一

　　七月份，吉左卫门结束了木曾福岛的工作回到村里。这次去福岛，是因为去年秋天的工作表现出色，上面发来了嘉奖。去年秋天，福岛的财政所给马笼拨款一百两用于驿站的诸事运营，年末时，互助会最后一场活动顺利结束，且上缴的金额分文不差。吉左卫门将收取的五十两互助会会费返还给了福岛。

　　金兵卫在家恭候许久，终于见到平安归来的吉左卫门，将他请到自己家，为他接风洗尘。金兵卫家的沿街楼前，簇拥着一团团的杉树叶子，格外醒目，在村民眼里，这些叶子相当于他家清酒的广告招牌。宽敞的会客厅里，吉左卫门打开从福岛带来的包裹，拿出此行的收获。

　　"看，就是这个。"

　　吉左卫门把东西拿出来递到金兵卫面前。里面有给驿站每个人的一沓公事纸（用于书写文件、典籍等的纸），还有给新入互助会人们的酒菜钱。另外因为金兵卫和楔田屋（店）的仪助两人为官府收取了高额会费，还奖励了两块绉绸。

　　吉左卫门要说的不止这些，最后，他拿出一封文书。

　　青山吉左卫门殿下：

马笼驿站管事吉左卫门，治理村子有方，行事可靠，传令切实。其人自身诚实奉公，用心侍奉，值得鼓励。特嘉奖，一代苗字带刀①特权。念不忘君恩。

辛丑嘉永六年六月

三逸作

石团之丞

荻丈左卫门

白新五左卫门

"哦哟！苗字带刀特权！"

"上面是这么写的。"

金兵卫接着说道："只有吉左卫门这代才能苗字带刀啊……不管怎么说，这是极高的荣誉啊！"

吉左卫门苦笑一声："这在十年前就不一样了。"

不管怎么说，吉左卫门顺利完成了去年的任务，但财务所的人不怀好意地过来，想方设法地想将吉左卫门苗字带刀的特权换成别的奖赏，对此吉左卫门心里非常不爽，忍不住向朋友袒露道："金兵卫，你多少也有所感觉吧。庄屋这个职位，真的是很不好做啊。"

正说着，伏见屋的仙十郎过来了，两人暂时关上了话匣子。仙十郎从伏见屋本家分支出来，另作一处伏见屋，金兵卫是仙十郎的叔父，吉左卫门是他的义父。他比半藏年长三岁，是个在腰间别着烟管、紧跟时代潮流的年轻人。平日里会帮金兵卫做点事，这次来也是有事要和金兵卫商量。

金兵卫对他说道："仙十郎，跟我们一起喝喝茶吧？"

仙十郎只好重新坐到吉左卫门面前，浑身不自在地坐在那

---

① 苗字带刀，称姓佩刀，江户时期武士的一种特权。

里，一会儿就告辞了。

吉左卫门目送他离开后，说道："仙十郎，还有半藏，今后会长成什么样的人呢？"

金兵卫对年轻人的关心，不输吉左卫门。先不说美国佩里到访日本以后发生的骚乱，在那之前发生的事情，比如杀人、偷盗、失足坠山、男女殉情、衙役官府腐败之类的事情并不少见。

同事三十年，吉左卫门和金兵卫一同经历了这条驿路的风风雨雨。照他俩的话来说，上边最看重的是整顿街道，素日里一直督促他俩去整顿。所谓的"整顿"，就是维护封建社会的"规矩"。但是坏了规矩的，从来都是那些身居高位的人。说着严禁赌博，其实每年的马市都是公开的赌场；说着严禁行贿，但是不奉上"小小敬意"就不允许他们踏上这条路的也是日光例币敕使；说着严禁杀人，小池伊势的家臣在八泽的长坡跟人起了口角，随便杀害了土佐的一个家臣，而仲裁的结果是切断他的一根大拇指，之后把这个作为刀伤荣誉的也是小池伊势的家臣；说着女眷没有手信不得任意通关，但是让下人准备好女性专用的轿辇接送自己宠幸的女人随意进出的人是高高在上的彦根殿下，而且坐在里面的女人怎么看都不像是正房夫人。

"哎……"吉左卫门叹了口气，"这到底是个怎样的世道？财政所的人来我家，在壁龛前坐下，一开口就让我交钱，说是殿下的命令。我心里虽明白，殿下怎么可能让我交钱？但是，金兵卫啊，这小官只要一来，不管多么无理的要求我都只有听从的份儿啊……"

最开始，吉左卫门和金兵卫得知东海道浦贺到港一艘西洋船的时候，并没有太当回事。

住在距离江户八十三里外且与世隔绝的木曾山，闭关锁国以来长期不问世事，这个时候的人们甚至不知道有美国的存在。

这条街道上的大部分传言，都会像滚雪球似的越滚越大，越传越离谱。六月初十晚上，彦根信使传来的消息还是一艘西洋船，到了六月十四，就离谱到了到港十六只船。

宽永①十年以来，日本禁止一切船只出海，也禁止制造五百石以上的大船，坚决抵制荷兰、中国、朝鲜以外的外来船只。佩里不但无视这些规定，并且故意打破它，驾驶着大船径直朝江户湾开去。他们甚至知道当时幕府把管理船只的海关从下田改到了浦贺，不仅知道，还准确地将船开到了浦贺。这件事情本身就不可思议。

村里各种流言疯狂窜涨，吉左卫门作为庄屋，必须要在这恐慌中保护村里的百姓。木曾驿路即将迎来频繁的官员往来，没多久，这条驿路就迎接了江户尾张的大臣，马笼大张旗鼓地接待了尾张领主（德川庆盛）的家臣成濑隼人之正，彦根的家臣又到访，紧接着朝廷的茶使也到了，这都需要好生接待。之后名古屋城又送来了十箱日用品，为了看护这批物资，光是从美浓借来的武士就超过一百五十人，驿站交接十分艰难。马笼驿站的休息所，最多只能从山口村借来二十人，假如那艘西洋船不久后乖乖离开，这些前往江户的人们也需要中途折返回来。早上从马笼送出去的物资箱子停在了邻站的妻笼，翌日清晨中津川来的物资箱在马笼站前不知何去何从。行李寄存在问屋，为了确认人员车马是否已经按计划到了下一个驿站，奉行（执行官）不惜专程来驿站确认。一时间，整条驿路忙成一团。

直到半个月前，这场狼狈的骚乱总算平息，直逼浦贺港的那艘西洋船不知所踪，这样令人欣喜的消息，一个接一个地从江户传向各地。

吉左卫门跟金兵卫在伏见屋正聊得火热，驿站西边来了一行

---

① 宽永，江户前期，后水尾天皇·明正天皇·后光明天皇时的年号。1624 年 2 月 30 日—1644 年 12 月 16 日。日本是 1873 年 1 月 1 日起开始使用公历的，这里的"2 月 30 日"是指日本的农历时间。

护卫武士，通报尾张的家臣随后就到。两人只好匆匆结束谈话，从伏见屋出来，集合所有的驿站差事前去迎接。尾张的家臣奉命向江户运送铁炮，路过马笼，来此歇脚。本阵和问屋的那一片空地，放满了遮雨的斗笠，遍地插着防贼的六尺棍。一些武士从马上下来休息，徒步而来的人晒得脱了一层皮，个个汗流浃背。他们竟然能把那么重的东西架起来，翻越了美浓境内的十曲岭，人们对此感到震惊，到处都在谈论这件事。吉左卫门和金兵卫忙着伺候这群风尘仆仆的来客，九太夫以及楔田屋的仪助等人一起奔走在妻笼、马笼驿站之间，洽谈转站接待事宜。

半藏跟他的父亲一样，个子高大，精神的月代①发型看上去非常有男子气概。因为天气炎热，担心有人中暑，此时他跟着中津村的医生来村里慰问。正好遇上这番情景，便站在清闲的地方看热闹。旁边梳着医生发髻、脑袋圆圆的人是宫川宽斋医生，也是半藏以前的老师，此时两人站在一起，半藏不开口，宫川先生也沉默不言，只有宫川手里的扇子，悠悠地摇动着。

"半藏。"

伏见屋的仙十郎站在半藏身边，目光深沉。重达一百五六十贯②的重型炮，需要二十二人才能抬动，还有需要五到十个人才能搬动的轻型大炮，一共六架钢铁怪兽，在村里人面前缓缓移动。从诸藩将大炮搬运到江户去，以前从未有过这种场景。

不一会儿，尾张的家臣们走远了，留下一阵诡异的沉默。与其说是沉默，更多的是因为不安，这里的人们长期身处深山，不知道江户到底发生了什么事，只知道六月份以来，各地大臣频繁经过木曾驿道前往江户，这肯定跟西洋船脱不了干系。有的人是去加强江户湾海岸一带的防卫，有的人则是去加强江户城的防

---

① 月代，日本古代成年男子，将额头至头顶的头发剃光，露出的头皮呈半月状。
② 1 贯 = 3.75 千克。

卫。金兵卫拉拉吉左卫门的袖子，说道："快回去吧，这番折腾真是累死人了。不过多亏了你，转站换驿才能顺利结束。今天晚上不是太累，我让家人准备些小菜，待会儿赏脸过来吧。没有什么好菜，别见怪啊。"

金兵卫的夫人阿玉给两人备下的酒菜有黄瓜拌青紫苏、盐水毛豆、别人送的沙丁鱼干、新腌好的咸菜和拌饭的山药泥，全都是阿玉自己做的，准备好后，金兵卫将吉左卫门叫到家里。

店里酷热难耐，但二楼有一处明亮宽敞的空地儿，两人便在那里设了饭桌。山里人有自己独特的洗澡方式，阿玉贴心地提前准备好了热水，让吉左卫门先去泡个澡。洗完澡后心情大好，吉左卫门从炉边的楼梯上去，径直到了二楼。木梯泛着黑亮的油光，看来伏见屋经常擦拭。西向的二楼房间里摆放着金兵卫家先人的遗物，墙壁上挂着美浓派俳句诗人送来的诗文，装裱得文雅脱俗。上面有八位诗人的诗句，也有马笼的八处风景，将诗景放进画里，相得益彰。站在诗意盎然的画卷前，吉左卫门顿觉神清气爽。

晚饭开始，玉夫人将膳食送了过来。虽然是些现成的东西，但新鲜的蔬菜看起来非常爽口，吃了几口，两人喝起酒来。

"没有什么好酒好菜，请不要见怪。"玉夫人说道，"我家的鹤松也长大了，平日承蒙您多照顾。"

"来，再倒一杯！"金兵卫转过头吩咐玉夫人，又回头："吉左卫门啊，你已经是苗字带刀之辈了啊，已经不再是昔日的吉左卫门了！"

阿玉在一边道贺："那真是可喜可贺啊！"

"见笑了，"吉左卫门挠着头说道："苗字带刀这个年头也不是什么稀奇事，没有那么值得高兴了。"

"但也不会让人生厌吧？"金兵卫开玩笑道，"双刀五十，青山吉左卫门参上！不管去哪里，都很威风呀！"

"哎呀，不要这么说。来，再给我来杯酒吧!"

吉左卫门的酒量了得，玉夫人也善于劝酒，和金兵卫两人对坐，推杯换盏，一时快活得很。之前供奉老翁的时候，金兵卫在二楼举办了一场纪念先人的俳句酒席，连落合的宗匠崇佐坊也来了。这么说起来，吉左卫门和金兵卫的旧友，开始一个个地离开了。比如画家兰溪，这个土生土长的马笼人，擅长山水画和花果水墨画。但是兰溪甚至没有机会听到西洋船的消息，很早就离大家而去了。

"虽然阿玉在，但是我还是直说了哈!"吉左卫门说道，"这样痛饮能忘记一切烦恼!金兵卫，你还记得吗?那三十只候鸟，三碗茶泡饭……"

"那个啊，"金兵卫想起来了，"我刚要说那个呢!"

三十只候鸟，三碗茶泡饭。

嘉永二年，山里大肆捉鸟。特别是大平村，据说捕鸟王每天能抓三百只，有时候会来马笼驿站售卖。可在鸟类众多的木曾山，闲来无事相约打鸟的风气，却是鲜有的。于是那时出现了一种赌约，如果谁能吃三十只候鸟，三碗茶泡饭，就会另外奖励谁三十只鸟。但如果吃不完就罚谁上交六十只鸟。七点，参赛选手吉左卫门和金兵卫二人准时来到比赛地点蓬莱屋。起哄的人是领班笹家的庄兵卫和小笹家的胜七，这场比赛不分出胜负是不会结束的。蓬莱屋的新七接受邀请担任裁判。

"来吧，开始!"

按照约定，一人三十只鸟，三碗茶泡饭，必须吃完不能剩下，才能得到奖励。那天，吉左卫门和金兵卫每人获得了奖励的三十只鸟。候鸟体型小，骨头也软，但跟斑鸠这样的小鸟毕竟不同，这样大吃一番，两人都有些吃不消，又去交易所的茶铺里喝了许多茶水。两人都还记得，那时吉左卫门五十一岁，金兵卫五十三岁。

"再没有比那更有意思的事了。"

"确实，简直太好笑了。那么有意思的事情真是闻所未闻啊！"

"又来了又来了！金兵卫的闻所未闻！"

推杯换盏之间，谈笑欣然。他们是住在附近的邻居，亦是一起在驿站工作的同事。两位老友思绪暂时脱离驿道的大小事宜，在星光月夜里畅谈不已，山药泥拌饭爽口美味，让他们一时竟忘却了这夏夜的短暂，一会儿黎明将起。

马笼驿站里最早开始酿酒的并不是伏见屋，而是樫田屋。樫田屋初代主人和二代主人一起考察了附近的水质，听说他们已在下坂川考察了四百六十处水源，樫田屋的水井有四百八十处，伏见屋的水井有四百九十处。最后惣右卫门父子用下坂川的水，终于试酿成功。父子二人用行动证明了，马笼的水质优良，能够酿出品质上乘的酒。这之前，马笼从未有过酿酒屋。

惣右卫门父子，不仅为了在村里站稳脚跟，更为了后来的金兵卫他们，无论如何都要开辟一条发家致富之路。宝历七年，樫田屋的初代在与伏见屋一屋之隔的临街，新盖了一座大宅，那时初代主人六十五岁，二代主人二十五岁。初代惣右卫门代代都是平民百姓，直到四十年前，惣右卫门从本家的梅屋分支出来，自己另谋生路。

马笼的田野间，处处可见硕大的岩石，从古至今一直条件恶劣，不易谋生。初代惣右卫门出生在这座小山村，十八岁从父母那里继承了名号，努力躬耕岩石间贫瘠的土地。因为本家代代担任年寄役①一职，所以即使是小辈，将来也要继任这份官职。看着街道上来来往往的行人，初代惣右卫门二十八九岁的时候，萌生了盖客栈的念头。那时候的马笼，穷到哪怕是要借一两文钱，也得去邻村的妻笼或者美浓的中津川去借。到了人情往来的年

———

① 年寄役，江户时代，村里的公务人员，位于庄屋之下。

底，中津川备前家的老板甚至专门会来马笼住上十天左右，给村里的人做小额贷款。多亏了这笔钱，村里才能勉强过个年。

生养了四个孩子的初代惣右卫门夫妇的生活，就是一部马笼村民挣扎求生的奋斗史。那时百姓的工作之一就是割草，从青草刚刚冒头的早春开始，到结霜的九、十月结束，每天都要割两次，白天人们聚集在一起干活，惣右卫门也不例外。但老板娘终归是老板娘，自己还发展了一份副业，做豆腐。照看着四个孩子的同时，彻夜推石磨。修盖客栈期间，把多出来的木头用来照明，代替油灯省油，晚上虽然会在檐前挂上照明灯，但是每天天不亮就会去灭掉。贫穷的夫妻俩为了不让孩子饿死街头，几乎没有一天晚上能够安睡，每夜都在拼命地工作。

本家梅屋接待了一群从邻村汤舟泽来投宿的工人。初代惣右卫门夫妇靠着这群熟络的工人，终于有所收入，早春借的三斗米，秋天还了四斗回去。二人不再依靠躬耕贫瘠的田地生活，照看客栈的空闲，还会种植一些羊胡子草，总而言之，不再依赖于微薄的粮食收入生活。

初代惣右卫门从这时开始，一边经营客栈，一边努力耕作。本来马笼也没有多少好的客栈，旅客们一听是新盖的房子，都愿意于此下榻，久而久之便有了自己的老主顾，甚至雇用了女仆。仆人的工资从三文，到第二年直接涨到了一两。买米从买一升，到后来买一袋，再后来直接用马从中津川运过来。住在新屋的楔田屋再也不是单纯的百姓了，成了经营客栈之外还会做些小生意的商人。

二代惣右卫门是家里最小的儿子。本来，父母是平民的话，孩子也是平民，长男可以继承家业，次子和三子则不可以。以前最小的儿子在十三四岁的时候会做一些割草的家务，最后因为没有家产继承，可能会变成流浪汉。这个年代，家里最小的孩子，最后往往可能做些赶牛赶马、抬轿子之类的活计，勉强糊口谋生。但是二代惣右卫门身为家里的末子，打记事儿起就跟在父母身边，连割草都没有做过，这多亏了他的父母。因此他对父母也更加孝顺。

一般情况下，农民每年缴纳的贡米，大部分要送到大坂换取金银。大坂作为粮食交易的主要市场，已经开始涉足商业的二代惣右卫门没有理由无视其存在。彼时的他，即使是要他缴纳千两的互助会费也不在话下，整个木曾谷中，论经济实力，无人能出其右。一代惣右卫门一生致力于摆脱贫困，二代惣右卫门继承了父亲的志气，没有夸耀创业的辉煌，也不宣传悲惨的过去，单凭一身本事，直接闯入商海。

天明六年，二代惣右卫门迎来了五十三岁生日。那天，五十三岁的他坐在宽敞的酿酒屋，让儿子给他温一杯酒，回想着从他父亲那代开始的八十年岁月。

他教导自己的儿子："金钱是重要的财产，但如果滥用钱财，把钱财当作自己的所有物随意挥霍的话，总有一天会受到上天的警告。"

他临死前还担心孩子会忘记先父创业的初心。

伏见屋的金兵卫继承了惣右卫门家的衣钵，商业奇才的金兵卫除了酿酒屋，还置办了当铺、买马、开田，偶尔还会卖米，甚至美浓一带的旗本①也有人欠他的钱。

中津川的宫川宽斋喜欢拿他们两个人作比较。让这个有点学问的乡村医生来评价的话，马笼地处两境之交，这样一来，恐怕无论是那个乡里乡气的金兵卫，还是惣右卫门的儿子，身上多少都混着一些富有经商天赋的美浓人的血液，而吉左卫门更像是信浓的百姓。

吉左卫门所属的青山家，就像马笼深山的森林一样古老。相

----

① 旗本，江户时代，颁俸禄一万石以下的武士。

州三浦青山监察家的二儿子在木曾谷西边建了马笼村，还在附近建了万福寺。

法号殿昌屋常久禅定门，俗名青山次郎左卫门，隐居之后自称道斋，最后长眠于自己建造的万福寺，彼时为天正十二年。

"金兵卫家和我们家不一样。"吉左卫门对自己的儿子如是说道，所谓的不一样是指历史。青山家到吉左卫门这一代，已经是第十六代了，是木曾谷中最古老的家族。

马笼的过往无从知晓。青山家的先祖来木曾之时，还是木曾的义昌时代，如果比起来，福岛的山村家都略显逊色。青山家来木曾定居之后，一直以乡村武士的身份在马笼代理庄屋。庆长年间，石田三成说服西边藩国的诸侯在信浓关原开战，德川台德院由此上中仙道，向关原方向进发。那时打头阵的有山村甚兵卫、马场半左卫门、千村平右卫门等氏族。马笼的青山庄三郎，以及青山重长（青山家第二代家主）在当时都支持德川，于是在马笼建营扎寨，防备犬山方的势力。当时犬山城的石川备前曾派一群人来木曾讨伐，但是木曾的武士们听说青山家支持德川，没费多少力气，就击退了石川家的人。在那之后，因为当时的战功，青山家归隐田园，世世代代经营本阵、问屋，兼任庄屋。

青山家的老宅，原本在石屋坡道的下坡。那里存放着一些有历史渊源的武器和马具，但是宽永年间，马笼一场大火，只有两柄长枪幸存下来。老宅遗址还用着之前地方官的地名，但出于对尾张的顾虑，享保九年土地测量以来，把地方官的老宅更名为石屋，之所以命名为石屋，是因为老宅处于一片岩石之中，周围有很多硕大的岩石。

孩提时期的半藏经常被强制坐下，听吉左卫门说以前的事情。有时，吉左卫门喝了酒，心情舒畅，还会把半藏引至玄关，指着挂在上方的两柄长枪开玩笑似的说："看，我们的先祖在这盯着你！调皮的话我可不保证会发生什么事情！"

隔壁伏见屋不曾有的古老历史，深深地刻在半藏的脑海之中。因为自小父亲一直跟他絮絮叨叨，每每说起先祖事情的时候，吉左卫门的眼睛总是泛着光。

"用'地方官所建'这样的话来称谓这片地，是因为我们家族的先祖担任地方官的时候，亲手开垦了这片田地，所以那块地的命名才用了先祖的名号，也就是现在村里所属的这片土地。那时候每年五月，村里的百姓全体出动插秧，我们家都会拿出一斗酒招待村民，如果有人喝醉了直接醉倒在田地里，那就寓意今年一定会是个丰年。"

到了吉左卫门这代，经常出入驿站的百姓家有十三户，大多是比较亲密的主从关系。吉左卫门跟隔壁金兵卫家还是有所不同的，正因为这些古老过往的存在，吉左卫门一直将村民视为自己的孩子。

二

"西洋船又来了！"

七月二十六，江户传来第十二代将军德川家庆去世的消息。道中奉行①下令民间禁止兴土木等一切大型的活动。当时正值中津川的祭祀典礼，取消了一切舞台演出，以表示对将军的哀悼。问屋九太夫口中的"西洋船又来了！"简直吓了吉左卫门和金兵卫一大跳，因为距离上一次西洋船出现，只过了三天。

"今天到底是几号啊？不是七月二十九吗？还有三天，官家葬礼的礼官就要来了！"

金兵卫和吉左卫门匆匆碰面。现在又有了新的传闻，说到达长崎的那艘外国船好像不是美国船，可能是其他国家的。这座深

---

① 道中奉行，江户幕府时的官职。掌管五街道驿站的传马、飞脚的取缔，以及道路管理、诉讼等。

山真的相当闭塞，绝大部分人都以为这艘船跟前些阵子出现在相州浦贺浅滩的是同一艘。

金兵卫道："长崎那边好像也大乱了！"突然间，长崎奉行马上就要到驿站了，有人先一步把行李送了过来，匆匆忙忙地嘟囔了一通，大概意思是，长崎奉行有要事在身，一路加急，换了好几条路线，所以驿站间的接应变得异常困难。八月的一天，长崎奉行在这条街道上接待了幕府的红人水野筑后。

吉左卫门穿着羽织，急忙往家里赶的时候，妻子帮他取出佩刀，让他别在腰间，吉左卫门拒绝了："不了，对于我这个小小驿站站长来说，这有些过了。"于是干脆连佩刀都没带，穿着平日里的羽织，在家待了一会儿就去奉行那里帮忙了。

按照各位公差出行的惯例，吉左卫门应该要去长崎奉行的轿辇旁接待。着急赶路的奉行并没有下轿，只在驿站前的空地小憩了一会儿，这时吉左卫门跪在轿辇旁边，恭迎道："小的是这里驿站的站长，拜见奉行。"

"哦，是马笼的站长啊。"奉行应付了一句。

虽然水野筑后的俸禄只有两千石，但他这趟出行却是按照十万石的规格操办的，只因他带着重要的任务，路过此地之后，须继续向西边进发。

傍晚，忙活了一天的金兵卫等人各自回家。运送行李的马夫，一直将长崎奉行的行李送到旁边的落合驿站。

孩子们聚在路上玩耍，追着蝙蝠群跑来跑去，热闹异常。山中传来一声声猫头鹰的号啼，驿站对面的梅屋门口，也挂起了夜明灯。

结束了一天的辛劳，吉左卫门走出家门，呼吸着山里的新鲜空气。站了一会，见夫人和两个女仆架起了地炉，便回到炉子旁边。

"半藏去哪儿了？"吉左卫门问妻子。

"刚刚还和仙十郎两个人在这里说话来着。那些异邦人的船不是又来了吗?不知道半藏从谁那里听来的,说是俄罗斯的船呢。仙十郎说是美国船。两个人为此争论不休,然后就出门了。"

"长崎那里,具体什么情况我也不清楚。不管怎么说,今天我累坏了。"

此时的吉左卫门除了想舒舒服服地泡个澡,吃顿简单的饭菜,别无他求。

不管是谁,都会有一天突然开始回想人生过往的种种,吉左卫门亦是如此,这条长长的驿道承载了他太多的回忆。风雨无阻地守护这条交通要道,永远将行人的安全记挂在心上,无论是马车、牛车、脚夫的管理,还是道路的修缮,以及与助乡的合作,这条路上的一切大小事宜,全都是吉左卫门亲力亲为,其中耗费的心神实在是难以用语言赘述。

吉左卫门坐在地炉旁,妻子阿万贴心地给他温了一壶酒,烤了几条别人送的香鱼,简简单单地庆祝他五十五岁的生日。他对阿万说:"今天来的长崎奉行,真是位了不得的人物啊。水野筑后是两千石的俸禄,但是今天迎接他的阵仗可是十万石大人物的级别。从两千石直接到了十万石,这可是至今为止从来没有过的。单凭这个,我觉得德川时代确确实实发生了一些变化。如果是天下太平的日子,多么无能的草包也能挺直腰板,装成一副武士的派头。一旦发生了点事情,你再看看……"

"不管怎么样,都是那艘外国船惹出的乱子。"

"这世道真的会乱起来吗?"

吉左卫门来来回回地踱着步子,嘴里念叨着:"哎呀,辛苦了!辛苦了!"

阿万耐着性子听了一会儿,开口:"你在跟谁说话呢?"

"跟我自己。因为没有人对我说过一句'你辛苦了啊吉左卫门',那我只好自己对自己说了。"

阿万苦笑了一声，吉左卫门接着说："但是，世间就是这么奇妙不是么？村子给名古屋大人赚了一些薄利，我这个庄屋就有了苗字带刀的赏赐。而在这条街道上兢兢业业三十年，也没人对我说一句辛苦了。谁都不知道，在你们看得见看不见的地方我花费了多少心血，操了多少心。"

话说到这里，吉左卫门沉默了，没有继续往下说。

身为马笼驿站站长的吉左卫门，这么些年来不知道迎来送往了多少人。虽然他所做的不过是些无趣的工作，但是时间久了他自己也悟出了一些道理。从这条路上经过的，不管是怎样的大人物，在他眼中都不过是位过客罢了。

不久就是半藏成亲的日子了，吉左卫门夫妇时不时地提起这件事。他们选定了隔壁妻笼驿站站长青山寿平次的妹妹阿民做自己的儿媳。吉左卫门对自己儿子的这门婚事，寄予了深切的期望。一方面，是因为他觉得半藏明明是个青年人，但过于深沉、过于忧郁，他希望通过婚姻能给半藏的生活带来一些改变；另一方面，出于他自己的考虑，自己三十岁时从六十六岁的父亲那里接过家督之位，吉左卫门希望自己作为驿站站长能继续工作下去，等干不动了再把位子传给后辈；还有一方面是因为这门亲事能让马笼和妻笼的关系更进一层。一直有个说法，两家的驿站站长不仅一姓同源，而且先祖都来自相州三浦，定居在妻笼的青山监物是两家共同的祖先，两家曾是兄弟关系。两兄弟分别住在相距两里路的山谷，兄长住在妻笼，弟弟住在马笼。吉左卫门心里还有个想法就是几百年过去之后，将这层古老的关系翻新一番，让前途无量的寿平次跟半藏成为一家人。

这门亲事吉左卫门刚开始就告诉了金兵卫，跟他商量了一番。当初吉左卫门带着半藏，父子二人一同去拜访妻笼驿站站长的事情，金兵卫也是最先一个知道的。那天，本来两个人商量要赶在秋祭之前，把村里的戏台修缮完毕，说着说着，话题就转到了年轻人身上。

"吉左卫门，妻笼站长的妹妹，多大了来着？"

"十七了吧。"金兵卫扳着手指算了一下，"这么一看，跟半藏差六岁。"

不论是金兵卫，还是吉左卫门都不觉得，二十三岁的半藏和十七岁的阿民结为年轻夫妇有什么不妥。早早结婚这种事在村里司空见惯，甚至大家还认为是值得提倡的好风气。当时木曾谷里，最小的新郎只有十六岁，新娘只有十五岁，大家都对此习以为常。

"但是，金兵卫老兄啊，半藏这个孩子，竟然要结婚了，真快啊。平时我从来没有想过这事，一说起来，感觉自己真的是上了年纪。"

"半藏啊，听说你要娶妻笼站长家的小姐做老婆了，你也长成大人了啊！"

说这话的是蔋阿婆，半藏小时候的乳母。当半藏还是褪褓里的婴儿时，就天天把他抱在怀里，背在背上，从小照看半藏长大。半藏的婚事，不论是跟驿站里哪家的姑娘，蔋阿婆都很高兴。

蔋阿婆看阿万夫人不在的时候，在半藏耳边悄悄地说道："半藏，那时你还小，什么都不知道，但是我记得很清楚。你的亲生母亲阿袖可是个了不得的美人。路过我们驿站的人都说，江户都没有这么漂亮的女人。你出生后二十几天，阿袖夫人就过世了。我抱着你，把你放到母亲的枕边，那就是最后的道别了。才三十二岁，正是好年纪，真是可惜。那之后没多久，你就得了黄疸，多亏了你父亲，他那时真是操碎了心。如果你母亲还健在的话，听到你要成亲的消息，应该多么开心啊。"

半藏也到了对生母的事情好奇的年龄了，能够体会到吉左卫门一个人，既当父亲又当母亲的辛劳。每次见到蔋阿婆，都会回想起幼年时的光景，那些孩童时代的喜好，尤其是饮食上的喜好，只有蓣阿婆能如数家珍，记得清清楚楚，比如木曾炒米的味道，用荞麦粉和山药豆做的山药饼的味道。

地处深山的马笼不仅村子坐落在一片森林和岩石之间，连村里小孩子受教育的地方也同样是在一片未经耕作的土地上。半藏同样生于这座大山，周围是一群连自己名字都不会写的村民，但他却是好学的、自觉的。那时村里连个像样的私塾都没有，"要警惕化成人形的狐狸和狸猫"诸如此类稀奇古怪的迷信无声地统治着这一带地区，在这样的环境中，十六岁的半藏，已经教别的孩子读书了。有时金兵卫的儿子鹤松带着楔田屋的孩子们一起来，一群十六七岁的孩子聚在他身边读书学习。孩子们有从岭上来的，有从荒町来的，还有本村的。有时候还会有从邻村汤舟泽、山口过来的孩子。年纪轻轻的半藏不仅注重自己的学习，还开始教授身边这群没学上的孩子。

在山里做学问，即使聪慧如半藏也并不是件易事。其中，最大的困难就是没有好的老师。信州上田有个叫儿玉政雄的医生有时候会来马笼小住，半藏十一岁的时候曾在他门下学过《诗经》，刚学完《小雅》，儿玉先生就离开了，半藏再也没找到能够求学的老师。马笼的万福寺里虽然有位桑园和尚，但没有时间长期教书。半藏十三岁的时候，跟父亲吉左卫门学习诵读《古文真宝》。可惜彼时的半藏并没有多少好学的心思，只不过是待在父亲身边认字写字罢了。后来自己一时兴起，研读了《四书章句集注》，十五岁的时候能看懂《周易》《春秋》。从此不问寒暑，埋头苦读的好学之心一直延续到十六七岁。父亲吉左卫门让他跟着小野村的小野甫邦学习数学，学成之后又跟父亲学习了珠算。村里很多年轻人平日里都相约一起钓鱼、下象棋来打发时光，但是半藏却从来不加理睬，每日沉浸于学习，因此也没有什么能交流的朋友，对他来说，最好的娱乐就是读书，读书于他而言，就相当于其他人眼中的钓鱼、下象棋。幸运的是，后来他遇到了志趣相投的学友，那人是美浓的中津川人，名叫蜂谷香藏。香藏劝说半藏继续深造，两人结下了深厚的情谊，马笼和中津川之间三里多的距离也阻挡不了他俩交流学习。正好宫川宽斋也住在中津川，且宽斋是香藏的姐夫，从事医学，精通汉学，对国学也略有研究。马笼的半藏、中津川的香藏，合称"二藏"。两人在宽斋的教导下，互相竞争，共同成长。

"一个人闷头学的话，很容易封闭起来，如同闭门造车，本来在这样的大山里就见识寡陋，所以无论如何也想再多学一点。"半藏心里暗想。半藏生长在古老的深山中，得此名师指导，逐渐倾心于国学。二十三岁的他，畅游于文字的世界，沉醉于贺茂真渊、本居宣长、平田笃胤①等先辈的文学中。

半藏醉心于文学之前，西洋船就来到了日本。

三

嘉永六年十一月，到了半藏给妻笼送嫁妆的时节。

惠那山已经开始飘雪了。一天，阿万想去后面的土仓库。这是山民们多年的习惯，把自家值钱的东西都放到屋后土造的仓库里。将暂时不用的东西登记在册，使用的时候也做好出库记录，这是那时主妇的工作之一。

恰逢使者带来了福岛政府的公文，署名是给马笼的庄屋，收到政府公文之后，阿万开始四处找寻自己的丈夫，想把政府公文交给他。

"老爷在哪里？"她向仆人问道。

"在仓库那里。"仆人回答。

于是，阿万从主屋穿过厨房的小门来到后面的仓库。看到石

---

① 平田笃胤（1776—1843），江户时代后期的国光家，主张王政复古。

梯上整齐地放着丈夫的鞋子，再一看，仓库的锁也被打开了。看来丈夫跟她想的一样，也想查看一下婚礼上可能用到的一些东西。阿万听到仓库二层传来窸窸窣窣的声响，便顺着声音爬上梯子，果然在二楼见到了吉左卫门。

"老爷，来了福岛的公文。"

吉左卫门抽了仅有的一点空闲，想来这里找东西。仓库墙边放着好几个旧书箱，里面都是他珍爱的俳句诗集和汉文书籍。他接过阿万递过来的政府公文，拿到窗户边仔细阅读。

政府公文说，为了加强海岸的警卫工作，官府开销增大，此时正是报效国恩的时机。江户、京都、大坂这三地应当做出表率，各藩国的直辖地以及乡下农村各户也要因其所受恩惠上缴钱款。这是江户幕府的命令。不仅如此，因为拒绝了浦贺的四艘美国商船以及长崎的四艘俄国商船的贸易请求，所以政府公文上还追加了加强海岸防卫的命令。

"这意思是让我们上缴钱款充盈国库啊！"吉左卫门告诉阿万，"现在外面是山雨欲来风满楼，我们却还在筹办婚礼。但是看这政府公文的意思，咱们也不得不出一份力啊！"

以这个事件的时间来看，半藏的这场婚事，正是青山家这个古老家族发生变动的一个转折点。吉左卫门的养母年事已高，不想参与这场婚事，平日独自住在靠近仓库的一座小房子里，不问世事。新婚夫妇的起居室安排在驿站旁边。

阿万离开之后，吉左卫门又凑近窗子，冬月的阳光透过铁窗，看起来格外柔和。他不安地搓动双手，思量着福岛传令上缴国防金的事情。自德川幕府建立以来，这种事真的是闻所未闻，但吉左卫门想起来，其实民间暗地里早有传言说，朝廷的国库已然亏空。老派的他把这些事情串联起来想一想，内心总觉得不安。他痛恨那些以一副满不在乎的样子对年轻人肆意吹嘘政事的人。从这件事上，他开始考虑该以什么样的方式教育孩子们，像对半藏他们这些年纪尚小、心思敏感的孩子们来说，现在就让他们窥探社会的险恶是否为时尚早呢。不管人性多么丑恶，还是希望等他们到了略通世事的时候再慢慢了解。国家权威不容冒犯，希望孩子能认识到权威的神圣之处。恐怕好友金兵卫对自家的孩子，也是这份心思吧。天下父母心皆是如此。这样想着，吉左卫门从仓库的二楼走了下来。

马笼已经提前收到通知，有一队前往长崎的政府官员将于不久后来到中津川，从江户方向进入木曾街道。大雪过后的天气格外晴朗。这群官员从野尻驿站分站走到落合，至少要预备七百五十人的阵仗才能确保万无一失。官员走在雪路上，一步步发出咯吱咯吱的声音，目标直指长崎。这场通行持续了三天，妻笼驿站的站长沿着同样的路来到马笼，抬了满满几大箱新寝具到吉左卫门家。

终于到了选定的良辰吉日，腊月初一，金兵卫一早就去了吉左卫门家，和吉左卫门一起接待客人。玉夫人、喜佐夫人和蒤阿婆也一起来帮忙，厨房、接待室的地炉边不时传出她们的笑声。

仙十郎打扮得相当正式，来来回回穿梭在客厅间，一片热闹中，金兵卫抽空来问半藏，"半藏，你有没有想宴请的人啊？"

"客人么？宫川宽斋老师和中津川的香藏，还有景藏！"

浅见景藏是中津川驿站的继任人，和香藏同为中津川人，久而久之，和半藏也成了学友。景藏本来是攻于汉学，后来跟半藏一起受到宽斋老师的影响，转而励志研究国学。

"这几个人不用说，我已经让人前去邀请了。你的这两位中津川朋友，就算你不主动邀请，他们也会跑过来祝福你的！"

站在一旁的仙十郎听到了两人的对话，笑着说："我也是！确实啊，搞得我也想再结一次婚了！"

对于山民来说，雪并不少见。但这次的雪格外大，街道上的积雪足足有八寸深，之后又下了一场大雨，连积雪一同融化了。

然而大雪、大雨过后，这么温暖的天气，即使是像金兵卫这样的老人，从小到大也是头一回遇上。向来怕冷的吉左卫门甚至灭掉了火把和地炉，只烧一个火盆。温暖的天气，让半藏的喜事喜上加喜，越发让人高兴。

下午，寿平次兄妹应该已经从妻笼驿站出发了，吉左卫门穿着一袭定纹和服，在玄关前面来回踱步。男仆佐吉也一副待不住的样子，进进出出。

"佐吉啊，这样暖和的天气可不常见啊。妻笼那边应该也不会太冷吧？"

"那是必然。我觉得今天晚上门口都不用点篝火了呢，我还从山里背了一些木头回来。"

"这么暖和的话，确实不用点篝火了。"

话说到这里，金兵卫从里面探出头来，开始谈论妻笼客人的接待事宜。他说，"刚刚仪助跟我说，他前天出发去福岛，来回的路上一点儿积雪都没有。中途去茶棚坐了坐，也很暖和。看来这天气是哪儿都暖和了。"

"金兵卫，这个冬天的冷可是前所未闻啊！"

"是啊，确实是这样！"

傍晚，村里的人聚集在驿站前，人山人海，从梅家的栅栏一直挤到集市。根据当地的风俗，新郎一定要到山岭亲自迎接，新娘乘坐的轿辇不能直接进门，于是寿平次一行人先等在门外。新娘的轿辇点着长明灯，四周响起来木曾当地的歌谣。背着行李嫁妆的妻笼来客围成一个圈，绕着轿子跟着节奏跳起舞来。这个乡村特色的绕圈舞，一直绕着新娘跳了九圈才结束。

那天晚上，敬完酒的半藏和阿民一起度过了一个温暖的冬夜。这并不是半藏第一次见到阿民。他之前跟着父亲一起去过妻笼，拜访过阿民家。两个人的结合开始时并不是自己的意愿，只是他们的父亲和兄长的决定。在当时的社会，父子关系其实更像是一种主仆关系，半藏虽然表面顺从了"主人"的决定，但是绝不安分。一切都发生在两个人在妻笼第一次见面的时候，所有的一切在那个瞬间就决定了。有些事情，并不需要长久地观察，只要一眼就能确定。

卧室是东向的，窗外是半藏喜欢的松树。房间里铺着崭新的墨蓝色榻榻米，在几乎能开出鸢尾的暖和日子里，榻榻米发出一阵阵香气，阿民年纪尚小，来到一个未知的、崭新的世界，更因为害怕，身体不住地发抖。最终，还是半藏让阿民适应了自己身边的位置。

"父亲，如果是为了我，婚礼仪式请一切从简。"

"这还用你说，我本来就想一切从简。但是，驿站有驿站的规矩。你只招待那些必须招待的客人就行，其他交给我来办。"

这是招待客人的第三天早上，父子俩的对话。

那天，尾张国的徒士目付①和作事方②突然驾到马笼驿站。因为尾张国国主决定三月份踏上木曾驿路前往江户，他们特来传达命令，让木曾驿路的人做好接应准备。此外还说，他们一行人此次前来也是为了考察冬天各个驿站的情况。

这种情况下，不可缺少的人就是金兵卫和九太夫。经历过大风大浪的两人看到吉左卫门脸色为难。于是两人先把官员带到梅屋暂且安置，随后金兵卫又折回吉左卫门这边，安慰道："当然，这种日子我肯定是要先恭喜一番的！差点就可以一醉方休了。唉！"

接着又对宾客们说道："各位，驿站今日有喜事，我一直忙得不可开交，虽然不好意思，但是请允许我稍微去梅屋休息一会儿啊。"

安抚好宾客，金兵卫又悄声对吉左卫门说："我就这么说一

---

① 徒士目付，江户时期的下级武士。
② 作事方，江户时期负责管理施工建筑事宜的官职。

声，那边交给我就好。梅屋伺候这俩当官的没问题，白天的打扫布置也跟往常一样就行。"

说起来梅屋和驿站正好是呼应的位置。下午，徒士目付一行人在梅屋穿上草鞋，穿堂而过，此时因大雨泥泞的地面已经干了。这些人的发髻极大，腰间挎刀威风凛凛，走起路来和服布料发出摩擦，一时间在驿站门口形成了一道罕见的风景。一会儿，在吉左卫门的带领下，一群人检查了驿站的里里外外。

吉左卫门问那个武士："小人不胜惶恐，中纳言大人预计明年春天到，我们驿站应该做哪些准备呢？"

"现在还不清楚，大概就是吩咐你们准备午饭吧。"

婚礼的庆典一直持续了四天，最后一天要在宴会厅里招待前来帮忙的女眷，还有驿站的百姓、官府的使者、工匠、榻榻米商人也会过来。甚至梳发郎直次也特意穿上羽织，带着他油亮的工作箱过来了，端正地坐在膳席前。

膳席上，金兵卫坐在村里的散户对面，仙十郎坐在梳发郎直次对面，吉左卫门坐在喜极而泣的蕗阿婆对面，一片应酬声中，酒席开宴。吉左卫门来到村民面前，举杯道："来，让我们一起喝一杯！"边说边拿起桌上的酒壶开始给大家添酒，百姓中突然有一人跪坐起来，诚惶诚恐地说："小的不敢劳烦大人斟酒！"

此时隔壁桌的一个人，过来向吉左卫门搭话："大人！前段时间那个为国捐款的事啊，毕竟不是一般的事，一起商量一下怎么办吧？"

"啊，你说那个国恩捐款的事情啊？"

"大人，平民百姓自是不用说了，卖豆腐的和按摩师也都交钱了，我们也不能干看着啊。十八个人出二两二分也好，五十六个人出三两二分钱也罢，村里随意适当地捐点就行，但是我们七个人，一人出一铢钱吧。"

仙十郎倒完酒回来，正好碰上这个人，上前制止道："先打住，为何在喜宴上说这种事！让伊势的神风吹起来看看，管他什么船都给他吹走！别管那些，来，先干一杯！"

"大人真是豪言壮语啊！"那人只好附和一声接过仙十郎递来的酒水。

"伏见屋的大人！"远处的座席传来一声高呼，对仙十郎刚才的那番豪言壮语表示赞同："我赞成的你说法！有德川家的威仪在，管他四艘还是五艘外国船，咱都不用怕！"

酒过三巡，宴会越发热闹起来。本地人酒量都不错，年轻人也很能喝。即使是蒋阿婆这样年事已高的婆婆，酒量也不容小觑。仙十郎走到半藏面前坐下，看起来已喝得十分尽兴。而半藏这个新郎官，因为不好拒绝四面八方过来敬酒的人，喝了不少，脸色通红。过了一会儿，仙十郎趁着酒兴唱起了山歌。

半藏对面坐着阿民，阿民旁边是仙十郎的妻子喜佐，半藏的异母妹妹。喜佐的眼睛眯成一条缝，正侧耳细听丈夫感心悦耳的歌声。那歌声吸引了一众宾客。

"半藏，今天是我第一次在你面前唱歌吧！"仙十郎微笑着，又开始用手打着拍子。众宾客中，蒋阿婆一边和着拍子拍手，一边开心地东倒西歪。梳发郎直次用他干哑的声音也加入了合唱。

即使是驿站的站长，吉左卫门家的生活也是相当朴素，冬天也要吃芋头饼。婚礼的第六天早上，宾客宴席结束，大家花了整整一天的时间收拾整理，驿站的百姓逐渐离开。阿万得闲，在地炉边给家人做一些他们喜欢的芋头饼。

半藏和阿民还没有起床。

"少爷从来都是早睡早起的，像这两三天这般贪睡，可真是少见啊！"两个女仆干活时闲聊了几句。但是阿万并没有把下人的话放在心上，依然任由这对年轻夫妇继续睡着。这时，蒋阿婆到了屋外，过来看看这对年轻夫妇。

"夫人！"

"蕗阿婆啊。"

蕗阿婆看见站在地炉边的阿万，站在门口悄声打着招呼。

"夫人，我今天早上起了个大早，去山上挖了些山药，老爷和少爷都好这口，所以我专门送过来了。少爷还没起吧？"

蕗阿婆打开蒲包里收拾干净的山药，这活真是细致，跟当年做半藏的乳母时一样。蕗阿婆把山药放到地炉上烤着。

"蕗阿婆，你来得正好。"阿万说，"今天我打算给这对新婚夫妇做点币帛年糕吃，核桃还没剥好，你来帮帮我吧！"

"不、不，您言重了，这点小事哪称得上帮忙。农民现在正是闲时候，您选的时机刚刚好。"

"这对年轻夫妇的主陪是隔壁家的孩子，也给送点过去吧。"

"确实是这样，那我去趟伏见屋。回来的时候他们也该起床了。"

这非比寻常的暖和天气持续至今，大家在地炉边上都很开心。让烟熏黑了的竹筒用活钩从天花板吊在地炉上方，被炉子里的火焰烤得通红通红的。阿万从邻居家回来的时候，正好瞧见半藏和阿民起床了，两人正往炉子里添松枝。蕗阿婆把芋头饼重新热了一下，又加了几块萝卜，给这对新婚夫妇当早饭。

"阿民，过来梳头吧。"

阿万把面向院子坐着的阿民叫过来。她把妻笼驿娶来的这个姑娘当作自己的女儿，直呼其名也不显得见外。初经世事的阿民怯生生地，还有点害羞，把十七岁行绾发礼时妻笼朋友送她的盘发箱从屋子里拿出来，递给阿万。

阿万换了一身利索的束衣，让阿民面对镜子坐着，像摆弄人偶似的给阿民盘发。到底是年轻，手里的头发一大把，阿万几乎要抓不过来了。

"瞧这一头长发，真好啊。这么一说，我倒是想起来了，等到需要刮掉眉毛（日本古代已婚的女性要刮掉眉毛，以示自己已婚）的那天，你就会莫名其妙地想念过去的时光。但是你已经和过去不一样啦，要告别之前那个小姑娘的自己了。我们女人，每个人都是这样。"

阿万说着，左手紧紧握住涂好发膏的发根，右手用木曾的名品木梳从额头梳到鬓角，每次梳头的那只手一发力，阿民就会痛到眯起眼睛，但又只能忍着，把一切托付给自己的这个婆婆。

"阿熊啊！"

阿万嘴里念着旁边黑猫的名字。阿熊是养在驿站里的一只肥猫，备受人疼爱，只有那些老头、老太太们讨厌它。他们之所以讨厌阿熊，是因为嫉妒大家的爱都汇聚在这只小生命上。有时候这些老头、老太太，会在阿万或者女仆看不见的地方悄悄地对黑猫拳打脚踢。

一会儿工夫，阿民新妇的发型就盘好了。把结婚时的头饰拿下来，换上了描金的漆簪子。阿民的脸颊宛如红彤彤的苹果，她看着镜子里的自己，竟如陌生人一般。

"头发梳好了，接下来带你转转屋子吧。"

阿民跟在阿万后面，把家的里里外外瞧了个遍。自小长在妻笼的她，虽是初来乍到，但家里的构造对她来说其实并不陌生，里间、客厅、储物间这样的房间的设计都和妻笼一样。上房的房间修盖的时候特意高出一截，从壁龛、屏风到榻榻米，都跟木曾路上来来往往官员的房间一模一样。

阿熊跟在阿万和阿民身后玩着铃铛，一直跟着她们去了西边客厅的屏风处。这只黑猫并不怕新来的阿民，甚至愿意在尚未融入这个家庭的阿民裙边玩耍。

"阿民，过来看看。今天从这里能清楚地看到惠那山。住在妻笼的时候，能听见木曾川的流水声吗？"

"偶尔能听见，因为我家离河边不是很近。"

"妻笼的话，确实是那样。在这里听不见河流的声音，但是经常听见惠那山呼啸而过的山风。"

"这景色真的很不错呀!"

"那是因为马笼在这么高的山岭上,可以看见旁边的国家(日本古代到近世的行政区划。从大化改新时开始,一直沿用到明治维新时期)。天气好的时候,甚至可以看见远处的伊吹山哦。"

以前住在山谷中的阿民,此刻来到了山岭高处的马笼,西边开阔明亮的天空对她来说总是看不够,因为这在妻笼是看不见的。妻笼、马笼虽然只隔了两里地,但是口音却不太一样。这里的红色腌菜"芋茎",也是妻笼做不出来的。

半藏夫妇崭新的生活才刚刚开始。下午,阿万说要带着阿民粗略地看一遍宅子,便拿上仓库的大钥匙,带着阿民出了主屋。

地炉边响起山里常有的敲核桃的声音。蕗阿婆和两个女仆一起砸着坚硬的核桃,为币帛年糕准备原材料。这时候来了一位拄着拐杖的老人,说要和阿万、阿民一起到隐居宅子。这位老人的身子骨从前些日子开始逐渐硬朗起来,每次吃饭都坚持自己从隐居宅子走到主屋。

马笼的驿站分为两座楼,主楼和新楼。新楼跟大门紧邻,那里有几座官衙和商业建筑。伏见屋也从这时起开始扩建房屋。如果有时候过路的人太多,那里也可以临时充当客栈。阿万指着那间关着窗户,较远的一间小房子,对阿民说道:"这是跟驿站一样古老的房子。"很久以前家里有个习俗,就是女人不能管理家里的财产,只能负责煮饭做菜,围着孩子生活。

"阿民,快过来看看。"

说着,阿万打开地下味噌仓库的窗户,给阿万展示里面的味噌、咸菜桶等。阿万还带着阿民去了仓库,打开厚重的金属门,带她去二楼转了转。阿万之前的嫁妆箱子,以及阿民新拿过来的嫁妆箱子,都摆在那里。扶着仓库的墙,慢慢走下石梯,便是一口深井,再往前还有米仓和小木屋。这里就是男仆佐吉的地盘了。佐吉一副导游的样子,把通往伏见屋的栅栏门打开,这里静悄悄地延伸着和街道并行的暗道。古老的池塘旁有个小木门，打开之后，里面是隐没在橡树和桂花树林深处祭祀五谷神的祠堂。

那天晚上，家人齐聚在地炉边，邻居家的少年鹤松也被请叫来坐在半藏旁边。屋里充满了蕗阿婆做的币帛年糕的香气。

"鹤松，这个就是我们家新过门的媳妇。"阿万向鹤松介绍阿民，说着递给他一盘串好了的币帛年糕。币帛年糕烤得恰到好处，上面还浇上了美味的核桃油，作为给这对新婚夫妇的料理再合适不过了。吉左卫门夫妇，就用这道简单朴素但却饱含心意的山民特色料理，默默地祝福半藏和阿民未来的生活。

第 二 章

　　笹屋庄兵卫领头的五人小队聚集在十曲岭的新茶屋，为马笼万福寺新来的松云住持接风。

　　农历二月末，深山里下起了小雨，年号已改为安政元年。一行人要迎接的和尚，前一天晚上就到了美浓手贺野村的松源寺。村里一大清早派出五人小队，带上两个脚夫一起前去迎接。这个时辰也差不多该到了。

　　"今天辛苦了！"

　　驿站的半藏也来了，并对前来接风的人道了声辛苦。半藏冒着小雨，替他父亲出来接人。

　　当时还是按老规矩办事，像这样的接风是有严格规定的。谁和谁该到哪里去接，都有很详细的规定。例如，同一个村子的驿站官员应该到马笼的石屋坡去接，五人小队应该到较远的新茶屋去接。但半藏对这些不太在意，不仅如此，他还特别喜欢坐下和过来歇脚的行路人、马夫、脚夫聊天。脚夫往往穿着鞋直接在茶屋的地炉旁边坐下，拿出木曾特有的木食盒就开始狼吞虎咽。

　　小队的领头人庄兵卫作为马笼的百姓总管，一开始还在茶屋进进出出地等着和尚一行人到来，但最后也坐到了同伴身边。休息处有个年头颇老的牌匾，还有些旧招牌，有蓝色的，也有一些来来回回被染成了褐色的。坐在茶屋休息处的屋檐下，可以看到隔街立着的芭蕉冢，那座石碑被大雨染成了深色。

半藏到后不久，伏见屋的鹤松紧随其后，从马笼驿站过来。鹤松这次也换了身份，是作为他父亲金兵卫的代理过来的。

"老师！"

"你也来了啊。看看吧，那座芭蕉冢很不错，那可是你父亲建的。"

"我不记得呢。"

看到半藏和年纪尚小的鹤松聊天，庄兵卫说道："可不是嘛，阿鹤少爷应该是不记得的。"

小雨断断续续地下着，松云和尚一行人却是左等右等都不来。半藏叫上鹤松，在新茶屋附近逛了逛。路旁有个栽着榎树的土堆，是用来标志里程的人工小土丘。在驿站时代，这叫作一里塚，附近是信浓和美浓的边境，也是从西边进入木曾路的入口。

半藏走到山坡上，望着同门香藏和景藏所在的美浓盆地陷入了沉思。如今就算不提关东、关西各位大名一战定天下的关原，自古以来，这地界便是东西方势力的交锋之处。不管学问、宗教、商业，还是手艺，只要是在那里，哪种行业都可能发展起来。至少半藏对于松云还是很羡慕的，羡慕他能在那里度过修行时光，在革新的空气中锻炼出僧侣的强韧灵魂。与邻国相比，这深山里的事物总是跟不上时代的发展。就像从西边吹到木曾川的春风，在两岸的榉树和灌木上催出嫩芽之后，磨磨蹭蹭一个月才来到深山。

半藏看着鹤松说道："翻过这座山，就是中津川了。那里可是比美浓还要好的地方。"

他说着，指向美浓尾张方向，满怀憧憬地望着那边的天空。

等到半藏和鹤松一起回到茶屋的时候，看到伏见屋的下人找过来了，正在向庄兵卫回话。

"我家老爷还在寺庙等着呢，但现在都没见到和尚。"

"我已经来了好一会儿了，根本没见到人影。"

"让两个脚夫带着饭出去迎了。"

"他们也是在路上等着，好像也没接到人。"

半藏等待和尚的心情，就像焦急等待着朋友从西边回来的心情。他家和万福寺颇有渊源。最初盖起寺庙的时候，青山家的祖先给这座寺庙起名万福寺。但他想到这次回来的新住持，想到他信仰的宗教，总有一种不能为人所道的预感。

松云一行终于走过了十曲岭险峻的山路，比预定时间稍晚一些抵达了山坡上的茶屋，而此时他并不知道，有这样一位驿站家的公子正在等着他们。

松云看起来并没有像大家想象得那般憔悴。他看起来一点儿不像足足度过了六年苦行僧生涯，又去了趟京都本山回来的人。一行六七个人，除了马笼的脚夫，还有中津川宗泉寺的老和尚。

"这真是太不好意思了，谢谢各位。"

松云说着解开斗笠的绳子，向半藏和庄兵卫他们行了合十礼。

"您是阿鹤公子吧，可真是出落得一表人才，让贫僧刮目相看。"

松云一边说，一边又向伏见屋的儿子也行了合十礼。从手贺野村一路淋雨过来的松云，斗篷和草鞋早已湿透，这副样子吸引了半藏的目光。

"这就是万福寺的新住持吗？"

半藏不得不这样想。这和尚也太年轻了，看起来好像三十岁左右，不过是比他大个六七岁的青年僧侣。在茶屋休息的工夫，松云开始讲起去京都的见闻。先是在京都待了十七天，又在名古屋住了六天，最后从美浓绕回来，在手贺野村的松源寺住了一宿。松云以一种得体的老僧语气娓娓道来。半藏在这小半个钟头的工夫，发现身边这个人，实在是善良得让人一丁点都恨不起来。

等到他们终于走出新茶屋，向马笼驿站出发时，松云还和庄兵卫正聊在兴头上。

"哦，这道路真是焕然一新了。"

“春天尾州殿下的仪仗要去江户，你知道吗？”

“这我倒是听说过。”

“从新茶屋边境到岭上要修路了。尾州藩已经在每家驿站安排了官员，就是为了检查修路的进度，大家忙得焦头烂额。”

声名赫赫的名古屋藩主（尾张庆胜）在三月初要去江户，这条路过几天就会无比拥堵。一行人终于回到了石屋坡，见到了等在那里的驿站官员们，有问屋的九太夫，楔田屋的仪助、蓬莱屋的新七，还有梅屋的与次卫门，大家都穿着武士正装，打着伞站在雨中等着松云一行人。

当时的惯例是，新住持回村的第一个落脚点不是寺庙的山门，而是驿站的玄关。作为出家人受到如此盛情接待出乎松云意料，但这一切都是半藏父亲的主意。在一同前来的中津川老和尚的提醒下，松云在驿站的房间里换了一身装束，又乘上坐骑、撑起罗伞出了吉左卫门家，村里的孩子看到他们，也跟着走在通往寺庙的路上。

万福寺坐落在一座稍高的山上，俯瞰着绵延的民居屋檐。松云回到寺里，久违地穿着布履走过了山门，走进方丈①，行礼入座，仪式就算完成了。

仪式结束后，隔壁村的出家人、村里的驿站官员，还有来帮忙的人都收拾着回去了。

“住持！”

有位常居寺里的杂役来到松云身边，他似乎想起了住持不在时寺里的模样，对松云说道。

“您得空好好地感谢一下伏见屋的金兵卫。您不在的时候，他经常过来照看寺里，不仅本堂②的走廊里挂上了全新的大鼓，

---

① 方丈，方丈是指住持居住的房间。
② 本堂，寺庙正中央最大的建筑，相当于中国寺庙里的大雄宝殿。

还帮着把房顶全都修葺了一遍。光是秸草就用了五百二十把。我不知道该从何说起，单说台风刮来那次，钟楼倒了，金兵卫老爷没少为我们花钱操心。"

松云点了点头。

以他游历各地的眼光看，这里小得让松云怀疑到底是不是马笼的万福寺。他出门在外的这段时间，虽然这里交给了邻村的隐居和尚照料，看起来多少还是有些荒凉。方丈里，有一面那位隐居和尚六年来一直未曾见过的旧墙壁，上面挂着的达摩像，似是在欢迎着这位刚刚归来的新住持。松云看了看周围，有些事情他还是比较在意的。宗门账，就是当时的户口簿，由寺庙管理，他须得看看有无不妥。还要看看牌位堂整理得如何，一样样看过后，发现等待他这位新住持做的事情不胜枚举。开山法事也日渐临近，明天开始就要忙碌起来了。为了保证能早起，他还得做一番安排。他决定不麻烦两位弟子和杂役，亲自去院里的钟楼，敲十八下大钟。

第二天也是个雨天。松云趁着天还没亮就起身洗漱好，首先走向了钟楼。在那里，虽然看不清以惠那山为首的群山，但可以听到山谷对面断断续续的鸡鸣声。松云用一声清脆的钟声，迎来了新一轮初日。那钟声从一座山谷传向另一座山谷，从一处田地蔓延至另一处田地，传向村庄里还未开始运转的水车木屋，传向睡意尚存的小马厩。

第 三 章

"蜂谷，我不日将路经相州三浦，向江户出发。妻笼驿站的风兄寿平次也将同行。这趟主要是到云横须贺的公乡村拜访远亲，也想去见识见识江户。这是我第一次走出深山。"

半藏给中津川的同学蜂谷香藏写信，说明了自己的打算。

"有件好事要告诉你。我这次出门打算拜入平田门下。最近我有幸拜读了佐藤信渊的著作，得知这位知名的农学家是平田大人的同乡，尤为兴奋。本居、平田等各位大人的国学，受到世间太多的误解，真希望像他们那样以古人的视角看待世界的正直心灵，能够再次重现世间。我也想回归初心，重新认识这个世界。"

他还在信里吐露了自己的心声。

在马笼这种偏远的乡下，半藏要去江户的事马上传遍了村头巷尾。连乳母蔻阿婆也因为担心半藏特地来问问虚实。毕竟她是看着半藏长大的。

"半藏少爷，男人还算不错的，想去哪里就能去哪里。您看看我们女人，出门可真是举步维艰。我在山里生活了这么多年，也憧憬过江户。在这种偏僻的乡下，有的女人一生的梦想就是这辈子能去趟名古屋。"

出发前，半藏和父亲提了想要入平田门下的事。因为平田笃胤已经仙逝，所以半藏算是无师入门。即便是这样，对他来说也是一次看清自己的好机会。这样一来，他和同门的交往就方便了。

吉左卫门作为父亲，一路看着儿子长大。眼睁睁看着本该一路成长起来继承驿站的半藏，废寝忘食地投入平田派的学问中，要说一点不担心那是假的。但吉左卫门原本也是好学之人，一直以来都觉得自己才疏学浅，所以最终还是决定让儿子去完成他的理想。

传闻当时平田派的门人全国共有数百人，从南信到东美浓地区，均有不少学生学习平田国学。笃胤的理念传给了八位聪慧的弟子，其中又以继承平田家的养子，现任家主铁胤为最。半藏是由中津川的宫川宽斋介绍入门的，他到江户拜访平田家，若能得到铁胤的首肯，就可以加入他们了。

"父亲，谢谢您能赞同我的想法。我等这一天已经等了很久。"

半藏满脸都是对前辈的孺慕之情，他还对父亲说，中津川的浅见景藏、蜂谷香藏都有相同的志向，他们一定会为他高兴的。

"人总要多尝试些事情。"

吉左卫门皱了皱天生的大鼻子，对儿子说道。父亲只是问了半藏各种关于入门的问题，并没说让他不要陷得太深之类的话。

安政之前，出行是不易的。从木曾谷的最西头到江户有八十三里，来回就是一百六十六里，这是一段漫长的旅途。路上还有四座山岭、两座关卡，并非一片坦途。吉左卫门对西边的事了如指掌，但对东边并不了解。他作为驿站的负责人，有时会被叫到江户述职，因而去过两三次江户。这位父亲，此时正在把自己的出门经验毫无保留地告诉儿子。虽然寿平次是位很好的旅伴，但两个年轻人出门，总不那么让人放心。再加上还要从江户千里迢迢去横须贺，他建议带上个男仆。吉左卫门还帮半藏分析，行路人总喜欢多雇一些马匹和脚夫，路上尽量多带些人，人多总是有好处的。

"一个人出门的话，连旅店都不愿意接待。"

他提醒道。

和寿平次商量好后，出发日期定在了农历的十月上旬。日子越来越近，继母阿万为半藏缝了青锦的平安袋，妻子阿民为他缝了一些棉布的贴身衣物。看着这些，半藏的心里对旅途的担忧逐渐浮上心头。那时行路，只要不是碰上发大水之类实在无法克服的困难，即便是顶风冒雨也一定要按时赶到约定的旅店。

"佐吉啊，听说你要陪半藏少爷一起去？"

"是的，半藏少爷和我说了，老爷也同意了。"

蕗阿婆第一个跑来为半藏送行，碰到在地炉边上收拾行李的佐吉。佐吉到这里工作没多久，年纪和半藏差不多，这次被选上和少爷同行去江户让他满心欢喜。这几天他去山上打了好多松枝放到柴房里，以备自己不在的时候主家随时取用。

出发的时候到了。半藏穿着河内木棉的裳衣，绑好腿，已是一副出门的打扮。路上用的护身刀具用锦布包上刀柄，挂在腰间。

"这个给你，有了它，就能通过所有关卡了。"

吉左卫门把一块手牌递到半藏跟前。这是块通关手牌，上面写着安政十年，盖有官府和马笼驿站的印章。

"这天气，看着马上就要下霜了呢，半藏要辛苦了。"

继母担心地说道。半藏告别了继母，告别了抱着女儿阿粂、单手递过桧木斗笠的妻子，勇敢地踏出了家门。蕗阿婆眼睛里蓄满了泪水，和驿站的女眷们一起站在门口目送他走远。

小队长平助的家就在山坡上，那里有间挂着"当地特产栗子"牌匾的歇脚茶屋。吉左卫门、半藏的学生、小队长庄兵卫，还有隔壁的鹤松他们，一直把他送到山坡上。以当时的习俗，他们会在茶屋一起喝杯分别酒，说些路上可以回味的心里话。庄兵卫说，人在开启一段旅程的时候，总会非常急切，难免行差踏错，因此一开始就慎重地走好每一步是最重要的。一同来的平助也说，九天的路，最好用十天走完。万福寺的松云和尚穿着一身朴素的法衣，外套一件褐色袈裟，一身禅僧打扮，也专门过来送他一程，令半藏感怀不已。

"若非得走夜路，那么一定要小心。最好是早上出发，天黑前抵达下一处旅店。"

父亲最后叮嘱道。半藏和他们说了一会儿话，就带着佐吉越过了山坡。这片山坡上有一种长得像萤火虫的小虫子，当地人叫作"识路虫"，背上的颜色红红绿绿的，非常鲜艳。半藏他们刚踏上街道，就有一些这样的小虫子飞在他们前头。

寿平次在妻笼驿站等着他们二人。半藏这天要在妻笼留宿，所以打算在阿民的娘家住上一夜。半藏每次见到寿平次都会想，年纪轻轻就能做好本阵、庄屋和问屋三项工作，真是不得了。寿平次的房间里有本从上一代流传下来的账本。上面记着各位大名的住宿人数、房间费用、住宿期间用了几次浴桶、几个火盆、几支烛台之类，内容事无巨细。当时的各位大名，出门时都会自带寝具、餐具之类的用品，在驿站只需支付房费。到了寿平次这一代，对于这项工作丝毫没有懈怠。半藏认真地看了看这本账本。

"寿平次，这次出门，我把佐吉带了出来。他也想见识见识江户，你的行李，让他拿着就行了。"

寿平次听了半藏这话，欣喜不已。

第二天一早，佐吉早早地第一个起床，半藏和寿平次起来的时候，两双草鞋已经在廊下摆好，他自己要用的槠木斗笠、扁担之类的也都准备好了。之后他就坐在地炉边上，等着主家收拾好出发。寿平次出门前，把工作交给了二级驿站的站长得右卫门。他穿着一身柿色打底，缝着黑纱领的蓑衣，和半藏一样，也带了通关手牌。

妻笼的祖母是位上了岁数的老太太，一路看着孙子寿平次长大。她还和半藏聊起，阿民已经生了个女孩，寿平次的老婆还没动静呢。老太君和家人一起站在门口，依依不舍地送别寿平次。

"你要是能再长高点就好了。"

寿平次一脸苦涩的笑容。祖母看了看个子高高的半藏，又看了看寿平次，似乎在说，你小子可别去江户丢脸啊。

半藏和寿平次戴上檜木斗笠走在前面，佐吉担上行李，跟在他们后面。一行三人，踩着草鞋踏上了旅途。

第四章

一

安政六年十月，中津川的商人安兵卫、伙计嘉吉，以及同一城镇大和屋的李助等人开始将目光转向生丝买卖，他们从美浓出发，向开港后不久的横滨进军。中津川的医生，半藏的老师宫川宽斋和他们一起来到横滨。宽斋作为万屋安兵卫的书记官，这次过来，不仅想来横滨长长见识，也是来做生意的。

他们一行四人从中津川出发，越过马笼山，从木曾街道向江户出发，先在江户两国的十一屋安顿下来，把那作为一个临时落脚点，再向横滨出发。那位木曾出身的十一屋老家主是位古道热肠之人，为了能让从美浓过来的客人在旅途中多一些便利，总是不遗余力地提供帮助。以前马笼的半藏住在这里，现在宽斋住在这里，没想到自己与这师徒二人居然如此有缘。

"如果没有提前联系好神奈川住处的话，在横滨应该是找不到旅店的。神奈川有间叫作牡丹屋的老店，那里住起来最让人放心。"

一行四人听完老家主的嘱咐，顺着东海道大路，朝横滨出发了。

横滨是个孤零零的地界，就地势来说，横滨比神奈川的水要深得多。虽然海岸上已经筑起防潮堤，但怎么说也是个刚开发的港口。偶尔有入港的外国贸易船，船员也是宿在船上，或直接到神奈川住宿。从下田撤出，转移到神奈川的英、美、法、荷兰等国家的领事们更喜欢热闹的东海道大路，而不是孤零零的横滨。他们从住进临时住所的大觉寺和其他寺庙时，就没打算换地方。宽斋等人对这种事情已经有所耳闻，所以决定还是按照十一屋老家主的叮嘱，在神奈川的牡丹屋落脚。

这次生意，对于从美浓来的四人来说是极具冒险性的。从中津川到神奈川，接近一百里路，把生丝的原材料用马运来谈何容易，况且对方还是素未谋面的外国人。

当时，流传着许多关于外国人的传说。传说从前有位外国人来到日本，遇到一位心仪的日本女人，想带她回国，但女人没有同意。还有人说，这位外国人想要那位女人的三根头发，女人没办法，只好给了他三根头发。没想到女人好像被外国人的魔法魇住了，后来竟同意跟他去了外国。之后又来了个外国人，想要另一个女人的三根头发，这名女子从筛子（日本当时的筛子是马毛或竹子制作的）上拔了三根毛给他，可怕的是，后来那筛子自己腾空飞到外国去了。目击这一切的人都吓得手足无措，觉得这个外国人一定是教会的教徒。

当时的人对于外国到底无知到什么程度，从西洋船漂来空瓶的故事就可见一斑。美国佩里带着众多船员来日本时，途中向海里丢了很多空瓶。没风的时候，那些丢掉的瓶子因为瓶底重瓶口轻，只有瓶口露在海面上，瓶身进水之后，随着波浪漂到岸上。当时对于捡瓶子偷偷拿回家的人是要惩罚的，只要有这类东西靠岸，必须捡起来上交。按照当时官府的说法，瓶子里一定投了毒，万一有人中毒，问题可就大了。如果不是这样，外国人为什么要扔瓶子呢，一定是想要投毒害我们，这是他们的战略。之后政府设置了专门的处置所，并制定了严格的法规，万一有人一时想歪了没交上来就会被抓起来。就这样，这个村子交五个，那个村子交三个，陆陆续续交上来很多瓶子。官员们借用了一处空房子，每天把那些瓶子收起来，堆到里面，严加看管。但他们根本想不到，那只是外国人随意丢弃的空酒瓶。

对外国所有的东西都是这样一惊一乍。美方给幕府送的礼品都是瓶装、罐装和成箱的物品，同样送给浦贺衙门的礼品也是这些东西，佩里起航的第二天，当地的官员问过江户方面之后，直接把那些东西在浦贺的防波堤烧了个一干二净，以绝后患。那时，宽斋和中津川的商人一起来到神奈川，心中还没完全放下对西洋船的恐惧。

安政大狱①后，彦根的城主井伊扫部头直弼成为长老前不知经历了多少明争暗斗和心腹背叛。幕府官员之间的明争暗斗，最终都或多或少地影响了神奈川条约的签订和德川世子的继承问题。这些看起来甚嚣尘上的抗争，不过是一切的序幕。井伊长老期待喧嚣舆论的统一，但他自己就是以令世人侧目的斗士姿态出现在政治舞台上的。以著名反对派水户的御隐居（烈公）为首以及与其意气相投的大名和官员均被命令要谨慎蛰伏，强大的压力压制了京都的新兴势力。京都的鹰司、近卫、三条等三公尽皆下马，其他官家中，但凡是有反对关东嫌疑的，都被软禁在家。一些女官甚至被当作犯人送到了京都。民间的志士、浪人、百姓等也陆续被捕、处以严刑拷打。一人切腹、一人下狱、五人被判死罪、七人被发配荒岛、十一人被发配边疆、九人被押解、四人则被驱逐、三人戴枷示众、七人被流放、三人被严厉呵斥，还有六人和勤王②攘夷的急先锋梅田云浜一样病死狱中。水户的安岛带刀、越前的桥本左内、京都的赖鸭崖、长州的吉田松阴等人，无

---

① 安政大狱，1858—1859 年，井伊直弼迫害一桥派和尊皇攘夷派的政治事件。
② 勤王，江户末期，为天子尽忠，想要实现天皇新政的政治思潮。

一不是含恨而终。

此时，中津川的一众商人，一头扑到了心有余悸的外国人堆里。不久《神奈川条约》正式签署，从此与外国人贸易成为公开的秘密。大家对于只是想买点生丝回去的外国人，也没有那么恐惧了。宽永十年以来五百石以上的大船严禁入港，现在也放开了，海上门户已完全打开。经过两百多年漫长的闭关锁国后，过去的航海梦，迎来了新的转机。

宽斋出来做生意时已经快六十岁了。曾经作为一个村医，只要是中医能治的病，对患者总是来者不拒，其中，他最擅长的是眼科。他不常在中津川的城镇，更多的时候是游走在附近患者的家中，因为常常会有一些患者请他去家里看病，他曾翻山越岭去过马笼、三留野，从广濑一直走到清内路的尽头。只要有时间，就读书或者教书。宽斋，人称学问奇人，曾想要结束医生生涯，打算归隐信州饭田山野。这次一起过来的万屋老板对他说，自己平时没少受他照顾，现在看好了生丝买卖，想要他力所能及地帮些忙，到时分他一杯羹。此时的宽斋虽年事已高，却万事巨细，余生除了想在"隐居堂"度过之外，没什么其他心愿。

宽斋的工作，主要是帮助安兵卫他们打听横滨贸易的消息。新来的西洋人为了吸引内地人来横滨做生意，不管什么都会买一些。外国商人一开始就抱着亏本的心思，所以就算不太喜欢的东西也会买些。江户那些吃穿不愁、眼高于顶的家伙们想到新开发的横滨来碰碰运气。他们带过来一些两三文钱的玩具类，西洋人很是稀罕。只要说是德川大名用过的东西，就算是佛堂上摆的赝品蜡烛台也能卖上二两多。此时，内地过来的生丝商人还不多，对于万屋的安兵卫、大和屋的李助来说，这可是个不可多得的机会。

慢慢地他们掌握了更多的情报，留在神奈川的西洋人，包括各国的领事和书记官，一共四十人左右。他们听说，只要找到合适的中间商介绍，还能直接与西洋人见面。此时已经出现了一些虽不太正式但足够传达意思的翻译。

这天宽斋和安兵卫一行人，约好去见一位西洋人。二十间左右的外国人府邸建在神奈川一个偏远地区。这位叫作凯斯奇的英国人是位贸易商人，他打算在横滨的新商馆建成之前，临时住在神奈川。首先映入宽斋眼帘的是西洋人的罗纱外套，还有同款罗纱裤子，在本该有外套带子的位置，换上了扣子。外国的穿衣习惯是把手里的零碎物件全都隐在衣服里面。比如说，他们会把手帕藏到外套里面，钱包放到裤子里面，怀表放到上衣里面，把钥匙环挂在扣眼上。在日本人看来，他们的鞋子也甚是奇怪，木屐的替代品居然是用兽皮做的。

安兵卫他们带来的生丝样品，让凯斯奇十分惊艳，他好像在说从未见过这么好的商品。然而他的语速极快，连翻译也没听懂。凯斯奇一脸好奇地看着安兵卫他们束起的发髻，以及宽斋医生风格的光头。他还拿出烟来分给客人们，自己也舒坦地吸了几口。宽斋端详着这位西洋人，虽然他的头发颜色不一样，眸色也不同，但不至于像之前提起西洋船时那么恐怖了。他们不是幽灵，也不是怪物，而是和日本人一样，是血管里流淌着血液的人。

"他说如果你们有一百钱这种丝，他可以用一两买下来。"

听翻译这么说，安兵卫他们受到了莫大的鼓舞。百钱就能卖一两，这可是闻所未闻的价钱。

他们很快就知道了交易方式，也了解了生丝的价钱。现在最重要的是尽快从神奈川回去，在明年春天之前尽量地多买进一些生丝。在这一点上，安兵卫和李助的想法一致。两个人当作样品带来的，以及之前拜托牡丹屋的老板帮他们保管的生丝都已售罄，这些货，按照一包一百三十两的价钱卖了出去。

"宫川老师，麻烦您留在神奈川了。"

安兵卫这样说道，宽斋心里早知道会是这样。

"老师您要保重哦，别被耗子抓走了。"

伙计嘉吉一如既往地插科打诨。开过玩笑，他们便把这边的事情郑重地委托给宽斋。宽斋负责中津川和神奈川之间的联络事宜。

二

第二年闰三月，标着角万（他们的商号）的生丝货物陆续发到宽斋这边。宽斋按顺序收下这些货，并妥善地处理，但每次看到从木曾街道经过一家家驿站，途经江户发过来的货物，他都会数算着中津川商人再过来的日子。这世道不太平，每天都会有突发事件，生丝货物能安全送达已是万幸。

当月下旬，万屋安兵卫带着伙计嘉吉来到美浓。两个人还是顺着来时的路，宿在江户两国的十一屋，农历四月抵达神奈川的牡丹屋。

宽斋的身边一下子热闹起来。安兵卫把路上带的刀放在壁龛里，嘉吉把袜绳解开放在房间的一角。他们给宽斋带来了家乡的消息，连东美浓盆地的空气也一起带来了。宽斋迫切地想知道妻子、熟人、学生们的消息，还有家乡的琐事。

宽斋坐立不安地消化着这些消息，嘉吉摆出一副勤劳随从的模样对他说道："宫川先生应该久等了吧。毕竟春蚕还没收，现在咱们什么也做不了。蚕丝收不上来，其他的都是纸上谈兵。"

"是啊，真是辛苦您了。早知道这么久，应该请您先回去一趟，回头再过来才是。"不愧是来回百里也要做生丝生意的安兵卫，总是这样贴心。

"但转念又想，总要有个人留在这边，其他人对横滨的事不甚了解，而且交给外人也不放心，能信得过的只有先生您了，所以只好辛苦您继续留在这里了。"安兵卫解释道。

夜幕降临。三人久违地共进晚餐，外头传来打更声。井伊长老的丧事一直瞒到闰三月的三十才公布，最近神奈川附近的警戒异常森严。嘉吉从屋里走到外面的走廊向外望了望。街上有头上戴着斗篷、腰间别着两把刀的当值兵，三人一组，两人手提灯笼，一人敲着更鼓。嘉吉丝毫没有睡意，小碎步回到屋里。

"这么说来，先生身上开始有点横滨的味道了。"嘉吉开玩笑道。

"不许胡说！"

宽斋近七个月都没见到熟人，也没听说过其他人的消息，他到底过着什么样的日子呢。嘉吉用眼神悄悄问道。

"行，给你看看吧。"

宽斋笑了笑，拿了张平时练字的纸放到灯光下给他们看。过去的七个月，对宽斋来说就像两三年一样。除了驿站阁楼小窗外的那株椎木外，他甚至连个朋友都没有。他看着椎木的枝枝杈杈，练字练得字体都变了样。

宽斋看着安兵卫和嘉吉说道，"从去年十月份开始，横滨已完全变了样"。

生丝生意进行得很顺利，合同是当初商定的。这个合同是当初在神奈川外国人府邸，凯斯奇的临时住处定下来的。当时的中间商和翻译见证了此事。此次，安兵卫和嘉吉作为卖方列席，宽斋负责制作文书。

凯斯奇是个不苟言笑的男人，居然也眯着蓝色的眼睛笑了起来。

"我打算在横滨的海边盖幢两层的木房子。有两位合作伙伴已经来到了神奈川，一位是英国人巴尔贝尔，另一位是美国人霍尔。我比任何人都要抢先盖好了那间商铺，还要挂上大英帝国第一的招牌。"

翻译把他的话大致解释了下。

那时候，凯斯奇还一脸"听懂了没"的表情看着他们，并一一和安兵卫、嘉吉握手，还不忘向宽斋伸出他那大手掌。英国人用力地握了握宽斋的手。

"合同已经签好了。剩下的就等交付丝线了。"

安兵卫从外国人府邸里走出来时长舒了一口气，嘉吉边走边说，"老爷，我们还要把赚到的钱运回老家去呢。"

"这事就不用担心了，先生会办好的。"

"这可不是件轻松的工作哦。"

宽斋跟在他俩后面一起踏上了神奈川的高台，面朝大海站在岸上。目光所及，正是干得热火朝天的港口。野毛町、卢部町等地的填海工作已经完成，横滨开港时只有一百零一户人家，现在已经数不清有多少住户了。横滨即将在六月初二迎来开港一周年。作为纪念，将举办一次祭天礼。按照牡丹屋老板的话，届时不仅会有传统的神辇，还会有山车、手鼓舞、蜘蛛拍手舞等舞蹈节目。不管外界对横滨开港有多少批判之词，这里的人好像根本不在意，世界的潮流已经以不容置疑的姿态滚滚涌入这先行向欧洲开放的港口。像毛毡、绦织布、细布、玻璃、药种、酒类等商品络绎不绝地从这些港口运进来，生丝、漆器、茶叶、油、铜以及铜器这样的商品则源源不断地运出去。不管这里的人愿不愿意，东西方的交流已经开始了。

宽斋有些想念老家的妻子，也挂念中津川的香藏、景藏，还有马笼的半藏他们。他想那个热血青年，要怎样渡过这个艰难的时期呢？

宽斋需要把生丝买卖赚到的两千四百两黄金送回遥远的中津川。安兵卫和嘉吉两个人留在神奈川，六月底要把生意的事办好。当时搬运金银还是相当困难的。听说有人好不容易用鱿鱼干把黄金包起来，假装成干货才躲过了小偷的毒手。还有传言说，武州川越的商人们坐着轿子赶夜路，刚从江户出来，就被轿夫洗劫了一空。但凡是身上带钱超过五十两的，轿夫都能通过重量掌握个七七八八。在这样的时局下，宽斋负责保管这两千四百两黄金实属不易。清贫一世的他，这辈子都没见过这么多钱。

宽斋住在牡丹屋的二楼。安兵卫坐在他对面，拿起烟杆吸了一口。

"先生能负责这件事，我特别高兴。我可是为了这件事，专门请先生一起来到神奈川的呢。"安兵卫坦白道。

即使安兵卫不这样说，宽斋心里也有数。

宽斋站起来，感觉万丈豪情从胸中升起。时光没饶过任何一个人，他这个年纪，也算是土埋半截了。右耳已经差不多听不到了，右眼的视力也明显不如左眼。他撑着衰老的身体，打算朝着"隐居所"踏上冒险的旅途。这时，安兵卫把一位镖师带到他面前。

"先生，这人会随您一起。"

那男人看起来十分强壮，应该足够能保护这些黄金了。嘉吉帮着一起把千两重的箱子打包好。

四月初十，宽斋大清早就准备出发，别上腰刀傍身，离开这个住了七个月的驿站单间，踏上了归途。牡丹屋的老板给他们送来了分别的酒水。安兵卫坐在宽斋对面，自己先喝了一口，又把土陶碗端给宽斋。这杯酒装下了太多的情意。

"来，让一让！"

随着喊声，走廊里的女仆们向两边让开，三件行李顺着梯子从二楼运了下来。打包好的箱子看起来很重，需要嘉吉和驿站的男仆两个人用力才能抬得动。

"哎呀，要出发了吗。到江户您会宿在两国吧？请您帮我向十一屋的老家主带个好吧。"

老板来给宽斋送行。

宽斋和镖师两个人，赶着驮着行李的马，就这样离开了牡丹屋。安兵卫和嘉吉说坚持多送一程，和他们一起走过了泷之桥，走过飘着荷兰领事馆国旗的长延寺前街，最终来到了神奈川的台场前。

到了这里，从前学生们的思乡之情，也悄然涌上了宽斋的心头。再向前走一步，便是人来人往的东海道。他像一只游历世间的老鸟，随着马蹄声踏上了途经板桥回木曾街道的路。

第 五 章

　　万屋的主人和伙计留在神奈川，宫川宽斋踏上归途的消息，早早地在美浓传开了。中津川地方说大也不大，消息很快传到了香藏和景藏他们这些学生耳中，半藏也在三里外的木曾马笼听说了，老师要顺着板桥回木曾街道。

　　横滨开港的影响同样体现在各地的主干街道上。半藏在马笼已经听说了旧金币升值的消息，当然也没少听说买卖金币的事。地方上有人开始收购当时市面上的古二朱金、保字金等老金币。今天说江州的买家来马笼楔田屋以一两换一两三分的价格买走了他们的保字金币，明天又说中津川的大和屋用一百枚保字金币换了二百二十五两新金币。这种传言每天都在半藏的耳边绕来绕去。算起来，这可是一两换二两一分的买卖，更有甚者，给出了二两二分、三两的价钱。隔壁伏见屋金兵卫无意中听到这些，着实吓了一跳。他先是阴阳怪气地说真是世风日下，之后又担忧地说现在世道都这样了，以后不知道会变成什么样。

　　整个社会动荡不安，半藏一心期盼着老师从横滨做生意回来。

　　老街道的村民自古以来就喜欢热情招待行路人。他们口口相传着从前的行路人用椎树叶子盛饭的故事，路边的道祖神提醒着他们每一个人，要有爱护行路人的精神。木曾这种重峦叠嶂、山高水险的地方更是如此。最了解行路人当下困境的正是他们。从半藏的角度上来说，老师肯定是不分昼夜地从漫漫百里外的神奈川赶来木曾的。

半藏焦急地等待着老师，每天都到街道上看两眼。三年前，他和妻笼的寿平次一起，从江户出发，路过横须贺回到这里。因为去年那场大火，马笼的旅店正在重建。万幸的是，他家和隔壁的伏见屋只是受到一点波及，但路对面已经完全烧成了一片废墟。路头问屋九太夫的家经过邻居们的共同努力刚刚竣工，现在已是崭新的模样。

对于老师去横滨做生意一事，学生们之前都觉得不太妥当。最初听到老师前往横滨的消息时，学生们不约而同地生出了一个共同的愿望，那便是希望老师不要失了晚节。虽然出发的时候没必要特意通知一声，但他们觉得回来的时候老师应该会告诉他们。至少半藏的内心还是希望老师路过时能够到他们家坐坐再走，多少和学生说说心里话。

四月二十二，宽斋赶着马，在镖师的陪同下，越过山坡，走下半边街道林立着崭新房屋的马笼山坡。宽斋把马车停在伏见屋门口，与热情相迎的金兵卫聊了一会。他说起对鹤松之死的惋惜，说起此行从横滨带回的两千四百两黄金，又说起万屋安兵卫他们将在六月前后回来，还说了一些诸如生丝买卖的利润很大，开港地方一枚金币差不多值三两二铢①，等等。聊完他便走了，顺着中津方向出发，没去苦等了多日的半藏家坐一坐，径直走了。

许久之后，半藏才从隔壁家听说了这件事，彼时有些怅然若失。他从前对老师深深的信任不由得化为深深的失望。

---

① 一铢是十六分之一两。

第 六 章

　　和宫皇女下嫁的消息传开，沿道的人们听后都非常感动。从古至今，皇室和将军家族间的联姻从没成过，总是因为各种原因不了了之。这位和宫皇女是第一次联姻成功的，这趟从京都到江户的送嫁仪仗也将是一场前所未有的盛典。对于沿途百姓来说，能亲眼拜见这番送嫁仪仗，也算是无上荣光了。

　　对于木曾谷下四宿的官员来说，可不只是感叹一番的事，他们一度既惶恐又迷茫。多年的经验告诉他们，这条街道上可以用于运输的人马是有限的，就算把木曾谷的人全部动员起来，也不过寥寥。这样，只能从伊那地区召集更多人马，以备这前所未有的盛大仪仗通行之用。

　　木曾街道第六十九号驿站已经不再是嘉永年间的驿站了，更不是上了岁数的吉左卫门和金兵卫念念不忘的天保年间的驿站了。现在就连伊那的百姓能不能听道中管事的安排，响应这么大规模的人马征集都是个问题。

　　四分收成出一匹马，五分收成出一个人。不管人还是马都要足够强壮的，老人、小孩，以及体弱的马匹都不要。

　　这是伊那地区的庄屋和驻扎在木曾谷下四宿的官员们从文化年间约定好的。四分收成一匹马，或五分收成一个人，这是根据收成定的比例分配每个村的任务。这个比例从天保年间开始稍微有些变化，但征集人马的大致政策没变。

要想了解驿站，就要知道曾经严苛的驿站制度，除了驿站常驻人马，还为补充人马设置了助乡。按照德川政府的政策，驿站附近的百姓有义务配合这项制度。助乡属于国家劳役，甚至可以说是一项相当于法令的规定。管事会不时巡视伊那地区，监督村民按规定服劳役，在有助乡义务的村里，将助乡任务分摊到各个村子。天龙川两岸原来有助乡任务的有三十一个村，后来扩大到六十五个村，一旦被分配到这项义务，他们就必须无条件地放下手中的铁锹，离开田地，翻过风越山，从伊那来到木曾服这趟劳役。

那时普通百姓穷得连出远门都困难，但上京觐见和到各地就任的各位大名，以及公务在身的各位老爷们的仪仗，则是颇为铺张奢华的。每当有征集令发来，有助乡义务的村民就会分成上下两组，上组去到木曾和野尻两宿，下组去妻笼和马笼两宿，交替执行早班和夜班的任务。如果天龙川出现了发大水等特殊情况，导致河西边村子的村民无法上工时，甚至规定需要全员助乡。这项工作直接由道中生路门执行，可见德川政府是多么重视驿站工作。管事在各个村里安排助乡保证人，还刻了专门的印章，作为保证人马专为公用的权威证明。他们还把印章送到道中的每个驿站和助乡驿站，遇到闹事的人就地拿下，以迅速推进政策的实施。无论如何，对于老百姓来说，往来官员的仪仗多的时候如果又赶上农忙，他们只能顺从地忍耐着。时间长了，不乏一些实在穷得逼到绝路的村子，会以山崩、泥石流、发大水等由头逃避助乡。

按理说，这次的仪仗应该是途经东海道过去的，但后来换路选择了木曾街道。因为东海道那边不太安全，有消息说一些志士浪人打算埋伏在他们东下的路上进行伏击。这种背景下，和宫皇女的送嫁仪仗要从这里通过，管事们在道中的各驿站和助乡驿站三令五申要求，不管用什么手段，一定要保障人马的调动，严阵

以待，等待各位贵人从西边陆续到来。考验德川政府威信的时刻
到了。

寿平次在妻笼的驿站里等着扇屋得右卫门，他出发去伊那的
六十五个助乡村子探查民意，还没回来。正巧，阿民想念娘家祖
母和他一起来了妻笼。她满脸省亲的喜悦，从正房的厨房穿过宽
敞的庭院，来向哥哥请安。

"回来了。"

寿平次简短地打了个招呼。

这里连着后山，是田园风庭院的一角。寿平次在这建了十丈
远的弓箭场，还盖了间简朴的小房子，工作之余得空就来这里练
习弓术。他穿着袴，保持着乡绅气派，裸露着半个肩膀，右手缠
着护手的皮绳。阿民没见过这样打扮的哥哥，颇觉稀奇。

"哥哥，你可真悠闲，竟然还有时间练弓。"

阿民开心地说道。

"再怎么忙，弓术不能放下。"

寿平次当着妹妹的面，拿起一支箭搭上弓。雨后的阳光洒在
八寸大的靶子附近，小土丘闪着白光。

"半藏还好吧？"

他一边和妹妹说着话，一边仔细地瞄着靶子。离弦的箭偏离
了靶子，他又拿起一支箭射了出去，这次还是没射中，箭扎在了
土丘上。

寿平次走到土丘旁拔出箭，回到妹妹身边说道。

"阿民，马笼那边的父亲（吉左卫门），还有伏见屋的金兵卫
告老的事情怎么样了？"

"哥哥，上头还没准呢。"

"哦，告老也不批吗？不过这种事也没什么稀奇的。"

想想最近街道也不平静，寿平次点了点头。

"阿民，在妻笼多住几天，当休息一下好了。"

"都听哥哥的。"

兄妹话着家常逛回庭院，遇到了刚从伊那回来的得右卫门。得右卫门不仅是最适合走访伊那地区最有实力的岛田村和山村的助乡总管，还是妻笼二级驿站的站长，寿平次的父亲早早过世后，这位年老的官员一直非常照顾他。得右卫门家的酿酒屋和马笼的伏见屋十分相似。

寿平次给了阿民一个眼神，目送着阿民避开这里，绕行庭院回到正房。小屋粗糙的墙上设有挂弓的位置，他解下护手的绳子，迎向僻静处的得右卫门。

得右卫门的报告，正如寿平次担忧的那样。长久以来，伊那助乡或是通过木曾下四宿的官员，或直接联系管事诉苦。助乡从三十一个村扩大到六十五个村是这一趟趟诉苦的直接成果。但是天保年间之后，助乡的负担越来越重，再加上西洋船事件之后各位大名和高官来往甚多，助乡每次来回都要路过险峻的木曾路，不可避免地会发生人马疲敝、生病或死亡，也有一些村子的人手实在供应不上。

说到底，虽然助乡的人马用作一天的工，但因为路途艰险，这些人马需要提前一天出发，抵达驿站，第二天上工，把仪仗送到下一个接应的站点再回来，这样当天就很难回村了。上一天工，却要耗上三天的时间，稍微出点意外，也有耗上四天的时候。不仅是时间，还有食宿费用，路上的零花，作一天工的钱基本剩不下。有些路途遥远的村子实在不堪劳役，甚至和问屋商量好，用钱来抵人马，而抵人马的钱，却节节攀升。村村有本难念的经，驿站常备的人马不足以应付大型仪仗，助乡的村子因为长期输出劳力无以为继。再加上因为服劳役，不能下地干活，交给女人和老人的田地多有荒置，物价却在高涨。这样艰难的世道，根本没有百姓的活路。这时让村民们按照规定出人马，连助乡总管也很难开口。

"唉，真是难办。"得右卫门接着说。"我说，一定会帮他们，不让他们自己干。我会去衙门求他们增加助乡的村子，在这节骨眼上，尾州藩的人也不会视而不见，应该会有所动作的。我对助乡保证，这样的仪仗不会有第二次的，这才召集到村子的人来商谈，又对他们许诺了不少事情才回来。"

"辛苦您了。那我们赶快给衙门写信吧。以野尻、三留野、妻笼、马笼等庄屋的名义联名提出，半藏应该也不会反对这件事。"

"行！这次去伊那，真是切身感受到了这一切。光靠德川大人的威名，已经指使不动百姓了。""这样太慢了。我们还可以建议各位大名的仪仗稍微精简一下，这样的话助乡也能减轻一些负担。不少人都觉得觐见和职务更替有些过时了。"

"是有乡绅这样说。"

"现在也只能这样了"，寿平次说着顺手从墙上取下弓，开始在弦上擦松脂。得右卫门看他这样，似乎想起了些什么。

"伊那现在也很流行这个。武士典了刀，乡绅提起弓，这世道可真是变了。"

"就算您不这样说，我也会更加努力地锻炼身体的。您看着吧，像这样的乱世，总有需要用武力才能解决的事呢。"

寿平次挺起胸膛，伸出手，朝着靶子深吸了一口气。左手按着弓，右手拉起弦，两只胳膊都在用力，脸也涨红了，胳膊上的肌肉高高隆起。虽然个子不高，但他已经快三十岁了，正是和马笼的半藏较着劲的年纪。

"砰。"

"这样可不行。"得右卫门站在寿平次身边，试图提醒他。

不管怎么样，寿平次他们开始起草请愿书了。首先，伊那方面需要增加助乡，减轻百姓的负担。这种措施就算是临时的也好。其次，各驿站为这次的仪仗，增加了许多人马，所以每间驿站需要一百两借款，这笔借款会分十年还清。粮草也见了底，驿站的工作十分艰难，需要用这一百两买些米豆粮草，让上工的人马渡过难关。请愿书的主旨大抵就这些。

草案已拟好，下四宿的官员到妻笼驿站集合，马笼的金兵卫由于年迈出行不便，由其养子伊之助作为代表前来参会。寿平次、得右卫门、得右卫门的养子实藏也一同出席了这次集会。

"我觉得当前最紧要的是增加助乡，但如果开了这个头，以后会怎么样呢？"

"这样盛大的仪仗也不会有第二次了吧。"

官员们各抒己见。得右卫门替助乡总管们传达了想法，说提出这样的请愿也是无可奈何之事，并尽力向他们说明，现在不是担心将来的时候。

"怎么样，请愿书这样定下来如何？"

伊之助此言一出，就是想让各位乡绅盖章了。

第 七 章

文久三年是排外热达到顶峰的年度。在这股舆论中，将军家茂正式上京成为热门话题。

二月十三将军从江户出发。虽说应时应景地要求一应就简，但仪仗通行的东海道还是进行了严格的通行管制，禁止普通人通行。三月初四，仪仗终于抵达京都，在三千多士兵的护卫下进了二条城。这次访问京都，重启了第三代将军家光时代之后未再举行的入朝仪式，幕府考虑到当时的形势，就之前的怠慢向王室表达了歉意。同时，表达了公武合体①的意愿，希望能得到御旨，将一应政务如往常一样委任给关东。从皇女下嫁以来，天皇和将军成为姻亲兄弟。关东方面对这次拜访寄予厚望也是可以理解的。毕竟如果能通过这层关系，进一步加强王室和将军家之间的关系，消弭政令分歧的危机，安抚摇摆不定的各地人心，那么上京所用的巨额费用也没什么舍不得的了。传说在关东势盛、力压群雄的宽永时代，若德川将军上京，连主上都要亲临二条城迎接。将军面圣时，更是要诸位公卿陪同，且每个人都要盛装出席，两百多年的时光，不仅改变了周围的环境，也改变了武将的地位。从三条河平原的示威，到志士浪人的流浪，从死谏堂上，

①　公武合体，江户末期，朝廷和幕府一致对外，同时谋求幕府体制重建的政治构想。

到与诸公卿策动恢复王室，笼罩在阴云之下的京都，是刚踏上京都土地的关东人根本想象不到的。水户藩主也在此时进京，但将军家的进京和他们比起来要低调得多，路上也无人欢迎参拜。不仅如此，近臣因为担心家茂的安全，个个惊疑不定，时刻想着奋不顾身地保护将军。将军当时不到二十岁，进宫觐见又不能带武士随行。听说当时的近臣都想好了，打算准备一把锋利的短剑，在将军面圣之前悄悄递给他，毕竟没有人敢对家茂搜身。当时，家茂脸色大变，直接把短剑丢到了席上。他说，不会有人加害一个心怀尊敬进宫面圣的人，若怀中藏着短剑面圣，那岂不是在怀疑朝廷，可谓大不敬。最终，随侍一旁的老中（处理幕府事务的最高官职）板仓伊贺守没再说什么，默默收起了短剑。当时，将军已经穿好朝服，做好了面圣的准备。五十多个侍从走在前头，每人都一脸恭敬，一行人于三月初七安静地出了二条城。年轻的将军身上带着台德公的风范，即便是在侧殿也是严肃威严的正座之姿，这一切都说明当时的形势不容乐观。

这次将军上京，最初是长州公建议的。但京都方面却想趁此机会狠狠地削弱关东的势力。从弘化安政时起，就有以真木和泉为首的先锋志士，打着天下变革已至、王室恢复在即的旗号，以攘夷为幌子，发起讨伐幕府的运动。京都的寺田屋事变，就是最好的例子。这次事件中，讨幕派与志在恢复王室的公卿联手，得到了历来与幕府不和的长州藩的支持，显得更有组织性。"尊王攘夷"无疑是这次讨幕运动的主题，这是一场哀叹王室衰落、反抗幕府专横的运动，其出发点是不容忽视的。他们计划一并谋求攘夷和讨幕，以攘夷之名加速对幕府的破坏。水户藩士、藤田东湖、户田蓬轩等揭竿而起，高喊尊王攘夷，经历无数曲折，如今终于付诸实践。

排外的呼声很高。连原本主张开港的幕府当局，也从未放松对海岸的防务。幕府想尽办法节省各大名到江户赴臣的不必要花销，节省下来的金钱可以充实兵力、补足装备。毕竟德川幕府本身没有号召力也没有实力一统全国来对抗欧洲外来者。即便如此，为了安抚京都，皇女下嫁时，幕府还是做出了许多承诺。例如许诺会防御外夷，撤回和外国签订的各类条约，讨伐非法入侵者，等等，不一而足。但这样的权宜之计显然是无法令京都方面满意的，当时的社会也不允许他们有这种模糊不清的态度。连提前进京准备将军进京事宜的一桥庆喜，也被以公卿们催促在将军进京之前确定攘夷期限。这一趟京都之行，就算天皇对年轻的将军心怀怜悯，即便庆喜拼命周旋于百官之间，如果不能以家茂的名义针对这个难题给出一个明确的答案，那么将军家是不可能轻易结束这十日的京都访问，顺利脱身辞行的。

当年二月起，横滨的港口一直停靠着十一艘英国军舰，绝不能忽略这支舰队对自由行动的态度。要理解这一切，就要对所谓的"生麦事件"有所了解。

自横滨开港已有五年。"浪士们正在秘密组织排外的横滨袭击"，这种消息已流传了好久，不仅如此，江户高轮东禅寺的英国领事馆遭受袭击，外国人受害事件频频发生。美国领事馆的第一任领事休斯肯，就是牺牲者之一。他在日美建交之初跟随哈里斯共同赴任，对日本的国情非常了解，却在江户三田古川桥遇刺。为了保护这些外国人，幕府设置了专为外国人服务的公署，募集了三百多个地方官员的子弟在此工作。这种事越多，民间的反感情绪就越严重，最终导致了"生麦事件"。

"生麦事件"是怎么回事呢？这是一桩发生在东海道的意外事件，且在外交上引起了极大误会。这件事发生在前年八月二十一，川崎站附近的生麦村。当时英国商人理查德逊，还有与其一同从香港过来的妻子波罗奥戴尔，以及居住在横滨的英国商人马歇尔和克拉克，四人骑着马从横滨前往川崎。正巧萨摩的岛津久光一行人从江户回关西，归途中人多事杂，对日本国情不甚了解，发生了一些误会。当时神奈川岸边的街道规定禁止行人通行，虽说神奈生路门已经通过各国领事通知了住在横滨的外国人，也可能没有通知到位。骑在马上的英国人并非要穿过仪仗，但由于语言不通，习惯不同，没理解萨摩军的话，觉得这条路可以通行，所以正当英国人骑马穿越仪仗队的时候，惹怒了钦差的手下。当久光的轿子在五六百人的护卫下渐渐走近时，两名武士抽出刀刺向了英国人的腰部。几个英国人，有掉头逃走的，有弃马逃跑的，理查德逊在松原坠马。萨摩武士看到坠马的外国人受了重伤，出来六个人，抓着外国人的胳膊拖到了路边。受伤逃跑的三个人里，有人左肩受伤，有人被砍到头发，受伤最轻的女人也被砍掉了帽子和一部分头发，狼狈地逃回了住所。得到消息的英军、瑞士军以及其他一些外国人匆忙赶赴现场，神奈川衙门的行政长官也来到了现场，用担架运走了理查德逊的尸体。第二天，住在横滨的外国人全体歇业，为理查德逊举行了盛大的葬礼。不仅如此，外国人还组织集会，进行强烈的抗议，要求神奈川衙门逮捕行凶者，阻止岛津一行西上，但萨摩的人并没有理会，直接回了关西。

这件事发生前的一个月，法国领事馆的两位士兵在横滨港崎町受了重伤，同年十二月的一天夜里，品川①御殿山一座幕府在建的外国领事馆区域，被长州人放火烧成了废墟。当时的英国代理领事尼尔毅然站出来，作为横滨外国人的代表，向幕府施压，要求对"生麦事件"问责，试图以此改变日本人排外的态度。海军少将克鲁帕尔率领十一艘船组成的舰队，带着英国政府的命令停进横滨港。

正在接待将军家茂的京都方面也听说了这件事。英国方面的抗议很是强硬。他们认为，无辜的英国平民受到残忍杀害，日本

---

① 品川，位于今东京都。江户时代，东海道五十三驿站的第一驿站。

政府不履行主持公道的义务，没有要求萨摩方面交出杀人凶手，这是对英国政府的侮辱。所以他们要求，首先要就此事谢罪，另外还要支付十万英镑的赔偿金，若不满足其中一条，英国水师提督将通过舰队的威力达成这一目的。不仅如此，如果日本政府没有能力从萨摩的领地抓获杀人凶手，那么英国将直接与萨州公交涉，将舰队开到萨摩港口，抓捕杀人凶手，并当着英国海军将士的面砍首示众，同时向杀人凶手收取被害人的家属及伤者的慰问费两万五千英镑。通告一出，震惊朝野。当各藩志士为商谈事宜来到学习院①时，英国方面的要求多少也传入学子们耳中，即英国要求就以下内容得到日本政府的回复。

（一）将岛津久光引渡到英国。

（二）交出十万英镑赔偿金。

（三）讨伐萨摩地区。

在偏殿，关白交给一桥庆喜这样一封信：

> 关东事急，为防英舰，大树（指家茂）既归府，应亲自指挥京都及近海之守卫。且正值攘夷决战，君臣自当一心相合，若大树归东，东西相隔，则君臣情意不通，身心隔离。值此救天下于水火之时，令大树勿急归东，留京坐镇，守卫海防，以护圣驾。英舰对应事宜令浪华港处之，切勿拒绝谈判，若起兵端，大树当亲征以指挥万事，挽皇国志气。关东防务，择适宜人选，自当告知。

集合到学习院的有志之士抄阅了这封信。总之，幕府方面要求各藩务必加强海岸防务，向英国方面要求延期回复。在京都僵硬的氛围里，每个人都在观望天皇的态度。有人说政府已经拒绝

---

① 学习院，江户末期，为公卿子弟在京都设置的教育机构。

了英国的三项要求，有人说法国领事从中调停，又有的人说一定要先出兵，打对方一个措手不及，众说纷纭，没有一个人知道未来的时局会怎么样。

以四个外国人的死伤为导火索的"生麦事件"，就这样发展成了严重的外交危机。这结果正是多年来的排外热导致的。但这并没得到攘夷派的关注，急着讨幕的各方志士甚至放弃了这个极好的机会。当时京都的松平春岳已经放弃了公武合体的念想，因工作与志向不合，辞去了政事总裁的工作归隐故乡。惊闻此事后进京的岛津久光的立场也举步维艰，以需要回去加强海岸防务为由，稍稍住了几日就离开了京都。近卫忠熙潜居，中川宫也隐居山林。

第 八 章

一

　　"半藏差不多该从王泷回来了吧。"

　　吉左卫门虽已闲居，但还是忧心外出的儿子半藏，他像以往一样，早茶后马上从驿站阁楼下来。虽说打算出门去看看情况，他还是穿着往日那身朴素的袴。脚下踏着仆人佐吉编的草鞋，因为病后半边身体恢复得较慢，所以仍离不开拐杖。

　　自吉左卫门将家业传给半藏，从庄屋、本阵、问屋这三份工作中退下，已半年有余。去年文久二年，从夏至秋，他一直卧病在床。连长州公从江户去京都途经木曾路，在自家驿站休息都没法前去迎接。恰逢当时恶性病流行，那位大名也不得不在诹访停留了三日。从江户到大坂都是如此，更不用说京都了，恶性麻疹在全国上下到处肆虐，即使康复了也会留下各种各样的后遗症，各地的死亡人数达到了惊人的数字。有人说待疫情彻底过去，再过一个年节多少能缓解一下人们心里的恐惧。即使是勉强带来一些心理安慰，只能送走恶病之神，没办法解决其他灾难。伏见屋金兵卫等人听到这话坐不住了，哪怕是八月正中，他们竟在驿站前立起了门松，准备迎接今年的第二个正月，进行所谓的社会改革。那是吉左卫门长久驿站生涯的最后时光。同年八月二十九，他和金兵卫一起迎来了退役。自那以后，就过着深居简出的隐居生活。但像这般挂念驿站经营，在意街坊的流言蜚语，甚至在儿子外出时想去驿站看看，这对他而言是极为罕见的。

当时，家茂将军刚前往京都，何时返程尚且不明，横滨的港口停泊着十一艘来意不善的英国军舰，一时传言四起。吉左卫门首先前往孙子们所在的驿站主屋。

"哎呀，是例币敕使大人。"

这是男仆佐吉的声音，他正在主屋的地炉边，陪孩子们玩耍。阿万也从阁楼和阿民一起过来了。一家人有大清早就吃过早饭的，也有人现在正打算去吃的。此时吉左卫门正朝那边走去。

"不对，正己才不是例币敕使大人。"阿万对小孙子说道。

佐吉也附和道："没错，乖乖吃饭的孩子就不是例币敕使大人。"他单腿屈起坐在地炉的一角，这个男人习惯连吃饭时也穿着草鞋。

"佐吉，那我也不是例币敕使大人吧。"听长孙宗太这么说，聚在地炉边的众人都笑了起来。

吉左卫门的孙辈们都长大了。阿粂八岁，宗太六岁，连第三个孙子正己都三岁了。要说为什么连这么小的孩童都会将例币敕使一词挂在嘴边，是因为例币敕使在街上已经是麻烦的代名词了。每年例行从京都出发的日光东照宫的例币敕使一行，途中不仅强征人手，还会向下榻的驿站榨取钱财，劣迹斑斑，给沿途的百姓带来了各种苦难。百姓们甚至把敕使一行人的恐怖程度比喻成立春后二百一十日的暴风雨。以公卿、僧侣正为首，有五百多人，他们会强行要求驿站献上金制的祭神除邪幡。最近马笼的驿站，也至少要缴纳二十两礼金才会被放过。这事刚好发生在半藏外出前去王泷之时。

吉左卫门从宽阔的炉边看向客厅，那边是给半藏和助手清助的，一间专门处理庄屋和驿站事务的房间。

"万事全凭自己的意志去办吧，我不会插手的。"

这是吉左卫门退休时和半藏说的话，即使隐退，他的心意也不曾改变。哪怕现在，他也丝毫没有要插手家中事务的念头。只要能看看半藏工作的房间就十分满足了。

他去店里看了看，之前因火灾枯萎的那棵老树处，又移栽了棵从山间挖来的松树，枝形颇有意味。旁边的牡丹从焦痕处发了新芽，吐出洁白饱满的花蕾，这都是半藏的心爱之物。他给自己的诗稿命名《松枝》，正是因为想到了庭院中的这棵松树。不过比起庭院中的这些，房间里壁龛处高叠的书籍更能吸引吉左卫门的目光。那是各种有关本居派和平田派的儒学书籍，还有佐藤信渊关于劝农的著作，等等，这个人和平田笃胤是同乡，思想上多少受其影响。

吉左卫门自言自语道：

"就是这些，看来半藏还是老样子，依然对这些感兴趣。"

因为早上时间还早，他没有遇上每天都来帮忙的清助。吉左卫门从主屋的入口经过前院，走到门外。现在差不多是驿站开始清扫路面的时候，街道上只有一些早早从马笼动身出发的旅人，行人不多。

自将军去京都以来，经过这条路的各大名公卿的警卫更加森严了。有传言说：日光东照宫的例币敕使是位俸禄高达一百五十石的公卿，出行时有八台大炮在前边开路，两匹骏马左右加护，即使是遇上突如其来的大雨也丝毫不受影响。随行的侍从别说比一般的公卿了，比水户藩还要更胜一筹，诸如此类的流言满天飞，结果后来才知道那些侍从原来只不过是尾州藩的警卫。这行人不仅没在公武合体中起到任何积极作用，反而还在其中作梗使坏。不愧是人嫌狗憎的例币敕使，确实需要八台大炮和两匹骏马来好好保护自己的小命。

驿站每月上半月由半藏家负责，下半月由九太夫负责。今天刚好轮到半藏当职。吉左卫门朝那边走去。龟屋荣吉是以书记一职新入职的，所以早早地出勤了，和一个男勤杂工正在那边整理货物。荣吉是吉左卫门本家的外甥，和半藏是表兄弟。正是吉左卫门为了帮助半藏打理驿站的事情特意挑出来的人。

"舅舅，早上好啊。"

"早。我想着半藏应该差不多快回来了，就来这边看看。今天到了挺多货啊。"

"是啊，这都是发往福岛的货。但是今天运货的牛还没过来。"

吉左卫门本来打算大概扫一眼退休后驿站的账目，确认半藏的工作是否能令自己满意，因为他不想被别人在背后说青山父子疏于职守。但他又很难立刻将这话说出口，只得认真听荣吉将驿站的近况一一道来。

"老爷，到大厅来喝杯茶吧。"一个男仆说道。吉左卫门借此机会，穿过沙石加固的土间，到驿站大厅坐了坐，这里叫作会所，除了来自伏见屋、樫田屋、蓬莱屋、梅屋四位上了年纪的老店长之外，今一轩的九郎兵卫等人每每有事也会在这召集众人议事。吉左卫门将拐杖放在门口，坐下喝了口茶跟外甥说道：

"荣吉，可以把驿站的账本拿来让我看看吗？想查点东西。"

荣吉取来了专门记录助乡人马数的账本。吉左卫门已是退隐之身，并不打算插手驿站的相关事务，只想通过翻阅这些重要账簿，看看半藏的工作情况。

"舅舅，最近街上的风气变坏了。"荣吉说道，"什么都凭武力解决。听说前段日子，有个武士去九太夫家的驿站闹事，说是什么出工速度太慢了。那家伙可真是不像话，穿着鞋一下跳到了驿站的高台上。九郎兵卫也在那，没看到那个人，一不小心把他从高台上撞了下去，对方气得手都放到刀柄上了。听说壮硕的九郎兵卫随之跳了下来，对侍卫说道：'你砍一下试试?'还好大名的驾笼就停在外面，听到里面的骚动，召回了侍卫。这时候，真是一点儿不能大意啊。"

"我听说各藩武士进京效力每人可拿到十万石的俸禄,这是真的吗?"

"这事我也听说了。"

"这是参勤交代①改革后的新规定。也不知道这改革能走到哪一步。"

闲聊了些,吉左卫门不自觉地起身,他拉开门,在屋檐的阴影下,思虑重重地凝视着旧历四月街道上方的天空。然后回头跟荣吉说道:"以前诸大名都是前往江户参勤交代,现在却是前往京都参拜朝廷。这世道,已经变了。"

吉左卫门担心的是半藏也追随他两位挚友抛下家业跑去京都。如果半藏真的紧随景藏、香藏之后,离家出走了该怎么办呢?带着这样的担忧,年迈的吉左卫门深思着走回了自己的隐居处。他准备去阁楼时,阿万刚好从主屋过来。

"哎呀,早上的交接所真安静呀。只有荣吉出勤了,当差的一个也没有见到。"

吉左卫门脱下裤,在旧隔扇前走来走去,这是前代家主半六退隐之时传下来的东西,去年马笼大火,隐居所也难逃一劫,好在隔扇侥幸得以保留,因此作者不明的大字隔扇成为吉左卫门的心灵慰藉。

"半藏差不多该回来了吧?"他对妻子说道。

"最近街上乱糟糟的,荣吉也十分担心。而且镇上还有些闲言碎语,说什么的也有……"

"有关半藏的吗?"阿万小心地观察着丈夫的神色。

"那些在驿站日志都有记录。"

"怎么说呢,这点我也留意过,他的日志放在桌上,我随意翻了翻。半藏刚继承家业那会儿,日志就像你平日里写的那样详

① 参勤交代,江户幕府规定各大名在一定时期内必须居住在江户的制度。

细，谁从福岛来投宿、如何接待去汤舟泽的木材商等，事无巨细地记了下来。但到了后面就渐渐敷衍，甚至还有几天就只写了天气。晴、多云、晴、多云这种连着写了七八天。"

"虽说拙笨是天生的，谁也没办法改变，但还是希望他能多学点经商的本领。"

夫妇二人喝着茶，像朋友般交流着，操心着孩子的前途。这时，阿万拿起长烟管，抽了口烟，说道："这段时间我好几次欲言又止，一些有关半藏的流言实在是令人窝火，甚至连金兵卫等人都质疑半藏是否真的能管理好驿站。"

"还用你说？这些我也想过。所以我才招来清助，让他帮忙处理庄屋和问屋的事务；请荣吉来帮忙打理驿站的工作。有这两人从旁协助，如果现在是太平世道，半藏肯定可以处理好。"

"确实是这个道理，毕竟基础已经打好了嘛！"

"其实看他那些朋友就知道了。中津川驿站的儿子、新问屋的儿子，这两人不都抛下家业，一走了之了吗？"

"我明白半藏其实已经非常努力了，但他那两个朋友现在都在京都，说不定半藏某日忽然就不再坚持自己的想法，直接离家跟他们去了。"

"要是让金兵卫来评论的话，肯定会说让半藏上学是最错误的决定。他们经常说学问是非常恐怖的东西。但我非常清楚，自己没什么学问的，所以想至少让半藏多学习点知识，从我们青山家出一位有学问的庄屋也不是什么坏事，就让他去求学了。不知道何时，他开始崇拜平田老师。这也是一种尝试，所以他跟我说想拜入平田老师门下时，没有阻止他。一些人想通过学问打破门第限制，只靠自己与生俱来的能力，是不可能做到的，所以我们要借他人之力打破限制。其实要我说，每个人的工作在自己这一代结束就可以，虽说父母想把自己的经验传给孩子，但并不是所有的孩子都想要继承这些。我为了这个街道也算是鞠躬尽瘁了，但如果半藏想按他自己的意愿另起炉灶也无不可。仔细想想，他也有些可怜，恰好出生在这个艰难的时局之下。"

"哎呀，别这样担心个没完没了了。要不把清助他们喊来，大家一起好好讨论一下？"

"这主意不错。如果现在去京都的话，只怕也不能让半藏回心转意。他的朋友没准还会说些什么'现在可不是恋家的时候。'之类的话。"

阁楼下传来脚步声。阿万听到声音，拉开门走了出去。

"是佐吉吗？去给清助捎句话，就说隐居所这边备好了茶水，请他过来坐坐。"

清助到来之前，吉左卫门稍微躺了会儿。见缝插针地找时间躺下休息已经成了他病后的一个新习惯。

"枕头。"

贴心的阿万刚把古色古香的午睡枕递了过去，清助就从楼下上来了，还是那身木曾风的轻衫。吉左卫门缓缓直起身子，见清助脸上一副紧张的神情，以为驿站出了什么大问题，表情立马像之前听到有关半藏的流言那会儿一样严肃，整个人都打起精神来了。

"清助，你和老爷好好聊聊半藏的事情吧。老爷担心得不得了。"阿万说道。

"这件事啊。一听老爷找我有事，我就像找到了象棋对手一样，尽管时间还早也赶紧过来了。"

清助摸了摸腮边，快活地笑了起来。鬓边浓密的胡须已经剃过了，青色的胡茬还依稀可见。隐居所的二楼，阿万正准备茶水，吉左卫门开口了："来，清助，坐在坐垫上……"

"没事没事，唉，到处都有喜欢搬弄是非的人，现在不管哪家驿站都一样，抱怨声不绝于耳。像老爷这样安静旁观的很好，像金兵卫那样帮忙照料斡旋的也不错。"

"不过，你觉得送半藏上学是错误的决定吗？"

"半藏是我们大家的老师，谁也不会在背后对驿站指指点点。村里人都说能够读书多亏了半藏大人。但是如果把这看成驿站的事情的话，就不一样了。比如有人曾这样说：'老爷更关心出入驿站的牛，会早早地从那些最早来的牛身上先行卸下货物，给的运费也很实在。半藏大人要是能更多地留心一下进出的牛就好了……'"

"这话我还是第一次听说。"

"然后，还有人说：'驿站的驿马倌和助乡本就有差别，半藏大人要是能多为驿站的驿马倌撑腰就好了。'我去问了问这些虽然了解半藏大人性格，却还想耍威风的伙计。他们说，我们平时已经十分关照从伊那来的助乡了，但那帮家伙竟丝毫不懂得感恩。最近助乡的风评普遍下滑，他们或是赌博，或是把从驿站得到的费用全拿去喝酒，回到村里又是老一套的抱怨，以及各种夸大其词：把人当牛马使啦、不好好支付工钱啦，等等。他们聚到一起时还说：'老爷管家的时候，那是真不错……'大概内容就是这些。但半藏大人对此完全不了解……"

"等等，照他们这么说，意思是在我管事时期处事有所偏颇？"

"不是的，老爷，您听我说。半藏大人不是经常说参勤交代已经落伍了吗？镇上的人听了，就讨论要是驿站凋敝，大家该靠什么谋生呢之类的话。"

"提到这个，半藏当然也会担心啊。即使是普通百姓，对这条街的兴衰多少也会有些担心吧。要是各大名因公往来变得频繁的话，不仅换驿会更加麻烦，人马也会更加疲惫。不管结果好坏，世道就是这般来了。所以半藏觉得参勤交代这种形式的通行无法一直持续下去。据说妻笼的寿平次好像也秉持这一观点。稍作思考，其实各街道都一样吧。按说要是往返交通频繁，驿站应该也能挣得更多。看似大阵仗的出行越多越好，但实际上我们和东海道多少还是存在些差异。驿站征调不了众多人马，但不了解内情的人却考虑不到这些。我曾经和木曾十一宿的庄屋们商讨过，他们曾向奉行所请愿，希望大阵仗的出行尽量经由东海道驿站。虽然我已经是老古董了，希望参勤交代制度能够继续保留，但有时觉得半藏和寿平次他们的主张还是有一定道理的。"

"这样的情况确实存在。不过要我来说，不管怎样九太夫他们心里都是以江户为主，而半藏大人却是以京都为主。九太夫他们和半藏大人的想法完全不同。各大名是否应该去京都朝拜，这种事情完全不是我们这种老驿站应该考虑的。"

"听你说了这么多，我觉得有些道理。也就是说，半藏没有把驿站当作自家的一种营生，而是用家业为官府的人和普通百姓适时地提供便利。半藏只把驿站站长当成一个名誉职位。从我们家的历史来看就能明白这点。我们这种于山间起家的驿站中人，心境总是介于普通百姓和商人之间，有着无论如何也难以调和的羁绊。"

"看起来你们好像谈到感兴趣的东西了。"

阿万说着，淡淡地笑了，她从隔间将茶具送过来，把已经煮好的温度刚刚好的茶递给丈夫和清助，自己也喝了一口，随后加入了谈话。

"据说，"阿万像是想起了什么，"半藏和九太夫好像因为什么事在神葬祭时发生了矛盾。自那以后九太夫家对半藏就没有什么好话了。"

"没有这回事。"清助说，"我不知道九太夫是怎么想的，但九郎兵卫绝对不会这样。我之前从谁那听过，九郎兵卫夸赞只有半藏大人才能做到为了父亲身体早日痊愈，去山中神社斋戒祈福。"

"确实，这点我也觉得值得夸奖。怎么说呢，半藏身上确实有股孩子气。我觉得他要是能够多留意些细节的话，说不定会把驿站管理得更好吧。"

"这倒没错，老爷。比如要是金兵卫听到烈日当头，会马上撑开伞，但半藏大人可能考虑不到这些。"

"金兵卫之前说,将驿站交给半藏就像是将米仓交给不懂大米价值的看守一样。总感觉这个人的言辞有些过于犀利。"

"不过,您已经为半藏招来了荣吉,像您这样为孩子操心的人可不多了。您就等着瞧好吧,半藏大人其实是很能干的。"

"清助",这时吉左卫门打断了他的话,"这个话题就到此为止吧,我拿象棋给你做个比喻,刚好咱俩都喜欢象棋。棋盘上既有只能一步一步走的棋子,也有一步能走很远的棋子。而有些棋子只知道一步一步地走,却不知道如何跳棋。出生在这条街上的人亦是如此。既能够做到一飞冲天,又能做到脚踏实地,这样的资质很少是与生俱来的。"

"这样的话,那老爷,您觉得金兵卫,现在是一颗什么样的棋呢?"

"用象棋说的话,是深入敌阵的'金'将吧。如果比喻人的话,嗯……可以说是成金(暴发户)吧。"

"因为是金兵卫,所以是成金(暴发户)吗?老爷真会说笑。"

一旁的阿万也笑了。接着又换了话题:"估计现在半藏应该在某处狂打喷嚏吧。半藏和阿民夫妇还很年轻,年轻人最大的优势就是未来可期。特别是现在这个时期,我对此更是深有感触。"

"这说明你上了年纪咯!"吉左卫门笑道。

"也许确实是这样吧。"说完阿万话锋一转,"老爷,最重要的事情还藏着掖着,不和清助讲讲吗?半藏很有可能会跟朋友去京都,刚刚不是还担心得不得了吗?说如果那一天真的来到,也只能请清助多辛苦些了"。

"是的!"吉左卫门说道,"我刚刚正想说这些来着。"

清助点了点头。

二

半藏带着胜重,忧心家人,急忙从王泷赶回。他曾经给父亲吉左卫门带过御岳山神宫的里宫斋戒纪念牌以及供品白米等。

半藏外出时，朋友香藏寄来的信已放在桌子上，等他启封。这封来自京都的信正是他目前最为牵挂的，所以他一进屋就迫不及待地打开。果然不出所料，京都各处都笼罩着阴暗压抑的气氛，和朋友从中津川出发时设想的略有出入。半藏还了解到许多其他信息，如朋友受到了京都麸屋町染坊主人伊势久的关照等。半藏从前辈暮田正香那听说过此人，知道他是平田门下的一员，是个非常讲义气的商人。香藏刚到京都没多久就和神职人员白川资训结下了深厚的友谊，此人至今为止和有志之士一起游说过不少豪绅，因这层关系，香藏和长州藩、肥后藩、岛原藩等地的年轻志士们也有了往来。不仅如此，他还了解到以师冈正胤为首的人因为参与将足利将军等人的木制头像抛到三条河原示威这一事件，被抓起来并判处了六年拘禁，平田门下仅有少数人得以逃脱酷刑，正香其人则早已投靠了上田藩。据说逮捕现场，有两位平田门下的志士因为在正胤二条衣家里的抵抗过于激烈，被当场杀害。这件事给已踏上京都的香藏造成了沉重的打击。

驿站的客厅空无一人，半藏拿着香藏从京都寄来的信走到明亮的拉门处，在此反复阅读。

"当家的，有景藏的来信。"

阿民将信递给半藏。从京都寄来的信总能从各处来到半藏桌前。

"阿民，这封信是谁拿来的？"

"是中津川的万屋送来的。听说安兵卫去京都谈生意，有人委托他将这个转交于你。"

阿民看着丈夫前所未有的疲惫样子，有些吃惊。当初他去御岳山斋戒都不曾显露这般疲态。她凝视着半藏，他那肉肉的"驿站鼻"的鼻尖，一笑起来法令纹一直延长到寂静的嘴角，觉得丈夫的模样越来越像公公吉左卫门了，然后一副匆忙的样子先行离开了。

"老师，您辛苦了！"胜重走到半藏身边。

"我还好，你呢？"

"完全没问题。和启程时相比，归途实在是轻松多了。我等会儿去帮忙做烤串，大家现在在地炉边可热闹了，都说想让您去尝一尝。"

"家里已经到了摘山椒芽的时节了吗？王泷现在还是梅花盛开啊。"

胜重离开后，半藏展开阿民拿来的书信继续读。

景藏已经在京都停留了一段时间，其间不断为国家大事奔走，宣扬平田派的思想。半藏将其视作自家兄长，和年龄相仿的香藏相比，从来信的遣词中能看出景藏要更沉稳些。信中不仅提到了他在京都和香藏重逢的喜悦，还提到了传闻中的石清水巡幸事件。

景藏在来信中描述得非常详细。据他所言，关于八幡此次出巡，外界有各种各样的传闻。甚至有传言说，曾以国事寄人一职活跃在官场上的中山忠光，辞官逃往长州后化名毛利真斋，准备集结能人志士在途中袭击圣驾。这种谣言绝不会从会津这边流传出去的。虽然八幡巡幸途中是否真的会出现糟糕的事态，目前还无法准确把握，但万一事实果真如此，且不说武士，商人百姓也必须要全力守卫这场出巡。这样的告示不仅衙门前有，连三条大桥的紫蕚上也有，只不过衙门的告示早早地被撕下来烧掉了。虽然天皇当天没什么兴致，据说在以公卿们代表的，长州公等人的殷切期望下，加之自身深切忧心国家的未来，所以最终还是前往离京都城大约三里远的石清水八幡宫祈福了。将军病重，负责守卫京都的松平容保还在丧期，所以由横山常德代为负责出巡当日的警备。景藏说，各方传阅的鳞形屋信使的记载未必就是当日的真相。记录中说：

四月十一，石清水巡幸之际，将军大人病重。由一桥大人代理，赐下攘夷节刀后，一桥不知所踪。

报道中的这个"不知所踪"多少过于夸张了。景藏更愿意相信一桥公是突发疾病或是遇上了其他什么事情。不管怎么说，当天一定发生了什么事情。至于究竟具体是什么事，不仅关东这边正在惴惴不安地等待消息，京都当地也一样。此次石清水巡幸是天皇第一次离开京都，他此前从未游览过祖国的山川，第一次看到淀川的滔滔江水，想必天皇心中也是思绪万千。天皇起驾回宫时，已是身心俱疲，据说车马刚到紫宸殿就洗漱了。连这种细节都有提到，景藏寄来的信件果然详尽。

即使只是传言，这位年长的朋友却还是写得非常详细。景藏和松尾多势子（平田铁胤的门徒）交好。她原本出身饭田，后来去京都投靠了近亲，这位女性擅长和歌，经常进宫，和宫中的女官们走得很近。半藏猜景藏或许是从这个渠道得来的消息。不管怎样，这封信让半藏大概了解到事实的真相。景藏为了能够让半藏感受一下如今京都的氛围，甚至将石清水出巡后出现在三条大桥桥头的告示也抄在了信中：

德川家茂：

下述其人，前不久到达京都后，对朝廷的意旨，表面上一副遵循敕命的姿态，实际上从头到尾都在虚张声势、闪烁其词，一切因循守旧，连和外夷的谈判日期等都欺瞒圣上。甚至还提出了归府申请，石清水巡幸之际突然告病缺席，一桥中纳言临阵脱逃，简直是藐视皇权。除此之外，以板仓周守和冈部骏河守等人为首的众多奸吏，他们继承了井伊扫部头、安藤对马守等人的遗志，通过行贿实施种种奸计，实在是荒谬至极。全天下都应该对上述其人进行讨伐，考虑到家茂如今尚且年幼，诸此种种应当都是听信奸吏谗言，可以对其进行宽大处理。且再宽限一段时间，令其速速究明奸人罪行，并施以酷刑。若拖延至初十尚未采取任何行动，将对所有人一齐降下天罚。

亥四月十七日

天下义士

景藏在信中写道，这张令人惊叹的告示，恐怕是天下义士怀着必死的决心写下的吧。它的出现可以敦促将军果断公布攘夷日期，毕竟和英国的战争已经无法避免。将军自己原本持有一种强硬对外的态度，现在时局如此紧张，实行攘夷已经迫在眉睫，攘夷已经不再是个口号。但是如今的京都，人员混杂，既有来自各地的义士，又也有尊崇皇室的忠臣，还有一些自称忠臣义士之人。景藏在这封信的最后补充到，自己在京都生活了一段时间，反而不想过多地谈论京都之事了。

没想到连平日保持着一颗谦逊之心、不愿随波逐流的景藏也产生了这种想法。半藏读完这封京都的来信之后思考了许多。虽说大家同样身处革新洪流的旋涡之中，但很明显其中有许多心思不纯之人。半藏的眼前浮现了友人们一边容忍着这些心怀不轨之人，一边高举着尊王攘夷旗帜继续前行的身姿。

"怎么样，青山。我们现在正寻求更多勤王的支持者，哪怕多一个人也好。你要不要加入我们呢？"

半藏的耳边回响起朋友的召唤。

据京都文书记录，攘夷布告将在五月初十，以家茂的名义公开发表。很快事情就在街上传开了。

这期间，半藏身边发生了许多事。例如，随着参勤交代制度的改革，关于设置固定助乡的请愿。除了各个驿站常备的二十五个人、二十五匹驿马这种基础配置之外，还要设置一定数量的公职人员来指挥补充人马、支援继送。采用这种方法，在常备人马不足以应对之时，可以向固定助乡请求支援。如果是大型出行，固定助乡出手，人马还是不够，可以再去请求追加助乡的支援。此前木曾地方的街道没有这种完善的相关组织。在木曾十一宿中，上四宿、中三宿、下四宿根据情况选出四五位总代表，由他们将改革以来地方的事情详细地汇报给江户的道中奉行所，这是改善助乡大好的时机。他们请求免除固定助乡的高额年贡，明确百姓的征税，同时保障街道的安全。十一宿就这些事情达成了一致意见。如果道中奉行所不批准设置固定助乡请愿的话，自然不会同意在定额的二十五人、二十五匹马之外增加人马。剩下的只能等日后继送时另行商议了。马笼驿站，蓬莱屋年长的新七被选为总代表。吉左卫门、金兵卫早已隐居，九太夫也已退休，然后是伏见屋的伊之助、问屋的九郎兵卫也相继退位，在其他小有规模的驿站中，楔田屋的小左卫门接替了父亲仪助的位子，同样梅屋的五助接替了父亲与次卫门的位子，现在只剩蓬莱屋的新七这一旧人还在坚守岗位。做完前往江户相关准备后，新七来半藏这请退了。

五月初七，驿站相关人员聚集到马笼的会所，互相控诉着眼下没有设置固定助乡的不便之处。其间突然收到通知，现任江户看守的尾州藩主将经过木曾路前往京都。

"为什么去京都呢?"

驿站会在十三号迎来一场大型出行，他试着将这背后的深意和紧迫的局势结合起来。当月初八是之前幕府和英方约好就"生麦事件"进行回复的日子，初十是京都方面首次在各藩面前公开宣布攘夷的日子。可能正如京都友人们来信中猜测的那样，和英国的冲突估计是难以避免了。

"半藏，村里的人怎么安排?"表兄荣吉从驿站来找半藏了。

"从尾张各村，可以找到两千多人手，如果为了迎接大人，

需要再集结福岛和野尻两地的人手，才能完成这次换驿。"荣吉
接着补充道。

"总之，村里要全员出动对吧?"半藏回答道。

"要不要跟百姓们说，让他们在出行前，把田里的活干完?"

"就按你说的做吧。"

一会儿清助也来了。他数着日子，算了下木曾的大领主还有
几日到达驿站。

"如果五月十三到的话，那只剩六天时间了。"

村中刚收完蚕丝，恰逢菖蒲时分，正是一年一度庆祝端午、
吃粽子的好时节。最终，为了应对即将到来的五月十三的出行，
以庄助为首，让主要的五人组各自分工合作，将附近山谷、山间
的村落，都通知一遍。现下是莳秧的时候，听说有大领主要出
行，男男女女都急忙下田插秧，赶完农活，迎接大人的到来。

木曾地区人民翘首以盼的这位尾州藩领主名叫茂德，享有六十
一万九千五百石的俸禄，是已退隐庆胜的继承人。木曾福岛的两个
地方官是他属下，木曾山谷这一大片森林都是他的势力范围。

当时将军要前往京都，以佐政的一桥庆喜为首，会津藩主松
平容保等人随行，这样江户看守一职就需要有人接替。如果到了
约定的日子，英方没有得到满意的答复，他们可能会采取必要的
行动，例如，通过武力来达成他们的目的。要把他们阻挡在横滨
之外，看守一职就相当重要了。目前该工作由尾州藩主和水户庆
笃一起分担。

但是仅凭此还不足以知晓尾州藩的态度。当时越前和京都已
断绝联系，萨摩沉默不表态，放任长州藩活跃。实际上，他们背
后的众多势力盘根错节。其中深受天皇信赖的会津藩负责守卫京
都，逐渐和长州藩形成对峙之势。即使双方都抱有尊崇王室的信
念，但其中一方早就对幕府失去了信心，另一方却仰仗幕府的支
持不断扩大自己的势力。他们对朝堂上公卿们背后的势力乃至地

方上的见解也各不相同。可以说在各方面都是两个极端，而尾州藩正是夹在东、西两藩之间。其实尾州藩在朝廷不是完全没有人脉，他们也有像成濑正肥这样的重臣，在将军去京都之前，奉命帮助停留在京都的退隐之人。尾州藩对伊势、热田两神宫及摄津海岸的守卫相当重视，连不时之需的防御，也是尾州藩在各方奔走斡旋。完全可以将尾州藩的庆胜视为中国地区的大藩代表。

　　不幸的是，庆胜和现任藩主的意见存在分歧，恰如现在的京都与江户一般。被庆胜重用的成濑正肥在京都每年能拿到两千石的赏赐，勤王派知名的田宫如云等人也曾得到不少赏赐。这种事情在现藩主茂德管家之时是不存在的。庆胜在安政大狱之时，曾经因为反对井伊大老遭到幽禁。源敬公编纂了《神祇宝典》和《类聚日本纪》等书，他继承了源敬公的遗志，早早抱有尊王的志向。虽然是德川御三家中的一分子，但他并不是坚定认同幕府外交政策之人。有像庆胜这样强硬主张对外的人，自然也有像藩主那样质疑攘夷之人。藩主负责守卫江户，站在外交的立场对此坚决反对。他们认为如果贸然开战，不仅会影响德川家的兴衰浮沉，而且万一影响到国家声誉，可能会在世界各国留下污名，另外还要考虑后世的天下万民。

　　因为与外国人开战的代价极高，最终尾州藩主和同样担任看守一职的水户庆笃一起筹划，决定采纳小笠原的意见，代表财政困难的幕府向英国政府割肉般地支付了十万英镑的赔偿金。五月初三，藩主为了报告此事，从江户出发前往京都。预计途中需要二十日，从板桥经木曾街道，一行人到达木曾路东界的樱泽，就是藩主的领地了。因为局势特殊，所以戒备格外森严。从武士、守卫、走卒、仆役，到一些拿着小武器的随从们等，合起来大约两千多人要经过此地，正如之前通知的那样，将于五月十三到达马笼驿站。

　　五月十三，连日的阴雨终于结束了。作为站长的半藏像他父亲一样，带领着伊之助、九郎兵卫、小左卫门、五助等人，穿着带有定纹的麻制衣服，前去迎接这一行人。道路的入口处已经准备好了立沙①，驿站的门前也准备了消防水桶，玄关挂着双开的门帘。马笼已成了一处重要关口，城内随处可见金色葵纹的轿子、长柄阳伞、大炮、长衣箱等，这些是平日里难得见到的东西。枪尖装饰着黑色的猛禽羽毛，三叉戟的刀锋闪耀着金芒，无不展现着一个大藩的威严，穿着黑色绢制羽织的下仆在其间来来往往。如果只是按照普通出行规格来安排，二十万石俸禄以上的藩主享有的出行排场应该是十五到二十匹马、一百二三十个工作人员、二百五十至三百人的仆役。但现在光从尾张各村来迎接藩主的人就不止两千。东山道木曾十一宿，位于江户和京都中间。确切地说，从鸟居峠向西大约十五里，就是马笼。要到关东平原，必须越过鸟居、盐尻、和田、碓冰四个险峻不同的山关，从马笼最西边驿站向远处看，美浓平原目之可及。江户收到消息时，京都的消息到达马笼已数日了，信件亦是如此，马笼比江户能早好几日收到。因此，看到管事们一副频频想要打听京都消息的样子也不足为奇。

这天，下午两点左右，藩主在中津川小憩了会儿，就从马笼启程了。

"退下！退下！"

木杖敲击地面的声音一路向西，这声音从石屋的坡道一直响彻至荒町。路两旁想见世面的男男女女跪伏在地上，目送大领主离去。

终于结束了这段连眨眼的工夫都没有的日子。半藏将藩主一行送出最西边驿站之后，穿过人群回家了。此时，半藏已从徒目付的只言片语中猜出这次尾州藩主离开江户上京的用意了。

---

① 立沙，一种欢迎仪式，迎接贵人的时候在轿子前面堆起高沙。

徒目付为藩主小憩之事道完谢，付完预算外的人马工钱，又确认了没有考虑不周之事后也离开了。整理善后时，半藏看着驿站乱糟糟的样子，不禁陷入了沉思。他猜想等藩主进京的消息传到京都后，反对派激进的言论定会在藩内传得沸沸扬扬。另外，藩主能否顺利到达备受争议的京都还是个问题。

已经给英国支付了"生麦事件"的赔偿金。半藏想将此事第一个告知父亲吉左卫门。马笼驿站的这对父子和尾州家有着颇深的渊源。特别是吉左卫门担任庄屋时，常年为财政困难的尾州藩殚精竭虑，先后共获得了三次奖赏，第一次是允许当代苗字带刀，第二次是允许后代苗字带刀，第三次是赠予其享有随时拜见藩主资格的文书。正因为此，吉左卫门虽是退隐之身，却还能穿着麻布制服，在自家迎接出行的藩主。半藏在驿站内找到父亲时，吉左卫门还穿着麻布袴。

"哎呀，战争还没开始就结束了吗？"父亲在从半藏那听完有关徒目付的事情后，说道。

"但是父亲，要是京都那边知道了这个消息，又会是什么反应呢？肯定会有人说'为什么要付那么一大笔赔偿金'之类的话吧。"

三

"当家的，羽织的前襟没有折好。这么重要的日子，喊我帮你把头发梳起来，打扮得清爽一点多好。"

"哎，没事。"

"刚刚三浦屋差人来说，有位江户净琉璃的说书人带着一家六口在他家借宿，来请老爷前去听书。他们好像不是云游的艺人，总之去听听就知道了。他反复强调了好几次，今晚演《太平记》。"

"先算了吧。"

"今天怎么了？"

"总感觉你今天心神不定。到地炉边先坐会儿吧。"

半藏夫妇交谈着。

自送走尾州藩主后，又连着下了九日雨。藩主出行前已经结束了插秧，青青的稻田里蛙声依稀可闻。半藏出生于天保二年五月，很小就失去了生母，每到梅雨季节，格外多愁善感。

"阿民，自我母亲离世已有三十三年了。"

他对妻子说道。听着寂寞的雨声，过去青年时代曾经萦绕周身、不可名状的忧郁再次向他袭来。

阿民凝视着面色苍白的丈夫，说道："你呀，总在叹息。"

"我在思考，为什么我会出生在这样的家庭呢？"

阿民走到里面的房间，去看看孩子们，半藏继续待在地炉边。他环视周围，看着祖宗代代传下来的家业，不由得想到，不管是父亲吉左卫门，还是祖父半六，都要经常处理这些麻烦的琐事。何为驿站呢？原本指构造完善的房屋，后来专门指公用兼军用的旅店。因此，它必须拥有足够容纳各大名交通工具停放的宽敞玄关，足够的马厩以及悬挂长枪的地方，充足的消防水桶、负责晚上治安的警卫，还要有处理突发事件的应对措施。正如驿站的字面意思那样，是一种古老兵营的设计。两百多年的盛世太平，不仅改变了众多武家，还改变了他们周边的事物，但是驿站这种专为他们服务的设施，像往昔一样留存了下来。大名出行时从餐具到寝具都要随身携带，这一习惯估计是从战时武家人的行军习惯中保留下来的，他们每次到驿站，都必须在驿站的玄关处像军营一样张开帷布。除大名外，只允许公卿、公职人员还有武士来此住宿休息。为这些人准备宅邸、暂借房间，这就是青山家经营驿站的主要业务，除此之外还有其他附带的服务。比如接待事先前来分配住处的官员、临时保管住宿牌以及其他通过关所的凭证，还有翻新榻榻米、更换拉门之类的，有时还需要重新粉刷墙壁，做好这些之后才能安心等待权贵们的到来。一定要明确需要准备几面屏风、几柄手持烛台、几柄台式烛台、几个炭盆、几个烟灰缸、几双草鞋、几张帷布，还有多少份随从的伙食等。总之，这是一份需要极大工作热情的家业，否则将难以维持。

那么，问屋主要做哪些工作呢？附属于半藏家的问屋，其设计明显和驿站出自同一目的，最开始主要是为武家提供米谷、粮食、武器以及其他运送途中需要的物品。时代变迁后，只需对过往公家、各藩的随行物品等进行换驿继送即可。但这份工作需要打起十二分的精神，保持足够的细心和耐心。各大名、各公卿出行时转运的行李数、驿站的人马、助乡的人马、回程马的数量、现有能够工作的马匹数，以及给商人驮运行李的马匹数量，每天必须记录到驿站的账本上。不仅如此，每一年或者每两三年，还要汇总一次征用人马的总额，交给道中奉行审阅。马笼九太夫家的驿站暂且不论，像半藏这样虽然从先祖那继承了家业，如果没有商业头脑也很难将这份家业经营下去。

如此，除了负责打理村中各项事务之外，半藏的主要职责就是侍奉武家。他作为一村之长，虽因为不满当下的政治，归隐于民间，但至少他想支持勤王。每当环顾四周，和其他驿站为伍都让他感到苦闷和压抑。

里间隐约传来了胜重朗读汉文典籍的声音，时不时还有孩子们的笑声。

"感觉这雨老是下个不停。"会所的听差合上伞走了进来。

听差的声音将半藏从沉思中惊醒，他询问听差有何要事。因为最近有大坂的官差要出行，驿站必须提前在人马准备上多加留心。听差正是为了官差集会一事而来。

最近经常有家臣从仙台冒雨来投宿，从这件事来看，是该好好思考一下京都、大坂与江户的关系了，因为不管是本阵还是问屋，都与此密切相关。这位从江户来仙台的家臣，可能是被半藏家端茶热酒的亲切打动，在这百无聊赖的雨天谈起了将军外出时江户的情况。江户最近流传，负责外交的老中格小笠原图书头带着将近一千五六百名士兵，从横滨启航登陆大坂。据说是为了向朝廷申辩"生麦事件"赔偿金一事。从这位仙台家臣的话中，半藏感觉将军返程之日即将到来。他猜想，大坂官差这几天要前往江户出行一事与眼下的时局一定有什么必然联系。同时他也不由得设想，将军从京都返程后的混乱，到时这条街会是怎样一幅景象呢？

此时，带着重大任务西行的尾州藩主一行人的消息尚且不明。自他们在中津川歇脚、经过马笼以来，已经过了九天。如果按照预计的日程，现在应该刚好到达京都。他只知道藩主平安无事地到达了名古屋，在这之后，信使传来的消息非常暧昧，只说这次上京可能会被推迟之类的。虽然"生麦事件"的赔偿金已经支付完毕，但是当月初十等同于宣战的攘夷公告并没有被撤回或者延期。小笠原图书头等人，为了把将军从京都救出来，掀起了反对攘夷的大型示威活动。从名古屋传来的这封朦胧信件，不仅使半藏感到不安，也令街道上和他一起工作的长老伊之助心神不宁。

<h1 style="text-align:center">四</h1>

据传言，在西边下关，长州藩本着攘夷的目的，开始炮击美国商船。

来自小仓藩的传书（口述回忆）：

当月初十，一艘外国船从上游驶来，停泊在靠近丰前国田野浦部崎的岸边。此时我方派船询问，得知这是一艘从江户开往长崎的美国船，因天气恶劣在此停泊，打算明早出航。问询期间，警卫船停在旁边，入夜后，大约亥时，长州藩的军舰顺流而下，向停泊在右边的美国商船发射了两三发炮弹，并且向对面的陆地发射了四五发炮弹，向其他外国船发射了两三枚炮弹，不久向上游开走了。因为夜半，看不清楚具体情况，等待通知期间，先报告此事。完毕。

小笠原左京大夫内
关重郎兵卫

香藏特意将这封京都信件的抄本夹在信中。此外，信中还附随了另外一份抄本。

五月十一日自下关来信的抄本：

"昨天初十，有一艘外国船，停在田野浦岸边，马上引起了大骚动。城中居民纷纷收拾行李，老人、孩子，甚至妓女都纷纷逃往乡下。数十名浪士登上外国船，终于将其驱逐。当晚，大约子时，有数百台大炮向西洋船开火，西洋船上也有数十台大炮开了火，但没有打到岸边。因为靠右的这艘外国船是艘下行船，在海峡上通行不便，好不容易才回到原点，逆流而上。我方有武士数十人，均身着铠甲、手执长枪、肩披军营羽织，还派出了骑兵数百人，城中建筑一间不落的全点着了檐下的灯火，实在是一场大行动。此时，来了两艘长州的蒸汽船，追逐逃走的外国船，朝其发射炮弹，打中了两发。之后，不知道外国船什么时候逃脱以及行踪何处了。今天早上终于全体退回，事态平息了。但是又有传言说，还有另外五六艘外国船也打算登陆，今后如果有要通过海峡的西洋船应全部驱逐，具体内容将在下一封信中细说。完。"

长州藩无视关东的策略采取这样大胆的行动，不仅意味着攘夷，同时也意味着讨幕。正如这封下关来信抄本中所写的那样，浪人也加入了对西洋船的炮击。半藏读完这封信，拿到隔壁家给伊之助看。对很多人来说，外国意味着未知。当下时局形势复杂多变，令人难以捉摸。

五月底，终于等到大坂官差的出行。半藏吃完早饭，马上穿上裤来到本阵。百名伊那助乡昨天在这住了一晚，今天他们分为两组，一组去九郎兵卫家的驿站，一组等候在半藏家门外。

"上清内路村！下清内路村！"

现场正在报村名，听到自家村名的人出列。荣吉正对着花名册点名。

"你是清内路的吧？这里有没有来自座光寺的人呀？"半藏问道。

"老爷，我是座光寺的。"人群中有人答道。

半藏同门的前辈原信好，住在清内路，他对平田老师的遗作《古史传》第三十二卷的出版付出了不懈的努力。伊那的前辈们肯定知道百姓应公告要求来驿站工作的事。光是这一点就让半藏对这些助乡感到莫名的亲切了。

"大家，虽然很不好意思，但是我们今天必须到达须原。"

本来半藏家每下半月是不用当职的，但这次情况特殊，有必要去支援一下九郎兵卫他们。

大坂官差的出行持续了三天。第三天的时候，不管哪家驿站的人马都用尽了。不得已只得从驿站内部召集人手，即使连女性也没落下，但还是不足以支撑换驿。之前为了朝廷御书院一行人的到来，各个换驿处加起来一共准备了六百名助乡，但这场出行又多持续了两天。加上助乡有时来，有时不来，雇用人马花费了巨额费用。每到这时，即使是顶着五月底的暴雨，半藏也要跑到隔壁的伏见屋说："伊之助啊，请你代付两天的工钱吧。今天必须支付四十五两雇佣金。"

半藏和伊之助忙得汗流浃背。刚送走朝廷的御书院，同一天又迎来了大坂官差之首的松平兵部少辅和肥前平户的藩主。为了请求设置固定助乡，刚刚送走蓬莱屋的新七前往江户请愿。自实行参勤交代制度以来，根本没有多余的时间处理街上的混乱。大坂官差的出行，前有十台大炮开路，后面还有四把刺刀枪断后。听说这一行人将前往驿站休息，半藏急急忙忙地从会所赶回自己的房间。他让阿民帮自己穿上麻布制服，然后像父亲那样，在官差的驾笼边行礼问候。他像父亲一样轻轻提起袴的两边，跪在驾笼前，说道："驿站站长半藏，拜见大人。"

寒暄结束后，安排武士家臣在马笼住下，他一边等着水户藩主一行人，一边思考着如何将已住下的三十来名客人转移到万福寺，给这些人腾地方。

六月初十，将要迎来从京都返程的将军，街上越发混乱了。家茂将军听取了"生麦事件"赔偿金支付的实情后批准了奏请的攘夷之功，处理完朝臣的请辞，从大坂搭乘军舰去江户。驿站这边的村民本就因为播种萝卜忙得团团转，此时又有十匹将军的御马到了马笼，每匹御马需要三位驿马倌来照顾。

"半藏！"

一个暮色四合、大雨滂沱的傍晚，伊之助悄悄地提醒半藏。这是在驿站被勒索一两二分才送走御马这行人之后的事。

"虽说知道会很麻烦，但是遇上这么麻烦的通行还是头一次。"

听半藏这么说，伊之助压低了声音悄悄说道："半藏，你猜去隔壁驿站楔田屋休息的管事说什么？他们在谈论如何照顾御马，听说楔田屋的小左卫门对此害怕不已，他问如果将军大人的御马万一出了意外，该怎么办？当时驿马倌这样回道，'什么御马，叫御召马，给御召马喝一升烧酒就好了，这就是我的心得体会。'"

半藏和伊之助两人面面相觑。

"半藏呀，如果事情到此为止还好，听说或许因为小左卫门回复得太慢，惹得管事不高兴，那人突然牵着御马不脱鞋直接走到了楔田屋的地板上，这不是在装腔作势吗？实在是欺负人。"

"京都人给驿站造成的影响，实在让人难以忍受。"半藏叹息着说道。

将军专用的五十根木杖要从京都运到木曾街道，这无疑增加了驿站在运送行李方面的困难。六月初十到达驿站的将军御马，是与将军相关的人、物要陆续从西边回来的信号。半藏在和荣吉以及长老们商量如何应对之后得知，仙台的家臣在回江户途中也要先将行李暂存在驿站，包括三根木杖和五匹马。

和吉左卫门在隐退后一言不发相反，伊之助的养父金兵卫并没有蜷缩在伏见屋的隐居所。因为金兵卫看不得街道上一片混乱，他耸着肩从伏见屋走出来。

"总感觉年轻人记性不好。"金兵卫拄着拐杖走到会所前，逮着半藏和伊之助两人说道："福岛也有衙门的。至今为止因为官员出行的事我们找过几次衙门，这种时候正是发挥衙门作用的时候！"

"金兵卫呀，这事交给笹屋的庄助去办了。他已经出发去福岛，顺路去给农民借粮食了。"半藏回答道。作为百姓总代表的组长庄助和长老伊之助，是半藏在这时候能够放心托付之人。

驿站终于等到了从福岛来的官员及其随从们。为了准备迎接关东出巡的人马，连野尻、三留野的驿站人员也喊来了。实在是异常忙乱，伊那的助乡没办法也匆匆赶来支援。现在的换驿继送不仅马笼做不到面面俱到，美浓城的大津驿站、中津川驿站也一样，半藏除了祈求从福岛来出差的官员只是临时歇脚之外想不到别的更好的解决方案了。然而，现在连这个山顶上的小小驿站，已经家家满员，没有可以让官员休息的地方了。最后金兵卫的隐居所解决了这行人当晚的住宿。

自送走将军专用的木杖后，连着六天打包行李的人手一直不够。福岛的官员们仍在此逗留，虽然分头去催各村了，但正值农忙，伊那的村民没那么容易出工。这时去江户的那位家臣的行李也到了驿站，后来得知他们其中有三分之一将要继送，半藏终于得以喘息。

"老师！"胜重一边喊着一边朝半藏跑来。

"胜重最近好好复习或是做其他学问了吗？这种情况下也读不了书。我暂时没法照顾你，你也不想这种日子长久持续下去吧？"

"不对，明明是我什么忙也帮不到。话说回来老师，我刚刚在驿站前看到了可怕的事情。'就算你再怎么说，不能给的就是不能给。'听荣吉这么说，我原以为他是要拒绝的意思。但当那个人把袖口摆出来，一副频频催促的样子，荣吉无奈地将一枚天保钱放入了那人的袖兜。"

胜重像是不小心窥见了大人世界的丑陋一般，悄悄红了脸，然后又说道。

"怎么办呀，那个人光是占荣吉的便宜还不够。他还去九郎兵卫那了。九郎兵卫没有办法，也将一枚天保钱放入了那个人的袖兜。'真不错呀，那就放过你们吧。'那人一副非常了不起的口吻说道。这实在是吓到我了。"

当时街上强迫和威胁之事频发，甚至诞生了一个新词"实恳"。所谓"实恳一下吧"，就是"行行好吧"，每个驿站主人被武士这么搭话的，肯定会被勒索一点小费或是礼金。普通百姓倒还好，连街上的脚夫在抬着驾笼前行的途中，也会被他们搭话"实恳一下吧"，必须做好被勒索一分或者一分两百铢的觉悟。世道已是如此这般了，所以像武家侍从威胁驿站的人，将天保钱一枚枚收入囊中这种现象，在街上已经不是什么稀罕事了。

除了威胁和强迫，公然行贿也司空见惯。以前经过问屋的行李重量都是有明确规定的，本马一驮负重之外允许携带部分小件，像钱绳、蓑衣、灯笼、伞袋、鞋袜之类。为了制止偷偷增重的不正之风，板桥、追分、洗马这三家问屋设置了重量规整所，幕府官员会不时过去巡视，碰见问屋的人马会要求检查货物重量。但是贿赂的力量不可小觑，它使某些人不仅可以发迹，甚至还有可能赚到一个武士身份。所以即使各藩的行李物品超过了规定的重量，还能顺利地通过重量规整所的检测，送到马笼的问屋。

先是将军御用的驾笼、轿子，然后是许多大炮，最后是木杖，一直到六月二十九，这场持续数日的大混乱才终于收场。从京都返程印有葵纹的轿子，每抬由四十人守护着前进，每天还会有从美浓过来住宿的武家侍从，村里的万福寺被捕吏、下级官员等住满了，这些人都朝江户方向赶去。这场为将军还府的出行终于宣告结束。将军大人只在京都待了十天，可见京都的气氛并不愉悦。半藏走到马笼山山顶，这里离大津驿站五十四里，天气好的日子隐约能看到远处近江的伊吹山。这天，仙台家臣带着嫡子准备回程，为将行李寄存在问屋一事道谢后，跟半藏和伊之助讲起了京都那边的故事。

七月，半藏依旧没日没夜地忙碌着。马上就要开始采茶了，又连下了两天暴雨，人们更加疲惫了。他走到地炉边，荣吉、清助、胜重、仆人佐吉都还在，大家脸上写满了倦意。附近马家的老婆婆也来凑热闹。将军的御马在驿站乱发脾气的逸闻，直到这时还传得沸沸扬扬。

"说那个御马能喝一升烧酒，我是不相信。"

"直呼御马可是会被骂的，要叫御召马。"

"最后驿马倌自己喝了吧？"

"烦人的事情多的是，这世道，街上没有什么像样的事。那些不讲理的武家侍从，行事粗鲁又凶暴。一不如意，马上就把手放到刀上，恐吓他人。"

"哎，这次我深切地体会到，不管上面是什么明君，但如果负责御马的官员都这样行事，将军也没法得到下面百姓的拥护。

虽然可怜，但这失去的不仅仅是人民的信任。"

"德川家也走上末路了。"

众人围在地炉边，有一搭没一搭地聊着。有人因为下雨感到倦意躺下休息，也有人甩腿放松。半藏的儿子宗太和正己觉得很有意思，做着游泳的姿势在众人中穿来穿去。

"半藏，我有些话想和你说说。刚处理完问题，想着能轻松下了，结果驿站又出了新问题。"

从隔壁来访的伊之助说道，半藏将他迎到大厅，这才知道原来东山道出行因为助乡工人不响应，这边的准备工作完成之前需要先拒绝大坂官差前来投宿。

"我们需要选出木曾十一宿的总代表，去须原、大坂出差。"

"那么，伊之助，就从马笼选人吧。"

半藏把荣吉和清助喊来，四人一起商议人选。

自参勤交代制度改革以来，整顿助乡成了驿站的当务之急。从六月十七到二十八的送货经验来看，伊那地区工人的不响应，实际上是造成这一困难的直接原因。在江户宅子里关了多年的各位大名及家人，终于得以解放回乡，看上去东照宫的霸业好像已逐渐从内部崩塌了，但仅凭此还不足以唱衰幕府。单从这点来说，半藏非常期待蓬莱屋新七的这趟江户之行。

他想，不仅各大名需要上朝参拜，连将军也需要上朝参拜的时代似乎已经来了。在这样的时代中，虽然不知道以武家为中心的参勤交代仪式还能保留到何时，但是街道整顿和这个完全是两个不同的问题。

旧历七月半，暑气渐消。因伊那助乡以及自己村中的一些要事，半藏出差去了木曾福岛官衙。在从福岛回村的路上，他刚好遇上从西边来的信使，得知了一个惊人的消息。原来在那场可以被称为屈辱外交的生麦补偿事件中，除了十万英镑的赔偿金之外，英国还要求支付两万五千英镑作为给被害者亲属及受伤者的抚慰费，当时这个问题被暂且搁置了。这部分赔偿金之后该如何解决，一直牵动着众人的心。最终，英国摆出希望和萨州公直接交涉的强硬态度，但萨摩拒绝了其要求。西边信使说的正是谈判破裂的后果。据说英国舰队派来的九艘船已逼近萨摩港，双方在海陆展开了激烈的战斗。

五

"青山，我想你应该已经从鳞形屋的记录或者其他的信件中得知后来的情况了。八月十三，天皇前往大和国巡幸，不仅是为了给攘夷祈福，也是为了参拜神武帝御山陵和春日大社。短暂停留之后，天皇召开了御驾亲征的军事会议，此后去了趟伊势神宫。我收到柳马场丸太町下所的来信，才知道七天前这场大和巡幸中城内究竟发生了什么事情。

"八月十七晚上丑时左右，我躺在床上听见五六发炮声，还有急促的鼓声，声音均是从东边传来的，我觉得奇怪，便向窗外看去，看到会津藩的人一副要去上朝的样子。这时，我到街上又看到一队人马从眼前经过，他们在外褂里穿着防火服，甚至连蓑笠都准备了。

"一时间，我也不知道发生了什么事。街上从凌晨四点就有志愿者开始为祭典点神灯了，随着城里人们逐渐起床，各家各户开始敬献神灯，不知不觉间天亮了。直到昨天，皇居大门还是紧闭，长州藩被禁止参与境町御门的警备，议奏的、传奏的、主管御驾亲征的、主管国事的公卿们也被禁止上朝。十七晚上急着赶去觐见的，除了中川宫（青莲院）、近卫殿、二条殿，负责守卫京都的松平容保之外，还有一些会津和萨州的核心人物。京都、水户、肥后、加贺、仙台等地的大名纷纷要求觐见。其混乱程度不可言喻。皇居门前和以往一样还是禁止人员出入。

"京都城如今处在会津、萨州两藩的兵力控制之下，几乎全城戒严。惜命的七卿已经去方广寺避难了，据说明天他们要和七百多长州兵一起退往山口地区。"

京都的香藏在给半藏的信中还写道：

夸张一点说，这可以叫作统治阶层争夺战，但是抱有光复王室之志的公卿们和支持这一势力的长州藩，却不得不从京都退出，以尊王攘夷为旗帜的真木和泉守等人发起的讨幕运动也遭受了打击。此外还有种种事情，比如在众多公卿中，以机灵聪明出挑的传奏姊小路少将（公知）觉得攘夷难以推行，被攘夷派认为有告密的嫌疑，视为背叛者，在朔平门外遭到杀害。石清水巡幸之际，已经有相关传言，现在又有新的风言风语，说以之前侍从中山忠光为中心的志士们，要借这次大和巡幸之际，拥奉圣驾。大和地区五条的地方官铃木源内等人成为攘夷血祭，之后谣言就出现了。先前已经放弃公武合体，辞去总裁①一职的越前藩主按捺不住了，同样热衷于公武合体、之前一直保持沉默的萨摩藩岛津久光也同样如此，并为日本和英国舰队展开激烈交战一事感到骄傲和自豪。即使敌人的退却实际是出于风雨天气的原因，但首先胜负是五五分；其次，即使萨摩这边有船只沉没、炮台损毁、岸边城镇遭到焚烧等损失，但至少通过这次事件让欧洲人知道，住在这个岛国上的原住民并不是轻易能被征服的民族；同时各藩之首重拾自信，和松平春岳等人一起抓住东山再起的时机。讨幕派从京都退下后，公武合体派顶了上来；大和巡幸的议案被推翻，取而代之的是如今尚不适合攘夷亲

---

① 总裁，庆应三年腊月初九（1868 年 1 月 3 日）发布王政复古大号令时设置的明治新政府的最高官职。庆应四年废止。

征的敕令；激烈的焦躁暂且从政治舞台退去，取而代之的是
合作与忍耐。

但是，要说现在京都的形势已经完全风平浪静还为时尚早。
九月后，西边的使者突然来到木曾街道。

"又是特快信使啊。"清助和荣吉赶紧把手头的事放到一边，
去外面看看究竟发生了什么事。特快信使慌张的声音传进了驿站
住民的耳中。

大和地区由千余人组成的天诛组武装起义，燃起了宣告新时
代来临的第一簇烽火。官府集结了纪州①、津、郡山、彦根四藩
之力，花了半个多月时间才将其镇压。但是这一事件宛如一束
光，虽然最终消失，但它曾刺破夜空，高悬明亮。在许多人心中
留下了一种难以言喻的暗示。之前，以讨幕为目的的种种运动，
很多不仅没有顺利进行，即使进行了也多是以示威的形式，像这
样公然向幕府举起反旗之事至今从未有过。这一消息传到远离事
件中心的马笼之前，美浓苗木藩的家臣从大坂派急使迅速将这一
消息传向京都，因为经商在京都出差的中津川问屋安兵卫又将此
消息传给伏见屋的伊之助。这次的武装暴动以"皇居百姓"为口
号，前侍从中山忠光为大将，旗帜是赤色底的太阳云朵旗，还另
外准备了一百面旗帜，起初只有千余人，后来同行之人逐渐增
加，据说还有长州、肥后、有马的援兵。幕府的阵地被摧毁，大
和、河内一片骚动，然后向纪州进发，当时传言还有可能会向大
坂进军。不管怎样，这场讨幕运动最后以失败告终。队伍在天之
川失利，藤本铁石战死，天诛组的残党流散到各地。

九月二十七，木曾山间各村的工作人员被召集到福岛山村的
宅邸。长老、御用商人以及管家全都到场之后，山村拿出一份书

---

① 纪州，旧国名之一。相当于今和歌山县全域和三重县的一部分。

简，让书记读与众人听。这是伏见屋的伊之助和问屋的九郎兵卫两人从福岛带给各村的一封信：

> 如今的局势，想必大家已经有所听闻。上有政治动乱、局势不明，下有各暴民残党散布各地。各关所依据老中指令采取最新的管制方法。此外，将以中山大纳言殿下的嫡子（忠光）之名，召集数十名浪士，为营地可能到来的动乱做准备。加之此前萨摩、长州打退外国船只，朝廷下定决心开始攘夷。只是现下这种内忧外患的局面，此事还需从长计议。木曾虽然只是个偏僻乡村，但作为交通要地，这种时候丝毫不能放松大意，村里各官员要小心谨慎、仔细辨别时势。木曾谷的庄屋、驿站站长、年寄役等人多是旧系家谱之人，关键时刻应该为朝廷出一份力。此外，再强调一遍，除了允许佩刀者以及旧系家族之人等，要好好磨炼武艺。

半藏从伊之助那接过书信看了看，发现朝廷对驿站各村的监视越来越严。同时，直觉告诉他，散落在各地的"皇居百姓"残党中，一定有平田门下之人。

当时，平田笃胤死后，各地的门人加起来将近千人的规模。其中，不满足于单纯的学术研究，自发投入讨幕运动的人不在少数。前文所说的在三条河原示威事件中，昼夜兼行从京都逃难离开的暮田正香正是其中一人。半藏敢肯定，从遥远的大和地区流散各地的残党中，一定有人在伊那山谷，如今不知道乔装打扮成什么模样藏身其中。

"等等，不管怎样，这个事件一定和平田派门人有所牵扯。虽然不知道他们做的事究竟是对是错，但是看着他们不惜赌上生命也要站在勤王那边，就这么走向了终焉，实在是可怜可叹。"

想到这里，他决定将此事保密。因为即使是他周围那些能够理解本居平田学问的人，也只是将这次的大和五条之乱视为福岛大人们口中的"浪人暴动"。

　　管辖木曾谷地区的山村提醒各村须注意，除了认清时势之外，一旦开战，有可能会出现断粮的隐忧。虽然其中有些村子的存粮差不多够吃一年，但是上松及以上各驿站一定摆脱不了饥荒。所以他还特意通知各驿站、各村都要准备好储备粮，以备不时之需。将十六岁到六十岁之间所有人的名字全部确认一遍，有病或者残疾的也要登记，工匠、伐木工、拖木工等职业都要记下来，然后马上将名册送到福岛。各村从大炮的数量到猎枪弹药的重量，全部都要申报。这次的管制实在是细致到有些烦琐了。

六

　　江户的官衙对木曾十一宿连派四五位代表过来请愿设置固定助乡一事相当重视。其中一个重要信息就是，他们将从马笼出发前去请愿的蓬莱屋新七等人留在江户，官员从奥州一路巡视到木曾路，调查沿线各驿站的人马换驿继送情况。

　　几场秋雨过后，天气转凉。妻笼的庄屋寿平次和长老得右卫门两人跟着江户来巡视的官员一起来到马笼。因为伊之助刚好去木曾福岛出差，所以由半藏和九郎兵卫出面迎接。之后和妻笼的寿平次等人一起将官员们送到与美浓相接的落合。

　　"半藏！"寿平次喊道，他们一起踏上了从落合回马笼的返程之路。前边是得右卫门和九郎兵卫，后面跟着男仆佐吉。在送官员返程途中，不管是妻笼还是马笼的驿站官员，大家都是袴加竹皮屐的简单装束。半藏脱下无袖上衣叠好塞进包袱，由佐吉背着。

　　"说起来，你两位朋友好像都还在京都吧？"

　　"是啊。"

　　"这种情况还留在那里，真不容易啊。"

"唉，我也挺担心他们的。"

寿平次和半藏并肩边走边聊，在石屋坡道下方追上了得右卫门等人。

"九郎兵卫，你应该很了解吧。"寿平次看着同伴说道："来了很多外面的商人，正大肆收购四文的钱币。"

"说的是这件事啊。现在货币兑换所的一两金币要六贯四百文，但是有人却给出了四贯四百文兑一两金币的价格。听说金兵卫也卖了六把四文钱。"

九太夫晃了晃有些肥胖的身体，回答道。这时，得右卫门拍了拍妻笼的伙伴说道："寿平次，你知道六把四文钱一共有多少钱吗？那可是二十七两还多啊。"

"哎呀，我刚刚还在和半藏说，即使这个世道，该发财的人还是能发财。"

"不对，应该说正是这样的世道才能发财啊。"

大家谈笑着，走上了马笼下町入口处石屋的坡道。

半藏有心邀请两位妻笼客人来自己家，继续讨论今后街道和驿站的问题，也想了解一下马笼之外的地方，比如妻笼的人马换驿继送情况。寿平次也有自己的私心，他想借给官员送行的机会，顺带完成之前已和半藏提过的事，将妹妹阿民的第三个孩子带回妻笼抚养。至今膝下无子的寿平次格外渴望天伦之乐。半藏看到内兄的第一眼，就明白了他的来意。

"呀，得右卫门，快请进。"

阿民从驿站飞快地走了过来，不仅是为了早点看见哥哥，还特地将得右卫门请进家门。

"你们很久没见我父亲了吧，走，顺路去隐居所看看。"半藏说着，将来自妻笼的客人带向里二层。

不久，从吉左卫门的隐居室里，传出二老的声音："大家脱掉外褂进来吧。"

"叔叔，好久不见了。近来身体可还好？"寿平次问候道。

"多谢关心，最近状态越来越好，好到我自己都觉得有些神奇，甚至觉得是不是退隐得过早了，呵呵……"吉左卫门笑着回答道。

德川政权决定废止参勤交代制度，带来的影响远远不止催化了各藩分裂的局势。按吉左卫门的说法，这一改革带来的影响究竟多大，谁也不可预料。但至少对木曾街道，这一交通运输大动脉来说，其影响是日益深刻的。

江户的官员出差前来调查各驿站一事也成了中心话题。在场的人中，有像吉左卫门这样已经退隐的，也有像得右卫门这样已经做好心理准备让位于年轻人的，还有像半藏和寿平次这样经验尚浅之人。

"我之前就说过，助乡是个大问题。"吉左卫门说道，"不过，在像我这样的老古董看来，驿站和助乡本就是单纯的金钱交易关系，他们原本就没有义务承担工人那些活。助乡现在都想出来干活是因为现在没有参勤交代了，各大名的夫人、少爷回乡自由了，这些自然影响到下面的民众。"

吉左卫门自退役以来，对一切都闭口不言，但他悄悄守望这条街道的心却从未改变。得右卫门接过话头：

"吉左卫门啊，虽然也有这方面的原因。但改革后江户宅邸的女眷们返乡时，给雇用人手开了高价也是原因之一，自那之后工人就变得趾高气扬了。"

"这就是问题所在。"寿平次说道。

"等等，助乡来驿站，不是有很多抱怨吗？其实，他们是来尽义务的，大家要彼此分担，相互理解。"吉左卫门又补充道。

"但是，吉左卫门。"得右卫门说道，"因为出行导致物价上涨，驿马倌要求提高工钱，这点驿站很难做到。在助乡看来，驿站的驿马倌住在这条街上，不管怎样总能养活家中妻儿。只有他们这些前来支援的普通百姓，吃了上顿没下顿，很难维持生计。另外，如果允许这个村的助乡因疲劳而休息，又不允许另一个村的助乡休息的话，就会有抱怨不公的声音。光是旧助乡和新助乡，他们出工的心境也不一样。虽说都是助乡不响应征集，但是仔细观察的话，会发现各村都有自己的问题和难处。你也知道，助乡和驿站一样，不同地方自然是有差别的。"

这时，继母阿万让半藏去主屋喊清助，顺便去取城里寄来的文件，大家一起看看。文件中写道，眼下日用百货等物价飞涨，从事人马运输的普通工人生活也不易，所以希望驿站增加驿马倌、脚夫、七里役（信使）的工钱，提高到本马一匹六两，脚夫一两二分，七里役夏季一两二分、冬季一两三分。

"这下可麻烦了。"得右卫门说道，"驿马倌要求给涨工钱，助乡不可能在一边默默看着吧？"

"半藏，你对此有什么见解？"寿平次问道。

"我的意见啊。"半藏接过话，"我还是想设置固定助乡，不管怎么说肯定会比眼下的情况要好。其实我还有另一个想法，不过仅是我的个人想法啊。"

"说来让大家听听吧。"

"你们可不要笑我异想天开啊。"

"怎么会呢？"

"那，我就斗胆说了。之前像朝廷的大人物，例如日光东照宫例币敕使等持有朱印文书的特别出行，必须无偿为其服务，我想改变这一制度。因为助乡有义务为特别通行服务，驿马倌才变得骄纵，愿意做的活就做，不愿意做就推给助乡。其实，我希望取消驿马倌和助乡这一身份差别，大家都以助乡的身份，平等地完成本职工作。"

"全员皆助乡吗？那可能一时半会儿实现不了。"

"不过，寿平次，先不谈这个了。"

"这么说，确实如此啊。以前的事虽然不太清楚，但和宫大人的出行和废除参勤交代是完全不同的时代，而且助乡的情况也在逐渐发展变化。"

不管怎么说，现在只能等十一宿派往江户的代表带回请愿结果，得右卫门打算先寿平次一步回妻笼。

"今天能看到吉左卫门，真是太高兴了。妻笼刚结束秋收，大家终于可以喘口气歇会儿了。"

他和阿民说完这些就离开了。

半藏送走得右卫门，回到主屋客厅等候寿平次从里二层下来。

"看来父亲和寿平次聊得很投机，被父亲抓住就半天不会放人了。"

半藏和阿民聊天时，女儿阿粂带着弟弟正己，刚从后山的稻荷神社捡板栗回来。正己尚且年幼，不知道自己要被带去妻笼驿站当养子。

"耶耶。正己要成为妻笼的孩子啦。"宗太跑来和弟弟开玩笑。

"宗太，你明明是哥哥，怎么能说这种话呢。"阿民有些责备地说道，"妻笼可是你母亲出生成长的地方呢。"

在半藏夫妇两人的注视下，兄弟二人开始玩闹，弟弟抓住了哥哥的刘海，虽然正己也到了该懂事的年纪，但他的行为举止还是毫不讲理，即使是一些孩子间的打闹也不想输给哥哥。

"今晚，招待妻笼的客人，给正己也做一碗新荞麦面吧。但是，"母亲又说，"不要让这孩子察觉到。"

"给妻笼的人庆贺，有点小题大做吧？"

夫妇俩有一搭没一搭地聊着，看着孩子们兴奋地嬉笑打闹。虽然阿民并不打算拒绝哥哥的提议，但是要将年幼的孩子交予哥哥，多少还是有些不舍。

"老师，快来！"

外面的玄关处，传来胜重慌乱的呼喊声。他面露焦急，从玄关处飞快地跑到驿站客厅。半藏猜想多半是街上常有的争端，他对妻子说"把裤给我"。

"希望不是开玩笑。"

半藏边说边跑到驿站外查查看情况。驿站前边堆了很多行李，一位不知道哪位大人的家臣，抓着荣吉好像在威胁什么。半藏察觉到了这点，马上朝那边跑去，站在举刀的客人面前，这位客人呼出的浓烈酒臭扑鼻而来。

这位客人以一副盛气凌人、鼻孔朝天的模样瞪着荣吉。

"哟，你们的出工速度可真慢啊。"

这时，客人变本加厉，甚至想要把手中的刀朝荣吉劈去。半藏赶在这时挺身而出，护住了表兄。

"我是这间驿站的主人。如果有不周到之处，就朝我来吧。"

半藏甩出这句话。

听到这边有骚动，清助急忙从问屋赶来，不仅如此，九郎兵卫也从石崖顺着坡道匆匆跑来。九郎兵卫曾把不讲道理的侍卫从驿站的高台上撞了下去，他一到现场，客人见他那充满力量、远超常人的强壮体魄，立马自觉地把刀收起来了。

"半藏，驿站应该还有客人，你先去招待，这儿交给我吧。"

听到九郎兵卫这么说，半藏顺势回到了主屋。但是客人呼出的酒臭却没有那么容易消散。于是他在庭院一角的小山茶花边站了一会儿，让那酒臭味彻底散去。

半藏回到客厅时，寿平次正在翻看自己放在桌上的书。

"半藏，发生了什么吗？"

"啊？没什么。"

"有人在驿站闹事吗？"

"噢，没有，就是有人抱怨出工速度太慢了。只不过是些不讲道理的武家侍从，让驿站的人受了些惊吓。"

"这个世界什么都想用武力解决，完全是靠着拳头软硬说话的世道了。"

"寿平次，你知道之前胜重讲了什么吗？他说，德川家终于走到尽头了。我刚听到这句话时，心里咯噔了一下。真是初生牛犊不畏虎啊。"

孩子们的到来打断了两人的谈话。

"怎么样，正己。"寿平次把孩子喊来身边，"要不要和舅舅一起去妻笼呀？"

"好啊。"

"那就好。"半藏笑道。

"来，让舅舅抱一个。"

寿平次说着将正己抱了上来，然后同样抱起了旁边的宗太。

"舅舅，我也要。"

连阿粂也这么说，她一直在旁边等着，直到寿平次也和刚刚抱弟弟们那样抱起了她。

"哟！这个重！"

寿平次装作很重的样子，将刚刚抱起来的小姑娘小心地放到榻榻米上。

"阿粂日后会长成一个好姑娘的。"寿平次以前途无量的口吻对半藏说道，"阿粂比一般的女孩有主见，你们夫妇有这样的女儿，真是令人羡慕啊。可惜我实在没有儿女缘分。"

这时，半藏看着孩子们说道："大家先去祖母那边吧。她正在厨房打荞麦，去看看吧。"

随着日落，东南朝向的客厅内，拉门的影子渐渐爬了上来。半藏家正按照阿万的意思，在送孩子去妻笼的前一晚，兼招待吉左卫门的老友金兵卫，打了很多新荞麦。离晚饭还有一段时间，寂静中，寿平次和半藏两人相对而坐，连在里二层和吉左卫门的谈话也拿出来说道了。

"啊，我有个东西想给你看看。"

半藏从房间的抽屉中拿出四卷书，放在寿平次面前。

"这也是我们工作的一部分。"

摆在寿平次面前的是第二版《古史传》。这是在江户经过雕版、印刷、装订等一系列工序，最新做好的成品。

"这可真是豪华版啊。"看着寿平次将书拿到手上翻阅，半藏在一旁补充道："前言中列出了许多名人的名字，前岛正弼、片桐春一、北原信质、岩崎长世、原信好等人。我，还有中津川的宫川宽斋也是发起人。"

"平田先生的这套书，怎么样？是不是印刷得非常清晰，阅读起来也很方便。"

"确实使人眼前一亮。"

"第一版是伊那的门人出资印刷的，这次是甲州的门人出资的。最近我打算和父亲商量，要不赞助一下这套书的出版费用。"

"半藏啊，如今平田先生的著作正处于推广阶段，你们的工作很有意义。但是我担心你太过相信别人会遭到欺骗，你总是轻易信任他人。"

"我明白你的意思，但是值得信赖正是平田门人的品质，不是吗？"

"信赖为先，是吗？"

"要是没有这一精神，就没法理解本居和平田的精神了。"

"还有这种说法吗？不管怎么说，我还是觉得你太容易相信别人了，不管是老师，还是朋友。"

"……"

"这点，确实得多注意一下呢。"

"……"

"半藏，去京都的景藏和香藏他们怎么样了？没想到他们居然真的抛弃了中津川的家业，令我非常吃惊。"

"半藏，你应该也起过去京都的心思吧？"

"怎么说呢,这段时间我经常会梦到京都的朋友们。从这点来说,我可能确实多少有些想去京都。"

"你父亲担心的正是这点。刚刚,我在里二层和他单独交谈的时候,聊了许多。我做不到像你父亲那样保持沉默。以我俩的关系,这种事情没有什么不能说的,这么想着,我就从二层下来了。"

"哎,要是没有老爷子在,我早就去京都了……"

女仆通知他们晚饭已经准备好了,两个人的谈话就此打住。半藏带寿平次去客厅,吉左卫门从里二层下来,金兵卫也从伏见屋过来了。

"怎么样,寿平次,金兵卫今年已经六十有七了,比我还大两岁呢,身体特别硬朗。"

"这么说来,吉左卫门,怪不得每次见面,你都和我聊吃的,哈哈!"

半藏听着热闹的谈笑声,在寿平次旁边坐下用膳。酒是从隔壁伏见屋取来的,乡村风味的手打荞麦佐以小葱和辣椒,盘子上还绘有小鸟,配上凉拌香菇、腌菜、胡萝卜,还有阿万最擅长的梅渍芋茎。

"半藏,收养正己的手续你打算怎么办?"

寿平次在马笼歇了一晚,第二天早上问道。

"这个以后再说吧。"半藏回答道,"总之,你先带他走吧,其他的先放一放。"

然后阿万和阿民也一起来了。阿万看着寿平次,说道:"别看正己那样,其实他什么都吃,甚至连酸萝卜腌菜都想吃,不过别让他吃太多。妻笼的祖母照顾孩子应该很有经验,但还是要记得不要让孩子穿得太多。毕竟老话说,'若要小儿安,三分饥与寒。'"

"哥哥,正己大概一时半会儿习惯不了,你把阿竹也带上吧。"阿民补充道。

阿竹是正己的乳母,专门负责照顾他。半藏家的传统是给每个孩子配一个专职照顾的下人,阿象和宗太也都有。

妻笼方面来迎接的人已经到了。在驿站地炉边,大家一起庆祝幼儿新生活的开始。阿民说,打算带着阿象和宗太一起,沿小道把他们送到山顶上。这时,清助说:"来,正己大人,过来。"

他说着,弯下腰,背上将要前往妻笼的孩子。

半藏和吉左卫门、阿万、荣吉、胜重,以及佐吉和两位侍女,一起在门外集合。在这个小地方,连一位幼小的孩童即将远行,都会成为附近的谈资。驿站对面的梅屋、隔了一户的问屋、隔着街道和问屋相对的伏见屋,这些人家也都派出了代表,目送出发前往妻笼的一行人。

半藏和父亲、继母说道:"能够得到寿平次家的教导和养育,我很欣慰。正己一定会幸福的。"

寿平次等人离开后,半藏不打算直接回家。他转道去了城镇郊外,在石屋转弯,走过好几个下坡,一直走到荒町。参拜完诹访神社分社后,他还不想回家,刚好碰到卖狸子膏药的人。不远处惠那山的雪已经开始融化,走到这个可以遥望远方的陡坡时,他忽然想大声呐喊,将内心所有的话语全都喊出来。

寿平次的话在他心中挥之不去。和可以放下手头的事,一个人安心练习弓箭的寿平次相比,他无法沉溺于日常生活的安逸。庚申讲座①之夜就要到来,之后就是山间长达五个月的严寒,还有能把压了石头的木板屋顶掀翻的风雪。这种让人想要冬眠的感觉,和眼前这难以打破的,想摆脱却摆脱不了,令人无可奈何的现状混杂在一起,让他的内心烦闷不已。

走着走着,他像孩子般的心情忽然变好了,继续前进,踏上

---

① 庚申讲座,庚申这天夜里举行的以经济上的互助与和睦为目的的讲座。

了去往最西边新茶屋的路。那里有个写有松尾芭蕉诗句的石碑。这是天保十四年，金兵卫为供奉亡父，以及为经过木曾路的旅客增添几分文化气息，特意在街道附近挑了这个位置建造的。最终，半藏来到位于信浓和美浓边境的一里冢，在寂静的榎木林中走着，将眼前繁茂的常绿树尽收眼底。

第 九 章

江户各城镇迎来了元治①元年六月。从木曾街道入口的板桥，经过巢鸭休息站、本乡森川宿等地，三位木曾庄屋终于在两国的旅店十一屋停下了脚步，稍事歇息。

这几位庄屋奉江户道中奉行之命，作为木曾十一宿的总代表前去述职。半藏正是其中一人。木曾上四宿选出了赞川的庄屋，中三宿选的是福岛的庄屋，马笼的半藏是下四宿的代表。

半藏对两国的十一屋非常熟悉，另外两位庄屋打算和半藏一起先在旅店安顿下来。因为十一屋有位出身木曾、体贴入微的退隐者。

"时间过得真快。自上次一别，也快十年了吧？"

十一屋的退隐者走到半藏身边，以故人的口吻说道。这位隐居者，连十年前来投宿的木曾旅客都记得很清楚。他甚至还记得半藏从江户前往横须贺时，还有另外一位旅伴，是来自妻笼的寿平次。

"确实啊。老板，记得我们上次来的时候，横滨还没开港呢。"

"对呀，对呀。"这位退隐者也回忆起了当年，"宫川宽斋也在我家旅店住过。那是横滨贸易刚开启的第一年，与他结伴的还有中津川的问屋老板等人。当时我还给他们介绍过神奈川的牡丹

① 元治，江户末期，孝明天皇的年号。1864 年 2 月 20 日—1865 年 4 月 7 日。

屋。大家每次到江户都来光顾小店，实在是感激不尽。"

这位退隐者虽上了年纪，但依旧精神矍铄。老板娘和隐居者年纪差得有点大，看起来像是他的女儿。要说是父女关系，又好像不止于此，但如果是夫妇的话，年纪差距也未免太大了些。半藏上次也想过这一问题，没想到这次来江户，居然看到老板娘抱着退隐者的孩子。

一路上的所见所闻，唤起了半藏对曾经的回忆。那是安政三年，半藏决定加入平田门下，第一次见到平田铁胤，以及他的儿子延胤。当时的江户城，每天都有各种新消息，如终于要开展交易了，长崎港口第一次驶入了英国船只，光是听到这些，就令他雀跃不已。不管怎么说，那时德川政府在全国的威信，还是不可动摇的。

将近十年的岁月，改变了半藏周边的许多事物，例如他这次重新造访的街市，光景也发生了很大变化。虽然是应道中奉行之命，但半藏自己总觉得这次江户之行过于冒失。此时各地暴动频发，甚至惊动了幕府，令他们对各旅村的管制更加严格。半藏离开家乡的时候，被叮嘱在街上见了奇怪的人，要马上报告。"孤身一人的旅行者自是不必多说，一副可疑浪人打扮之人，更不能轻易放过，俳谐师、插花师等之人，也不能置之不理。不仅如此，要是村中出现了一些粗暴的家伙，可以先行逮捕羁押，万一过于棘手解决不了，不管是当场斩杀，或是枪杀都可以。"写有这般内容的文件从官署发到了各旅店和各村。

这次作为总代表前来，眼下一行三人的工作是拜访道中奉行都筑骏合守的官邸，提交从木曾各驿站收集的账本。

这些账簿中记载了过去一年驿站的收支总额。半藏等人刚到奉行宅邸时，就见徒目付出来接待，说自己会将诸事转达给奉行，之后就是这次，奉行传召三位庄屋，想听一下他们对于德川现内阁提出恢复参勤交代的见解。从徒目付的口吻中，半藏等人推测出，奉行大约何时会再次传唤，以及彼时可能会被问到木曾地区人马转继的现状。同行的幸兵卫、平助比半藏年长，在半藏看来他们在驿站方面有着丰富的经验。三人结伴回到旅店时，不禁谈及街道的变迁以及今后的趋势。

参勤交代的改革给江户带来了深刻的影响。诸国大小家族各自得以返回自己的领土，这个被称为六分武家、四分商人的江户城，迎来了一波大退潮。

在第二次来到这个大都会的半藏看来，眼前已经不再是以前的江户城了。在文久三年十一月十一的火灾中，江户城的本丸、西丸都付之一炬。听说连将军家都移居到了田安御殿。目前只有西丸开启了重建工程，即便如此重建款项也是由幕府财政处通过各方筹集完成的，其中各地商人、百姓缴纳的一二百两这样的大钱自不必说，连一铢、两铢的这种小钱也投进了建筑工事上缴金里。半藏知晓这一事是因为即使他偏远的老家，也被要求多少提供点上缴金。连西丸的重建都尚且这般艰辛，可想而知本丸再次动工，该有多棘手。不管是那座统治着江户城、在朝阳和夕晖中闪耀夺目的高耸建筑物，还是周围的一片白色高墙，幕府主城还是日渐失去了它的壮美。现在因各大名可以随意返乡，于是他们的家人也大多离开了宅邸。突然失去了众多消费者的江户，经济上会是何等的萧条？

但是，这一制度的废除，正是文久改革的成果。着眼于时代趋势，希望对幕政进行改革的各大名和有识之士早就考虑到了这点。想要让政治更加清明，那么注入新鲜血液是必不可少的。改革的关键是取消参勤交代，对繁文缛节进行删改。本来松平春岳提出要废除这一政策的，幕府官吏强烈反对，但是一桥庆喜采纳了越前藩主的意见，力排众议做出了推行改革这一明智的决定。事到如今，若想再启动这一制度，无疑会让一桥庆喜颜面扫地。自纪州和一桥在将军换代问题上出现分歧以来，幕府内部的矛盾就更加尖锐了。

随之政治中心开始从江户转移到京都。官吏们不曾忘记大江户昔日的繁华，能否重新启动这一政策，挽回幕府的颓势，连半藏这种普通民众都持有疑问。在这个特殊时期，各大名最终能否按照幕府的要求，再次踏上前往江户的道路，这点也令人禁不住生疑。

各大名的家人们从江户宅邸得到解放时，刚好是半藏从父亲吉左卫门那接任家业，就任新驿长一职之际。他在马笼驿站，迎来送往了众多女眷，其中有越前的女官、尾州的少爷和贵妇，还有纪州的夫人以及女官等，其中的繁忙艰辛至今历历在目。昨天刚把秋田的公主送到山上，今天肥前岛原的女官们就到了，街道上每天都有由女眷和孩童组成的返乡队伍。这些生活在深宅大院宛如人质一般的人们，像是终于被解除了枷锁，一路上欢声笑语。那些夫人、少爷、女官等人是否还会回来，更是一个问题。

来江户的几日，半藏和同行的庄屋一直在等候道中奉行的传召。一行三人在外边闲逛，每次回到两国的旅店，都会交换自己在城中的所见所闻。幸兵卫拜访了木曾福岛地方官山忖氏在江户的宅邸，他说那边的宅邸甚是空荡；平助拜访了木曾领主尾州公，发现一路上各宅邸前边都挂着"出租"的木牌；半藏则是从两国走到了亲父桥，他从江户最繁华的芳町走到桥畔，只有一家居酒屋座无虚席，其对面街角的一家大型佣工介绍所挤满了几百名求职人员。

十一屋的隐居者每次迎接半藏等人回来之时都会说："大家白天出去逛逛可以，不过记得傍晚一定要回来，晚上尽量不要外出。"

三名庄屋终于等到道中奉行的传召。在十一屋的二层，半藏脱下和旅伴相同的斗篷，换上了从老家带来的麻制礼服。

"接下来就要面见奉行大人了。"平助目光紧张，扯了扯半藏的袖子。"今天说话要小心一点。半藏你这么年轻，真担心你会说出一些不该说的。"

"我吗？我是个沉默寡言的人，不用担心。"

这时幸兵卫系上和服的绳结，带着半开玩笑的语气调侃道："半藏不是平田门派的门人吗？说不定会被多看几眼。"

"怎么会呢？"半藏说道，"不过我离开马笼时，家人也这么跟我说。但是现在是作为木曾十一宿的总代表应召而来，应该不至于直接让我去坐牢吧。"

幸兵卫和平助都笑了起来，三人准备好就出门了。

道中奉行都筑骏合的办公所在神田桥外，之前传信的那位徒目付已经在此等候多时了。因为现在已经到了旧历六月，所以隔扇和拉门都取了下来，三人经过两间房屋打通的广间，对面就是奉行，两边是下级官员，一会儿新任道中奉行神保佐渡也进来了。

由徒目付先为奉行介绍三位庄屋，平助、幸兵卫以及半藏都将扇子放在身前，被叫到自己的名字时，就将双手轻放在榻榻米上行礼示意。

都筑骏合当过勘定奉行，神保佐渡也做过大目付。但他们不像下面的官员那样盛气凌人，在不失奉行威严的同时，又平易近人，还会说笑。正如三位庄屋之前从徒目付那儿听说的一样，幕府有意重启参勤交代制度，想听取将军两次前往京都时沿途各驿站的难处。因为木曾是各大名出行途中的必经之处，所以打算在听取地方的意见后，给奉行所做个参考，希望大家能够毫无保留地说明人马换驿继送的现状。

徒目付之前提醒他们，在当天的会面中不要涉及太多细节。平助从外国船只到来以后，各大名、官差频繁往来给街道带来的影响，到和宫大人的出行、各大名家属的回乡，逐渐带来人马征收派发激增一事原原本本地说了出来。之后还补充道，不管是驿站的疲敝，还是常备人马补充困难，又或者是助乡人马的不响应，都是负担过重带来的后果。

"请恕小民斗胆。从去年三月到七月，在将军大人还驾之时，木曾街道还接待了许多其他大人的出行。因为负担过重，换驿也无法面面俱到，所以木曾十一宿的人们向官衙请愿设置固定助乡。前后一共派出了四名驿站人员、一名长老、五位都合前去请愿。但官府都没有同意设置固定助乡，从今年二月开始的六个月里，因为重新申请了临时助乡，所以已有五人先行回村。请大人多考虑一下周边情况，我实在担心今后还会像原来一样，人马换驿继送难以顺利进行。"

"原来各位有这样的想法，其实我们对此也进行过商讨。"都筑骏合说道。

这时，幸兵卫又从另一个角度说明现在是对木曾附近助乡进行改革的最好时机。据他所言，除了原有的课役能在朝廷、各藩需要时出力之外，民间的交通较之前也明显变得发达。本来木曾的人手，还不到需要征收牛那一步，但伊那的中马频繁参与民间商人的陆路物资运送，从松本到三河、尾张以及甲州街道，都有他们的中马往返其间，木曾街道出去赚钱谋生的人也不在少数。参与其中的村落有一百六十多个，最多的村落有一百四十五匹中马，即使是最少的村落也有十匹中马。如果在这个时候，还不设置固定助乡、不提高他们的待遇，看不清楚百姓需求的话，恐怕今后民间用工只会更加占优势，导致越来越多的村子出现助乡征募无人响应的情况。

"哎呀，太好了，听到了大家的很多心声。"都筑骏合说道："将军第二次往返京都选择了搭乘军舰，正是因为体恤出行路线周边人民的疲惫。不管是再把大名召回江户，还是打算恢复参勤交代、提出借出军舰等，我们都讨论过。这些担忧不无道理，但今后驿站一定不会再有如此多的困难了。"

"木曾下四宿的代表也在场。"徒目付接过奉行的话，"听说去年前来请愿的年寄役新七，和半藏来自同一家驿站。"

"三人都是百忙之中拨冗前来，实属不易。来，半藏，让我听听你的见解吧。"

除了都筑骏合，连边上那位一直显得有些拘谨的新人神保佐渡，也将目光投向了半藏。按顺序，现在轮到一直坐在两位庄屋旁边的半藏发言了。

"正是如此。"半藏回答道，"近年来各大名的权势不断膨胀扩大，且多以势压人。正如各位大人所了解的，木曾的下四宿全都是小站，仅有定额的二十五人和二十五匹马进行人马换驿继送。虽然在美浓的落合，有大量的助乡人马，可以临时支撑大通行时的换驿继送，但他们不响应马笼驿站的征召。我认为，首先，在绝大多数混乱的情况下，可以允许驿站方面派出现有人马进行部分行李的继送，剩下的行李等到人马返程之后再出发。此外，我还希望各位大人能够按照时刻表在旅店停留歇息。其实之前向来都是如此，但是近年来各大名已经听不进驿站的请求了，他们不分情况以势压人，威逼驿站立刻进行继送，所以我们不得已只能从附近的村落雇用人马，强行继送。如此一来，驿站年年负债。我也清楚，要说这是导致旅店困窘的根本原因，未免也太过夸大其词。但要是没有这一点的话，街道上的各项工作一定能更轻松些。"

"原来如此，居然还有这样的事。"都筑骏合说完，转向身旁的神保佐渡问道："你意下如何？我想让他们以书面的形式提交一份更为详细的报告。"

"我也正有此意。"神保佐渡答道，他手持扇子，在胸前轻摇。

道中的下级官员们也时不时地摇着扇子。这时，徒目付依奉行之意，通知庄屋，奉行会在查看完各位庄屋们提交的账簿之后，再对三人另行指示。此外，各位庄屋还需要通知家乡驿站尽快送来去年的账本，主要是从去年三月到七月，写有将军还驾之时随从及各官员在出行中支付人马工钱的账本。

江户城西丸重建完工之日指日可待，城内的人舍弃了从大名那儿得到的、曾引以为豪的羽织，取下腰间的短刀，换上长刀。光从这一点，就可以明白当今世道已经是崇力尚武了。幕府招募的剑术师在江户非常受欢迎。这时在武家旗本之间流行一种带有漆纹的黄白色麻料羽织，那是从前德川家康在关原合战中穿过的，水户黄门生前最爱的式样。一种热衷彰显武艺的风气在江户重新焕发活力了。

在返回两国的途中，平助回头看向自己的旅伴说道："半藏，你好像老是时不时地停下脚步，一直盯着那边看。"

"请看那边，有位小小宫本武藏和小小荒木右卫门呢。"

"确实，没想到如今的江户连孩子都在修习武艺。"

平助说着，继续向前走。

这天风很大。等半藏一行人走到柳园时，不知道吃了多少沙尘。路面上的扬尘，使整座城镇变成了浑浊的黄色。回到两国的旅店后，三人在旅店二楼的房间里脱下麻布礼服，将别在腰间的印盒放在壁龛处，然后交流了一下今天的情况。

"总之，先把今天的事情告知给乡里。"

"那我也赶紧通知福岛那边吧。"

"我也先给马笼写信通知一声，毕竟还需要尽快将账本交给奉行。"

和大部分江户旅店一样，十一屋也没有澡堂。在半藏等人去镇上的澡堂洗去浑身的汗水沙尘、肩搭毛巾回来时，风已经停了。现在差不多是家家户户出门打水的时间，终于有了大城市热闹的样子。十一屋也备好了晚饭，旅客通常都是在厨房一起吃饭。

饭后，半藏等人回到二楼歇息，十一屋的隐居者也加入了他们的谈话，他总喜欢和同乡的旅客一起聊些值得回忆的往事。女仆在房间的角落放下一盏古韵的行灯，柔和的灯光提升了旅店的格调。

"不管怎么说，江户还是那个江户啊。"平助说道，"我今天还听见宅邸那边传来叫卖蚊帐的声音呢。"

"没错。'蚊帐啊蚊帐'声音非常嘹亮，大老远隔着一条街就能听到。好像是越后①人，这可以算是江户的一种特产了。每次听到这种叫卖声，我就不由得想起当年刚来江户时的情景。"隐居者说道。

幸兵卫拿过吊着手袋的烟斗，深吸一口后接过话头说道："十一屋当家的，江户是不是已经很不景气了？"

"什么景气不景气的。"隐居者回道，"昨天我看见了木匠家的老爷子，他跟我抱怨道，'不管哪家宅邸都没工作，我家儿子从去年年底开始就赋闲在家。'我问他那你家孩子现在做什么？他说，'因为没有什么可做的，就让他去学习剑术了。'我和他聊了聊，没想到他竟然说因为江户经常发生火灾，所以自家才得以谋生，有活可干之类的。在这类手艺人眼中，说不定那才是实在之处。"

"因为火灾多发才得以谋生吗？江户这么大真是无奇不有。"平助嗤嗤地笑了起来。

"我可不是在开玩笑，不知道谁说过，火灾是另类的江户之花。因此，江户人几乎没有谁会担忧火灾。现在连夏天都有火灾，大家也多留个心眼。不是有传言说有人要在江户城放火吗？人们要是苦到极致，也不是做不出这种事。要是有人使坏，将水管倒逆，然后一家连着一家，故意纵火也是不无可能的。"

"这样的话将军脚下也不安全啊。"幸兵卫说道，"这次我在外面走走看看，不禁觉得将军每天看着这样的江户，想要恢复参勤交代也是可以理解的。"

幸兵卫和半藏在庄屋一职的觉悟截然不同，但不可思议的

---

① 越后，旧国名。北陆道七国之一。现在的新潟县除佐渡岛之外的地区。

是，旅途让他们忘记了年龄的差异和立场的不同。半藏身上还穿着旅店老板娘借给他的一件已经浆洗得有些发硬的浴衣，但这丝毫不影响他内心对旅途的向往。他在一旁一声不吭地听着大家聊天。

"总之，现在的世道容不得丝毫放松。"隐居者继续说道，"大店有大店的难处，连采购也是小心再小心。加之白天担心被勒索，晚上担心被偷盗。虽然我不是很了解，但是宅邸的隐居者、少爷以及夫人可以自由返乡等改革究竟是谁推动的？这类怨恨庆喜公的肯定大有人在。他们半戏谑地说，'那位豚一大人（因一桥公试吃猪肉而得到的别名）吗？他知道什么呀！'总之，庆喜公在江户的风评可不算好……"

江户的事还没有说尽。

当晚，半藏很晚才睡。他借着旅店行灯的微光给伊之助写信。镇上禁止不带夜灯出行，各家各户都门窗紧闭，警察也加强了巡逻。今年四月以来，江户设置了巡查，他们腰间别着小组印章，从屯所出发，绕一圈又回到起点。但即便如此，按十一屋隐居者这种镇上原住民的话来说，这种巡查方式依然效果不佳。

第 十 章

诹访藩的侦察队在和田坡集结。菅沼恩右卫门以及栗田市兵卫两位藩士作为代办侦察,各率领五位侍从前来传令。三位警卫官、一位书记官、三位侦察兵,各带一名童仆集结在此。此外步兵队的队长和参谋带领的十九人队伍,以及两位带着新式火炮的藩士也加入了此次行动。这些人集结在和田坡口,各自分工领下了侦察任务。

诹访高岛的城主因幡守作为幕府的老中,一直代表江户在外行动。此时他发出传令兵,加急通知高岛城内的部下加强防守,绝不能让水户浪士借道他的领地路过。经过和田通往下诹访的路段,一部分被划到了战斗区域,命令东饼屋、西饼屋的居民撤出原本居住的区域。

局势瞬息万变,高岛城的守军收到了江户别院发来的八百里加急。这封从幕府送到诹访藩的信,透露了水户浪士西下的消息,命令守军尽快派人手前往和田坡及相关区域。山坡右侧有通往松本方向的路,所以可能会有援军从松本藩过来,让守军严阵以待。另外告知守军,政府有可能要求出兵,所以要做好出兵的准备,不仅要办好中仙道的一应事宜,也要准备好完成政府的任务。

这封信到达诹访藩次日,江户的文书也送到了各个藩地。武藏、上野、下野、甲斐、信浓的各领地大名自不必说,相模、远江、骏河的各位大名也收到了文书。文书说得相当严重,其中提到，筑波的匪徒中，有不少人逃到了甲州路或者中仙道，望相关藩属雷霆出击，及时讨伐，即便未能捕拿，也要告知其他藩属以及时捕拿，为防其坐大，绝不可姑息。同时，幕府还另外给三河、尾张、伊势、近江、若狭、飞弹、伊贺、越后等领地的各位大名发出文书，表示筑波附近的匪徒四处逃窜，中心藩自不必说，附近各处也要安排人手，若有可疑人士，应立即捕拿。港口之战过后，支援水户的参政大臣田沼玄藩头作为追讨总督，开始四处讨伐浪士。幕府一方面征伐长州人士，另一方面在各地织起一张大网，打算将水户浪士一网打尽，赶尽杀绝。各种消息雪片般飞向诹访藩，一时竟无法分辨真假。高岛城的守军中，竟然没有一人在意水户浪士来不来的消息。即便一开始听说过浪士闯到上州，因为无法分辨其消息真假，且据说出现的位置，也在几十里开外，诹访藩的人到现在还没有警惕。直到传来的消息表明浪士来到了信州、佐久，这才有加急信件纷至沓来。城内的人一时也无法做出决断。有人说要先把甲州口封上；有人说要在水户安排精锐；还有人说如果一千多人一同冲上去，对方根本不是一合之敌。同时也不是不能理解沿线各地为什么不讨伐、只守城，让浪士通过，再从后方放几发炮弹，能跟公家交差就行了之类的做法。也有人说，现在主公还在幕府做长老，所以诹访藩不能放任浪士不管，也有人觉得外头的传闻不可靠，一定要谨慎行事，不可轻举妄动。正在众人争执不下的时候，诹访藩迎来了江户别院的传令使。这位传令使是位颇受重用的老臣，他带来了幕府的严令。有探子报告说水户浪士会在八月十五到达诹访藩，这些人带着十五门大炮，武士骑兵一百五十人，步兵七百余人，皆辎重着甲、骑马打旗，正浩浩荡荡地向这边过来。听到这个消息，藩中人士齐齐变了脸色。此时，执事管家盐原彦七说，浪士们必然是要从和田坡穿过去的。山坡里有个叫樋桥的地方，靠山临水，是诹访的古战场。盐原说，如果现在马上调集人马，安排在山坡的险要处，加强每个军事要冲的防卫，定能打敌人个措手不及。万幸的是，田沼玄藩头率大军以总督的身份在后方追讨浪士，这是诹访藩长老最大的倚仗。上面期待的最好状况是田沼军和高岛军在和田坡前后夹击水户浪士。藩中的态度定下来后，侦察队伍迅速集结出发。

元治元年十一月十九，清晨起山坡下起了滂沱大雨。

去和田侦察的人冒雨回到了高地。探子传信说，水户浪士会在当夜留宿长洼、和田两处旅店，诹访藩的小将矢岛传左卫门带着九个手下，来到和田坡边界，打算伺机而动。

"千万不能觉得敌人尚未接近就掉以轻心。"

传令兵一骑轻骑进城通报，还没下马就说了这样一句。小将托传令兵告诉守军赶快派出其他人手，自己也骑着马开始安排诸项事宜。大雨遮掩了视线，远处的山峰被挡在了雨幕后面，匆忙的人马，在大雨中穿行在山坡上。

小将先是在山坡选了一处叫注连挂的地方，直接命令在此处筑起防御工事，以抵御浪士进攻。为了尽快凑齐人手，他向附近的村庄发出了征兵令，还带着一些下级官员在附近侦察地形。他在注连挂放了一排拒马，建起战壕，架好火炮，埋伏起人手，还在从大平到马道的天险处准备了滚木和巨石。道路上横上好几条原木拒马以阻碍其快速通行，当敌人聚集到近处，再用火炮轰击，从山上滚落滚木巨石，这样一套攻击下来，即便来再多人，只要有一队人马就足够防住他们。趁这个当口，后面的援军必能赶到驰援。为达到这种效果，小将在大雨中奔波准备，一一给下属们安排了分工。一切准备就绪，已是中午时分。小将走下山坡来到樋桥吃午饭时，后续人手已就位。

去诹访城通传的传令兵没过多久就折返回来，告诉他们守军马上就会派人手过来。此时，诹访派来的二十八个武士和十九个炮兵也赶到了战场，二十九个步枪兵已就位，他们带来了重型大炮、轻型大炮各两挺，西洋步枪若干。诹访的武士还带来了城中长老们制定的樋桥砥泽口作战方案。因为敌人可能落脚东饼屋、西饼屋，于是马上通知此地管事，烧毁两处饼屋，拆掉栈道，切断桥梁。另有一队士兵马上带着人手进了山坡。

松本藩派来刚从长洼阵地撤出来的三百五十人，此刻他们正在东饼屋落脚休息。松本藩不好拒绝总督，不得不负责到长洼的沿途警卫，但他们听说上田藩和松代藩以及小诸藩都不出人，便提出势单力薄恐无力对抗水户浪士，要求和诹访的人联合，共筑防线。他们此行，正是来找诹访交涉的。诹访相当于意外地迎来了援兵。小将喜出望外，马上告知松本方面的将领，自己要打头阵。烧毁两处饼屋已经是板上钉钉的事情，松本军负责在东饼屋点火，停留在西饼屋的诹访军则等松本方面的人全部通过之后一把火烧了西饼屋。

小将在樋桥指挥着五六百民夫，冒雨加急筑牢防御工事。放完火的松本军加紧行军来到山坡，小将征用了樋桥附近的三间民宅，安排松本军住在那里。松本军带来了两挺轻型的大炮，五十把步枪。小将看了看松本军大约有三百五十人，给他们送来了盒饭、三袋白米、两桶大酱、一桶腌菜、两桶酒。

樋桥的要塞防务和建筑大多数是小将安排的，战略则由步枪队长盐原彦七负责。雨下了整整一天，数百个民夫头戴斗笠、身着蓑衣，他们在山上砍树的声音响彻了整个山坡。一些树干已经削好，打算用来建炮台，土堆上已经堆起了沙袋，用以防御敌袭。因为担心从下诹访运军粮会来不及，所以他们在樋桥也设置了一处指挥所，就地起灶烧饭。天黑下来，松木的篝火照亮了山坡热火朝天的工地。垂木岩的栈道被毁，落合桥被截断，森林旁边的道路燃起了篝火，四五个武士一组轮流守在各个卡口。

一时水户浪士西下的传闻，让沿途居民人心惶惶。虽然诹访藩打算在樋桥天险将浪士拦住，但对手可是有着几十次实战经

验、凶名在外的浪士，万一被破关，怎么办？沿途的居民无一不
笼罩在恐惧之中，民间一时传言四起。万一和田坡被冲破，诹访
军会把樋桥村烧了吗？他们会退回下诹访，把旅店烧了？他们在
下诹访拼死防卫，战火会不会烧到高岛？总有人传着这些小道消
息，还有一些不知出处的流言，造成了不小的舆论。"万一"真
的发生了，那么下原村要被烧掉吧？附近的久保、武居也会很危
险吧？听说诹访藩已经商量好，若真到了危急时刻，就算把高木
大和町烧掉也要挡住浪士！

　　沿途的居民惶恐不安，莫说是金银细软，有的人甚至连门板
都拆下来，连夜藏进了地窖。没有地窖的人家，则是托付信得过
的人家，有的甚至扛到附近村子交好的人家。

　　这样一来，又有谣言说是为了挡住浪士们的脚步，追击的时
候要连房带窖砸得稀烂，再一把火烧掉！这下百姓们又吓得肝胆
俱裂，把好不容易藏在地窖里的东西又都拿出来，挖坑埋在土
里，或是运到田里埋起来。还有人觉得不管怎么说，大雨天不好
过，还是多拿一些厚衣服比较稳妥。每个人都卷进了混乱的旋涡
之中，每个人的眼中都透露着无奈，乱世也不过如此。附近的男
女老少要么逃到山里躲起来，要么跑到田里找个地方窝起来，总
之要离开这个是非之地。

　　水户浪士们披星戴月地从和田旅店出发，踏上这条街道。他
们的主将叫作武田耕云斋，曾是伊贺太守，副将是水户家的原衙
门长官田丸稲右卫门，还有因精通兵法远近闻名的山国兵部作为
参谋。这一行人每天需行军四五里路。尽管浪士们的速度是为了
照顾临时组起来的身心疲惫的士兵们，但这天为了越过和田坡，
足足走了三里上坡路。

　　一边是行军来到跟前的浪士们，另一边，诹访军还在等着幕
府的讨伐队，一直传令说快到了的田沼军却连个人影也没见到。
诹访军只有和松本军一起，面对来势汹汹的浪士们决一死战。没

过多久，浪士们已经从坡顶行进到了干草山，再过一个山谷，离诹访军的阵地就只有四五条街了。战斗由浪士这边开始打响，隆隆的炮声响彻山坡，回荡在山谷之中。

诹访军的防卫还是很尽职的。浪士们从坡顶一窝蜂地冲下来，从砥泽口冲向樋桥的诹访军。他们大喊着冲杀过来，但却被眼前诹访军的炮火逼退。诹访和松本两藩按照五个梯队摆好了守阵。右翼由火炮队打头，枪队紧随其后，左翼让枪队当先，当浪士试图进攻之时，就大喊反击。这样你攻我守了三次，浪士方面也没有前进分毫。

这一天的战斗从未时开始，直到日头西下，双方的炮火也没有分出输赢。浪士们正面迎着火炮反射的耀眼夕阳，更容易确定火炮的目标，渐渐显出优势。山国兵部看到这一幕，顿时计上心头。他回想着之前探过的地形，让士兵把轻型炮抬到了右边的山上。一边吸引诹访军的注意力，一边派出五六十人的队伍，绕过深泽山，从左边渡河，侧面攻击山上的松本军。这一着出其不意不仅打了松本军一个措手不及，更是让诹访军吓了一跳。夕阳西下，松本军疲惫不堪，一位浪士从山上一枪打中了松本军阵前指挥的大将。阵地一下子乱作一团，浪士小队趁热打铁，步枪连发，从山上搅乱了山下的敌军。

此时，耕云斋正在砥泽口的旅店。他亲自挥舞指挥棒，敲打战鼓，还和浪士们一起参加了突袭。天全黑了，诹访军已经脚步浮虚，陆续出现了一些向后找退路的人。虽然此时诹访军的防阵依然坚固，牢牢地守着樋桥阵地，但无奈大军已经开始混乱，局势不可挽回，再加上松本军一盘散沙，越来越多的人希望早点撤退。

到最后，田沼玄藩也没来，战斗以诹访、松本两军的败退结束。战场突然升起一阵大火，是诹访军放的。为了阻止浪士们的前进之路，他们在樋桥村的三间民房放了火，然后径直撤走了兵

力。冲天的火光把夜空照得如同白昼，诹访军突然冲出一位勇
士，回到战场，连放两发大炮。追逃的小战斗遍地开花，之前放
的火也渐渐弱了下来，到了十一月二十日戌时，一片漆黑，连月
光也没有。

这次砥泽口的战斗，浪士阵亡十七人，一百多人被大炮或步
枪所伤。主将耕云斋虽已疲惫不堪，但还是强打起精神让大家在
樋桥集合。从港口出发以来，以女子之身随军而来的大纳言①廉
中万幸平安，山国父子也幸免于难，筑波组的稻右卫门、小四郎
等也都安然无恙。一行人分头动手，举着火把整理了一番高岛阵
地。四处的要塞和防御工事到处都是掉落的各种头盔和甲片，还
有一些丢弃的刀剑。从阵羽织②和腰挂之上根本无从分辨敌友，
阵亡者血肉四散。深夜冰凉的空气裹挟着战场挥之不去的血腥味
灌满了鼻腔。

耕云斋拄着一杆没了头的枪，和稻右卫门、兵部小四郎一起
巡视了一圈。不知道还会不会有敌人突袭，所以他们重新打起精
神，合力在旅店的四周筑起防御工事。浪士有十几个人受了重
伤，生死未卜，步兵们拆下门板，让他们躺在上面接受治疗。此
时最重要的就是两位随军医生，还有一位五十多岁的老妇人从水
户一路跟过来，她腰上别了一把短刀，帮助医生们照顾伤员。

亥时，浪士们收拾好了己方的尸体，知道名字的人就把他们
带到小草房里火葬，其他尸体点火烧完再埋到土里，也算是举行
了简单的葬礼。樋桥那边还有敌军遗弃的粮草和盒饭，此时也成
了浪士们果腹的粮食。一行人又饿又渴，为了恢复体力，列队走
向下诹访的旅店。当二十五人一队的人马陆续离开樋桥时，夜空
中响起了行军的螺号声。

----

① 大纳言，明治初期太政官制中的官职。与左右大臣、参议一起组成太政官。
② 阵羽织，在盔甲外面穿的衣服，一般为指挥官或主将的着装。

从樋桥到下诹访的路上有两个村子。为了防止路上有人伏击，浪士们丢掉火把，带上向导，排着长长的队列星夜前行。他们走过落合村，又到了下原村，那时已经见不到任何一个敌人的踪影了。

约定的枪声响起，浪士们的先遣队到达下诹访时已是深夜。败退的诹访和松本两军朝着高岛方向撤退，没有在这里留下兵力。街上空空如也，浪士们各自找了民房，若发现里面还有锅或者淘米网的地方就进去住下。耕云斋住在了旅店里，稻右卫门住进了来迎寺。街道的路口、秋宫的牌坊前、大堂前、温泉边，星星点点的篝火在各处亮起。浪士们四五个人一组，轮流执勤以防夜袭，还有人自发地在驻扎地巡逻以防发生火灾。

三百人左右的大军陆陆续续来到了下诹访，他们是这次战斗的散兵，负责照顾伤员，所以路上花了些时间，到得晚些。在此期间，聚集在旅店的干部们已经开始制订将来的计划了。浪士们本来不是以高岛为行军目标的，他们只是为了打开向西前进的道路，不得不和诹访藩恶战了一番，此时深夜聚在这里，是为了商讨未来的路线。摆在他们面前的有两条路，一条路是从这里取道盐尻坡，经过桔梗平原，路过洗马本山和贽川，直指木曾街道，另一条路是取道冈谷辰平原，转向伊那。浪士们的本意并非要击破木曾福岛的关卡。木曾森林二十二里的山路，充斥着艰难险阻，不管是人还是马，连站着都要费一番力气。如果可以，他们更想取道地势平坦而且道路也相对较多的伊那方向，开出一条血路。

可以说他们差不多是不眠不休地在下诹访度过了这一夜。后方部队刚刚抵达，旅店那边已经开始了夜间行动。没有一个人提出要在这散发着香气的温泉小镇多逗留一会儿，有的人迫切地想要离开，甚至不曾喝下一口热水。

"夜里要警戒盗贼。"

不仅干部们这样强调，有心的士兵们也互相提醒。这一场混乱中，有十五六间地窖被砸，发生了根本找不到犯人的盗窃。这场盗窃发生在浪士们忙着整顿队伍时，发生在几乎处于无政府状态的小镇的夜色里。

清晨卯时，浪士们全部离开下诹访，打算在平山旅店稍作休息，到冈谷吃午饭。匆忙赶路的一众人，有穿着阵羽织推木板车的，有身穿铠甲骑马的，还有用门板抬着伤员的。此时已接近立冬时节，越来越冷了。

第十一章

青山：

　　自伊那的平田门人起义后，近日来，有志之士尽集饭
田。我们觉得，这是个很好的机会，想邀请你一起去见伊那
的各位同门。我们两个已经想好，前往马笼。你那边怎么
样？总之，我们会拜访你一趟。

中津川

景藏

香藏

　　水户浪士经过的第十七日，两位中津川友人给半藏寄来了这
样一封信。

　　中津川的众人听说，幕府总督田沼玄藩的军队奉命追赶水户
浪士，比浪士们晚几天到达伊那山谷。之后浪士们从清内路取道
马笼、中津川向西，所以他们就从饭田一路追踪。总督因为饭田
藩未经一役就把浪士军放了过去，火冒三丈，北原稻雄兄弟此前
为让浪士军顺利经过做的努力一夜之间也付诸东流。后来，饭田
藩的长老引咎切腹，清内路各关卡的武士们也先后切腹自杀。景
藏和香藏要去的，正是动荡后的饭田。上次因为发生了和宫皇女
下嫁以来的最大事件，水户浪士借道一事，两人没来得及和半藏

叙上一叙。

"怎么样了，准备好了，我们就出发吧。"

香藏从中津川的问屋出来，和同一个街道的景藏打招呼道。这里是本地的旅店，一如它的历史一样，拥有幽远的进深。长久以来，这长长的进深，藏下了许多从京都投奔景藏，需要隐藏踪迹的志士们，如内藤赖藏、矶山新助、长谷川铁之进、伊藤祐介、二荒四郎、东田行藏等人。文久二年夏天，从江户别院回来的长州公一行人经过木曾街道上京时，还在这里召开了中津川会议，商讨了藩属从公武合体、航海战略到破约攘夷大方向上的转变事宜。

"怎么样，香藏，大平坡是不是下雪了？"

"不太清楚，不过我是按下雪准备的。"

两位好友聊着，景藏已做好了出门的准备，他们要先去马笼。香藏说，要给半藏个惊喜。他们虽然不是同龄人，但交情颇深，又同是平田门人，还一起在京都见证了无数政变。两人没带随从，穿上蓑衣脚步轻快地出了门，急切的心情像要把斗篷掀飞。考虑到去饭田还要与同门见面，所以随身带了家纹外套和正装，自然也没忘记给马笼带礼物。

从中津川到木曾的西头并不远，中间只有一处落合旅店。从美浓过来要先经落合旅店过十曲岭，再出信浓的地界。那年，人马租子都涨到了六倍半，再想想两个人年轻时候的路费，那时本马五十五文，驮马三十六文，脚夫二十八文。

水户浪士路过时，在马笼和落合各住了一宿，在中津川吃了午饭，于十一月二十七路过这里向西而去，北原兄弟想办法尽力帮助他们平安通过饭田。在清内路、马笼、中津川，浪士们去投奔的多是在本地旅店工作的平田门人。一方面顾虑幕府，另一方面是为了不打扰百姓。不管是木曾还是东美浓的同门，都因此深受感动。

　　水户浪士路过之后留下了不少东西。景藏和香藏到现在还记得，那天横田东四郎特意把他们叫到落合的稻叶屋，把用油纸包起来的首级托付给他们，让他们帮忙好好安葬。这是在和田坡战死的浪士二男藤三郎的首级，他当时只有十八岁。同伴把首级交给死者的父亲东四郎，东四郎又托付给景藏他们。两人商量后，连夜埋到了自家墓地。横田东四郎是水户浪士军的三位平田门人之一。

　　关于浪士们的行动，还有这样一个故事。和田坡大战过后，当晚下诹访正是一片兵荒马乱，下原村的百姓有的还没来得及逃跑，还有一个甚至不忘背着久病在床的老母亲，总算跑到了山手方向，背上的母亲却说腹痛难忍，让他放下自己。老母亲说，自己是个老太太没人在意，但儿子还年轻，被发现了会吃苦头的，所以让儿子不要管她，赶快跑远藏起来。正当年轻人舍不得丢下母亲，让母亲躺在席子上歇息的时候，被两位浪士发现了。两位浪士说，你是本地人吧，前头带路，我们需要找一间寺庙，埋藏我家主君的首级。百姓说母亲病重，恕难从命。浪士听闻，便让自家家仆照顾他的老母亲，让百姓速速带路，此时百姓已没理由再拒绝。年轻人把他们带到隔着三条街的来迎寺，浪士们展开扇子，把带来的首级摆在上面，全体跪下磕头。他们对首级说道："万没想到主君会在此地折戟，想来您一定很遗憾未能看到事业成功之时，卷入战争也是无可奈何之事。"

　　这一声声，似是在对亡者诉说，也像是说给活着的人听，说完便重重地磕了个响头。最后，他们拔出短刀挖了个深坑，把首级埋了进去。浪士们回到原来的地方，想要奖励带路的年轻人一把短刀，那年轻人不想要。他说原本百姓就不需要武器，坚定地拒绝了这份奖励。浪士们没办法，就给了他一铢银币（一铢约为1.87克），让他给老母亲买药，便带着一众仆从朝着下诹访出发了。

本地人流传着这些故事，人们渐渐被水户浪士的精神打动了。即便之前大战带来的恐惧还未散去，对浪士们抱有善意的本地居民却并不少见。

景藏、香藏两个人来到落合旅店的时候，在街角看到了一个年轻人，那是稻叶屋的儿子胜重。胜重一直以来都在马笼驿站跟随半藏学习，算是入室弟子了。直到这年春天才回到落合，开始试着接手年寄役的工作。

"胜重也长成年少有为的少爷了。"

两人感叹着岁月的流逝，胜重邀请他们在落合暂做休息，他们应了下来。反正今天两个人打算宿在马笼，两地并不远，再加上胜重的父亲仪十郎是落合村的庄屋，水户浪士通过后两人还没来拜见过。

来到稻叶屋，听到这里的人们也在谈论浪士的事情。景藏二人回忆起横田东四郎把儿子的首级托付给他们的事。胜重的父亲也聊起那天过后，一队看起来像是干部的浪士从马笼来到落合，把安兵卫和李助两人叫到稻叶屋，张口就要二百两金币。

"这事我也听说了。"景藏笑着说道。

"这世间的事可真是说不准呢。"香藏说，"谁会想到那位在横滨狠赚了一笔的安兵卫，会被叫到水户浪士跟前呢。"

"也不愧是安兵卫。"仪十郎摆出了一副年寄役的架势，"他没有当场应下，说要回去和同伴商量商量，就先回了中津川。你们猜，后来怎么着？那几位和他做生丝生意的同伴，一起把二百两金币送了过来"

"好想看看安兵卫是怎么和水户浪士谈判的啊……"香藏感叹道。

仪十郎又给他们讲了一件事。浪士们的军队虽然说是令行禁止，但也出过一个偷跑出去掠夺百姓的土佐浪人。最终，这人被同伴们追到离落合旅店不远的三五泽，就地处决了，被他洗劫了的那家百姓，得到了一两金币的赔偿。

"可别说，那浪士提着一把寒光森森的剑，从马笼把人押回来的时候，真是吓人。"

仪十郎说话间，胜重也添了句。

"那位藤田小四郎还给我家留了一封书信呢。他把大刀往桌上一放，说要写点东西，要我帮他按着纸，那会儿我的手都在抖。"

"胜重，把那封信拿来，给你浅见哥和蜂谷哥看看吧。"

浪士们走到哪里，他们的东西就留到哪里。景藏得到的，是国丸稻右卫门送给他的一只黑色铠甲袖。那只袖子装在鹅黄色绢布袋子里，还郑重地附着亲手写的感谢信。

仪十郎说："他们说在马笼驿站也留下了些物件。"

"可能觉得这趟旅途有去无回了吧。"

景藏答道。

胜重一脸天真地把小四郎留下的信件拿了出来。水户汉子那股"士为知己者死"的气节跃然纸上，笔锋更是老练得不像是二十三四岁的青年：

大丈夫当雄飞，安雌伏？

藤田信

"说起来，也不知道浪士们现在走到哪里了？"

景藏二人和稻叶屋两父子又聊了起来。

听说，那之后浪士们借道美浓去了越前。但再之后的消息就不太清楚了。中津川和落合的信使说，十一月二十七从中津川出发的浪士们躲过了加纳藩和大垣藩的冲突。因为赤坂、垂井等地的关卡由彦根藩驻守，所以转走西北道，从长良川渡河过去。十二月初四，已经越过了美浓和越前边境的蝇帽子坡天险。

"蝇帽子坡前面叫暗黑坡。"仪十郎说道，"那个坡着实可怕，整整三里地都要摸黑走过，所以老百姓把那里叫作暗黑坡。附近的雪很深，浪士们走起来应该特别艰辛。"

"这可真是一趟艰难的旅程啊。"

胜重说道。

坐了一会儿，景藏他们辞别稻叶屋，从落合启程出发，经过十曲岭，来到新茶屋，这里就是另一番天地了。落了雪的街道已经渐渐变成纯白的世界。路边的巨石也被大雪浸湿，告知来往的路人，这里就是木曾路的入口。

十二月初五，初雪落在了中津川和落合地界。晚上又一场大雪落在马笼坡，整个驿站开始冬眠了。南边的雪稍微化了一些，北边的还纹丝不动，压着石头的木板屋顶看起来像是座小雪山。中津川的两人，在这样一片雪景中和等在那里的半藏会合。

水户浪士通过后，这一年的工作还未结束。浪士们通过时的强烈刺激，让半藏的心久久静不下来。浪士们通过后，伊那的平田门人们开始频繁往来，半藏下定决心，要和两位朋友一起踏过大平坡的雪，去伊那山谷和同门见面。

马笼驿站里，久违的三个人坐在地炉边，兴致勃勃地讨论着明天的伊那之行。半藏的父亲吉左卫门叠穿着一件茶色的无袖羽织也来和他们聊了一会儿，说起了关于水户浪士的传言。

"中津川怎么样？"

"香藏，马笼和你们那儿可不能比。旁边有妻笼，福岛的兵也驻守在大平口，那段时间可真是焦头烂额。"半藏答道。

"说起来那时的情形，福岛的家人也都手忙脚乱的。"吉左卫门开口道，"那会儿继送的都是军用物资，运往樱泽口的炮弹，运往大平口的火药，想想就恐怖……看到浪士们离开，大家都深深地舒了一口气。之后总督田沼玄蕃追着浪士们打过来，又是一阵骚动。他们一行人得有一千多人，每人都拿着带刺刀的步枪。浪士们离开的第二天，更是追到了伊那的广濑村。我家住过浪士，不知道会不会受牵连，那时一家人担心得不得了。第二天，来了搬行李的先遣队，田沼公的大部队没来，我这才松了一口气。听说饭田藩的长老都切腹了，还有清内路关卡的官兵……"

吉左卫门把苍老的手搭到膝盖上，重重地叹了一口气。

父亲离席之后，半藏把水户浪士干部送给他的谢礼拿出来给两位朋友看。有武田、田丸、山国、藤田等将领写的诗笺，也有小樱铠的袖甲，还有龟山嘉治留给他的一首和歌，内容讲的是自从加入水户浪士以来，和同门在饭田和马笼的经历。

> 冰雹般的枪弹散落，阻拦吾等越过山麓
> 脚下铺的深山红叶，无人有暇看上一眼
> 饭田道边金稻垂穗，志士之道是否在此
> 与其卷入乱世浮沉，不如隐居山中小屋
> 旅途曾宿之茅草垫，今日不知是否能得
> 强兵健马勇猛齐上，有如神助御前护驾
> 君若踏过木曾八岳，尸骸之上草木盛开

嘉治

"不愧是龟山，这是他一贯的风格。从和歌里亦能看出他的决心。"

听到景藏这样说，半藏也把手放到了地炉上烤了烤。

"那场动乱中，龟山一晚都没睡，武士们轮班看着篝火，村里的人负责街道的警戒，还有防火的巡逻队，这一晚上本来就睡不着，我也兴奋得不行。第二天晚上硬是一个人挑灯疾书，把以前写的长歌改了出来。"

半藏打算把要去伊那的事告诉伊之助，再拜托他在自己出门期间帮忙照看家里，就稍微离开了一会儿。从伊之助那儿回来，发现景藏、香藏二人已经由阿民提议，去泡温泉了。

"半藏，给客人倒上一杯酒吧。你看，客人来了，孩子们高兴成什么样了……孩子们啊，就是喜欢热闹。"

继母阿万说道。此时店里天色已晚，女仆们提着灯笼走过来。

稍微安顿了一下，半藏把饭菜摆在被炉上，敬了两位朋友一杯自家酿的山里酒。

"开心，开心。"阿民进来送菜的时候，香藏对她说道，"不瞒太太您说，我们三个人可是难得聚在一起的。半藏和我在一起的时候，景藏去了京都，景藏和我在一起的时候，半藏又去了江户。今天久违地聚在一起，又想起当初在宽斋老师那里，三个人围着一张桌子学习的情景。"

"像这样三人聚在一起，就想多聊聊天。这一年可真是波澜壮阔的一年，发生了那么多事，也解决了那么多事。"

吃完饭，景藏打开了话匣子。天王山上的真木和泉自杀，京都的佐久间象山横死，都是今年的事。不管是声名鹊起的攘夷论者还是开港论者，最后都成了地下的逝者。说着三人又聊到了水户的人们。

尊王攘夷是水户浪士们举起的大旗。按照景藏的说法，这原本是真木和泉他们把尊王和攘夷联系在一起，打算以这个坚实的结合打开一个新局面。虽说这明显是在怒视幕府的专权和外国大使们的横行霸道，又痛心王室软弱而发起的运动，但有识之士已经开始疑惑，把尊王攘夷结合在一起作为光复王室的手段，是否可取？尊王是尊王，攘夷是攘夷。尊王是一个远大的理想，而攘夷则是当前的外交问题。但不得不说，正是因为真木和泉把两者结合在一起，才让众人前赴后继，各地志士奔走相助，如今这个人已经不在了。尊王攘夷运动已经失去了核心人物。现在，是否到了应该把尊王和攘夷分开考虑的时候了呢？

景藏说完自己的想法，又道。

"你们觉得呢，尊攘这事，应该由水户人来终结了吧。"

"但是，景藏兄……"香藏说道，"龟山嘉治他们可不那么想。"

"龟山是龟山，我们是我们。"景藏答道。

"景藏兄的想法，是在从京都的生活中得来的吧?"

"那你可以等等看。去年长州藩，已经把伊藤俊助和井上闻多等人送到了英国。那些人偷偷出国，这件事意义非凡。连攘夷派的带头大哥，长州藩都这样做，实在不可小觑。"

"这世道可真是变了。"

"可不是嘛，让我说，现在还旗帜鲜明地坚持尊王攘夷的，也只有水户了吧。这些家伙实在是耿直得很。"

半藏在地炉边烤着手，和两位朋友聊着天。下雪前，枯枝上剩的几个小柿子已被霜打熟，这会儿正好拿来招待朋友。伴着油灯跳动的火光，他和景藏、香藏一起喝茶、聊天，好不惬意。在他看来，接不接受欧洲，是这代人共同的烦恼，就算是先师笃胤在世，碰上这种问题也必定苦于作答。现在已经不是先师那时，提到外国只知道荷兰的时代了。不过江户幕府顶着京都强烈的抗议也要开港，自然是另有隐情。并不是说幕府的官员多么有远见。即便是安政万延年代，也有像岩濑肥后这样的人。但即便有，这样的人也是极少的。大多数幕府官员比京都的攘夷家们更讨厌西洋。他们坚持开港，只能说是被外国公使们吓到了吧。正巧聊到水户浪士尊王攘夷这个话题，半藏把心中的疑惑讲给两位朋友听。

"有这样一种说法，"景藏说道，"政府想要获取对外贸易的利益，但这样，攘夷就是阻碍。如果把每年的外贸收益，公平公正地拿出来分一分，那么不管是主上，还是下属各藩，都不会如此不满了吧。"

"就是说不能让政府独吞对外贸易的收益是吗?"香藏小声说道。

"不仅如此,有趣的是,这样忠告政府的,正是英国大使阿尔库克。"景藏又带了一句。

"不过,"半藏接下了话茬,"这样说来,确实会想起一些事。"

"像横滨,已经有外国人专用的官妓馆了。"香藏补充道。

"看看那次生麦补偿事件就知道了。"景藏提示道。

"想想看,政府这么穷,从哪弄十万英镑的补偿金呢?幕府官员不坚持开港能有什么办法?"

一时没人再说话。

"半藏,攘夷论从什么时候开始变成社会发展的阻碍了?你看,幕府和外国商人勾结,给英国大使送小妾,这攘夷论,也没起到阻碍作用啊。"

"怎么说呢,尊王攘夷,也是有利害关系的,毕竟横滨开港以来的影响已经很明显了。因为大家参加尊王攘夷运动的时候把利益抛到脑后,仿佛参与某种宗教活动,所以大家没感觉到吧。"

"现在为止看来是这样。不过,以后会变成什么样呢?"

"你去西边看看就知道了。那些大臣还有武士,现实得让你吃惊。他们并不像水户的人那样坚定信念。"

"哦?我看你从京都回来之后,口气都变了。"

三人这样你一言我一语地聊着。

这一夜,半藏和家里人说了声,在店里给两位朋友准备了寝具,自己也抱着枕头过来和他们躺在一起继续聊天。他们聊到对国学者来说颇有来历的伊势,聊到了安度晚年的宫川宽斋老师,聊到了打算举家从江户搬到京都的平田铁胤老师,三人聊得睡意全无。半藏聊几句江户之行,景藏他们聊起京都趣事,浑然不觉天色已明,直到听到一声嘹亮的鸡鸣声。

第十二章

一

"父亲呢？"结束了一天的工作，半藏脱下裤向妻子阿民询问起父亲吉左卫门。

半藏看着妻子的脸说道："阿民，说不定我会突然到名古屋去。如果我出门了，就拜托你看家了，我也会请父亲、母亲帮帮忙。最近总是有点在意西边的事情。"

半藏和阿民最近刚又生了一个女婴，名为阿夏。阿夏是他们的第四个孩子，出生仅 60 天就夭折了。所以阿民到现在脸色仍旧苍白。

半藏在马笼驿站迎来了庆应二年七月。即使到了盂兰盆节①，往来通行的人也很少。他在马笼的山顶上见到了住在落合准备上京的信州小诸城主牧野一行人。

傍晚半藏上二楼去看隐居的父亲，父亲问道："半藏，征伐长州的事情怎么样了？"在这世道不太平的年代，不只是半藏，就连年老的吉左卫门都无法静心生活。

半藏父亲住的二楼，拆除了两个屋子中间的隔扇，虽说现在酷暑难耐，但这里通风顺畅十分凉快。在主屋忙碌了一天的继母

---

① 盂兰盆节，日本夏天在全国范围内举行的悼念祖先、祭奠亡灵的传统活动。

阿万也回到父亲身边。父亲坐在上一任隐居的屋子里，回忆着他六十八年来的街道生活，继母给他揉着肩。

继母在父亲身后问道："西边的情况怎么样呀？"

半藏回答道："住在山里，完全不明所以！虽然起初了解小仓方面的战争情况，但是之后没收到确切的消息。净是些幕府无疑会胜利啦，在不久的将来还会迎来大胜利啦这样不着边际的传闻。"

吉左卫门说道："好吧，我是隐居之人……今天带着佐吉去扫墓，盂兰盆节马上快到了。"

吉左卫门和继母其实更担心失去孩子的阿民，他们把中津川送来的瓜放在新佛前，从本谷买马的人那里收到的桃子也供在了阿夏的灵前。他们表现出了老夫妇该有的关心照顾。看到去万福寺扫墓疲惫归来的父亲，半藏也很难立刻提起要去名古屋的事情。

半藏对母亲说道："母亲，哪边？换我来吧。"便走到了父亲身后。

"哎呀，换半藏给我按摩啦。肩膀已经舒服多了，给我捏捏腿吧。"

吉左卫门把不听使唤的右腿伸到半藏面前，中风的后遗症依旧留在腿上。在马笼当站长时，父亲可以轻松地日行百里，但现在当他触摸到父亲的腿时，发现曾经隆起的肌肉早已消失殆尽，从膝盖到脚尖只剩下骨头了。

"您的脚一直这么冰凉吗？"

半藏边说边耐心地给父亲按摩着腿。

前几年开始，虽然吉左卫门的身体也在逐渐恢复，但是同时也在明显地衰老。

"父亲不是能久活于世的人吧？"手上传来的感觉让半藏甚是悲伤。

吉左卫门竖起耳朵说道:"半藏,街道那边有动静。原以为是送信的,但是这声音连我这老年人都能听到。"

接着,半藏离开父亲身边,从二楼走廊望着街道说:"又来了吗?"之前从京都逃来的暮田正香躲藏在仓库里,此时仓库墙上洒满了淡淡的月光,院子里柿子树的树梢毫无生气,连山顶上空低垂的云朵都能吸引他的注意力。

虽然幕府下令此次庆安军队征用的人马减半,但五月将军出发时的随从依旧浩浩荡荡,五百石以上的武士甚至还被允许使用备用人马。沿途百姓的生活困苦不堪,各国充满了穷困疲乏的声音。从江户方面来看,自参勤交代废止以来经济严重不景气,将军出发时米价到了每两黄金十四升或者十五升,贫民的骚动达到了前所未有的高度。比天明七年大饥荒江户的打砸事件还要严重。这次打砸事件从五月二十八晚上开始,以品川宿、芝田町、四谷为首,洗劫下町、本所一带,毁坏横滨贸易商的住宅、米店和其他富裕的人家,一直持续了七八天。加上将军出发之际武士的动员、粮食的征用、大米的囤积以及高昂的物价,这一切将江户的贫民逼上了绝境。

五月不只江户发生了暴动,五月十四大坂也发生了打砸事件。暴徒们从难波转到西横堀上町,从天满东往西,毁坏米屋、酿酒屋和当铺,数百人被逮捕。兵库从初八开始暴动,同样也是打砸毁坏米屋。即使到了六月,米价仍一路飙升。武州的高丽、入间、榛泽、秩父等地也不同程度地发生了暴动。

在如此窘迫的社会环境中,幕府从江户向大坂进军已经有一年多了。由于赞同将军辞职的家臣太少,所以将军又领受天命继续任职,他认为如果再放弃的话就会有损德川家的威信。到达大坂城的幕府军队既不前行也不后退,多次被长州藩玩弄,最后忍无可忍双方终于开战。战线横跨山阴、山阳、西海三道。前天井伊、榊原的军队从艺州口退到广岛,昨天长州的骑兵队出现在了石州口的滨田，诸如此类的传闻满天飞，搞得村里人心惶惶。

战报逐渐模糊起来。最近收到的战报记录里完全没有关于战地的准确消息，这让半藏越发不安。

他到二楼内侧的走廊徘徊了一会，又回到父母身边说道："这个时节，信使的话也信不过了。怎么说呢，我现在没法安心工作，想去名古屋打探下西边的情况。怎么样，父亲和母亲可以帮忙照看家里吗？"

这时，吉左卫门说道："等一下，大家躺下说吧。半藏把腿伸过来，阿万，你也躺下，我们躺下商量吧。"

旧历七月的晚上，阿万把灯笼拿去了隔壁的房间，回来后躺在吉左卫门的旁边，这是不被他人打扰的亲子时间。三人随心所欲地躺下，虽然房间昏暗却丝毫不妨碍他们交谈，反而更显温馨。

"半藏，"吉左卫门托着腮说，"你可知道，人言可畏，如果我们父子有所懈怠，那就是愧对祖先。其实这两三年来，我一直担心你会不会弃家出走。现在不是顾家的时代了，你朋友的心情我也能理解。但是，如果连你也走了，谁来照顾这条街道呢？我就是这样的死脑筋，老担心你离家出走。可是今晚我们能谈这些，我也不那么担心了，你没有不辞而别而是和我商量，我特别高兴。"

"连父亲都这么说了，半藏，如果你想去的话，那就去好了。看家有我们在。"阿万说道。

吉左卫门如此担心不仅仅是因为自己年事已高而心有不安。他更害怕半藏和朋友前几年迎接水户浪人和藏匿幕府危险人物的事情被大家抖搂出来。据这位父亲说，马笼和中津川一带，即便都属于尾州的领地，情况也各不相同。他永远不会忘记在木曾谷福岛官员两眼放光的样子。山村的首领虽说是尾州的地方官，但管理木曾街道要害之地的人都是幕府派来的，而且是由德川直属的旗本亲自担任的。考虑到之前山村氏在关原之战中成为东山道向导，对德川家忠厚的史实，就不难理解了。平田笃胤去世后，其门人对福岛首领满意与否自不用说，从地方关系来看，作为马笼庄屋的半藏，肯定不像景藏和香藏那样自由。无论怎么乔装，侦探都会注意到平田门人们的动向。

"隔墙有耳，半藏你也得多加小心。"吉左卫门说道。

阿万像突然想起什么似的，说道："那样的话，你自己要多加注意。我家在岩村也有亲戚，如果有人问起的话，我就说你去美浓的亲戚家，不说你去名古屋。"

"好的，母亲这样说，我就能安心出门了。"半藏回答道，"我不会不辞而别的，庄屋也有庄屋的路，与其不辞而别还不如一开始就不操心任何事。"

半藏要去的名古屋有各种各样的线索可以打探京都大坂的情况。因为木曾是尾州的领地，所以兼管马笼驿站和问屋的半藏经常和藩里交涉。父亲吉左卫门因为多年来一直为尾州公工作，被允许永久苗字带刀。除了这个方便之外，藩里的勘定奉行、木材奉行等人每年下街道都会来他家驿站休息住宿，名古屋的家众中也有不少认同他志向的人。

在西边还没有这么混乱之前，尾州家就反对第二次征伐长州。前几年尾张庆胜作为征讨都督之时，长州服从命令交出了包围京都三大夫的首级，并在荻城斩首了参谋宍户左马助，毛利大膳父子被关入荻城的菩提寺天树院。如果尾州藩主张进一步追究反而会惹怒长州人士引发祸端，于是不断督促幕府反省。但是幕府当局者认为此番处置过于宽大，没有听取尾张庆胜的建议，认为长州认罪事出有因，强烈主张将毛利大膳父子和三条实美等护送到江户，结果导致长州主战派蜂起誓死对抗幕府。

半藏的消息来源太少，他认为尾州在当时占据着极其重要的位置。从长防征讨先手都督给尾州公下达幕府内谕一事也可看出这点。但是，尾州公将之前的名字茂德改为玄同，将家督之位让给尾张庆胜的儿子犬千代之后就遁世隐居。他知道一藩两主并非持久之事，况且在生麦补偿事件中失败的他早就看穿了时局对自己非常不利。尾州公很难接任长防征讨一职，对于反对再次征讨的犬千代来说也不会接受这一任务。于是，任务就推给了纪州公（德川茂承）。

即使是幕府的亲藩也不例外。水户首先遭到怀疑，一桥被排斥，幕府甚至将手伸向尾州。从十四代传承下来的大家族开始走下坡路了，顾念主家的亲戚们反而被当成累赘，于是大家相继离开。这时节，无论怎样，都要派出先锋队，压倒以长州为首背离幕府的人，此战能否胜利，难以预估。但是，幕府毫无疑问会取胜啦，或者大胜利近在咫尺，这样的流言充斥着木曾街道。

半藏前往名古屋的那天早上，阿民和下人佐吉天还没亮就起来在厨房忙碌了，他们想让半藏在邻居还睡觉的时候就动身出发。

"老爷，还早着呢。"佐吉的嗓音听起来像起早了一样。吉左卫门夫妇从后面隐居楼出来目送半藏时周围还是一片昏暗，吉左卫门环顾四周说道："半藏，天太黑，让佐吉送你到中津川吧？"

佐吉马上应声道："嗯，我去做伴吧。我连草鞋都准备好了。"

半藏说道："好的，我想和香藏一起去名古屋，只是去中津川看看情况，我想这次也能见到美浓那边的人吧。"

"西边不知道什么情况，"吉左卫门又补充道，"很多地方又出现了骚乱，像上次那样的暴风雨真是让人担心，半藏你要小心呀！"

正好邻家的年寄役从东海道养生回来了。半藏对他坦白了实情，并拜托他照顾家里。

"母亲，拜托了。"半藏留下这句话，就和佐吉一起从后面的木门出去了。平时一直早起的孩子们此时仍在睡梦中，他们甚至不知道半藏从后面竹林的小路出发了。

二

到了月末，半藏从名古屋经过土岐、大井，走了二十二里路回到家。回来的时候，中津川已经天黑了，从中津川到马笼村入口还走了三里夜路。

夜深人静。从荒町连接马笼本宿石屋的道路昏暗。驿站两侧家家户户大门紧闭，从各自门口写着商号的小拉门处漏出一点光亮。半藏平安到家的时候已经很晚了。

半藏一回家就问阿民："孩子们呢？"和出发时不同，他回来时甚是担心家里的事情。

阿民说道："你走之后，父亲母亲一直在照看主屋。父亲刚才还醒着，让你回来就去叫醒他，然后去里面休息了。"

解开绑腿的半藏对妻子说，能去名古屋真是太好了。一会阿万也过来了。他坦言这次和友人去名古屋，在美浓尾张遇到了很多知己。吉左卫门捧着烟盘从里面的屋子起身过来了。

"半藏，怎么样？了解到京都和大坂的情况了吗？"从半藏的讲述来看，将军亲征似乎是幕府最大的失败。掀起这么不合理的战争，将毫无战意的士兵送去远方，耗费了大量军费，德川家的前途将如何呢？名古屋的人没有一个不抱怨的。已经能看到幕府狼狈的样子了。因为一桥庆喜（德川庆喜①）负责军事，所以征伐长州一事完全委任给庆喜，将军迅速撤回关东也好，暂时坐看天下也好，让停泊在小仓表的幕府军舰返回江户也好，这时节大家都如履薄冰。难以预料陆路返回是否会引起混乱。这不仅是为主君考虑的臣子们的想法，更是对打算帮助幕府对抗英国的法国公使罗塞斯等人提出的忠告。半藏告诉父亲名古屋到处都是这种

---

① 德川庆喜（1837—1913），江户幕府第 15 代将军，庆应 3 年（1867）大政奉还，第二年让出江户城。

议论。

"那么，这场战争怎么样了？"

"战争呀，似乎各藩从一开始就没有战斗的意思。可以说没有一个藩打算真正和长州藩决战。他们实际上就是碍于幕府的情面才出兵的。"

"半藏，可是这场战役打响已经快三个月了，听说都交战六七次了。"

"嗯嗯，艺洲口、大岛、下关都交战了，他们先是防守然后撤退。我觉得真是奇怪，如果真有交战的打算，还会撤退到这种地步吗。如果让幕府说的话，什么榊原小太平的后裔，光吹牛不行，彦根也不行，以赤鬼之名响彻天下的井伊直政都要以他为耻。现在到了互相诋毁的境地了。但是，尾州藩一带的人们不谈论这些。这是看不清内外形势，只是看到德川家过去的权势的人说的话。总之，愿意为江户幕府牺牲性命的人没有了。各藩都采取了不牺牲一兵一卒的做法，比起德川幕府，他们更优先考虑自己的利益。"

"这么来看，各村的百姓也都不为德川家服务了？"

"嗯，我在名古屋的时候就在想接下来会发展成什么局势。从一开始尾州就反对征伐长州，如果幕府那时听从劝告，也不会落得如此境地，真是越说越生气。还有传闻说石州口和滨田城已经沦陷，我还听说天皇生病了。"

吉左卫门深深地叹了口气。

不管怎么说，这次名古屋之行，半藏是有所心得的。即使没去京都，没有见到一直鼓励全国门人的铁胤，至少去了能够了解西边情况的名古屋，认识了能在尾州藩前说上话的田中寅三郎、丹羽淳太郎等人。光是知道那些少壮有为的藩士们还在为了即将到来的时代而拼命，半藏也不虚此行。

"今天挺晚了，父亲、母亲早点休息吧。"说完半藏就回了卧室。他一直在意从名古屋打探到的情况，难以入睡。

虽然他没告诉父亲，但是关西日益紧张的形势让他夜不能寐。他从为天皇效忠的尾州藩的人那里打听到了这些，还有之前一直和会津共同帮助幕府的萨摩也转而讨伐幕府，并且萨摩为京都提供帮助已经是众人皆知了。还有传闻说连英国都给予支持了，王政复古①已无须等到后年。庆应元年后半期，将军辞职的真相传开前后，王政复古已在各国兴起，那时和德川家关联颇多的尾州藩已经开始思考今后的事情了。

"你还没睡吗？"阿民半夜醒来，在丈夫旁边翻了个身。他依旧坐在床上，枕边的纸罩座灯将他的影子投在房间的墙壁上。

那时，除了半藏以外，其他的驿站人员也在行动。以驿站的九郎兵卫为首，年寄役樏田屋小左卫门、蓬莱屋新七桦新助、梅屋五助等人和领头的笹屋庄助也在四处张罗。正好在半藏和寿平次在会所见面的时候，邻家的伊之助和隐士金兵卫一起从山林调查回来了。

"半藏，今天是受灾后我第一次离开家，带着伊之助去巡视了大暴雨扫荡后的山林。"

金兵卫说话还是一如既往的详细。据这位隐居高手说，新茶屋的松树刮倒了五百七十多棵，杉树三十五六棵，大小枞树四十五棵，栗子树大约六百棵。主屋的松树刮倒了十五棵，比丘尼寺十五棵，青野原河十三棵，加起来共计七百三十棵。光听这些就可以知道这次的暴风雨是多么恐怖了。

金兵卫说："我今年也七十岁了，印象中没刮过这么大的风。你问半藏父亲就知道，真是闻所未闻。"他换另一只手拿着拐杖说道："这么一说，昨晚万福寺的和尚（指松云）也去隐居地查看了，他刚刚也谈到墓地里刮倒的树。很早以前，他私底下和我

_____

① 王政复古，武家政治被废除，再次恢复到原来的君主政体。

商量过，村里牌位堂使用哪种木材合适。"

"半藏，你说大米怎么办呀？"伊之助问道。

半藏回答道："妻笼会不会宽裕点，我正拜托寿平次去看一下。要是妻笼没有米的话，山口会有吗？"

"山口不行，"说这句话的是伊之助，"昨天派人去调查了，山口似乎没有那么多米可以分给马笼。他们拒绝了我们的请求，去的人白跑一趟回来了。"

"年景不好的时候连温饱也成问题呀。"说完，寿平次环顾四周。

没过多久寿平次就离开了。金兵卫也回到了伏见屋。到了这时候，就算村民一起拜托他们买入大米，由于其他驿站同样歉收，也无法从其他地方购入大米。况且马笼驿站的农民囊中羞涩，就连平时参与大米买卖的金兵卫都惊慌失措地说这个月家里的米不足三草袋。前段时间，喜欢大搞工事的金兵卫又开始修缮本家和隐宅，家里请了各种匠人。

这样一来，对于马笼驿站来说，就只能从西边广阔盆地的美浓购入大米了。每天都有使者飞奔去拜托中津川的商人，特别是拜托万屋的安兵卫。听说岩村有米，即使价格昂贵，也须得解一时之急。因此，岩村的米价也涨了，涨到每十两银子三草袋米，一升米要六百二十四文。

半藏每天都去背户田巡视。有时还带着驿站人员和出入的百姓去检查暴风雨肆虐过的田地。和半藏的父亲吉左卫门不同，金兵卫没有安静待在伏见屋，这位隐士长期精力充沛，即使年已古稀仍旧混在年轻人中，和半藏以及养子伊之助等人步行前往目的地。然后，从清晨到日落，调查东边峠村中田、盐泽、岩田以及大户附近的水稻情况。第二天，半藏等人从背户田开始，来到野户下面，从湿地尻中道开始绕到青原，调查中新田、比丘尼寺、朴和町田的情况。那时金兵卫也坚持和大家一起。不管怎么说，稻子情况好转是大家共同的愿望。大家都不希望这一年以歉收结束。

除此之外，半藏等人还担心西边山谷的水稻，他们从马笼的街道调查到桥尾，连荒町的胡同都查看了，甚至还到美浓境内的新茶屋进行了调查。八月已经过半，有人飞奔到半藏身边告诉他水稻情况好转了很多。无奈的是村里资金匮乏，从美浓购入的大米价格又很高。家庭困难的下层农民来向驿站人员求助，于是整个村子的村民开始自发地集合在一起。最后，连木匠、瓦匠、泥匠都回家了，村里下层的农民还挤在了阿弥陀堂，商量着如何减少今年上贡的大米，农民的情绪日益不稳。

金兵卫每次见到半藏都会说："世道变得可怕了。我们和百姓一起去谈判吧，请求减免规定的年贡。"

由于这位隐士是木曾谷屈指可数的有钱人，所以自己家和楔田屋被下层农民盯上了，他们也颇为烦恼。另一方面，由于大米不足，修缮工程暂停，让木匠回福岛了，瓦匠、泥匠以及其他工人也休息了，这更让他们为难了。

"金兵卫，像您这样修建这么多工程的人，这时不助一臂之力真是说不过去呀？"半藏说道。

金兵卫回答道："我已经给了兼吉两草袋大米，半四郎五草袋两斗，合计出了三石七斗米。"

半藏不能只听金兵卫说，作为庄屋，无论多么辛苦，他都得拯救下层的百姓。此时，他要求出差，根据情况还可能去找尾州藩地方官山村甚兵卫，将木曾谷歉收一事禀告名古屋，希望最少能将今年的年贡减半。

不巧的是雨天来了。已经够多的雨从早上又开始下了，风向从北转西。雨水都漫过地板淌进橱柜了。比起自己家，半藏更担心村里的情况。他系上腰间上衣的绳子，叫起在地炉边休息的佐吉，急忙准备巡查。

"佐吉，我要蓑衣和斗笠。"

半藏走到了町田对面。被雨淋湿的稻穗看上去已成熟了五六分。单看稻草的话，大概成熟了七八分。证实大家报告的水稻情况好转时，他不由得松了一口气。

村里因歉收村民闹得严重，正在此时，从大坂传来十四代将军家茂去世的消息。

三

马笼驿站中央的公告牌前围满了看热闹的村民，也有停下脚步围观的商人，还有从马背上下来看热闹的旅人。人们一窝蜂地挤在从尾州藩传来的布告前面。

"将军贵体抱恙，于本月二十卯时在大坂薨逝。一桥中纳言殿下继任，封为将军，在大坂领命。"

就连平时隐居的吉左卫门也从驿站二楼出来，和从伏见屋过来的老友金兵卫一起看了公告。然而，两人却久久没有离去，仿佛是要从街道目送薨逝的将军远去。于是，上面下令禁止一切乐器，驿站的修缮工程也要暂停，以表对前将军的哀悼之情。

九月，村民们翘首以盼的秋作调查奉行从木曾福岛出发，为尽快上报木曾谷今年歉收的情况，地方官山村已前往尾州。消息传来后，下层农民也稍微平静了些。这时，将军薨逝前后的事情逐渐从名古屋和福岛传到了马笼。选在八月二十宣布发丧是因为继任以及送葬的需要。实际上，将军在七月十九就因心力衰竭早逝。在此之前，由于将军在大坂城担任征长指挥，所以丧事保密，小笠原老中等人慌慌张张离开战地也是因为此事。这么看来，半藏刚出名古屋时，将军已经病倒在床了。现在回想起来总觉得当时的名古屋的确有点慌乱。

听闻将军薨逝，各藩的战士们陆续离开战场。上面下达了暂停兵事的敕令，一直等待休战机会的幕府传来消息，说纪州公辞去总督，并让防守长州的战士全部返回各藩。大坂城的将军遗骸在老中稻叶美浓守等人的守护下用顺动丸（江户幕府的御用船只）运回了江户。半藏将这些消息汇聚心中，预感到木曾街道早晚都会迎来各团体陆续返回江户的一天。与此同时，他还想象了那些经历了败仗的关东人士离开驿站时的混乱场面。

各种流言袭来。家茂公薨逝，因为他一直反对一桥庆喜将手伸向萨摩藩和长州藩，这是他生病的直接原因，可以说庆喜的执拗加速了家茂公的逝世。甚至有人说因为有人对庆喜的继位寄予厚望，所以对病中的家茂公疏于护理导致他提前去世。更有甚者，说家茂公是被藏在笔中的毒药毒死的。不幸的家茂公成了时代的牺牲品，有人还细数了家茂公为民操劳的一生，赞扬他坚忍温良的品德。

"真是黑暗呀！"半藏说道，"不进行彻底的改革就无法打破封建社会的樊篱，只有王政复古才能冲破黑暗。"

"为武家效劳到此为止吧？"半藏仔细观察了伊之助的神情后说道。作为庄屋的他感到江户幕府已经时日不多。他从尾州藩的态度中也感觉到了这点。但是，即使幕府垮台，他对街道的照管一天也不能怠慢。同时，他还必须在疲敝困难的境况下保护驿站。

那时，维持马笼驿站本身已经变得不容易了。他和伊之助及其他驿站人员商量后，决定趁此向尾州领主递交申请驿站救助的请愿书。

"哎，除了鞠躬道歉别无他法。关于申请驿站继承救助的请愿书我来写吧。驿站结算就拜托伊之助了。前不久去名古屋的时候，我提到了这个问题。尾州藩的人说，把申请书交给奉行所就行。"

果真如此的话，这份申请书就应该交给江户的道中奉行。尾州藩要取回的话，需要周旋一番。即使递交到了江户，在家茂公薨逝的混乱时节，申请也不会被批准的。不久，朝廷一众就要逐渐回京，半藏急忙开始起草申请的草稿。

半藏和伊之助两人还就申请书交换了意见。伊之助虽然没有养父金兵卫的敏锐，但是做事缜密谨慎，是半藏的好军师。接着，伊之助取出账目，在半藏面前摊开。驿站经营的全貌都呈现在了这本账目上。

驿站的进款有当年的人马费和救助金，减去年贡的费用，减去木曾谷借款的利息，剩下的就没多少了。支出部分有：公务通行以及拥挤时期的人马雇用费、各家驿站当年的亏损费、驿站的赊账、人马费、劳力费、传话费，给助乡人马的分红、公告牌以及道路的修缮费，再加上维持驿站必需的各项杂费。七年平均下来每年入账二百三十六两三分，支出四百一十两三分，结算后亏损一百七十五两。为了弥补积年累月的亏损，从万延安政以来，驿站借款已达十六万两，仅利息每年就须支付二百四十四两一分二铢。这些钱或是从官府借入，或是借了神明讲、永代讲的钱，或是从中津川的商人，岩村承办商人那里借来的，其中也有马笼楔田屋的主人和伏见屋金兵卫垫付的。如果就这样放任不管，驿站也许会破产。还请奉行所磋商救助驿站。

"马笼虽是小驿站，但因地处木曾街道，所以才有资金流动。驿站能否渡过困难时刻全靠驿站人员的努力了。即使换作是父亲吉左卫门来做，也绝非易事。何况还是我半藏。"他和伊之助面面相觑，为自己的无能深深地感到羞愧。

大风带来的灾害、木曾谷的歉收、前所未有的昂贵米价、驿站维系的困难，这些问题还待解决，马笼驿站就迎来了十月。

深秋的山上即将下起冷雨，此时传来了幕府各团体从大坂出发，沿着木曾街道踏上归途的消息。日程大概是从十月十三到二十五，大约通行十三天。

清助走到他身边问道："半藏，住宿怎么安排?"

"这次的公务出行吗? 大概在三留野住宿，在马笼午休。"

"街道又要乱糟糟的了。"

不仅是清助，就连在驿站工作的荣吉听到通行十三天都瞪大了眼睛。

不久，木曾福岛的官员们就要来了，马上开始给各团体安排住宿。半藏家本就是驿站，这次就连隔壁伊之助家都被安排上住宿了，甚至连金兵卫的隐宅也被当作福岛官员的休息驿站了。

当月十五，比预定时间稍晚，从西边来的团体开始陆续抵达驿站。到了十七，又有人马前来交替，驿站官员们异常忙碌。有时，邻村山口、汤周泽人手不够，甚至会让在马笼驿站割草的女人负责运送行李。从木曾福岛过来的官员中，还有人担心驿站人多混乱，决定半夜从马笼出发。

这次大出行一直持续到了当月二十三，其间接连不断地有其他队伍涌入。来到马笼山顶吃午饭的武士们几乎不谈战争，也不谈占地的事情，只谈论即将回到江户的感受。

某天早上，半藏来到了会所。妻笼的寿平次因商谈驿站的事来拜访他。

"寿平次，来了呀! 看起来官员们累了，今天一个人都没出来。站在这儿说话不方便，我们进屋吧。"

说完半藏就把寿平次请到了会所，两人的话题从慰劳彼此转向每天从眼前经过的各个团体。

半藏说道："水户浪士经过时，恍如隔世，再也看不到那样的盔甲和黑色的立乌帽子了。"

寿平次接着说道："改变一切的时刻就要来了。武器也好，武士的服装也罢。"

"征伐长州一事提前了吧?"

"但是，半藏，听说征讨军用的火绳枪和大炮因过于陈旧，似乎派不上用场。而防守长州的那些家伙，就连农民兵都用上了西式武器。听说那个迷你步枪是英国提供给长州的，但我不记得政府允许外国提供兵器。防守长州的那些家伙做得这么过火，是因为后面有英国和萨摩源源不断地供给兵器。半藏你记得是谁率先在各藩中排斥异国吧？那些攘夷的人们之前叫嚣得那么厉害，现在说变就变，那迄今为止的攘夷是为了什么呢？"

"哎哟，你今天考虑了很多才从妻笼过来的呀。"

"你看，原以为毁约攘夷的呼声刚刚兴起，结果立马放弃了航海远略一说。本以为会批准条约，结果立马和外国联合了。西洋人出手之快真是让人震惊。如果说是一时之计，那还真是让人摸不着头脑。还有谣言说幕府打算借助法国的力量，法国还向幕府官员吹了耳边风'英国正等着这个国家四分五裂，唯独法国不会。'"

"但是，即使有人说幕府想要借助外国的力量打压外藩等不着边际的话，如果萨摩和长州借助外国力量攻破幕府，也没有人觉得不可思议。"

"怎么可能？咱们再争辩也无法改变现实啊！"寿平次笑了。

接着，半藏继续说道："就算是防守长州的那帮家伙，也不会赌上国家四分五裂去求助英国吧？不是有高杉晋作这样的名人出场了吗？不小心谨慎的话，就会让外国有可乘之机，这点你也很清楚。"

"那倒也是。唉，站在长州人的立场上，总之非常时期就要采取非常手段吧。只能认为英国提供武器是大事前的小事吧。你我都是庄屋，正因为是从下往上看，才会得出此结论吧。"

"不管怎样，寿平次，西洋人已经加入进来，必须考虑时势了。"

寿平次谈完驿站的事情就匆匆忙忙回妻笼去了。半藏从会所绕到驿站的正门，在宽敞的木地板上徘徊。午休时，长达十三天大出行的混乱终于平息，留下的是幕府军大撤退时的惨象。

这时，阿民探头问道："你和妻笼的哥哥说了什么呀？孩子们往会所张望，还以为你们吵架了，眼睛瞪得圆溜溜地回来了。"

"什么，怎么会吵架呢？今天寿平次说了些罕见的话。他之前有过这么兴奋的时候吗？"

"没有吧。"

"我们不是在吵架，寿平次并不是在责备谁。只是这个世界变化太快，他有点怀疑自己了。"

"什么都听之任之的话，就不是哥哥了。"

"你看，这种混乱时刻，就会有各种各样的人跳出来。有厌世之人，也有发狂之人。上州高崎的风雅人士中，也有看完木曾的秋天，在驿站上吊自杀的。"

"不要再说这个了，太可怕了。"

"比起高明地筹划着，还是正直地前行吧。"半藏唠叨道。

武家本想借东照宫二百五十年祭祀之际大展回天之力，但这一梦想落空了。高举金扇马印来江户的人们，在失去家茂公后，上上下下均泪下沾襟。不仅如此，江户还发生了比将军出发时更为严重的难民暴乱，饥寒交迫的男女老少成群地站在一起，高举写着各个城镇名字的纸旗，来到富商的店门口，跪在大道上。米价自不用说，其他各种商品价格都很高，百姓难以维持生计，性命朝不保夕，求助的样子可谓惨不忍睹。富裕的人家多则施予一斗或五升米，少则一草袋或两草袋，还给了其他杂粮、芋头、味噌等。得到这些后，难民们开始做菜粥，在神社前聚集露宿。地方上以纪州为首，各藩开始削减家臣的俸禄，加快纸币流通，请求铸造天保钱，甚至出现了伪造的货币，世道衰落。

革命不远了，这种想法让半藏无法平静。幕府暴露了自己的无能，仿佛回到了诸藩势力割据的战国时代。此时，作为庄屋，能尽的微薄之力就是向政府进言，眼前最重要的就是竭尽全力让各藩赞同天皇亲政。一方面是会津，另一方面是长州和萨摩，在东西两大势力的对抗中，半藏将目光聚焦在尾州藩的向背。即使没法去京都，眼前尾州藩有志之士的消息也为半藏打开了一扇狭小的门。他与景藏、香藏合力，和南边信浓地方的人取得了联络，打算尽力一搏。

第 二 部

第 一 章

一

据说，圆山应举描绘长崎港口的外国船只，抑或是荷兰船只时，会将其画为借助风力远渡重洋的三桅帆船。那是一种借助人力或马力牵引进出港口的旧式贸易船。然而当这些船只第一次现身长崎海面时，海角雩时间烽火连天。海滩各哨所人声鼎沸，有的从奉行所来，有的从代官所①来，各部门的急使像离弦之箭一般飞奔而来，一片骚乱。

弘化年间这些船只装载着二十余台大炮，远渡重洋而来。应举以飘扬着红白旗帜的出岛②荷兰商馆为前景，以港口天空中的积雨云为远景，描绘了这些荷兰船只。不仅如此，应举还用画笔捕捉到了这样一幅场景，大约十艘日本船朝着刚进港的外国船布下了两张网，母船、牵引船一同张帆的景象。嘉永年间以后渡来的西洋船大都是不需要借助风力航行的新式轮船。虽说新旧时代背景下的一切还很混乱，但以往需要牵引才能进出港口的西洋船已经销声匿迹了。

为了拓展远东道路闯进来的西洋船不光在长崎、横滨、函馆

---

① 代官所，代官是日本武家政权的一种官职，指代替领主管理地方事务，并享有相应地位的人。代管所指代官办公的场所。

② 出岛，1634 年作为江户幕府排外主义政策的一环而在长崎修建的一座人工岛。

三地开辟了港口，甚至在兵库以及全国商业中心的大坂也开辟了通商口岸。事实上，兵库港的开港自美国使节佩里来日本后一直未解决，后来是德川幕府将军以卸任为赌注和朝廷争取而来的。那么，从海外搭乘西洋船来的是什么人呢？在此，我有必要帮大家稍稍回想一下这些人。

二

他们被称作红毛人，或是毛唐人。其实他们并非对日本这个岛国一无所知。据肯普费的旅行记所言，他早在17世纪末就远渡日本，并带来了医学与自然科学的相关知识，这为荷兰人了解日本自然与社会提供了很大帮助。肯普费作为荷兰商馆的医生在日本待了两年左右，其间他跟随荷兰的使节胡滕海姆一行人往返于长崎与江户之间，并将小仓、兵库、大坂、京都以及江户等欧洲人不熟悉的内地情况都记录下来，以便后来者了解。关于兵库港，肯普费在很早之前有过介绍。依据他的记录，兵库位于摄津国，距明石五里，港口南方有一条宽阔的沙坝从须磨山向东一直延伸到海上。据说这条沙坝是平家一族的首领为建造良港修筑的，并非天然形成。关于这条沙坝还有个传说：据说当年在修筑时，因为海浪滔天，沙坝被破坏了两次，一位日本的勇士为平息海神的愤怒，舍身祭海，这才得以竣工。因此，这项大工程恐怕耗费了不少劳动力和费用。

兵库没有城池，大小与长崎一般，是从下关到大坂之间最后的良港。当使节胡滕海姆一行到达时，已有三百多艘船只停靠在此。

那么早期率先到达的渡海者是如何委身于此，了解日本的政治、宗教、风俗、人情、物产的呢？事实上，他们就像肯普费一样，荷兰人的游记就是最有力的证据。在荷兰人眼中，日本人是忠烈、勇猛的。他们不会随意冒犯那些不为多数人所知的神佛，并且有着一旦信奉，就绝不改变的高傲感。若是抛开这种高傲、好斗的癖好，日本人的温和伶俐与好奇心也是无与伦比的。虽然日本人由衷地期望同外国进行通商贸易，希望能够学习西方的先进技术，但他们只是将自己看作商人，视自己为最下等的民众。这种行为或许是基于日本人的嫉妒和不自信的心理，因此日本人要想结交朋友、知晓万物，就要先修其心。

肯普费认为通过毫不吝啬地赠予货币或物品，走进日本人的内心，尊重日本人，才是与之亲近的第一步。因此，他向自己周围的人传授药剂学和天文学，赠送他们洋酒，拉拢日本人的心。当他成功后，便可以毫不拘束地询问自己想了解的关于这个秘密岛国的一切信息。

肯普费还留下了关于早期荷兰人励志前往远东地区的见闻。例如，使节胡滕海姆一行第一次到江户的故事。他们曾被请去江户幕府第五代将军纲吉的住处（大城），那里有个叫百人番的地方是士兵驻扎的大型驻屯地，专门负责保卫将军的城池。他们一行人奉命在百人番等候，待城内会议一结束，就前往拜访将军。在百人番，有两位武士专门为他们这些异国稀客递烟、泡茶，非常恭敬地招待他们，不久其他官员也纷纷前来拜访。他们等了大约三十分钟，其间老中等各级官员，或是徒步，或是坐轿，渐渐会集到城内，胡滕海姆一行人和他们一起从百人番启程，经过两扇门和一个方形广场，到达城内。

从第一扇门到将军处有数段阶梯，大门和玄关之间仅立锥之地，负责警卫的武士和众多官员都聚集在此。他们接着爬上第二段阶梯，先是进入一间较为宽敞的房间，之后进入了右侧的一间。不论要面见将军还是老中，都需要事先取得许可。这里虽是间大屋子，但只要关上四周的拉门，房间立马就会变得昏暗，只有少许的光线能从隔壁房间上方的格窗透进来。即使如此，不论是墙壁还是隔扇的构造都别具匠心，那些国风装饰美得让人耳目一新。他们等了一个多小时才被允许拜见将军，一行人中只有使节被引至御前，他们一起大声喊道："Olanda Capitāo"，这是他们拜见将军的礼节。将军即使在会见国内势力最强的诸侯时，态度也是极其自大。将军召见诸侯时，诸侯只要被叫到名字，就会用肘撑地，膝行靠近将军，将前额贴在地板上行礼，然后以同样的姿态跪拜着退下。同样，荷兰使节也需行跪拜之礼。

荷兰人对这位强势的君主之所以表现得如此谦卑，他们之所以委曲求全、不失礼仪，主要是为了寻求与日本通商。以前，使节通常只是拜见一下将军，但不知从何时起形成了奇怪的习俗，使节拜见将军后不能直接离开，他们还会被带去将军夫人的府邸，谒见那些高贵的妇人们。肯普费作为一名荷兰人医生，他和两位随行人员就曾被传唤觐见，他们跟在使节后面，一同前往大殿深处。大殿是由几个房间组成的大厅，其中有的房间铺有十五张榻榻米，有的铺有十八张榻榻米，榻榻米的数量都是按照位次的高低分配的。大殿中央有一条漆黑的走廊，与其他房间不同，这里没有铺设榻榻米，荷兰人被命令坐在走廊处，将军与贵妇人坐在他们右手边的竹帘后。一番寒暄后，原先庄严的大殿渐渐变得诙谐起来。使节一行人成了焦点，被问了许多愚蠢至极且无聊的问题，例如欧洲最新的长生不老法等。刚开始将军还坐在贵妇人中间，和荷兰人相隔较远，不一会儿他就让使节一行人尽可能地靠近些，允许他们一同坐在竹帘后，命令侍臣脱下他们身上的防寒服。将军命令他们起立，甚至要求他们走走停停、行礼、跳舞、摆出醉汉姿态、说日语、讲荷兰语、唱歌等，他们都一一照做。肯普费在跳舞时还用高地德语唱了一曲恋歌。

事实上，荷兰使节一行人扮演着小丑角色，这样的表演大约持续了两小时。他们为了取悦将军和满朝大臣做出各种表演，但使节没有加入。胡滕海姆是个威风凛凛、相貌庄重的人，他认为自己作为一国代表，在日本人面前做出如此滑稽的表演实在有损形象。肯普费如是写道。

第二年，即公元 1692 年（元禄五年），荷兰使节再次前往江户，肯普费又抓住机会加入他们，再次前往内地。四月下旬，正值多雨时节，外出不便，但他们还是整理行装出了城镇，通过江户城的关口进入第三座城，在那里等待与将军会面。等待期间，他们扔掉被雨水淋湿的鞋袜换上新的之后才被带到会面室。这里，有位举止缓慢却极具文雅之感的老者在等着他们，他身材高大、长脸、样貌威严可敬，像个德国人。此人正是当时位高权重无人比肩的老中，也是荷兰人早在前年就熟知的牧野备后。

离开江户之前，胡滕海姆一行人为告别再次拜访了将军。使节在百人番等了半小时才被传唤。老中吩咐部下照例宣读了训示，主要是让他们不得妨碍汉人和琉球人的船只、荷兰船不可载任何葡萄牙人和天主教徒，只要遵守这些条件就可以自由通商。宣读完后，老中在使节的面前放了两件三宝（佛教用语），每件三宝都有十层素袍，这是将军赠送给使节的礼物。使节毕恭毕敬地收下了两件宝物，双手高举过头顶以表深深的谢意。之后，奉将军之命他们被带去另外的房间，共进午餐。一段寒暄过后，每个人面前摆上了日本风格的精致午膳，但在荷兰人眼里，这些粗食与这位强势君主的庄严与奢华并不相称。

这些都是在肯普费旅行记中详细记录下来的。当时正值德川将军势力崛起之时，荷兰使节一行人想要当面向日本皇帝表达允许他们自由贸易的感谢之情，却被引领到江户城的夫人府邸，去见那个向他们表达欢迎旨意的老中牧野备后——曾经是皇帝的老师，也曾是最受皇帝信任的人。

三

大约一百六十年后，乘坐西洋船来的美国使节佩里抛却了荷兰人卑微的态度。即使为了争取一直以来被禁止的通商自由，他无论如何也不能容忍自己去扮演小丑角色，他要卸下荷兰人的小丑面具，站在完全对等的位置上，以一国代表的身份完成此次使命。

不可否认，先行到达的荷兰人对远东的探索，为后来者提供了不少参考。自宽永十年，日本实行禁海政策，不允许一切船只出海，不允许建造五百石以上的大船。即使如此，若认为日本人不了解海外就像外国人不了解远东一样，那就有些轻率了。虽说佩里的航线从美利坚合众国的东海岸出发，绕过马德拉群岛和好望角，经过毛里求斯、锡兰、新加坡，最后才到达中国（日本的行政区划）海域，但早在踏上这段从美利坚合众国到远东的旅程前，他已经做了长时间的准备，翻阅了美国所有有关日本的书籍，阅读了著名作家西博尔德的著作，甚至还向美国政府请求购买其他必要的书籍。佩里真正想知道却又无法得知的是天皇与大君（指将军）之间真正的关系。

佩里做好准备，命令率先出发的两艘煤炭船绕过好望角和毛里求斯，率领四艘军舰踏上了远航之路。当时，美国科学家以及其他学者纷纷向佩里施压，要求允许他们派代表加入远洋舰队，由此可见他们的企图是空前绝后的。佩里打破日本闭关锁国之前，已经对琉球附近海域和日本海岸有了大致的了解，也正因如此，他才能够无视日本禁令，直奔江户湾而来。其实，佩里在踏上日本国土前，曾访问过琉球岛并拜见了琉球国王及其幕僚，他还拜访了小笠原群岛，把牛、羊、种子、一些日用品和美国国旗留给了当地的白人住民，由此也可见他的野心之大。他到达浦贺港的久里海滩时，正值欧洲势力进出东方的 19 世纪中期。美国因为早先在中国市场售卖棉花深刻明白东洋贸易的重要性，于是紧随英国，同中国签订了通商条约，并想进一步将贸易对象扩大到日本及朝鲜半岛。

佩里为了完成使命，下定决心不会像弘化年间比德尔提督曾被拒绝来江户湾开港那样重蹈覆辙。从做人的角度来说，佩里确实有着"身为耶稣教徒的殷勤、禁欲派的朴直和一往直前的性格"，但从利用当时日本人的愚昧这方面来看，他的确是个毫不客气的美国人。总而言之，佩里倚仗自己的强大力量达成了目的。他在留下了像电报机、火车头、救生船、挂钟、农用机械等当时在日本极为罕见的礼物后便离开了，但对于为何献给日本皇帝的国书到了幕府的手里，而不是直接被送往京都一事，他和先来的荷兰人一样被蒙在鼓里。

此后，西洋船载来的每一个人在判断日本的主权问题上都深感困惑。美国第一位领事哈里斯和英国使节埃尔金也不例外。曾经这位英国使节本是为日本皇帝献上了一艘蒸汽船，但江户官员认为这是献给幕府的，根本不打算送往京都，甚至在他们眼里京都有没有都一样，因为统揽兵马、独揽政权的是这些篡夺主权的武将们。

居住在日本的外国人渐渐察觉到了这点，英国公使帕亚科斯声称幕府官员欺诈外国人，并坚信将军才是大君，是皇权的拥有者。然而当外国人看到兵库即将开港、大坂即将开市时，又因第一次通商条约是由天皇敕许的而深感震惊，因此他们下定决心要弄明白日本主权的真正所在。虽说从各种情形看，法国公使罗斯对一直以来坚持开港方针的江户幕府是持同情态度的，一直在暗中援助幕府。同样，英国公使帕亚科斯明白日本即将发生革命，他对九州地区实力强大的诸侯也持激励态度。因此，两人针对皇帝与大君之间真正的关系展开激烈的争论也不足为奇。

第 二 章

一

数十艘商船、几艘军舰一齐集中在兵库港，其中英国军舰占了半数之多，法国军舰次之，美国军舰仅占少数。霎时，兵库港的船只要比平日多了几百艘，小到达摩船、土船、猪牙船，大到五大力船，或是行进，或是停泊在港内。海上的外国军舰鸣放了二十发礼炮，仿佛要震动港口的天空，响彻日本的海面。

庆应三年十二月，日本对兵库开港一事准备尚不充分。英、美、法等国都怀疑兵库开港一事是否能如期进行，因而协商决定即使是动用武力也要促使政府履行约定，并观望开港准备情况。毕竟开港的日子马上就到了，但外国人居留地尚未建成。然而，在神户村东边寂寞荒芜的海滨却建了一座新的海关。这是一座日西合璧的建筑，窗户是玻璃做的，每当阳光反射，会散发出耀眼的光芒，虽说有点"抄袭"西式建筑，但当地民众非常喜欢。

海关内设三处码头、三栋仓库，国内外商人还未开始正式交易之前就已经大有人气了，连各国领事挂在临时住所的国旗都像是在祝福新港口未来的前途。

庆应四年四月，漫长的锁国终于告一段落，国内新旧势力激烈的斗争正以各种形式洪水般涌向整个日本。传言，以京都为代表的势力加入了萨摩浪士队，他们放火抢掠，用尽各种手段企图扰乱市井。他们的这种挑衅态度惹恼了德川家，导致东西方诸侯在距离京都不远处的淀川发生了正面冲突。经过四天的激战，最终以会津方的败退告终。事实上兵库神户的外国人早就知道了这件事，其中有外国船看形势紧迫便从兵库逃往横滨，还有的逃往函馆或长崎。

这时，从海面望向陆地就能看到鸟羽伏见之战已经打响。一时谣言四起：有人说是日本皇族同大君之间的战争；有人说是江户旧政府与京都的新政府的战争；还有人说是分裂成南北军的主要诸侯之间的战争。因为战争刚刚兴起的与西洋人的商品贸易暂停了，取而代之的是枪炮、弹药等物资的买卖。由此可见，日本同外国的交往今后将会如何发展实在难以预测。法国公使馆的梅尔迈特·卡琼书记官见形势不妙，特地派信使从横滨赶往兵库打探消息。因为新馆还未建成，法国领事暂住在兵库，所以卡琼特地联系这位法国领事发出紧急通告，目前还滞留在江户地区的所有外国人立刻撤离至横滨。通告称当前英、法、美等外国军舰已派出联合护卫兵前往保护横滨居留地，估计长崎地区亦是如此。事实上，新开设的兵库神户地区也有法国领事。生岛四郎是神户村的庄屋，考虑到当时各藩进京的士兵数量过多导致的时局混乱，所以他通知外国人暂时不能在神户附近走动，并将此事告知了法国领事。

"兵库奉行是怎么回事？"卡琼又将领事的话转述给庄屋。他们之间不需要翻译，卡琼能够自如地使用日语交流。

"奉行大人吗？"庄屋说道，"奉行大人已经不在兵库了。"

当时，领事通过卡琼控诉道，这简直是无统治、无警察的状态！他们命令我们在日的外国人不许外出，实际上他们自己甚至能在兵库十里内的地方自由活动！兵库神户的住民们或许正是看到了社会改革的希望，才开辟了新港，等等。即使卡琼没更细致地表达对领事的不满，对方也大致听懂了他的意思。

神户村的庄屋说道："总而言之，他们外出太远的话会有危险。"

兵库奉行已经逃走，开港地区的警卫士兵也已撤离，在街道上转悠的只有町内自己组织的自卫队和一支从外国军舰派来陆地保护居留地外国人的警卫队。

二

新时代的帷幕就这样拉开了，以兵库神户新港为中心，开国之光景逐渐显现。为此，我们首先必须了解当时与外国缔结关系的不易。

阿鲁克是较帕亚科斯来日更早的英国公使。按他的说法，外国并不好战，不贪图土地，如果挑起战争，无非有三种情况：缔结条约却未遵守信誉；无端杀伤外国人；胡乱猜忌外国人妨碍贸易。

不幸的是，在即将迎来的王政复古之日，神户三宫突发了一起与前几年东海道生麦村一样的事故。当时社会正处于不安与混乱之中，京都新政府发布了讨伐德川庆喜的征讨令，设立了征讨府，命炽仁亲王为总督。

庆应四年正月十一，一位滞留兵库的英国人在神户三宫附近被进京途中的备前藩杀害，另两名受伤的英国人，迅速逃到海边禀告了停泊在此的军舰。

当时，英、法、美等国的军舰自去年十二月初七开港以来一直停在湾内。英国司令官听闻此事后，认为兵库神户附近一带已完全处于无统治、无警察状态，非常有必要维持好居留地的治安，因而立即与法国、美国交涉并派陆战队登陆。其中一支英国军队率先与驻扎在生田备前藩的士兵展开激战，交战期间，又派三小队英国兵在市内准备迎战。在神户通向大坂的城门前，驻守着监视的英国兵，他们禁止武士及一切佩刀者通行。不仅如此，各藩停泊在港内的大约十七艘运输船全被扣留，神户码头一时间被英国占领。随着英国陆战队的登陆，兵库神户的住民间也发生了极大的混乱。英国兵的实战准备速度之快十分惊人，当地人们甚至在生田地区听到了步枪射击的声音。有传言称，整个备前藩不敌一支英国兵，慌忙撤退至摩耶山路，沿道多数住民失去了往日的平静。

传闻那天晚上，备前藩进京途中，路过神户三宫一带时，碰到三名英国人想要横穿他们的队伍。事件发生前，神户村的庄屋生岛四郎曾通过外国领事向居留的外国人发出警告，现在正是人多拥挤的时候，尽量不要在街上走动。有可能他的意思没有表达明白，而且英国人不认为不可以横穿军队，加之语言不通，所以他们不以为然。正当英国人想要横穿时，一位备前兵站出来拿枪恐吓打算以此制止他，但那个英国人拿出藏在口袋里的小刀，表现出反抗的意图，备前兵一怒之下一枪打死了他。这一事件直接导致外国陆战队的登陆。不管怎么说，对方是自生麦事件以来就以强硬态度著称的英国人，并且兵库发生这种事情的时候也没有有担当的官员去和他们谈判。其实，兵库奉行柴田钢中是幕府的官员，他担心社会变革会波及自身的安危，早就销声匿迹了。

据说此人在逃跑时先跳进轿子里，再用草席把轿子外面裹住，假扮成商家的船货让人抬到海边，然后乘船离去。夜幕渐渐降临，许多居民开始收拾家当，偷偷地运到附近的村子，也有让老人和小孩去远处农家避难的。

当夜，一艘载有三百多名长州藩士兵的船只从大坂方向驶抵兵库港。京阪地区已经平定，这些人将为新政府征收关税作为首要任务，奉命前来负责兵库开港警卫之事。可英国兵对此毫不知情，他们误以为是备前藩的士兵大举进攻，便开枪射击。不论长州兵如何解释，外国人都不相信。长州兵中也有人愤怒地提出应该惩罚这些外国人的无礼之举，并表示再如此下去，城镇将会被烧毁，夹杂着战火的恐怖声音让这一带的住民们变得狼狈不堪。长州兵占据了高崎一处五平方米的宅子，在门前悬挂一对印有藩徽的灯笼证明自己是长州藩的士兵，打算在这五平方大的宅子里同英国人进行谈判。后来，虽然英国人了解到他们不是备前藩士兵，但仍坚决不同意撤出这片土地。

长州兵不得已退兵到奥平野村的禅昌寺内，以此地作为哨兵的根据地，并于当夜负责兵库的警卫，戒备森严。

过了半个多月，长州兵大部队终于赶到，这才让心神不宁的兵库神户住民得以高枕入眠。住民们轮番前来，向管制的长州兵诉说着连日连夜的恐惧。他们说自幕府废除以来，社会世态急剧变化，兵库奉行逃跑，那些依附于地方官员的伙计、士兵也因为自身的不安和被拒付工钱，大都变成了无赖之徒，和那些自称浪士的家伙一起横行于市，干着与强盗无异的勾当，更有甚者在光天化日之下闯进村民家威胁居民、肆意掠夺，几乎一度处于无统治、无警察的状态。外国陆战队在这种情况下登陆，居民们只能一边寻求自卫的方法，一边焦急地等待新统治者的到来。

如今居民们等来了长州兵大部队，大街小巷的人们才勉强露出笑颜。正因为他们厌恶幕府官员，才会对长州兵如此信赖。有人说有奉幕府之命负责居留地工程的官员被巨款埋在古井中了，也有人说从大坂奉行所来的负责修建新设道路的官员私吞了土木工程的资金。一时间，一些有的没的都被挖了出来，当地人从传统幕府时代积攒的对官员不满的情绪也一并爆发出来。不知是谁想出来的，还是谁附和的，大街小巷里沸腾着新词"难道不是吗"。

直到正月十四，"是啊，难道不是吗"都没消停，声音也传到了神户海新建的海关。

那个装有玻璃窗的房子就是所谓的"模仿之家"，是神户唯一为纪念开港修建的最早的日西合璧建筑。各国公使纷纷从大坂来到兵库，他们身着礼服，在各自翻译官的带领下聚集在二楼大厅。他们分别是英国特派全权公使兼总领事帕亚科斯、法国特派全权公使罗斯、意大利特派全权公使托尔、普鲁士代理公使布兰度、荷兰公务代理总领事布洛克以及美国代理公使法尔肯博格。正月十四，是各国公使们集聚在神户海关迎接京都新政府使臣的日子。

站在海关二楼，透过窗子能看到外国人居留地的景象。等待日本使臣的这段时间，各国公使们不约而同地靠近窗户。神户地处沿海地区，虽说未来可期，但终归是座刚开放的海滨。有半农半渔的渔村，有荷兰领事馆的驻地，还有刚动工的英国领事馆驻地。南方海面泛着蓝光，远远望去可以看到港口处停泊着五艘英国军舰、三艘法国军舰和一艘美国军舰。

突然从外面传来了歌曲的伴奏声，三宫方向民众的声音越来越近。去年冬天，德川十五代将军施行大政奉还①一事在民间传开后，京阪各地引发了持续骚动，今天，这场骚动又在这片土地上卷土重来。一时间，大批群众从三宫神社前向以海关为中心的新开发地一拥而来。

狂舞的队伍、祭礼的气氛很难让人想象这些人还是几天前毫无生机的当地居民。各国公使们走到窗前，眺望着这些狂热的民众。有的人提着防火腰包，走在脖子上缠着毛巾的人身后；有的人穿着深黄、浅黄相间的汗衫；有的人扎起发髻缠着布头。这滑稽的队伍，在外国人间传得五花八门。有人问这些人唱的"难道不是吗？"是什么歌，但没有一人能答上来。法国梅尔迈特·卡琼书记官打开二楼的窗户，操着当地口音朝着人群喊道："不错！不错！"这个年轻的法国人听着这些不分老少互相推挤的如潮水

———————————

① 大政奉还，庆应 3 年（1867）10 月 14 日，江户幕府第 15 代将军德川庆喜将政权归还朝廷，由此，镰仓幕府以来持续了约 700 年的武家政权结束了。

般的人群发出的声音，想起了祖国狂欢节时的化装游行队伍。

这时，新政府的参赞兼负责考察外国事务的东久世通禧，和随行的寺岛陶藏、伊藤俊介，还有中岛作太郎等人来到接待室。当天是新帝成年的大喜之日，也是天下大赦的日子，因此新政府的使臣以及随同人员都一副郑重的表情。因为当日是初次见面，所以首先要介绍一下各自的姓名和职位，六国代表都将目光集中在了当天的正使身上。通禧身穿礼服、头戴黑漆帽、腰间佩剑，一身紫色系的公卿装扮，身旁的伊藤俊介则穿着和服外褂，忙前忙后地周旋在公使身边。因为俊介早在前几年同井上闻多一起去过英国，所以他是正使随行人员中唯一抛弃武士发髻改为欧洲短发的人。海关的一切还是新家的感觉，从建筑上来看的确是日西合璧，但因为公务繁忙，内部暂时只摆着一些简单的家具。

不一会儿，通禧右手举起国书，站在各国公使面前宣读：

日本天皇告诸位外国帝王及大臣：将军德川庆喜已将政权交回，由此，内外政事将由朕亲手治理。从前条约中所用的大君一名，从今往后将改称天皇，与各国进行交易一事，将由有司掌管。请各国公使悉知。钦此。

庆应四年正月初十

那天是日本天皇对外国亲政的开始。下午，英国公使帕亚科斯与东久世通禧就三宫杀人事件展开谈判。帕亚科斯对当时到处杀气腾腾的日本国情有所了解，没有刻意提出过于刁钻的难题。当日，帕亚科斯表示将会和平解除对神户的占领并答应即刻撤退陆战队，条件是必须严惩这次事件的主犯，以诫未来。日本政府也对此事件表达了歉意并表示会严格遵守约定。

沸沸扬扬的三宫事件就这样解决了。帕亚科斯丰满的脸颊留着卷曲的络腮胡，他将了将脸颊上的胡子得意地说道："我是为了表示对京都新政府的诚意才做了如此温和的安排，此番完全出于对天皇的尊重。英国与其他国家的谈判不一样，换作其他国家的人出现伤亡，恐怕很难做到这样。"

他让翻译官米特福德翻译了这句话，然后做出一副"你明白我说的意思了吗"的表情，顺势向东久世通禧伸出英国人特有的大手，希望能与他握手。帕亚科斯情绪很是高涨，这位英国公使继承了前公使阿鲁克的方针，主动和这位曾经交战的倒幕派握手，在援助兵器弹药方面也是如此。照他的话说，当今世界已经是完全开放的世界，任何国家都在开国贸易。既然国与国之间在进行交流，那么人与人之间也应如此。确实如此，贸易之路虽然存在较小的损失，但这些小损失若是妨碍了贸易也会招致大麻烦。这是欧洲人经过漫长岁月总结出来的经验。传统的东方各国依旧固守旧习，只要有限制贸易、限制居留地的地方，贸易就会止步。他们希望开放，可日本却希望封锁，如此竞争下去，你争我夺，寸步不让，就不得不借助气势汹汹的刺刀了。因此有必要对彼此的情况进行权衡，给彼此带来"真知"。自开国贸易以来，没有任何一个国家因此变得贫穷。事实上，如有万一，贸易的一方一直处于亏损状态，那贸易将无法继续进行，只有双方都处于盈利的前提下，才能实现双赢。如果贸易导致物价上涨，而物价上涨则也势必会导致出口商品的减少，如此一来，只有进口的商品增多，贸易就无法正常进行了。所以，在没有节制的情况下自然会诞生出节制，不会导致贸易泛滥。从大方向上讲，人类的交往通常是笔直的大道，并非弯曲的小径，为什么日本要如此排斥外国呢？难道在同盟条约中，外国人的到来对日本没有好处吗？对日本治国体制又有什么坏处吗？如果条约精神能够贯彻，那么今天所有日本人都能够享受到贸易的成果，绝不会像今天这样人心动摇，视外国人为仇敌。日本的这种排外，完全是由于幕府的政治腐败，以及自西洋人登陆日本以来各藩费用过度支出导致

的。要想打破这种局面，必须等待有见识的日本诸侯的到来。应
该说倒幕派的有志者们每个人都为国家感到担忧。这也是自推进
阿鲁克方针以来，帕亚科斯放弃德川幕府旧势力的原因。如今，
帕亚科斯气焰嚣张地站在各国公使的前列，对仍执着于江户旧幕
府的法国嗤之以鼻。之后，像与东久世通禧约定的那样，他们将
兵库神户的警卫全权交给了长州兵，并迅速拆掉了街道两旁的拒
马，让还正在登陆的外国兵各自撤回军舰，释放那些被扣留在港
内的各藩运输船。不仅如此，帕亚科斯还以公使及总领事的身份
留在兵库的临时留居所，等待这一带恢复到各项规章制度完备的
状态。正月十五，兵库事务局临时设立问屋会所。正月十九，事
务局转移到旧幕府大坂奉行所。看来重建日本的这一天终于到来
了！虽说百般事务都是新规定的，可看起来似乎变化不大。

　　可是，同为公使的美国公使法尔肯博格对新政府的态度则有
所不同。美国是最先到达日本的国家，同样，与美国缔结条约也
是日本首次同外国缔结条约。而英国公使这种想超越前者，事事
先下手为强的态度，对于继哈里斯以来一直以日本好友自居的法
尔肯博格来说肯定是极不友好的。

　　这时，传言称总督由栖川宫受命从大坂出征，率倒幕官员从
三道出发前往兵库神户。由此日本的军国主义渐渐有了雏形。正
月二十一，六国公使们接到通禧发来即将出兵东征的书面通知，
并暗示不允许他们为德川庆喜及其臣属提供武器装备。正月二十
二，在兵库设立兼任法院的镇台，通禧被任命为总督。

　　其实早在去年腊月初三，德川庆喜就曾召集外国公使前往大
坂，告诉他们无论日本发生怎样的变革，仍然由他来负责外交事
务。因此，公使们突然不认为幕府是逆贼了。看到这种局势，法
尔肯博格提出局外中立。此外，针对秘密向新政府出售武器的英
国和向旧幕府供应军用物资的法国、美国也明确表明了立场。

　　法尔肯博格发出的公告是任何人都无法正面争辩的严正宣

言。他宣布对于日本皇族同大君之间的战争，提出美国人要严守局外中立的立场，严禁买卖或租借军舰和运输船。士兵自不必说，武器、弹药、军粮等一切与军事相关的物品都明令禁止出售或租借。从国际法的角度看，如果违反了这项规定，就表明美国摘下了局外中立的帽子，因而必定会遭到敌视。如若发现有人违法，将立刻依据军法逮捕，没收其财产，甚至将连累商品货主。依据日本与美国签订的条约，即便是本国国籍的人违反了上述规定也将不受保护。这则公告以美利坚合众国公使法尔肯博格的名义，发表在日本兵库神户的居留所。

美国以外的条约国公使们表面上对此公告没有异议，纷纷效仿这则表明局外中立的公告，并以自己的名义发表了同样的公告。但是，冒险家们只是在白天聚集在开港处。据说，一艘名为优泽尼的炮船以十万美元的价格被卖到了肥前，还有一艘名为欣田的船以十一万美元的价格被卖到了长州。此外，还有几艘外国船只，虽然买主和价格尚不清楚，但都被悄悄地被卖到了内地。事实上，还有一艘名为雅典娜的轮船趁着黑夜悄悄地被运送到了兵库，只不过很快被当地人发现了。

三

步入旧历二月，位于兵库的外国公使们动身赶赴大坂开会。以岛津修理太夫为首，还有毛利长门守、细川越中守、浅野安艺守、松平大藏大辅（春岳）以及山内容堂等维护朝廷的藩主们基于联合签署的协议，表明当务之急是要与外国建立外交关系。他们内部一致同意，如果各国承认新政府，就允许各国使臣前往京都，这是史无前例的。

即便如此，各国还是不太信任新政府。毕竟这是常年以排外闻名的京都新政府。即便听闻新政府最先要做的是以迎接大改革为契机确立开国方向，但各国公使仍持不同说法且不同程度地存怀疑态度。可以说，三宫事件也算是展现新政府诚意和实力的试金石。二月初九，陆奥阳之助作为使者带来了邀请各国公使前往京都的诏书。

上面写道：

> 我们对朝廷新政施行不当一事深感抱歉，事后我们将严格遵守双方信义，确保不会再发生狂妄之举。今后，这类事件将由朝廷处理。本次事件，我们已警告备前藩家臣日后要谨慎小心，并令凶手龙善三郎切腹自尽，因此特来通知各国公使。

〔诏书上还印有宇和岛少将（伊达宗城）的印章〕

那天，帕亚科斯听闻要在兵库永福寺处刑本次事件的犯人，特地派了两位书记官前往，日本方面则派了伊藤俊介和另一名官员到场。当时公使说道："我听说切腹自尽是日本武士的荣誉，但这人绝不能因荣誉而死。必须严惩不赦，以便今后引以为戒。"同时，帕亚科斯也到场了。

事后，关于处刑杀害外国人的凶手一事，世间的说法各异。有人说，龙善三郎打击了无礼的外夷，应当是值得嘉奖的武士；有人说龙善三郎虽其貌不扬，直到临死前也丝毫没有畏惧，且留下了一首辞世诗；也有人说当同僚的备前藩士兵在他耳旁说了什么时，他突然脸色大变，浑身颤抖，到死都在求饶；还有人说他死得很惨。

四天后，各国公使带着书记官出发前往大坂。该委托的事情都委托给了驻日领事，长州兵队长负责保护居留地，兵库领事负责其他各种事务。因为从兵库到大坂的街道，正好是山阴、山阳、西海、东海诸道的要道，而且驿站人马的继送一事也极为复杂，因此街道附近的村庄每天派两三人驻守问屋，除了规定的二十五人、二十五匹马外，其余人手一律按雇用工人计算工资，并且自当月十四起，工资均增加六成。各国公使为了避开途中的拥挤，决定乘军舰前往大坂天保山外海一带，在英国公使帕亚科斯的提议下，他们决定率领一支护卫军前往。这次的大坂之行与以往不同，这是各国公使代表各自政府登上盛大舞台的时刻。

二月中旬，海风徐徐。荷兰代理公使布洛克表示，眼看一大早就要离开兵库了，绝不能掉以轻心。

法国公使罗斯称，前几年幕府的外国奉行山口骏河曾携带诏书随老中松平伯耆乘蒸汽船赶往大坂的路就是这条路。美国公使法尔肯博格对此表示担心，他认为即使自己获得了史无前例的前往京都的许可，但途中会如何，仍不得而知。

大坂西本愿寺内聚集了等候各国公使的官员。有大坂的知事、裁判所总督醍醐大纳言（忠顺）、副总督宇和岛少将（伊达宗城）等。

负责外国事务的官员陆续到齐。东久世通禧作为兵库裁判所的总督也随伊藤俊介一同前来，僧侣依次介绍席间的各位官员。二月十四当天，萨摩藩派护卫兵前往迎接乘坐蒸汽船到达安治川港口的各国公使们。虽然当天的主公是东久世通禧，但此人并不擅长外交。其实，外国谈判的最初目的是向外国公使报告朝廷新政，求得各国的承认，只可惜在众多公卿中并未找到合适人选。事实上，诸位公卿也都不想去接待外国公使。

首先，因为他们没见过西洋人，所以纷纷推辞，最后一致推举通禧。朝中只有通禧见过西洋人，应该相对了解西洋人的想法。庆应三年冬天，有人曾劝通禧去筑前一带看看开港情况，当然他自己也有这种想法。同时，也有人劝三条公一同前往长崎，鉴于三条公是上将，此去又是秘密行动，因此并未同行。通禧在大山格之助的推荐下，作为萨州人，只身一人前往长崎。接着，他在五代才助的引荐下，在长崎逗留了大约三周，并化名与荷兰、英国的商人接触，还结交了美国人富尔贝克等。借此机会，他见识了外国的军舰，了解了更多西洋的事情。

众所周知，通禧是文久三年因天皇以大和行幸为名发动攘夷亲征事件逃到长州的七卿之一。事实上，他是最初主张攘夷人士中的佼佼者。通禧本人不可思议的命运和阅历，让他成了新政府第一个接待外国人的日本总督。因为欧洲距离日本甚远，除兰馆以外，日本书库中很少有关于外国的书籍，包括通禧在内，也不是很了解相关国家的情况。德川庆喜在前几年开创了将军亲自会面各国公使的先例。因此，通禧作为新政府的拥护者，这时无论如何也要让各国公使承认外国事务局的设立，并且表明京都并不是一直主张排外的。譬如世间流行的"万国公法"一词，就是外来语译成的新词，也是弃旧迎新之人迎接外国人到来的重要标志。

使者传来消息说，外国公使已经到达安治川。有急告称，一支举着军旗的萨州兵打头阵，充当护卫的外国兵扛着铁炮，浩浩荡荡地从外国人居留地出发了。还有急告称，从大坂海关到居留地、新大桥附近，人山人海，黑压压的一片，一些男男女女纷纷前来观看坐轿子的外国人，看得他们目瞪口呆。

各国公使一行平安到达西本愿寺。每位公使各带了一名书记官，组成一个十二人的外交团。他们想休整片刻，在僧侣的带领下去了一间屋子，其间有一位身着黑色裤的小和尚用高座盘端来茶水和点心招待他们。

寺院的大厅成了内外使臣们的会面室，大厅的榻榻米上摆着会面用的椅子。不一会儿，这些外国人被引到大厅，来的还有各藩家老。东久世通禧首先发表讲话并向各国公使表示欢迎。

他向诸位传达了与前些天兵库公告一致的旨意：日本政体复辟、天皇亲政，今后由朝廷负责外交事宜等。他还表示，针对本次建立外国事务局并由事务局全权处理贸易通商一事，朝廷的各藩将于今日同各国公使重新签订盟约。对此，公使们没有异议。他们表示，以天皇为首的各藩诸侯为了日本人民广泛谋求和睦、互相诚实交往这一点是每个国家长久以来所期望的，今后将会尊天皇为日本的主权，事事遵守政令。

通禧奉天皇之命，向公使们表示此番与各国修订条约后，天皇欲亲自会见各国公使，签订盟约，烦请各国公使稍后上京。但公使们非常惶恐，他们商量了一番表示后天再回复。当时，英国公使称讨伐德川庆喜的军队已经从京都出发，关东地区的形势难以安心，若无法早日拜见帝王，应尽快撤离灾难之地，保护横滨居留地外国人的安危。美国公使听闻后，拜托意大利公使和普鲁士公使陪同自己返程，希望最晚明日从大坂出发返回横滨。

法尔肯博格不停地搓着手解释称自己心里还惦记着横滨居留地的事，因此想立刻赶回去。通禧见此情形，连忙说道："那么，您看这样如何？明天我就从京都带回谒见的日期，之后您再考虑去留的问题。在此之前，还望您能留在大坂。当然各位最好还是能前往京都拜见一下天皇。"

滞留在大坂的各国公使有的认为应该定下谒见天皇的日期，并明确表示要签订盟约，有的非常犹豫是否该前往京都。这件事传到京都后，朝廷表示要让外国人进宫是极其困难的，各国公使想要面见天皇更是难上加难，因此便即刻派使者告知通禧，顺带表示三条的岩仓公很是为难，还望通禧能与公使们商讨一下。

通禧得知此消息后大吃一惊，立刻派使者前往京都，并表示现在不是说这些的时候。他还表示如果不向他们展示京都的诚信，很难推测各外国公使的态度将如何变化。

打比方说，跟在江户设立各藩的看家人一样，同外国的交往就像跟这些看家人见面，是不得不见的，只需要把他们当成各藩的看家人，只是见个面就好。事实上，当前周边情况已经不允许日本再处于孤立状态了。看来，曾经以弹性外交进攻关东地区的新政府，如今也不得不经历与当时幕府同样的烦恼。过去，大部分幕府有司将英国、美国、法国和俄国一概称为洋鬼子，现在新政府当局者也切身体会到当时周旋于各方之间、想要尽可能解放众人思想的岩濑肥后等人的良苦用心。即使对方像美国的哈里斯说的那样，以"贸易统一世界"为目的，不顾远东地区工业水平的落后也要前来日本，面对如此情况，日本全国上下无论如何都要敞开双臂的。

东征军出发后的大坂宛如退潮，当地只剩下各藩的留守士兵和普通市民。有传闻称，德川庆喜已经几次表明要谢罪和和解之意，还有传闻称庆喜本人去了江户东叡山的宽永寺以表明其闭关之意。

通禧在大坂西本愿寺会面各国公使的第二天，中寺町的法国公使馆称要招待各国公使和日方的主要官员共进晚餐，连同情江户旧幕府的法国公使罗斯也对前一天的会面表示满意，前来表达自己的诚意。

不久，公使馆派人前来迎接。日方的出席者为大坂的知事醍醐忠顺、宇和岛伊予守和通禧三人。

当天晚上，通禧等人带来了最为珍贵的礼物，二月十八允许各国公使上京谒见的通知。看来，通禧那番把各国公使当成各藩看家人见面的进言起了作用。

在中寺町的法国公使馆，主办方的罗斯，以及作为客人的各国公使们聚在一起等待通禧一行人的到来。精通日语的书记官梅尔迈特·卡琼担任必不可少的翻译一职。卡琼特地用日语说道："没错，就是这个。"接着将通禧等人的"礼物"转告给罗斯，也转告给其他公使们。

"嗯。"罗斯当时回答得很简短。也正是他脱口而出的这句话，让众人面露喜色。英国的帕亚科斯、美国的法尔肯博格、意大利的托尔、普鲁士的布兰度、荷兰的布洛克也都应邀前来，他们纷纷商量二月十八去朝廷谒见一事。其中有人表示，没想到这么快就盼来去京都的日子。也有人说，他们等这一天已经很久了。

傍晚，卡琼准备好晚餐，招呼大家入座。这时，宇和岛少将拉着通禧的袖子说道："东久世，我从没在这种地方吃过饭，一切拜托您了。"通禧回道："您这么说我也很为难，不过，照大家的样子做就行。"

不久，映入通禧等人眼帘的是餐厅内的一张大桌子，看来是大家一起进餐而不是配餐。虽然椅子无高低之分，但谁的座位放在哪，安排得妥妥当当，可见其用心之细致。

在卡琼的带领下，通禧一行人来到了当晚的正厅。帕亚科斯旁边是醍醐大纳言，法尔肯博格对面是宇和岛少将。餐桌上没有日式筷子，取而代之的是西式刀叉，桌上还放着叠好的餐巾纸。

卡琼一脸热情地说道："来吧，请开动吧。不知法国料理是否合各位口味，试试怎么样？"

每当服务员端来盛满食物的大盘子时，通禧都会模仿西洋人从客人的身后拿取自己喜欢的食物。帕亚科斯拿了鸡肉，他也拿鸡肉；法尔肯博格拿了蔬菜，他也拿蔬菜。吃饭时，通禧会不时地看向随行的其他人。不过，醍醐大纳言和宇和岛少将有些不一样，连罗斯公使推荐的法国产白奶酪，他们俩都只是闻了闻香气而已，甚至没看到他们细细品味那陈年的葡萄酒。

餐桌上的气氛十分愉悦。突然，一个、两个公使站了起来，接着所有公使都从座位上站起来了，只有日本人还在座位上。"奇怪！"通禧立刻产生了这个想法。他又看向醍醐大纳言和宇和岛少将，果不其然他们也露出诧异的表情。不知道发生了什么变故，这些公使中断了刚才的话题，互相环顾了一下四周。不一会儿，餐厅里只剩三个日本人了。

原来泉州、堺港的旭茶屋发生了暴动，此事传到大坂时，正是他们晚餐之际。据说法国军舰杜索雷基号的船员遭到了土佐家的袭击，引起了相当大的骚动。法国船员在港口乘船游弋时遭到了来自岸上土州兵的狙击，但从旭茶屋传来的消息五花八门，一时间真相不明。不过可以确定的是，当场有四名法国船员死亡，七人受伤，另外跳入水中的七人行踪不明。

第二天早晨，通禧先拜访了美国公使馆，见到了法尔肯博格，并与他商量如何处理，此时据说法国军舰正准备返回横滨。通禧心想无论如何都要拦住军舰，出于这种考虑，通禧等人试图委托美国公使出面调停。

对此，法国方面立刻提出了抗议。因为此事与天皇政府的外国事务相关，所以要与东久世少将、伊达伊予守两位阁下进行下面的谈判：

> ……像这样的事在世间实属少见，可以说是禽兽所为。至于法国的米尼斯托尔，请先将他带回军舰，那些不认识的人，不论生死，统统送回我们这里。明早八点之前，我们将向政府上奏此事。如若无法做到以上要求，即便您如何表示歉意，这也已经违背了文明国家的法则，不仅如此还违背了近来签订的条约。我们希望大名的家臣、仆人们能受到相应的处罚。谨言。

一八六八年二月
日本在留
法国全权代表里昂·罗斯

后来罗斯又决定不按原定时间，而是等到正午时分。通禧称自己会在正午之前找到行踪不明的七人，望军舰暂且返回横滨。

当天午后，通禧和五代、中井等人一同前往了堺市的旭茶屋。实际上，他们还不清楚事情的经过，甚至连土佐的藩士也不知原委。如此一来，若他们找不到当晚的七具尸体，通禧也就无法请求美国公使出面调停。因此，通禧等人决定发出通告：每找出一具尸体，赏三十两黄金。通告一出，许多港口的渔夫都纷纷前来，有点火把的，有撒网的。不一会儿，七具尸体便相继从黑暗的大海中打捞了出来，并且这些尸体都没有穿衣服。通禧等派人用毛布将这些尸体包裹起来，甚至还想要不要去买些新衣服给这些淹死的人穿上。当中井弘藏带着棺材从大坂回来的时候，远处传来了清晨的第一声鸡鸣。

风雨交加。通禧等人花了相当一段时间才将这些尸体运上了杜索雷基号军舰。那天同行的还有小松带刀，在场的人们都在抱怨这场雨来得实在不巧，但若他们不冒雨送去，法国方面也不会安稳地接收这些尸体。事实上，此时时间已经过了正午。通禧等人故意将钟表的指针拨回正午，以此来表明自己"遵守约定"，这才总算让罗斯等人撤回了横滨。

波涛汹涌。法国方面表示海上风力太大过于危险，因此特地派小蒸汽船将通禧等人送了回去。不管怎么说，尸体已经交给法国方了，但这块烫手山芋的后续又会如何？通禧等人不禁心生担忧，在船上又特意回头望了望杜索雷基。那艘令人毛骨悚然的西洋船，静默着停泊在雨中的河口。

自此，排外事件频频发生。这次的旭茶屋事件从与各国公使在西本愿寺会面那天算起，实际上才过了一天。当时，新政府紧急发布了与外国交往的布告。以太政官①的名义发表的布告表示，日本政府的誓约是根据幕府条约来的，即使有删减或添加条目，其大致内容没有改变。

"事到如今，朝廷若想更改条目，不光困难，而且会失信于海外万邦，所以不得已才权衡考虑将采用万国公法。因此，百官

---

① 太政官，律令制国家的最高机关，别名有尚书省、都省等。

基于越前宰相的建议进行了商讨，折中考虑了古往今来的得失以及与万国交往的情况，这才决定允许外国公使入京面圣。朝廷尚且不能放弃征讨一事，即便对方想谋求和睦，也必须明辨曲直是非。虽然朝廷必须有迎战的觉悟，但自先朝起已经开港，日本同各国之间已建立起友好关系，如今王政一新，国家大事均由朝廷掌握，连同各国来往一事也由朝廷直接接管。本次事件正是因为天皇亲政初始，当前国内尚未安定，与海外各国的交往又是重中之重，所以我们应该上下协力，一同效力于皇室。当务之急还是应该摆脱以往的旧习弊端。"

太政官的这番言论可以看作日本的开国宣言，在这个英明的决断中，也包含了他个人的意志，若想大力发展就必须委身屈服。"走向世界吧！屈服于外国人的真理，取长补短，为我万世奠基。让我们上下一致，纵横驰骋。"这句话也是出自此时。

二月十九，法国公使提出五项要求，并要求朝廷在三日之内作出答复。由此，旭茶屋事件的真相才渐渐浮出水面。据说那天，法国军舰杜索雷基号的舰长派船员去测量堺港港湾的深浅，同行的还有两名士兵。他们的举动引起了土州兵的怀疑，这才遭到了岸上的狙击。当晚仅有一人幸存。按法国方面的说法，他们表示船员们只是想测量海底的深度，且当地并非军港，何故要击毙外国人？如果当时船员的行为确实不当，大可以告诫并赶走他们，若他们不听劝告，也可以扣留并移送给法国领事馆，可如今已有三十个在日的欧洲人和美国人无罪被杀。

朝廷下令于二月二十三，在堺市的妙国寺让引发暴动的犯人切腹问罪。因为法国被害者包括死者四人、伤者七人、下落不明者七人，所以土佐一方将处刑二十个相关人员。

"虽然很可怜，但也毫无他法。毕竟对方强烈要求处刑暴动者。"东久世家的执事对通禧如是说道。通禧回道："还请您转告五代才助和上野敬助两人当日务必出席。"

当天傍晚在妙国寺处刑土州兵时，执事对通禧说道："今天担任检使的是土佐家派来的家老深尾康臣。这次抽签决定谁先切腹，据说还有人咏唱了一首'不得了'的绝命诗。不过轮到第十一个人时，到场的法国士官觉得太残忍便提出要饶他们一命。可不论法国人如何相劝，这些激愤的人都抱团强烈要求继续行刑。最后连五代都看不下去，阻止了这场行刑。"

阴历二月末，马上要进入暖雨季了。旭茶屋事件因为有法国人求情，才得以幸免，后来讨论决定将剩余的九个土州兵流放至肥后与艺州。同时，山阶旧宫家也乘坐英国军舰，就五条约定中的一条同法国代表罗斯会面商谈。土佐藩的山内容堂对此深感担忧，不顾自身病势特地返回大坂，向法国表达了歉意。

四

先前布告中提到的，法国、英国、荷兰公使已于二月二十七从大坂出发，走水陆两路至伏见，静候二月二十八上京。关于此事，正如先前所言，一切都遵照万国公法进行交际，还请各藩严加管控，以免出现差错。

此布告发布时，美国、意大利、普鲁士的公使们已经离开了大坂。他们借为死去的法国士兵举行葬礼为契机，称担心关东方面的局势，离开大坂前往横滨居留地。因此，那天实际上京的只有英国、法国、荷兰三国公使。

英国公使帕亚科斯对能够前往之前外国人禁入的京都感到欣喜不已，心中暗感自豪。正如前公使阿鲁克认为的那样，如今，随着欧洲势力东移，日本中世纪的封建制度已到了消亡的地步。这种强烈的自豪感始终萦绕在他的脑海中：要想建成新社会，就必须帮助日本西岸各藩完成革命。就这样，帕亚科斯秉承将新政府中众多年轻政治家看作自己学生的心态，于二月二十七带着一队赤备兵，同书记官米特福德一起踏上了上京之路。

法国公使罗斯和荷兰代理公使布洛克考虑到途中的危险以及日本官员要防范发生混乱的良苦用心，比帕亚科斯晚一天出发。神户三宫事件和堺市旭茶屋事件已经让新政府的官员们吃了不少苦头。太政官舍弃以往的保密策略，公布了三国使节从大坂出发的日期，并诚挚邀请他们上京参拜。还发布告示称或许这种做法有些失礼，但还请允许我们将此事告知町役乃至每家每户的仆人，若有任何差池引发国难，我们将第一时间处理。

罗斯带领书记官卡琼到了安治川岸边，和比雷克斯、托瓦阿尔一同前往京都。同样，荷兰代理公使布洛克也与同国书记官克莱因凯斯碰了头。如此一看，公使一行的主要人物共有六位。离岸边稍远的地方停泊着两艘小蒸汽船，一艘载着公使和陪同护卫的日本官员及法国兵，另一艘载着萨州的护卫兵。因为当天预定留宿伏见，他们打算从水陆两路溯淀川而上，且据说一支护卫队已经率先出发前往伏见了。听说有外国人进京参拜，河岸挤满了前来观看他们行装的男男女女，一时间人山人海。京都方面，中井弘藏早在几天前已经出发，小松带刀、伊藤俊介等人与英国公使一同离开了大坂。

为保证公使们的安全，船启航后，日本官员们的眼睛一刻也不敢离开这些不同发色的外国人。岸边处处泛青的柳树令这些外国人备感欣喜，此时，三角洲的淀川河口已是春意盎然，罗斯等人甚至忘了取出挎在肩上的望远镜。

"其实你们没必要这么做，为什么非要监视外国人呢？"荷兰代理公使非常烦躁，他让担任翻译的书记官转达了他的话，但日本官员听后也只能摇摇头说道："这是为了保护各位的安全。"

实际上，途中的规章制度实在令人心烦，甚至规定将公使一行到达京都时的心得都要逐条详细写明。根据其规定，公使一行在逗留期间可以随意在京都内外行走，前往商店购买商品，但不允许私自前往茶馆、酒楼等地，以及夜晚不宜外出，前往宫殿时应站在路旁，等等。除此之外，还规定前往宫殿时要经供头传达旨意，公使们应点头致意，有一定的礼节教养。

因为一行人中只有卡琼能读懂公文，他便给公使罗斯和荷兰代理公使布洛克翻译了这些规定。船舱里铺着赤色毛毡，简单地摆着椅子、茶水之类的。不过，卡琼为了让自己自在些，船离开大坂时就出了船舱，向靠近船舷的走廊走去。走廊里站着法国的护卫兵。卡琼在走廊的一角正想抽烟时，一位日本官员走了过来朝他打招呼，并询问了各种有关外国人的问题。

卡琼虽然是个法国人，但他更像是个在西服里藏着烟管布袋的日本通。日本官员看到烟管后，一脸不可思议地问道："哦？您抽日本烟？"

卡琼耸了耸肩，又从西服里拿出了打火袋。他喜欢在船上一边抽烟，一边欣赏河内平原的景色。过了一会儿，他嘴里叼着烟管，津津有味地吐着烟泡。

他已经习惯用打火石点烟。官员见状，瞪大了眼睛，不由得露出一副原来外国人也会用这个的神情道："您日语说得真好。"

"哪有哪有。"

"日本人也没您说得好呢。"

"您是在开玩笑吧？"

"您是怎么学日语的？"

"我吗？我是在北海道的时候学的。那时我还在函馆的领事馆工作，认识了一个叫喜多村瑞的函馆领班，后来他成了我的老师。他是个幽默风趣的人，精通汉学，当过医生，对医学和药草学也有一定了解。我教他法语，他教我日语。那时，我俩还很年轻。"

"喜多村瑞，我听说过这个人。是那个作为幕府使节出使法国的喜多村瑞吗？"

"没错，就是他。"

官员听后突然表情不太自然，便闭口不谈了。卡琼是局外中立派，他半自言自语地和官员谈论起自己曾经的老师。"喜多村瑞要是听了日本国内发生的事，一定会大吃一惊，立刻从巴黎回来的。"

此时一片优渥的平原呈现在公使面前，令他们深感喜悦，久久不能平静。毕竟这趟旅途是平日无法享受的，所以他们想借此机会，看看那些曾经率先到达的欧洲人的足迹。

有人说，我们在旅行之初，发现日本虽然国家富裕，但人民却极其贫困。别说乡下，就连房屋林立的城镇里都看不到任何活力和繁荣的景象。但我们也无从得知人民的贫穷到底只是浮于表面，还是事实本就如此，也无法说明人民的既得收入是否低于实际耕作的收入。在日本，想要了解这些实在是困难，而且不论是政治、统计，还是学问都是如此。毕竟，日本人只了解有关他们自身的生活和职业，其他一概不知。即使如此，欧洲人仍然一致认为日本隐藏着巨大的潜力。如果日本人能够掌握科学知识，推进机械工业化，日本将拥有能与欧洲各国竞争的强大力量。他们洁净的房屋、实用耐穿的衣服、精锐的武器，每一点都让人震惊不已。虽然日本独特的美术工艺在不同人眼里有不同的看法，但无论如何，在过去的两百年间，日本在几乎没有与外国交流的状况下，创造出了属于自己的文化，这一点是其他民族无法忽视的，也是各国人民的共识。

"现在是深入日本内地之时。"

每当卡琼走到公使身边说话时，罗斯都会用带有责备的口吻说道："卡琼，虽然你想通过日语了解日本，但无论如何你无法触及日语深处的奥秘。果然，我们欧洲人很难理解东方人的内心。"

这就是罗斯的想法。

公使一行在广阔的淀川朝着畿内中部的高地前进，不巧的是，由于阴天多云，远处一片朦胧，只能看见河川对岸神社的围墙和村落。两艘小蒸汽船从淀川中心继续航行，可即便再前进，那片高地也仍旧躲在遥远的群山之中，不露芳容。若天气晴朗，公使一行定能欣赏到这重峦叠嶂的山岳。不过，光是听日本人描述群山深处的高地，就足以让人心满意足了。其中，最年轻的卡琼听得尤为认真。他说，就算是抱着不屑的态度来日本视察的欧洲人，看了淀川的春天，也能深切感受到这座岛国得天独厚的自然条件。

快到淀川码头时，下起了蒙蒙细雨，烟雨缥缈。公使一行中有人因为不习惯这种受限的旅行感到疲惫，表示希望能早日前往伏见；也有人说在伏见和京都还有人等着他们的到来，是时候该安排到港事宜了；还有的人靠在狭窄的走廊上，眺望着这温暖却寂寞的烟雨。

对于喜爱日本的卡琼来说，这是他在日本第一次看到烟雨，因此静静地欣赏着这场春雨。他暂时忘却了自己的工作，出神地看着往返大坂道顿堀和淀川之间的船只、铺在船顶上的别有一番风味的草苫子，以及披蓑戴笠划桨的船夫。这时，他突然想看看对岸，便绕着蒸汽船的走廊转了一圈，发现公使罗斯和荷兰代理公使布洛克正站在船舷处聊天。他望着淅淅沥沥的雨，无意间听到了公使们的谈话。

"如果江户受到攻击，横滨会怎样？"这是罗斯的声音。

"当然会很危险，而且没有人会去救那个港口。如果真有那么一天，恐怕日本新政府也无暇顾及居留地的人吧。"布洛克回道。

即将对江户发起总进攻的传言，就是从这传开的。当那些为了监视公使一刻不敢放松戒备的日本官员极度疲惫时，公使们肆无忌惮地聊了起来。

"德川庆喜不是表明了他要闭关的意思吗？他本不好战，不是吗？"这回是布洛克的声音。

"没错，这是共识，甚至连英国公使都承认了这点。从正义和人道的角度看，应该对如此恭顺的人发动攻击吗？"罗斯说道。

"你说得对。"

"难道就不能想办法阻止进攻江户吗？我们不能对这场残酷的内乱袖手旁观。"

身为荷兰代理公使的布洛克对关东局势感到担忧是有理由的。照他的说法，如今日本当务之急就是平定内乱。如果日本人希望今后永远由他们自己掌握这个国家，就应该早日结束这场内乱，而且最好不要让外国知道国内的衰败之风。迄今为止，实力强大的诸侯从国外购入军舰、运输船、铁炮、弹药等装备的数额巨大，对他们来说，这些钱不可能一笔付清，想必现在各外国政府及臣民们都是债权者。

如果日本国内战火不断，一波未平一波又起，诸侯之间尔虞我诈，国力必将衰退，各个阶层的人民也将处于困苦之中。这正是布洛克担心的。

"此事必须与英国公使商议。"罗斯又说道，他还表示，"我们当然不是要干涉日本内政，但有必要以某种方式要求南军参谋重新考虑此事，拯救庆喜。德川庆喜曾经是治国理政的统治者，我们不希望看到他被视为逆贼。更何况德川家执政至今，维持了国家的长久和平，我们应该对他们曾经的所作所为表示感激。他逃去江户后，那些曾拜见过他的外国人，无一不称赞他温文尔雅、不失贵人之身。很多人说如今德川着实不幸，纷纷感叹德川家的灭亡。其实，庆喜本人很明白当前局势，他对自己已失去同外国人的挚友之情毫不惊讶。"

法国公使罗斯对德川的同情之心溢于言表。虽说他们的谈话，除了随行人员以外没有人能听懂，尽管如此，卡琼还是不时环顾四周，不肯离开。

五

三国公使进京参拜的消息早已在京都民间传开。以往，朝廷会设立玄蕃寮，修设鸿胪馆①，迎接远道之人。但此次使节上京与以往完全不同，朝廷要为其开建春门，并按照万国公法的约定展开交往。这无疑是日本两千五百多年来未曾有过的奇事。

当大原三位重德等人完完整整地听完那些后，他们一会儿战战兢兢、一会儿面红耳赤。虽然前几年公使们前往关东时所携带的诏书中也有此类要求，但那时国家还处在"锁攘"（锁港攘夷的略称）政策时期，甚至在王政一新的前一天，朝廷还在鼓吹提倡锁攘就是忠诚之士，赞同开港就是奸臣逆贼。然而，新政伊始，朝廷却突然扭转态度，称改革前鼓吹锁攘说到底是为了推翻德川家，并非憎恨外国人。

当时，京都刚经历兵乱动荡，城内杀气犹存，特别是神户堺市一带的暴动以及处刑事件极大影响了推崇攘夷的各大党派，城内、城外人心激昂。因此，中井弘藏、伊藤俊介等人奉旨接待并为公使准备旅店，使出浑身解数也必须完成这项任务。他们将京都的三大寺院作为公使们的旅店，派遣三藩的兵队分别守卫在各个寺院内，保护在此地住宿的公使，其中尾州兵驻守智恩院，萨州兵驻守相国寺，加州兵驻守南禅寺。

两天后，三国公使从伏见先后平安抵达京都的旅店。听闻外国使臣抵达京都，不论男女老少全都聚集而来，挤满了京都的大街小巷，只为观摩外国使节一行人的奇异行装。他们抵达的前一天京都下起了雨。据说那天，公使一行有的骑马，有的坐轿，在

---

① 鸿胪馆，该馆设立于律令制下的京都、太宰府、难波地区，专门接待外国使节。

中井、伊藤等人陪同下前往旅店。

抵达的当天下午，公使及随行人员被允许前往南殿拜见新帝，谒见期间还有乐人吹奏。当然，对新政府这一举动感到不满的人仍不在少数，他们称无法忍受外国侵略者入宫，对新政府没有坚定攘夷之举感到愤怒。甚至还有官员称这些领着外国野蛮人去谒见陛下的人都是有辱国体的罪人，还能看到要求诛杀相关官员以及外国公使的请愿。一些抱着胳膊、咬牙切齿的人纷纷离开了这群充满强烈好奇心的人群。在纵贯二条街的堺町两旁，站满了等待观看公使的人，毫无立锥之地。

平田门生暮田正香也在这人群中。当时，他化名橘东藏寄宿在泽家，作为执事处理公务。此时，他正站在丸太町与堺町的街角交叉处，和众多男女一起等候着使节一行人。当然，等候的门人并不止正香一人，从信州伊那的南条村上京办事的馆松缝助也在其中。

映入正香等人眼帘的是春分时节雨过天晴后逐渐干爽的街道。周围的人都纷纷伸长脖子向南方张望是否有使节到来。虽然那里不是法国公使从相国寺出来的通道，但英国公使和荷兰代理公使都是沿着这条路出来的。其实，正香和缝助都从未见过外国人，因此两人心中不禁感慨，昨日的"红夷"乃今日的国宝，正是这些国宝支撑起了新政府。

不久，从三条方向出现了一队士兵的身影。他们竖着加州图案的梅花钵旗，佩剑扛炮，浩浩荡荡而来，他们就是护送公使一行的士兵。不一会儿，荷兰代理公使布洛克和书记官克莱因凯斯乘着轿子来到正香和缝助面前。

正香等人想仔细观察一下这些外国人的样貌，但这并非易事，毕竟对方坐在轿子里，经过的时间又短。不仅如此，轿子周围还有一些穿着窄袖上衣、肥大的裤子，佩刀的警卫，根本没有机会近距离观察这些公使们。

轿子窗户上的帘子是卷起来的，有时还会替换一下抬轿子的人，因此透过窗户隐约可以看到在黑纱遮阳帘下公使们的面容。轿子外观漆黑，为外国使臣们提供这样的交通工具，也是为了展现新政府打破旧观念的决心。正香等人第一次见到的都是些不容小觑的外国人，尤其是代理公使，更是威风凛凛、相貌出众。这些发色不同、眼眸不同、肤色不同甚至连风俗和语言也不相通的罕见外国人，经过正香他们身边时，脸上一副"这就是京都吗"的难以置信的表情，经过正香他们身旁。

目送荷兰人进宫后，这些人群又看到了英国公使一行。他们率领着随行的赤备兵，看上去比荷兰人更为华丽。然而他们却怎么也等不来原本应该从智恩院出来的法国公使一行。最终，正香等人还是放弃等待，从人群中离开了。

"暮田，我感觉像是在做梦一样。"缝助和正香并肩步行时感慨道。

在京都，不论是东征军的行进、各藩的行动、制度的改进，还是破例允许外国使臣进宫参拜，一切事务都在发生剧烈的变化。

"缝助，你能来真是太不容易了。正好，看看这复兴时期的京都吧。"

正香和缝助并肩走在从堺町通往丸太町的路上，不时地用眼神交流。伊势久店铺位于薮屋町附近，是平田门生皆知的染坊，这家店不远处就是正香暂住的地方。

缝助号千足，在伊那时与正香结为好友。事实上，他这次并不是因为自己的事情来京都的。去年冬天的十一月二十二，德川庆喜卸任将军一职，日本迎来了国政复古之日，但据说东国尚未稳定，因此伊那的门人对先师平田笃胤存放在江户的书稿感到担忧。座光寺村的北原稻雄提议将先师的书稿转移到像伊那谷这样的安全地带，暂时由平田家保管，并提出在同门中选出一位合适的人选前往江户。

馆松缝助就是被选中的使者。他去年已经完成了这项任务，从江户将全部书稿搬去伊那的座光寺村。虽然当时缝助已经书面通知了铁胤，但缝助还是想趁这次机会，亲自来京都汇报此事。

正香将这份可喜的消息分享给了伊势久的老板，并且向平日交好的老板询问能否与缝助见面，还告诉他缝助亲口说先师的书稿一事已妥善处理了。虽说这里是染坊，但缝助早已听闻了这位善解人意的伊势屋久兵卫的大名。

"怎么样，缝助，一会儿顺便拜访一下伊势久吧。"正香邀请道。

染坊所在的麸屋町一带非常安静，在那里还能看到伊势屋藏青色的门帘。正香一行人拉开了店门口齐腰高的拉门走进店内，店内只有老板一人，仆人和店员都去观看外国人了。

"哎呀，哎呀!"

正香和缝助的来访，让久兵卫颇感高兴。

"快请进!"久兵卫边说边拿出坐垫，引他们入座。

久兵卫也是平田门人之一。此人虽是商人，但他很早就怀有尊王之志，和歌创作方面也颇有造诣。幕末时期，很多勤王志士都来拜访过他，他都盛情相待，还不辞辛劳为这些人讲解京都的局势。文久年代上京的伊那伴野村的松尾多势子，还有美浓中津川的浅见京藏都曾落脚于他的店内，来京都的保皇派门人都受过他的照顾。

"自今年正月起，从伊那来京都的人不在少数。"久兵卫对缝助说道，并细数着那些一听到王政复古的呼声，就争先恐后赴京、为了皇室呕心沥血的人名。譬如提倡祭政一体，为复辟神葬奔走的仓泽义髓和原信好；化名榊下枝投奔岩仓家的原游斋；从伊那山的权田直助及其学生井上赖国；再度上京、在施药院工作的松尾多势子等等。算起来，自正月以来聚集在京都的同门，光是伊那地区的人，久兵卫掰着手指都数不过来。话说回来，他们的老师平田铁胤肩负着开创新政府的重任，如今也正举家迁往京都。

"真是不巧，家里人都出去了，我先去沏茶，一会儿再聊。"久兵卫说着走进了里屋，不一会儿便传出了他取茶具的声响。

久兵卫泡茶期间，正香坐在店门口和缝助闲聊。"久兵卫先生真是个有趣的人啊。这家店里也卖笃胤老师的书，像《气吹舍歌集》这样的著作基本都有。而且这里除了染物，还可以订购官服。一边做买卖，一边为同门提供方便。"

"这家店还真不错啊。"

店门前，是老板监督染坊的地方。正香给缝助指了指位置，进门后，位于里面晾衣场的土间就是染坊。染坊虽然宽敞，但关上格子拉门却显得十分昏暗。不说那三尺高的下壁和周围厚厚的格子拉门，就是单看那结实的构造也能看得出来染坊是精心设计的。正香还把四个一组，装有蓝色染料的瓶子递给缝助。些许微弱的光线透过特地降低亮度的染坊格子拉门照了进来，将这几组瓶子中的染料加热后，一股悄然沸腾的染料香气悄然飘进鼻腔。

久兵卫端来泡好的茶，从茶杯的形状看，的确颇有商家风味。他将茶摆在正香和缝助面前，那是客人们非常喜爱的浓香型的煎茶。久兵卫边喝边说："先生已经拜访过锦小路（指铁胤的寓所）了吗?"

话音刚落，拉门外传来了咚咚声，应该是观看外国人的人群回来了。有人抱怨说唯独没见到英国公使，也有人说应该偷偷到旁边闻闻那个荷兰人的味道，看看到底是什么样的异国气味。

一直暗中帮助同门的久兵卫听说先师的书稿已经被平安转移到伊那后说："想必老先生（指铁胤）也能放心了吧。"

"不管怎么说，可是搬了七十多里地啊，更何况还是在王政复古伊始的混乱时期。"正香说道。

"你这家伙可以啊!"久兵卫说道。

"哪里哪里。"缝助接话道,"我去江户的时候,正巧平田家也在磋商此事。不过江户还真是蛮混乱的。我见状便立刻向他们请示,并提出了保管方法,这也让他们欣慰了不少。因为我有点担心旅途的安全,特地从白河家(京都神祇)求来了护身符。去年十二月十八到达座光寺时,北原稻雄还兴奋地非拉着我的手表示感谢。田岛的前泽万里、今村丰三郎非常关心此事,还给我们捐了路费。"

缝助滔滔不绝。

可是见缝助道谢起身后,久兵卫连忙拦住他问道:"您这就要回去了吗?"就在这时,久兵卫突然说起了有关染坊的事。去年三月入春后,在天子服丧期间中津川的浅见景藏曾来过一趟京都。后来景藏得知东山的先锋兼镇抚总督一行人要经过美浓,他便退了暂住的寓所,火急火燎地回乡了。那时,他把定做的染物留在久兵卫这里。久兵卫考虑到街上如此混乱,将其送还不是件容易事,恰巧缝助回去时正好路过中津川,虽说有些麻烦,但还是想拜托缝助能捎给景藏。

缝助把这天和第二天的精力都花在拜访朋友上了,还打算顺道去四条的雏市看看,如果可以的话,离开京都之前准备再去拜访一趟正香。即便没有这复兴之际的京都,但光是拜访铁胤老师、同正香热络旧交、探望伊势久的店铺就已经令他很满足了。

新政府对于英国公使帕亚科斯进京一事格外用心,不仅在他们离开大坂时特意派了小松带刀、伊藤俊介陪同,到达京都后还派中井弘藏和后藤象次郎前去伏见稻荷一带迎接,最终平安抵达智恩院的旅店。英国公使一行人率领一批身穿红色军服的英国护卫兵(即所谓的赤卫兵),或是骑马,或是乘轿,从智恩院的新门出发经过绳手路前去参拜。就在他们行进时,突然有两名攘夷者从人群中飞奔而出。其实,新政府早就担心会发生这种事,派出二十几个士兵严守要道，甚至在旅店附近设置了屯兵所，命人全天值守。这次攘夷者的出现恐怕是新政府未严格遵守万国公约，没有彻底扫除攘夷者导致的。英国公使最前头的护卫兵认为这些人是攘夷派，便开枪射击，吓得人群四处逃窜，其间还有几名壮汉受了枪伤。当时，中井弘藏和后藤象次郎作为接待公使的官员也在行进队伍中。后藤看到有人带刀趁乱冲进赤备兵的队列，便立即拔刀杀死了那人。可接着一把刀飞来，砍中了中井。中井被砍中了头部，当场倒下。最后，士兵们生擒了其中一名攘夷者，骚乱才得以平息，但赤备兵中也有八九人负伤。虽然骑马行列中的帕亚科斯本人运气较好没有被伤到，但参拜一事也因这一事件暂缓了，因此人们未见到英国公使来访。另一边，天皇正在紫宸殿同两国公使会面。新帝着白色御衣，命法国的罗斯和荷兰的布洛克觐见，据说还在鹤间为公使准备了仪式结束后的点心。在德川将军时代虽允许外国使节觐见，可妄自尊大的将军要求使节们必须行跪拜之礼。然而如今使节们与天皇见面，甚至允许他们站着拜见天皇的尊颜。光是这一点，就给法国人和荷兰人带来一种难以置信的大变革之感。但罗斯等人不可能不知道绳手路的事件。仪式结束后，负责接待兼翻译的伊藤俊介将两位公使带去接待席，取出了当时罗斯尚未见过的帕亚科斯的文书。这是英国的一名骑兵奉帕亚科斯之命带给法国公使的。罗斯看过后脸色大变，大喊："有暴动！"马上草草告辞，只身一人骑马奔往智恩院，并劝帕亚科斯立刻赶回兵库，乘军舰回横滨。但帕亚科斯却摇了摇头，没有听从法国公使的劝告。

　　这些事是正香第二天下午拜访久兵卫时得知的。一同到来的还有前去正香家告别的缝助，两个人一同进了伊势久店里。

　　"真是令人震惊啊！"

　　久兵卫高声说道。店里的人都面面相觑。

　　"昨天，岩仓大人和越前的大人（指春岳）都去探望了，据说智恩院出大事了!"久兵卫又说道。

"昨晚大家好像都很担心的样子。"

"可帕亚科斯那个男人不是挺有意思的吗?"正香问道,"听说虽然受伤的士兵不少,他自己和士兵们多亏了中井、后藤两位大人才得救,但如今要是不去拜见天皇直接回去的话,则是对天皇陛下的大不敬。"

"也不知道他们打算怎么处理这事。听说要赔给他们至少六、七万两赔偿金。"

英国公使再次参拜的时间改为两天后,大小街道上的管制也更为严格。久兵卫走到账房,取出刚从町官那里传来的手书,递给了正香和缝助。英国公使参拜当日,绳手路、三条路至堺町来往路段禁止一切通行,开放时间公布在左右两侧的木门上。除住在往来路段附近的町家人及其仆人外,其他人一律不得滞留。

"啊!"缝助瞪大了眼睛,"别说公事,就是办私事没有町官的批准都过不去啊。要是再这样磨磨蹭蹭的,我就回不去了。"

"现在京都可是乱哄哄的,各藩的人都涌进来了,还有些人气愤地诅咒当今新政府马上就要被推翻了。看来得小心啊!"

久兵卫对缝助如此强调道。

这时,久兵卫的养子从店里探出头来。久兵卫是个商人,店里摆着的都是平田笃胤的遗著。但他的养子不一样,他是地道的印染生意人,连手上都是深蓝色的染料。久兵卫吩咐养子让他从账房旁边柜子里取出一个纸包放在缝助面前,上面写着"御誂、伊势久"。

"不好意思,麻烦您将这个转交给中津川的浅见景藏。虽然会成为您回去路上的包袱,但还得麻烦您。"久兵卫说着,便回头看着养子说道:"让客人们看一下吧。"

"这可是上等颜色呢。"养子将纸包解开后说道。

"这真是上等的黑色啊。"正香感叹道。

"只有京都的水才能染出这样的颜色。江户紫是把江户的水和紫色混合出来的,京都的水和红色适配,也可以叫作京红。这件黑色羽织的底色正是用红色染出来的。"

久兵卫说道。

"的确。"

缝助留下这句话后,便和久兵卫告了别。他把染物包袱夹在腋下,穿过了白色的伊势屋门帘。

"缝助,我和你一起去吧。"

正香见状,跟在缝助身后追着跑出来。

外国人滞留期间允许其乘轿及骑马过九门一事闻所未闻。这一切破格之事,却给这座古城注入了勃勃生机。

"不管怎么说,我们已经处于一个面向全世界的时代了!"

从伊那南条村偏僻乡下出来的缝助如此抒怀道。面临王政复古之日和万国交际伊始,正香也下定决心重新审视自我。

缝助朝着三条方向和正香一同从麸屋町走到了寺町路。

"暮田,这次我来京都是这么想的,不管怎么说,现在的局势还是以各藩为中心,可我们平田门人不是医生,就是庄屋、问屋,要么就是平民百姓。"

"你这么一说,好像大部分平田门人都是如此。"

"对吧?大家都是底层人民。尽管如此,大家还是想尽力保护新政府,一想到这我就不免痛心。"

"但是,缝助,你说的这些都是下层的平田门生,其实平田门生中还是有不少武士的。"

"真是这样吗?"

"你看,几天前我在铁胤先生那里看到了天保之前门人的名簿,那时候笃胤老师的直属门生有五百四十九人,其中有七十三人是武士。这些人分布在十七个藩,最多的藩有十四人,最少的也有一人。另外还有鹿儿岛、津和野、高知、名古屋、金泽、秋田、仙台等，这些加在一起，同门的藩人也就多了。而且那时是十七个藩，现在已经是三十五个藩了。各藩现在正面临巨大的难题，到底是勤王，还是佐幕，谁都不知该如何是好？像越前藩的中根雪江就是站在春岳公家和同藩人的立场鼓吹勤王，这不就是很好的例子吗？"

"总之，暮田，你好像对同门人激增这件事感到很惊讶啊。其他地方的人我不知道，光是你隐居伊那这段时间，每年新入门的就有二十人。不过，山谷里的门人一下子从七、八人增到了二十多人，也让大家倍感有面子。而且从去年冬初到今年春天，竟然到了一百人。"

"照这样计算，估计现在全国的同门超过三千人了吧，而且不光是武士，堂上的公卿们也得近三十人。笃胤老师有句话叫'灵之真柱'，对，就是灵魂之柱，难道不正是因为大家都失去了这点才来拜师的吗？现在这个时代所追求的，不就是继续活下去吗？"

两人沉默着在寺町路上走了一会儿，缝助稍稍犹豫了一下开口道："暮田，送到这里就行了。明天早上我要早起，从大津往木曾街道的方向去，我们就在此道别吧。"

"哎呀，再走一会儿吧。"

"怎么了，暮田，是泽家来了什么消息吗？我看东山道那边的镇抚总督似乎很苦恼。"

"算是吧。"

"美浓不少藩主张佐幕。"

"你不打算顺着木曾街道追上总督一行吗？"

"还没想好呢。"

"代我向中津川的浅见问个好，要是经过马笼山岭的话，还想拜托你去那里跟青山半藏打个招呼。"

最后，正香跟着缝助沿着寺町路走到三条一带，把他送到了三条大桥。对正香来说，每次经过这片河滩都会让他浑身冒冷汗。文久三年二月，同门的师冈正胤等八人把等持院①足利手下两名将军的木像首级拔下来，向幕府示威的地方就是这片河滩。而现在，这里竖立着讨伐德川庆喜的令牌。桥下奔涌而来的还是加茂川的河水，但京都已不再是原来的京都了。最近还有一首鼓舞人心的军歌，名为"天皇陛下、天皇陛下"，因其柔和的言语，又套用近来流行的调子，甚至连在桥畔玩耍的小孩子都会哼唱。

①　等持院，位于京都市北区的临济宗天龙寺派的寺庙，山号万年山，后来成了足利一族历代的祠堂。

第 三 章

东征军从东海、东山、北陆三条道路出发的消息很快传到了东浓（岐阜县南部）、南信（长野县南部）等地方。在德川庆喜下达征讨令之前，浅见景藏早在京都得知此事，便匆匆赶回家乡。

东山道先锋不仅向关东进军，同时还肩负着平定沿途叛乱的重大使命。由于岩仓公是新政府的核心人物不能离开京都，所以岩仓少将（具定）、八千丸（具经）两兄弟以父亲的名义，担任正、副总督，前往东山道。香川敬三、伊地知正治、板垣退助、赤松护之助等人或作为参谋、或作为监察随行。

据半藏所知，岩仓少将是刚步入青年的公子，作为东山道总督首次出征。哥哥尚且年轻，那么弟弟的年纪可想而知。他们的父亲岩仓公是新政府的中流砥柱，尽管公卿深受新天皇的信任，但儿子们年龄都尚小，那么沿途诸藩镇的想法就令人玩味了。即便派来保护正、副总督的将领们都是一骑当千的豪杰，恐怕他们也不了解中部地区的情况。

回到家乡后的景藏与香藏联手，召集东浓地区的平田派弟子，希望为即将到来的东山道军提供更多的帮助。半藏得知此消息时激动不已，如果允许的话，他也想和朋友们一起努力。不过，在木曾福岛山村氏的管理下，半藏作为马笼庄屋是否被允许这样做，这一点非常令人质疑。从正月开始，半藏就以东山道总督执事的名义发布公告，鼓励沿途人民参加游行，并请求人们支援游行。之后半藏收到了若干来自木曾福岛的通知，言外之意是迫于尾张藩的严令，不得不发出这样的通知。

半藏在这些公告信中读出了名古屋方面和木曾福岛山村氏之间的恩怨。总之，半藏读后预想到会有大批人到来，因此，从准备劳工到修缮桥梁都十分用心。半藏还收到了发给各个驿站的通知，通知指出驿站应该马上核查旅客用的餐盘、碗等物品，并立即统计各类物品的数量。为保证帝国军队顺利通行，还必须准备大量火把。

半藏召集隔壁的伊之助和其他官员到一起讨论此事，会议之前，清助和半藏一起看了通知。通知规定各村都要准备三千到三千五百个火把。不仅限于马笼，还有上松、须原、野尻、三留野、妻笼等五个地区，其中，三留野地处深山，一个村子要准备七千个火把。

清助说道："半藏，看这里，上面写着调查需要砍伐桧木类树枝的地点和数量，然后亟须写出书面报告。信中写得很详细，还提醒官员们要小心，以免伤害到禁伐树木。到时候会对所有的木材进行管制，在离驿站最近的地方收集起来制作火把，木材方面千万不能出差错，以便在需要的时候交给他们。"

这无疑加重了木曾地区人民的劳动负担。根据通知，马笼村需要制作三千个火把、山口村三千五百个、汤舟泽村三千五百个，光是分配给半藏的住宿点，就需要准备一万个火把。半藏想尽办法动员村民，让村民们积极响应此次行动。

半藏心中燃起了迎接天皇之师的希望。毕竟经过这么多年的不懈努力才和马笼的人们一起迎来了新春天。即使不能与中津川的朋友一起行动，身为庄屋的他也会竭尽所能帮助即将到来的东山道军。就像等不及新时代的到来一样，无论是大和五条、生野、筑波山，还是长防二州，目前为止，各地都在风起云涌地展开讨伐幕府的运动。实际上，以炽仁亲王为总督的东征军也有所行动，改革得到了急速发展。

东山道总督向地方人民发出公告，其意义并不限于请求支援。由于任何社会变革都离不开人民的支持，新政府必须首先取得人民的信任。在万事初创之际，人们对新政府的信任普遍较低。东山道总督为此多次发布公告，承诺尊重人民的意愿。

天皇命令总督增大发放抚恤金的范围，沿途凡是八十岁以上的老人，孤寡之人、贫困之人等都在救济范围内。对于忠臣、孝子、义夫以及贞洁烈女们，分别给予奖励。请各区的官员们认真调查后，向驿站提出书面报告。此次救济的敕命，一方面是为了了解各国的情况，另一方面是为了拯救万民于水火。

新政府之所以对当地人民的关注如此深切，原因是不确定各藩会在多大程度上背弃新政府。鸟羽伏见之战以会津的失败告终，许多部族将这一事件和那年八月十八的政变联系起来，认为政变已发生逆转。沿路的藩镇领导也各怀鬼胎。各领地的情况不同，与前幕府的关系也不同。其中不乏像大垣藩那样直接参加鸟羽伏见之战，援助会津、桑名两藩的。但是各藩对于京都的形势大多持观望态度。在听说德川庆喜放弃幕府将军一职从京都二条城退下来的时候，没有一个藩王认为全国性的动荡会波及自己的城池。

即使德川庆喜乘军舰去了江户，各藩族的家臣们仍镇定从容。直到听说要改朝换代了，昨天的幕府将军就是今天的逆贼，藩王们受到了沉重的打击，并由此引发了强烈的宗族舆论。"以前追随反叛者的历代臣子，只要是真心悔过、并有志于为国家效劳的人都会宽大处理，如果还是不顾大义与叛军联手就是朝敌，会被处以叛军同样的严刑。"这则公告以东山道总督的名义一经发布，所有看过公告的藩人都知道，不可能再维持现状了。

很多人难以忘记昔日的武士时代，有些人犯了仁慈和无原则的错误，有些人为了君主和领主设法维持片刻的安宁，也有些人想做墙头草。是勤王，还是佐幕？如今东山道各派别面临表明立场的时候了。

刚刚过去的十月十二，德川庆喜在京都二条城召集官员，宣布了将大政奉还。有臣子提出政权归还后可能会出现诸侯割据的现象。庆喜虽担心退位后诸藩王的处境，最后还是狠心辞去了将军一职。

如何从根本上推翻幕府的旧势力，处置德川庆喜，完成建立新国家的伟大任务，当时京都勤王的诸藩意见冲突严重。其实不必等几年，当时就已经出现了集思广益、公论天下的有力意见。

这一理论主要是土佐藩倡导的，但也有人提出反对意见，毕竟众口难调。萨摩的西乡吉之助说："剑是唯一的方法。"争论的时间已经过去，取而代之的是行动的时间。

面对这种形势，一些性急的有志之士，主动为东征军开路。其中东山道先锋带领由一百二十多人组成的先遣队，甚至在大炮上挂上"租税减半"的旗帜。旧历二月初，他们已经从京都沿着木曾街道南下，走在了大本营的前面。

第 四 章

一

东山道军用四天时间通过了马笼峠。自文久元年和宫下嫁以来，道路全改成了二间宽，一些街道旁的人家甚至将石墙往里挪了二尺。但即使是这样，这次大队伍通过时，道路依然显得局促。此时的马笼驿站正在做军队走后的收尾工作，修缮石墙，清理残留的火把，把扔在道路上的草鞋、马沓、马粪之类的扫到一起，街上人群拥挤而混乱。

"大队伍经过后，肯定会有场大雨！"

有人说着望向山顶上那片黑沉沉的天空，加快了家门外的清扫。每家每户开始收拾之前为众人准备的碗筷、被子、枕头等。

与过去其他大队伍经过时一样，总督一行走后也留下了不少东西。高远藩负责军队各类费用的管事，代替藩主在马笼多留宿了一晚，处理残留的事务。因为雇用人手的费用不足，没能轻易离开驿站。不过看样子，现在这些管事们已扬长而去。作为站长的半藏将最后一行人送走后，开始四处巡视。他停在一家叫茑屋的驿站门口看了看，那里聚集着从美浓大井宿前来服侍总督一行的雇用工人，他们正在为佣金的分配争吵着。他还在大野屋勘兵卫门口站了站，听说因州藩在此留宿时，又是要酒，又是要下酒菜的，其中还不乏一些行为粗暴的武士。半藏又在驿马馆的门口停下，驿马倌从挨着街道边石墙的一角，端出一只大盆给马洗澡。驿马倌每次抬起马的一条腿，都会问："感觉怎么样？感觉怎么样？"用浸泡了热水的稻草束给马洗澡，热水夹杂着马背上冒出来的汗，呈白色泡沫状流下。另外，还有传言说，在妻笼、三留野两驿站间的街道上，发现了回家途中倒地不醒的工人尸体。

半藏特意前往中津川迎接，并被允许拜见东山道总督岩仓少将，少将年仅十六七。通行的时候，少将身着白底锦缎，头戴乌帽，像是不愿有辱其父岩仓公的名号一般，在前拥后簇下，昂首挺胸地骑马过去了。副总督八千丸也不输长兄公子，身着红底锦缎，腰间佩刀。二人要前往他们人生的初次战役，不禁让人心生怜惜。负责总督住宿的直属人数达二百零六人，另外还有搬运日常用品的五十四人、给家臣搬运行李的五十二人，另有十六人穿着红色阵羽织，举着红底菊纹的锦旗和同样花纹的白旗走来。淡蓝色底上纹着白花龙胆（一种植物）家纹的总督家旗也随之其后。旗帜在风中飘扬，发出"呼啦啦"的声音，与马的嘶鸣声混杂在一起，呈现出一片盛大的军容！东山道军一行充满活力，这股活力将沉重的大炮搬到了马车上；这股活力驱赶着驮着士兵的马快速前进；这股活力推着推车人的后背，跨越了美浓和信浓边境十曲峠的险峻山坡。队伍气势高昂地向木曾深处行进，将车轮的印记留在了马笼峠上。

这一行人中，有半藏的好友景藏、香藏，还有十四五个平田门人作为军队的领路人一同前来。半藏想让村里百姓好好看看，那些同门中人神采奕奕的面容。这次迎接总督之前，半藏想过，如果能迎接到岩仓公子一行，恐怕村里的百姓会喜极而泣，恨不得将山里酿的酒装满瓢箪，将亲手做的食物盛满餐盘，慰劳这一行人的辛苦吧。他想到，百姓们一直翘首以盼的不正是今时此刻吗？回想昨日，大家顶着难以言表的艰辛，忍受着对武家的侍奉，不就是为了这一天的到来吗？现在总督一行终于来了，他们来倾听诸国实情，带着愿拯救万民于水火的圣旨来了。然而，即使总督对百姓们说，从此地方百姓各自安心讨生活吧，多年来苦于苛政的人们，不要顾虑，将想说的都传达给驿站吧，也没有一个百姓站出来，为在底层的伙伴们申诉。即使对他们说，要广泛振恤鳏寡、孤独、贫困的人们，褒奖八十岁以上的高龄者，也不会再有前些年骚动时，大家大肆吹笛子和敲太鼓①，男女老幼无差别地在街道上徘徊舞动的狂热了。驿站的人也好，从附近聚集到街道上的村民们也好，最终也就是来看个热闹而已。身为庄屋，想拥护新政府的心半点不输同门的半藏，面对村民的冷漠，心里凉了一截。

二

四月中旬，半藏收到了来自江户的信件，并得知江户城的交让终于成了事实。

四月末，将军刚带着两百余人的随臣从江户的宽永寺离开，前往水户方向，马上四千余人从江户宅邸逃走，带着武器粮食在两总野州方面集合。每次有这样的急报传来，半藏身边的人，无论是驿站管理者还是工人都无法安心工作。只要有一颗扫帚星出现在天空，村民们马上会将其看作要发生什么事情的前兆。这些村民一直牵动着半藏的心。

那时，半藏不仅得知东山道军要经过马笼驿站，也知道尾州藩要与长州、萨州、纪州、藤堂、备前、土佐诸藩一起加入东海道军。半藏及其同门将尾州隐居父子敬为木曾大领主，因此对于他们来说，尾州藩的动向是关注的标靶。偶然的机缘下，半藏得到了一位自称是尾州藩从军医生的备忘录抄本，或者应该说是一

---

① 太鼓，一种打击乐器。

位名古屋医生写的见闻录。

半藏匆匆浏览了一遍备忘录。大致内容是：二月二十六，作者一行人作为总督的宫前守卫离开名古屋，之后与以富永孙太夫为首的先锋部队在骏府会合等。随后，他又如饥似渴地反复细读了几遍。

备忘录中还出现了德川玄同的名字，记载了玄同为救庆喜，快马加鞭赶往骏府的事情。说到"玄同大人"，那是半藏父子都熟知的从前尾州公的名字，因与退居二线的父亲意见不合，在越前公的斡旋下继承了一桥家。很久以前，这位旧藩主携生麦赔偿金事件的报告，从江户来此，经过木曾路时的情形，半藏仍记忆犹新。那时，两千余人从尾张领土的各个村庄前来迎接旧藩主，马笼驿站人流涌动，那情景实在让人难以忘怀。备忘录中写道，尾州藩起用此人，并派了两名藩里的重职人员一同前行，诉说庆喜之意被误传之事，深深撼动了总督。

备忘录中还记载了一些外国人的事情。东海道军从小田原前往神奈川驿站时，受到横滨警卫兵的阻挠，西洋人提出了许多难题。因为这些国家此前与德川氏签订了友好条约，他们认为如果有罪证须伐，应先向各国告知理由，但他们并未获得任何消息。如果在交易场附近有军队通过而引发战争，也应该提前告知各国，然而他们并未收到任何通知。提出这些要求的西洋人，多数希望在江户开市之前能尽快恢复社会秩序。神户三宫事件、堺市旭茶屋事件中暗藏的攘夷热还未完全消失，西洋人害怕攻击江户的余波会波及横滨居留地，因此不愿轻易让东海道军通过神奈川。最后，事态发展到眼看外国军舰的陆战队就要登陆，这让总督府非常担心，萨州的人们也很为难。作者写道，作为已经开放万国外交的新政府，既不能不管东征军的行动，也不能完全无视西洋人的意见。既不忍攻击江户后，所到之处兵荒马乱，无辜百姓遭受死伤之祸，城池归于灰烬，又担心此灾祸波及西洋人，酿成国难。总督府的参谋为此进行了一番深思熟虑。

就这样，东海道军在与外国交涉上花了不少时间，也未能轻易进入品川。那时，东山道军已从板桥前进到了四谷新宿，并转移到了市谷的尾州住所。他们挖平土堤，筑起新的堤坝，还配备了八九门大炮，准备一旦事发便能马上从府邸炮轰江户城。没想到，东海道军的迟来被东山道军误解，又正值东山道军在甲州、上野两次大捷，野心勃勃，他们认为倾向于停止总攻击的东海道军万事拖沓、优柔寡断，实在令人咬牙切齿。而东海道军认为友军过于好战，甚至开始有人批判甲州之战。这样，两总督之间自然生出嫌隙。

"唔……"

半藏读到这里，不禁发出感慨。

"这也得读给父亲听一听。"半藏想着，将尾州从军医生的备忘录抄本掖入怀中，去里屋见父亲。

"已经到了紫藤花开的时候了啊。"

吉左卫门说着从床上坐了起来。将军家的没落终于成了事实，这户山中人家也即将迎来小草山的开山之际。

"半藏，江户的城池十一日交让了吗?"吉左卫门问道。

"是的。"半藏回答，"听说东征军进入江户是上个月下旬，正好是樱花盛开的时候。军队进入江户，地上大片的花瓣被大炮碾过，真是煞风景啊。"

"唉，像我这样的过来人也无话可说了。"

半藏从怀中掏出那本备忘录，将关于江户开城的部分读给父亲听。听到接收王城的既不是萨摩也不是长州，而是与将军家有深厚渊源的尾州时，父亲竖起了耳朵。

其中提到，开城前夜，在总督府参谋西乡氏的营地，展开了种种军议。接管城池的时间定在次日早上五时。如有抵抗朝廷命令者，则需攻取城池，因此诸藩军队提前在西丸城下列队。终于那个早上来了，高举锦旗的尾州兵进入城外时，德川旧旗下的臣子们身着礼服，来到城外迎接。城内的战炮多数被运走，只剩下攻城炮、轻炮一类散落在各处，但即使是这样，数一数也仍有百余门大炮。旧旗下的臣子退城，诸藩军队归阵后，尾州兵涌入城内，各司警卫之职。庆应四年四月十一清晨，统治江户八百零八町的德川幕府，此刻落下了最后的帷幕。

"父亲，这里还写到了神谷八郎右卫门呢，此人担任外樱田门的警卫。"

"说起名古屋的神谷八郎右卫门大人，我曾见过。"

"这里还写到，从西丸到神田桥、马场和田仓门，然后到坂下二重门内的百人番所，所有要地都被尾州军队牢牢占领了。"

"也就是说，江户城被尾州藩接手了？"

"等一下，这里还提到了静宽院夫人和天璋院夫人。静宽院夫人就是和宫夫人。这两位直到最后还留在江户城。"

"咦，这样啊。"阿万接过话，"这二位可真是不容易。不过说来也是，毕竟和宫夫人是从京都嫁过来的，天璋院夫人是从萨摩来的。"

"嗯，据说当时天璋院夫人去十四代将军那迎接和宫夫人，算是婆婆第一次与京都的儿媳见面。那时，天璋院夫人没有坐在自己的位子上，而是在众多侍女当中，仔细打量了和宫夫人一番，然后猝不及防地走向了她的上座。这样饶有气势地从侍女中站起来，可真像她的风格。这件事我到现在都记忆犹新。你看，天璋院夫人就是这样一个人。这次，关于移交城池之事，即使劝天璋院夫人说，和宫夫人将会回田安家，您也回一桥家吧，也无法轻易让天璋院夫人离开。备忘录里也提到了强行将天璋院夫人带走之事。"

"真是令人伤感啊！"吉左卫门听后感叹道。

"啊，光顾着听，忘了倒茶了。"

阿万站起来去隔壁屋泡茶。

"半藏，"吉左卫门静坐在床上说，"今后，江户会变成什么样？"

"是啊，香藏给我的信中说，京都已经掀起了迁都论。"

"这可真是骇人听闻。这次维新会波及哪些方面，现在也看不透。"

"父亲，这种言论或许在说，既然要做就做到底。"

这时，阿万端着泡好的茶进来了，说是邻居伏见屋给的新茶。当季的新茶，香气怡人，但对年老的人来说有点清淡。阿万一向做事慎重，特意告知在茶里放了少许老茶。

"要不躺下吧，"阿万看着丈夫说，"一直这么坐着会很累。"

"是啊，那躺下说吧。"

吉左卫门越来越像阿万的茶友了。他把阿万端来的茶碗拉到枕边，一边把玩平日喜爱的厚胎陶器，一边闻着日渐喜爱的茶香。年老的吉左卫门几度叹息着，自己听到将军家的没落都会感到目眩，那些目睹的人又会是什么感受呢？是武家时代做着本阵、问屋、庄屋工作的祖父们幸福，还是我们这些遇到了激烈变革的时代，一辈子经历了两辈子事的人更幸福呢？

"半藏，前段时间金兵卫来看望我的时候，谈到新政府的经费问题。派出这么多军队，一定是笔庞大的费用。金兵卫是商人，他问这次战争的费用到底是从哪来的？我说当然是各个藩出的。金兵卫又压低声音说：'各个藩当然要出，除此之外，京都大坂的商人们都在讨论御用商人的事。听说从一些大户人家调取了百十万两呢。贡献了这么大笔钱，新政府当然要给他们相应的待遇，这不是我们那个年代，光给予苗字带刀特权那么简单的事情了。''虽然感激王政革新，但可别在革新的地方留下祸根啊。'金兵卫走后，我自顾自地说。"

父亲又说。

"说到金兵卫，我想起来了，"吉左卫门把枕边的烟灰缸拉过来，吸了口烟说道，"像我这样期限将近的人，常常羡慕伏见屋的身体如此硬朗。那人年纪比我大两岁，天天晒着太阳日子可滋润呢。"

"天天晒太阳可真不错。"阿万淡淡地笑着，"金兵卫先生送走了他的宝贵儿子（鹤松），今年新年又参加了妻子（阿玉）的葬礼，我还以为他会非常失落呢……"

"他这把年纪，还会被请去参加小马出生七日的庆祝会呢。这个乱世中，金兵卫在老宅的山谷里还种了一百二十棵杉树苗。我没有他那么旺盛的精力，只想尽可能安静地度过这一世。已经替德川大人见证过大势的消逝，我也时日不多了……我那半六老父亲应该会在九泉之下，欣慰地称赞我把家业经营得不错，等着我去团聚吧……"

"父亲，你不要总是说这样的泄气话。"

"半藏你曾去御岳山参笼①，可有个看相的说我的寿命将尽于七十岁？"

"你看，半藏。你父亲又来了。"

里屋的二楼，这样的对话持续着。外面的一切都涌动起来。过去幕府废除参勤交代制度时，都没有行动的诸大名家族，现在纷纷将江户老宅抛掷身后，急匆匆地踏上了归国的旅程。

"是武家的队伍呢。"

听到阿象和宗太的声音，半藏立马无心里屋的谈话了。伊之助和九郎兵卫等人还在会场，从人、马的招待，到休憩住宿的打点，都需要他亲力亲为。

众多武家担心东海道周边的混杂，选择途经木曽街道回国，几乎每天都能见到哪家的夫人或是隐退的老人。

"回家了！回家了！"

———

① 参笼，指闭居于神社、寺院中斋戒祈祷。

　　他们的声音，与以往地方大名的家人经过此地时的高声欢呼不同。现在踏上这片街道的武家恰恰相反，他们想尽量留在江户，看看宗家的命运如何，想亲眼见证今日之变将会如何发展。他们不想与曾经同甘共苦、相互扶持的亲族分道扬镳。这些人几经踌躇，最终在太政官的命令和总督府参谋的催促下不得不离开宅邸。

　　以将军家为中心，被武家占据着六成街区的江户，即将走到尽头。此时，德川各藩如不立即离开江户，恐怕会被扣上违背皇命之罪，或是被示以军威。总督府参谋的威严就是如此不可侵犯。

　　途经马笼驿站，前往西边本国的武家，留下了一些纪州武家的传言。据说，从上武家、中武家、下武家到其他小武家，仅散落在江户的纪州武家就有大小六百户，算上家中女眷达四千余人。这样庞大的人数，被下令要求离开两百年来祖祖辈辈居住的故乡，到一百五十里外的南国，仅四、五日的时间，能完成这么大规模的移居吗？

　　半藏所见之处，尽是讨论与德川家共命运的武家离散之人。木曾此时正是这个忙于摘茶、炒茶、设宴的忙乱时节，男男女女的移住者队伍络绎不绝。

第 五 章

自五月中旬至六月上旬，半藏带着峠村组头平兵卫，从名古屋前往伊势、京都。早前收到通知说，先师宫川宽斋客死伊势宇治的馆太夫家中，因此本次旅途也顺道为先师扫墓。现在他结束了旅程，与平兵卫一起，自西向木曾街道归来。

想必他们不在的这段时日里发生了不少事，因此二人都不觉加快了回家的脚步。经过大津、草津，从京都前往地方的途中，半藏他们意想不到地听到了有关家乡的传闻。从京都到加纳的驿站，一路多以上坡路为主，他们进入美浓后听到百姓暴动的传言，且离传言中的中津川还很远，因此难辨真伪。

回到鹈沼时，新政府的意旨还未传达到民间，街道中不知出处的各类流言满天飞。半藏怎么也不相信，在那个例币敕使横行霸道、武家之众耀武扬威、生活苦不堪言的旧时代都没听闻百姓暴乱，竟然会在现在百废待兴之时，发生在中津川。甚至连他管辖的马笼一带也卷入了暴乱，这更加令他难以置信。然而，越往马笼方向走，半藏的心里越受冲击。沿途的景象无一不在昭示着此时地方的动摇也是剧烈的。

庆应四年，自闰四月开始天气一直不正常，进入五月后阴雨不断。从名古屋到伊势路，几乎每天都在下雨，仅在半藏祭拜先师宽斋那天，迎来了一天晴天。先师别号春秋花园，是半藏国学的启蒙者，如今已长眠于宇治北山。半藏没能推辞掉当地人们的请求，为先师写了其生平简历的碑文，并留下"庆应戊辰初夏，前来拜祭"之词。之后半藏便匆匆启程去京都，前辈暮田正香、友人香藏和景藏都集聚于此。到达京都时，天又下起了雨，阴晴不定的天气依然持续着。踏上梦里都想再见的古都之地，到达中津川友人们借住的寓所，解开草鞋时；置身于听闻已久，正值复兴浪潮中的都会，跟随领路人香藏、景藏走到平田家的锦小路时；平田铁胤老先生与其子延胤欢喜地迎接了他，其后回到住处又尽是亲近之人，大家热烈地聊起先师笃胤殁后的事情时；回到京都的暮田正香神情激昂，甚至比伊那流浪时代看起来更加年轻，他说王政复辟的同时必须否定一切中世的东西，并且要颠覆过去数百年来的武家和僧侣两大势力，甚至滔滔不绝地讲到了宗教改革的必要性时，在这些再会的喜悦时刻，半藏的耳边一直响着绵绵的雨声。

离开京都踏上回程，半藏总算见到了六月该有的阳光。可此时他却听到家乡洪水四处泛滥的消息。据说淀川路上有多处难以通行，受灾的地方也不少，东海道附近的天龙川河岸决堤，浜松附近有七十户人家被冲走。

半藏最先担心起村民，不知道他们怎么样了。他不由自主地想起庆应三年的情景，那是一个靠他熬白粥救济村民的凶年。

向诸侯贡士①征集了对德川将军的处分意见后，萨长人士中有不少人希望杀了庆喜，这深深地刺激了当时的人们。多年在庆喜身后，以守护京都为己任的会津武士，被立场完全相反的西边诸藩陷害绝非偶然。伏见鸟羽之战败退后，他们与仙台藩共同上书，控诉其被扣逆贼之名、家宅尽毁的冤屈，从此死守乡土。强大的东北诸侯同盟也是此时形成的。

东北局势促发了尾州藩的行动，他们为保护旧江户城，不仅

---

① 贡士，明治维新时期的议事官。

出兵关东，还进军越后口。半藏到达名古屋时，已将这些情况了然于胸。他在名古屋时还听说，不愿解除武装的江户武家群逃出来，驻屯在上野东睿山与官军抗战，彰义队战士、轮王寺的皇族共计一百八十余人向会津方向逃走。半藏到京都后，又听说了奥羽征伐之事。

新政府的财政困难日渐严重。因为东征花费了巨额费用，新政府为解当下之急开始发行十元到一铢的五种金札。但秘密贩卖武器的外国政府代理人以及外国商人都愿意收取日本的真金白银。内地的农民、商人不放心太政官的新政，在幕府时代又用惯了金银，因此也不愿接受新的金札。新纸币推行不久，半藏就从所到之地的商人那里听说，近来物价突然高涨。昨日马匹搬运大米的费用为二两二分，今日搬运费已涨到了三两二分。零售一升的米钱也突然涨到了四百二十四文。会津战役也在一定程度上推动了物价高涨，再加上气候不调，各种突发事件让旅途也变得更加艰难。

第 六 章

一

　　新任天皇要访问东京了，位于通行线的各家各户听闻此消息后，甚至比当年得知和宫公主下嫁的消息时更为激动。这一年，年号由庆应四年改为明治元年。同年九月，奥羽战国时代也降下帷幕。尽管如此，百姓们依然被德川军舰弃战而逃的消息搞得惶惶不可终日。

　　江户已不复存在了。曾经的"江户"已改名"东京"。此次东京之行是京都方面针对东京采取的重大行动。现下的时局也不容许不经考量就随便行动。一方面是京都人民的不安，另一方面则是静冈以东的行程令人担忧。中途还不时传来一些要阻止天皇访问东京的流言。东山道的驿站人员听闻流言，联想起和宫公主下嫁时的场面，顿时有些提心吊胆。

　　众多旅客从东海道方向蜂拥而至，使这偏僻的马笼驿站也热闹起来。年长的伊之助兼任伏见屋和问屋辅佐两职，他把驿站所有人员召集起来，整顿混乱的街道，商议天皇一行在木曾四大驿站的住宿事宜。人们聚集在一起，畅所欲言。樱田屋的小左卫门谈起飞脚送来天皇东京之行的消息，回想起和宫公主下嫁时街上大混乱的场景；梅屋的五助担忧征召助乡人员会面临的困难；蓬莱屋年轻的新助十分关心时局，说起了尾州藩的德川庆胜①带着护卫队到热田迎接天皇的消息；问屋的九郎兵卫也到场了，他肥硕的身躯挤到大家中间，瞬间男人的汗臭弥漫了整个房间。伊之助想象着新任天皇一行向东海道方向行进的场景，印着菊花图案的深红色锦旗飘扬在浩浩荡荡的队伍中，凤辇被身穿黄色细筒裤的武士们簇拥着，力士们手持旗帜静静地挥舞着。他还想象着，护卫的武士们拿着外国洋枪和古老的日本刀剑，这些装备融合了新旧时代的色彩，他甚至想象到了沿途百姓们前来观看的狂热场面。十月初，新任天皇抵达东海道的新井站前，途中在静冈海边的观潮点暂作停留，这可能是天皇第一次看到大海。那片海域已不是闭关锁国时的平静海面，而是世界各国蜂拥而至的热闹景象，但这个场景也让身在木曾一带的伊之助感到百味杂陈。

"啊，这是个好消息，我真想告诉半藏一声。"

虽然伊之助这样说了，但不巧的是半藏没来驿站。在这条街道的拥挤混乱中，半藏父亲的病情又加重了。

二

街道没有一天是安宁的。每当伊之助收拾完驿站准备离开时，心中就不禁感叹"今天的工作总算结束了"。他听说这几日半藏一直陪在生病的父亲身边，心情不禁变得沉重起来。伊之助穿过碎石子铺设的土间，去找荣吉了解情况。伊之助看到荣吉合上手账，倚在柜台前一脸担忧。荣吉告诉他，舅舅吉左卫门常年受中风折磨，能撑到现在已经令人不可思议了。

之后，伊之助前往本阵的主屋去探望吉左卫门。半藏夫妇、阿粂和宗太都在二楼，宽敞的地炉周围静悄悄的。伊之助发现清

---

① 德川庆胜，幕府末期、明治时期的大名、政治家，尾州藩第十四代藩主。

助站在烧得正旺的松木柴火前，双手抱臂，心神不宁。

清助说："伊之助，我家大人已经好几个晚上没有合眼了。他对我说，他有神灵保佑没什么好担心的，即便是熬了几个晚上，也不会感到困倦的。但是，老爷的病情真的很严重，我怕大人会撑不住。"

伊之助听他这么说，为了不打扰病人，没有到里面去看望。据清助说，吉左卫门的身体正在急速衰老，因为是中风患者，除了用冷水冷敷头部和用温石热敷脚部之外别无他法。待了一会儿，伊之助就出了本阵大门。

伊之助已经三十五岁了，比半藏小三岁。相仿的年龄使他对半藏有种特别的亲切感，而且，因为自己侍奉的养父金兵卫是个难以讨好的人，这也让他对半藏一直贴心侍奉继母阿万这件事暗暗体恤。二人在得知吉左卫门等人退役归隐当天，一同收到了从木曾福岛官衙寄来的传唤状，他们两个人受命担任各自父亲的职务，因为工作关系一路同行，相互照拂。

但是，伊之助不会永远停留在从前。他逐渐感觉半藏和自己是不同的。半藏对父亲的赤诚孝心让伊之助备受震撼，吉左卫门发病时，半藏甚至想把自己的寿命缩短一年来换取父亲的健康，还去御岳神社为父亲祈福，如今他也是不眠不休地照顾吉左卫门，已经连续几个晚上未曾合眼。伊之助不明白，为什么半藏能做到这种程度呢？

酿酒屋等候着伊之助的归来。酿酒屋的西面是厚厚的白墙，东南面是正对街道的结实格子门。这就是他的家，是他躲避这个黑暗时代无情飓风的避风港。

伏见屋外面的格子门分隔着榻榻米客厅和入口处。领班把酒搬来放在入口处的木板上，有人来买，就用酒斗量着卖。新酒酿造已经完成，现在正是伏见屋的繁忙之际。

"父亲呢？"

伊之助向妻子阿富问道。退隐的金兵卫从九月下旬到中津川游玩，直到一个月后才回到马笼，旧疾复发不停地咳痰，连隐居所都没回，直接前往了本家二楼。伊之助和阿富两人都是养子。养父金兵卫比邻家那位病倒的吉左卫门要年长些，已经七十二岁了，所以不管养父精力多么旺盛，也没有多少时间了，因此夫妻俩决定让他想做什么就做什么，只要开心就好。

阿富正在准备晚饭，突然好像想起什么事情似的，从厨房来到丈夫身边。只见丈夫一直徘徊在乌黑幽亮的主柱前，自言自语道："这种理所应当的事，能不能再重视点呢?"

"哎呀，你在说什么呢?"

"哦，我说的不是父亲，而是当今这个世道。"

阿富被伊之助的话逗笑了，让她茫然不解什么是"理所应当"，他为什么自言自语?

这时，阿富把丈夫不在家时，山顶组头留在这儿的一幅画轴拿了出来。那是福岛地方官山村大人的随手之作，也是大人珍爱的藏品之一，他希望伊之助能买下这幅闲置物。平兵卫无法拒绝福岛执事的委托，正在为此事四处奔走。

"哦，平兵卫把这种东西放在这儿了吗?"

"他受人之托，要去中津川一趟，回来前先寄存在这里，他拜托我即使你不在家，也要让你明白他的意思，然后放下东西就离开了。"

"平兵卫也真是爱管闲事啊。不过，那个山村大人居然会出手这样的东西? 嗯，待会儿和父亲商量一下吧。"

养父金兵卫继承了木曾谷最有名的马笼楔田屋惣右卫门的衣钵，家中除了酿酒屋还开着当铺，拥有大量的马匹、田地，山中栽有成片的林木，有时还会做些米粮生意。连生前身居关卡守卫要职的植松昌助，也常放下架子前来拜托养父有关筹款事宜，后来他在福岛夏日祭典之夜死于非命。福岛的家臣们虽忌惮养父的实力，但他终究不过是一名商人罢了。天明六年，山村家族首先发起了数额高达六千六百余两的互助会，文久四年，岩村藩的老爷发起了数额为三万两的互助会……每当收到筹集诸如此类的大款项委托时，伏见屋不仅要缴纳上贡金，尾州藩地方官山村家还会以经济拮据、用于家中大事等拙劣借口再敲上一笔，这样一来养父仅是上贡的金额就达到相当可观的额度。

伊之助目睹了养父的种种妥协与屈服。随着"变革！变革"的呼声日益高涨，也让身为商人的他更加小心谨慎。对他来说卷入这场巨大的混乱旋涡是一件非常可怕的事情。养父传给他的屋檐，是唯一让他能随时躲避旋涡得以藏身的安全小屋。忠义、正直、节约、忍耐的品格，还有知足常乐、安于现状的商人教诲，是让他不被卷入旋涡之中的精神依靠。

伊之助从少年到青年时期，被送到学问、宗教、绘画、商业发达的邻国美浓去学习，所以他也并非对于文学艺术毫无兴趣。他翻阅的书籍中，不乏出自京都、大坂商人之手的旧版或新版书籍，这些书中，一个个普通人眼中的世界在他面前缓缓展开。他被作者的所见所闻震撼，似乎他所追求的安宁、亲慕、和谐都是无法实现的幻想。他喜欢隐居的风雅，有着身为养子的敏感与谨慎，当脑海中浮现出自己周围的人和事，甚至是往来于这条街道上的人们时，就会感到一种超乎寻常的兴奋。民间兴起的实行教（富士讲①）信徒主要分布在伊那谷一带，那时候，他们宣扬必须以特殊的勤俭、力行和忍受苦难来回报天地的恩情，全家一起经历种种困难并进行苦修、苦行，甚至给小孩子安排一些苦修的课业，如早起、事事回应、打扫卫生、对母亲跪拜三次、不买糖果等，这种怪异的信仰让他备感惊愕。

---

① 富士讲，由信仰富士山的农民、工匠、商人组织的讲社。参拜富士山。也被称为浅间讲，盛行于江户时代后半期。明治以后成为扶桑教、实行教等。

但是，他和养父金兵卫不同，幸好他足够年轻，所以能够和邻居半藏相互支撑一起渡过这段艰难的时光。他听说京都、大坂那些仰慕丰太阁遗德的大商人们非常支持"倒幕运动"，并捐出了巨额战争费支持新政府，幸好他足够年轻，可以理解这一举动。但不管怎么说，他只不过是个习惯了被动的商人，会因为街道上迎面吹来的冷风而木然停滞脚步。他的心中不断生出难以言喻的恐惧和不安。

吃过晚饭、洗完澡，伊之助抱着组头寄存的那卷画轴，爬上通往二楼的楼梯，朝里面喊了一声："父亲。"

然后走向二楼朝西的窗户，因为他听到从邻居家的深井方向传来打水的声音。

"父亲！"他在靠近窗户的位置，又对睡在隔壁房间的金兵卫喊了声，"现在本阵正在打水，我听到拉动吊桶绳的声音了。"

金兵卫正在写着三十年来从未间断的日记，听了伊之助的话后他立刻明白过来，拉近座灯，将枕头朝东南方移了移。

"看来吉左卫门的状况不是很好啊……"

"刚才我去了趟本阵，半藏已经好几个晚上没睡觉了，今晚也会通宵吧。"伊之助说道。然后顺手把山村家要出手的东西放在金兵卫枕边，讲起了平兵卫的事，想商议一下怎么处理这一物件。

"伊之助，这种事可以不用跟我商量。"金兵卫一边说着，一边从被窝里探出身子。伊之助是那种大小事都会一一禀告的人，比如仓库前套袋的梨子被大风刮落了三个，最大的梨有一百零三文目①，另外两个均为六十五文目，等等。此时他抬头说道："父亲，我用一下座灯，把它挂在高点的地方吧。"

伊之助把它挂在壁龛上，这幅画让人联想起地方官员们的日常生活。画上的青竹与兰花相互点缀，五只鸡游戏其中。这是一

---

① 文目，尺贯法的重量单位。1 文目是 1 贯的 1000 分之一，约 3.75 克。

幅描绘位高权重之人晚期生活的花鸟画。即便那位大人的家族过去两百多年来一直统治着木曾谷，掌管着素有木曾唯一险要关口之称的福岛关口，然而如今大势已去，像纪州一样，迫于太政官的指令和总督府的催促，不得不撤出江户的宅邸，之后面临着与德川氏同样的命运。

金兵卫躺着无法赏味画作，在睡衣外面套了一件短褂起身，朝着壁龛走去。金兵卫和伊之助一同欣赏起那幅沐浴在灯光下的花鸟画，虽然他年事已高，但目光依然炯炯有神。伊之助就像来到了那位福岛大人面前一样，先是欠下身子行礼，然后开始赏画。画面浓淡相宜，笔酣墨满，有部分颜色被夜色遮隐，抑或是被岁月磨砺遗憾消损。

"就是花钱跟一直以来关照自己的大人告别一样，这样说好像甚是没有人情味儿。虽然说缺少人情味儿，但是世道就是如此啊。伊之助，再好好欣赏下这幅画吧。"

"父亲，落款是宗紫山。"

"这可能是中国人的画作吧，我没听说过宗紫山。"

"这个嘛，我也不太清楚。"

"不管怎么说这也是古董，而且是绢布质地。无论喜不喜欢，都收下吧，权当一种报恩吧。"

"对了，父亲，您看这幅画值多少钱？"

"这个嘛，这种好东西必须要慷慨些。"

说着，金兵卫把满是皱纹的手猛地伸到养子面前，摊开五根手指，又加上一句："五两。"

然后他站在与商业气息的壁龛甚是违和的画轴前恭敬地鞠了一躬，就上了床。

三

在似暴雨侵袭的弹炮枪弩下，

同心勠力、坚持到底。

不惜生命做先驱，一切只为你，

同心勠力、坚持到底。

屠国或戮命，均身不由己，

同心勠力、坚持到底。

为共同守护我们所在的土地，

同心勠力、坚持到底。

　　随着歌谣的流行，在马笼驿站的布告牌前，每天都能听到孩子们的歌声。

　　这首歌谣之所以能在人们中口口相传，是因为令人备感新奇的东京方面传来消息说天皇已平安抵达东京城的行宫。并且，途中备受重视的静冈一带，德川家主动担负起护卫工作。众多东京市民被天皇"发放清酒"的举措搞得人心振奋，他们甚至拉来彩饰花车，祈愿新首都的美好前景。此时，传来诸藩三四千联军从会津战役撤退的消息。马笼驿站日日充斥着此类情报，甚至曾一度传出生命垂危的本阵吉左卫门如今意外好转的消息，这为驿站增添了不少生机。

　　某天，伊之助待在伏见屋的榻榻米客厅，稍事休息，准备动身前往驿站。他猜想半藏没有时间到驿站巡视，想尽自己所能减轻半藏的负担，让他好好休息。这时，榻榻米的格子门外传来街道上孩子们嬉戏的声音。他一边听着当下流行的毫无内涵的滑稽歌谣，一边套上驿站人的裤。

　　这时候，阿富告诉伊之助说连自家的孩子都热衷于打仗游戏了。阿富说道："不过，还真是奇怪啊。小孩子喜欢模仿大人的事情。梅屋的孩子扮演长州藩，树田屋的孩子扮演萨摩藩，田屋的孩子扮演土佐藩，围在一起玩打仗游戏。我问我们家次郎，你想当哪一方，孩子的回答倒是有趣，说他是尾州藩。"

"哎哟，次郎那家伙是尾州藩吗？"

"是啊，那个尾州藩，可是，没有谁愿意扮演会津藩啊。"

这句"没有谁愿意扮演会津藩"逗笑了伊之助。

阿富接着说："毕竟还是小孩子，次郎对蓬莱店的孩子说，阿桃，你来扮演会津藩吧。蓬莱屋的孩子不愿意，无论如何都不肯。他又说，阿桃，你要是当会津藩的话，我就借给你好东西，我把父亲给我买的名贵木刀借给你，今天、明天、后天都借给你。听到次郎这么说，蓬莱屋的孩子开始心动了，最后勉强同意了，说：'嗯，那我就当会津藩了。'毕竟扮演会津藩的人要被其他人共同讨伐嘛。"

"够了，别说这种话，我不喜欢这种夸大的说辞。"

伊之助漫不经心地听阿富讲述完孩子们的故事，就起身离开了。他去驿站之前，先到后面的酒窖巡视了一圈，但一想到连孩子天真无邪的世界也被时局的汹涌波涛侵袭，不禁忧心忡忡。但是，他却莫名在意起阿富的话，于是在高顶棚的酿酒屋转了一圈，又回来问阿富："阿富，孩子们的打仗游戏怎么玩啊。"

"这个嘛，谁也没教给他们，他们在石墙下大声吵嚷着，追捕扮演会津藩的人，最终把人堵在石墙的角落里动弹不得了，被捉到的人就会投降说'我输了'。唉，他们是从哪里了解到关于会津之战的事情呢？明明都是那么小的孩子……"

临近十月底，是每年例行的财神节，此时东北方的战局已经平定，到了迎接士兵们归来的日子。自闰四月始，尾州藩的大名（德川庆胜）接受朝命，将甲信的警备部署定在名古屋，亲自指挥一千五百名士兵出战太田，家老千贺与八郎作为先锋进军北越，从这些事件算起，已经过去七个月了。那时隶属尾州藩的三河八藩、远江四藩、酸河三藩、美浓八藩和信浓十一藩等诸藩都动身前去支援。从诸藩的举动中，可以大致想象当时北越方面严峻的形势。

当初山吹藩与东山道军队一同率先奔赴战场，现如今已返回伊那谷，出军北越方面的高远藩和饭田藩，也陆续紧急返程。有消息说，各藩军队从越后口进入奥州路，一路翻山越岭到达会津口，并于九月二十二日会津城池陷落时下达了解散命令，归来的几组军队已经踏上马笼山向西行进。

凯旋军队的返程大约持续到冬月初十。有时从三留野方向赶来五百人的队伍，白天的马笼驿站一下子人满为患。这群人的混乱刚刚平息，又传来消息说之前从马笼被派去战场的祢宜松下千里，现在也踏上奥州路平安归来，当天，身为马笼组头的笹屋庄助亲自到山上迎接。

"阿富，时间真快呀，听说荒町的祢宜大人快要回来了。"伊之助说完就出门了。出于等待军队和祢宜的迫切心情，他又去驿站了。

人们经历了连日的奔波劳累后，聚集在驿站促膝长谈，聊起凯旋军队和会津战争的话题。但是，眼看着日渐西沉也不见松下千里的身影，有些驿站人员借口家中有事，回去休息了。争论如何安排抵达货物的嘈杂声渐渐平息，本阵附属的问屋骤然冷清下来。驿站的榻榻米客厅留下伊之助一人暗自焦灼。一会儿，来了两位妻笼驿站的客人，寿平次和得右卫门。

"这样我们就放心了。如果吉左卫门的病能那样发展就再好不过了。"

伊之助听到妻笼的同伴这么说，立刻兴奋起来，马上为客人腾座位。他和寿平次等人同样在驿站工作，但寿平次他们丝毫没有倦容的状态让伊之助很是佩服。尽管连日工作没有休息，还是来本阵探望了吉左卫门。如今祢宜大人的归来，让他满怀欣喜。

"招待不周，请先喝杯茶吧。"伊之助说着，拍手叫来驿站的仆人，吩咐他备好热茶，然后谈论起吉左卫门的病情。

"毕竟，马笼的父亲（吉左卫门）有他执拗的一面。"寿平次说。

"是啊，吉左卫门照顾这条街道几十年了，从体格看就非同寻常。"得右卫门应道。

"吉左卫门躺在床上还惦记着驿站的事，那样的牵肠挂肚，真是了不起。他非常愧疚因为自己的病情影响了半藏的工作，如果有人说半藏有所懈怠，就更是过意不去，真不愧是吉左卫门。"

"不管怎么说，护理也到位了。半藏大概有七八天没睡个好觉了，身体会撑不下去的。我尽量自己处理驿站的事务，减轻一下半藏的负担，结果，因为那个凯旋军队，助乡的人马把街道堵得水泄不通。那期间又不断有其他消息传来，我几乎应接不暇。"

"是呀，这次的东京之行，哪怕妻笼也令人担忧。"得右卫门压低声音说道，"总而言之，就是仗着打了胜仗所以盛气凌人。上个月二十八，锹野大人通知妻笼，说要招待好明日到来的众多贵客，为他们安排好住宿，所以妻笼这边也要做好准备。但这里光是很多人通行都很困难，更何况提供住宿，实在是不讲道理。这个通知应该马笼也有吧?"

"有的。"伊之助闻言应道，"刚接到通知的时候，我甚至没有信心要如何应对。听说连东北那边也渐渐对那些贵客感到头疼。这时，我又接到了第二个消息，而且是飞脚大半夜送来的，着实把我吓了一跳，说上四驿站里死了两个人，一名驿站人员和一名女仆被武士斩杀了。"

"关于这件事，我还听说是发生在三留野附近的旅笼屋，投宿的旅客都恐惧得瑟瑟发抖。"得右卫门说。

"等一下。"伊之助像是想到了什么，说道，"其实，后来我好好想过，其中是否有什么隐情? 如果只是一场庆祝凯旋的接风宴，怎么会发生这样的暴力事件呢? 或许是如今福岛一带非常混乱，招待的不如下四宿吧。"

"我把这些告诉了父亲，他听后沉默了很久。我正在猜测他会说些什么的时候，他怒言："竟然斩杀了驿站人员，真是太无法无天了，现在就算是官军的天下，也不能这样肆意妄为啊！'"

"我也赞成这话。"寿平次说，"尊上不仅在生意上十分精明，还能一针见血地指出社会问题的关键所在。"

他从奥州归来，曾在军队待了近五个月，一路跋涉经过越后国的新发田、村松、长冈、小千谷，以及饭山、善光寺和松本，回到了马笼。他头戴尖尖的三角形军帽，背着背袋，身穿着一身窄袖和服，脚踩一双草鞋，左肩上还有官军的标志，这些都表明他一路负重前行。连腰上长刀刀柄的图案都清晰可见，这个人就是荒町的祢宜松下千里。千里在组头庄助等前来迎接人员的陪同下，先去本阵致以平安回村的问候，之后因为刚刚得知吉左卫门生病的消息，又赶往驿站前去探望。

"祢宜大人！"进进出出的差役中间传来一个声音。千里刚脱下军帽，解开鞋带，周围立刻聚满了想要听会津之战的人。这时就连在榻榻米客厅闲聊的寿平次和得右卫门也凑过来了。

松下千里的讲述十分详尽。他们从越后口出发负责兵粮的押运，九月十四第一次踏上若松城外的土地。九月十九天还没亮，传来风声，会津藩的三名使者已经通过率先投降的米泽藩，向官军转达了开城投降之意。那几名使者全都戴着深色斗笠，卸掉佩刀，把自己捆缚着站在官军领地，样子实在可怜。据说那时，各方人员会聚一堂，各藩军从白河口、米泽口、保成口和越后口陆续赶来，还有很多人前来为官军献策，但是结果众说纷纭，难以判明会津藩投降的真实性。次日，会津藩的铃木与川村三助两人携带要员的书面文件前来禀告城内的情况，城内的通道几乎全部被阻断。千里看见那两名使者扮成士兵的模样，背上背着萝卜，向官军大本营接近，身在前线的敌我双方对此一无所知。当天，各藩军队开始轮番向城中开炮轰炸，城内的战斗比往日更加激烈。终于到了九月二十二，政府向各关口官兵下达了停止炮击的命令。这是在向会津藩传达劝降之意，希望对方能如约于早上八点，在大手门外竖起"投降"旗帜。

"唉，到了战场后，才发现了很多与想象中不同的事情。即便同一队伍内竞争也很激烈，实在让我吃惊。有的士兵心软手下留情，有的士兵像是看客置身事外，战场上尽显世间百态。也有同伴不愿并肩战斗，彼此关系恶劣。九月十九，米泽藩的军队赶到，他们组建了七连射枪队，三十目火绳枪队。士兵的各种小袖和服混杂在一起，还套着棉质筒袖，后背披着狗皮。好了，大家都笑了，没想到连这种军装的奇怪细节也会被当作话题讨论。这就是个小小的例子哈。"

在家乡人们面前，松下千里毫无顾虑地讲述起一路的见闻。这位祢宜大人说自己只是在陈述事实，语气也更加随意起来。

"这个嘛，不能大肆宣扬，只是在战场上探听到一些小道消息的。据土佐的人说，虽然这次战役的目的是统一境内，但谁能压制住凯旋而归、势头正盛的各藩大人物呢？七百年来从不参与军事的公家大人，即使如今权倾朝野，也终究不会长久。萨摩和长州为争夺战功爆发冲突的时刻势必到来。如此一来，元弘、建武的历史将重演，不久之后也许会再次陷入战乱。我们回到高知，打算继续养兵蓄锐，以便日后为天皇效忠。你看，土佐的人就是抱着这样的想法参加会津战役的。只要一方藩军立了战功，就会招致另一方的妒忌而受到难为，但是这点却无法诉说。我经常听到这样的事。毕竟土佐也是那样，他们在这次战役中出尽了风头。"

松下千里与得右卫门和寿平次彼此相对而视，迟迟不愿起身离开。他离开前留下的话引起了伊之助的注意。

"了不起，会津果然坚持到了最后。"得右卫门像是自言自语般，然后话锋又一转："对了，伊之助，祢宜大人从土佐听到的那些话，你怎么想？"

伊之助一时难以回答："这个嘛……"得右卫门像是急着得到答案似的，又接着说道："如果是半藏的话会怎么说呢？他会不会说不久的将来又会大乱，我等无能为力，为武家效力就够了之类的话？"

"得右卫门，"伊之助的声音铿锵有力，"半藏如果那样说的话，我完全能够理解。但如果真是那样，就告诉他这是不可能的，因为这次的复辟是由底层人民发起的，只要民心不变，这个世道绝不会再变成武家的天下。"

"寿平次，你的意见如何？现在的形势是该好好考虑一下了。"得右卫门说。

"我嘛，愿做各位大人高见的倾听者。"寿平次语气平静地说道。

四

东北战争是戊辰远征的一部分，它的结束意味着历经数年的讨幕战争终于迎来了尾声，追溯其源头，应该是新政府建立引发了安政大狱等一系列全国性的战争，这不仅决定了这场战争的命运，更预见了战争结束后新时代舞台的到来。

也有很多关于期盼这一天到来的百姓故事。一位名为阿岛的武士家臣，因寄心于国事、过于担忧王室衰弱脱籍成为浪人，与元治年代的长州志士们一同活动于东京和大坂的中间地带。正巧那时发生了元治甲子之战，此人便化装成渔夫每天在桂川垂钓，负责打听幕府和会津藩的动向以及长州军在天龙寺的屯营情况。最后这场战役以长州方的战败告终，他与巢内式部等数十名保皇党一同被捕，而且被押入京都的六角监狱。后来这个人虽然得以赦免，但当他听到王权复辟时情绪过于激动，精神状况出现了问题。有人说，这个不幸的保皇党恐怕都不知道境内统一之日的到来。

　　还有人形容这个暗无天日的时代就像是水户藩的天狗终于逃出待了五年的天井，得以重见天日。下面故事中的这位武士来自大津地区的门阀家，他曾侍奉于水户家，尽管没有与藤田小四郎等筑波组共同行动，但作为天狗残党的首领频频受到倒幕派的搜查，甚至被张贴了百两取其首级的布告。想想水户天狗党①和诸生党之间激烈的党派之争，就能理解这名武士的处境了。筑波退却西边，成员们几乎处于孤立无援的状态。听说有袭击，他们一家人不得不纷纷慌忙逃离。长子借着仆人的身份逃了出去，其他人藏身于一户农家，躲在马厩的稻草堆中与马共处一室。武士让夫人带着两个孩子和一个女仆，去找他在平潟的一位故交，他在平潟做援军时曾救了这位故友的性命。但万万没想到对方以"上面的严令不可违抗，绝对不能藏匿追捕者"为由，严词拒绝了他们，傍晚时分，一行人只得灰溜溜地踏上归途。幸好村里有户农家人觉得他们可怜，让他们在家里待了三四天，直到危机过去，夫人们才偷偷回家。

　　当时，以市川三左卫门为首的诸生党领袖把控水户藩的政权，那些反对党在幕府的支持下联合中山藩讨伐天狗残党，故事中的这位武士得知此事后决定视情况据守天王山，当时的武器只有七把步枪。再次起义的当地民众已成为反对党的先锋，他们手持竹枪和草席旗发动攻击，天狗党数十名同伴遇难，少数人不幸被捕，只有他侥幸得以脱身。那时，他白天躲在山里，晚上才敢出来走动。各村庄遵从藩主命令在出入口设置关卡。天狗党残徒最终无路可逃。但他中途大胆地折回家中，回家后发现家里已遭洗劫无处安身，便心生一计藏身于天井之中。那时还有搜查队每日白天过来搜查房屋。他就用钥匙把天井板锁起来，每当在房梁

――――――――――――

　　① 天狗党，江户末期，在水户藩，以藩主齐昭的藩政改革为契机结成的尊王攘夷激进派。

上看到脚下的锁孔有亮光透出时就躲起来。房屋后耸立着一座山，名为三峰山。他白天怕被人发现藏身于天井内，晚上又担心房屋突遇火灾，便爬上山躲在草丛中观察外界的情况，趁天没亮又回到天井中，这就是他的日常隐身。这个人靠吃什么生存下来呢？家人每次在竹筐里放入两日份的饭团，往陶罐里灌入热水，然后将它们放在壁橱里。他把壁橱上的顶板拿掉，从天井跳进去吃喝，每当有客人来，他就躲在壁橱里暗中偷听客人的谈话，以此得知外界的情况。有一次，二儿子和邻居的孩子玩捉迷藏，想躲进壁橱里，却在那里意外发现了离家的父亲，他的样子很是邋遢，炭黑的脸庞，头发和胡子长长了许多，像一片杂草，只有一双眼睛尤其明亮。二儿子看到这样的父亲站在壁橱里，立刻把门关上躲到别的地方去了。大概连懵懂的小孩子也感到这是不能暴露的秘密吧。还有一次他从天井下到地面时，不小心被男仆发现。男仆吓了一跳，跑到夫人那里禀告说，地板上有个黑乎乎的像狸一样的家伙。然而夫人也不清楚那人是不是丈夫，便说可能是狸或狗吧，拿根棍子戳一下试试，仆人立刻拿来竹竿去戳，这实在令人难以忍受。幸运的是，地板下有个大地炉，有时可以躲在地炉后面的影子里。他在这样黑暗的空间内度过了五年的岁月。终于，迎来了王政复辟之日，他不用再长年隐身于黑暗的天井内，获得了可以昂首阔步的自由之身。不仅如此，此时形势逆转，水户藩正奉命讨伐佐幕派诸生党。他真切地感到时势已到，不久便奉藩命带着几名随从前往奥州，去抓捕有着多年恩怨的市川三左卫门等人。在官军大举进攻东北方面击溃奥羽同盟军时，水户藩向会津出兵了。据说，有人曾看到他作为水户藩步枪队的队长在战场浴血奋战。

当然，也不能说全国都是如此。

可以说，没有一个藩像水户藩这样顽强地坚持着抗争，也很少有地方会在维新不久的恐怖时代中挺身而出。仅信州伊那谷一带，不幸遇害的人就数不胜数，有的因当年的密敕事件服毒自杀，有的与元治年代长州志士们同病相怜，还有的被囚禁在京都的六角监狱中……在东北战争战况日渐明朗的时候，伴着眼前的败叶残木、废墟残垣，那些含恨倒下或从黑暗中现身的人们，又浮现在众人心中。

事到如今，不必在此提及曾经长州之战的结局，但是那场战役的惨痛败局，无疑直接促进了德川幕府的觉醒，推动了各种封建制度的革新。所谓庆应改革就是如此，其结果是强势地废除了有着两百年历史的繁文缛节，由上至下竞相追求西洋的简易之风。也是从那时起，政府计划改革旧的驿站制度，禁止强制街道百姓服公役、削减大名出行时随行人马的数量、降低问屋缴税比例、简化街道住宿流程。东北战争结束后，这种势头进一步增长，不论是军队制度、武器装备、士兵服装的改革，还要打破身份制度、世袭制度、主从关系等一切根深蒂固的封建桎梏，甚至有人想在此基础上提出废藩，从而使国家彻底地实现脱胎换骨。

万丈高楼平地起。在解决旧时代藩地存留和寺院的权利问题之前，交通机制作为现实社会的大命脉必须率先进行变革。

设立京都驿递寮①代替江户一带的道中衙门，废除定助②等各种助乡事宜的消息在人们中口口相传。以前，服公役的人和普通旅人出行的货物规格都有明确规定，且具有明显的差别待遇。如今也要废除这些陈规陋习，敕使（相当于钦差大臣）级别以下的特别出行待遇一律废除，且将公领地和私领地一律纳入助乡范围。还要废除出行者需缴纳一定租金才能雇用人马的旧制度，以及其他加深助乡村民苦痛、剥削村民上缴税金的陋习，实行所有

---

① 驿递寮，明治初期，负责驿递、通信的官厅。

② 定助，在江户时代，集落的常备人马不足时，必须随时给予补充的附近的乡村。

报酬统一分配，而且不能对驿站常备驿马和备用乡马差别对待。以上这些驿递寮的方针，均是为了实现沿途百姓、驿站商人以及驿马倌的课役平等。这样积压了多年的助乡问题终于得以解决，驿站改革迈出了第一步。

但是马笼有人对于驿站的改革发出抱怨。这种不满的声音出现在以楔田屋和蓬莱屋、梅屋以及马笼町内隶属旁支的老爷中间，就连老驿马倌也有这样的抱怨。街上草根出身的老爷们，经过陆续转行，才有了梅屋的脚夫宿、树田屋的旅笼宿，从卑贱的商人身份，逐渐到后来自视高人一等。自西方领地的大名们履行参勤交代义务以来，频繁出现在这条街道。驿站仅靠招揽木曾的人手是远远不够的，所以助乡从三十一村扩大到后来的一百一十九村，必要时百姓们都要踏上山道翻越木曾的风越山前去助乡。然而当这些百姓正在饱受劳役之苦时，驿站内的商人们反而在唾沫横飞地吹嘘自己的身家。其中甚至有人通过巴结讨好江户的达官显贵，得到了尾州公御用商人的好处。所以，他们怎么会甘心自己的身份与农民之下的贱民身份相当呢？这个时代的人们越是被压制，越是讲究排场、追求奢华的生活，内衣布料用的是甲斐绢，上面印着应季花卉的图案，外面套上一件绉绸的短外褂，再依次搭配合适的袴、腰带和腰间配饰，尽可能让自己看起来是位知行取①或是能乘辇出行的人物。

惣右卫门作为楔田屋的第二代传人，性格忠直，在这些人中显得多少有些格格不入。这群人的商业道德，在幕府时代打压商人的政策下日益扭曲，而同样在这种氛围中成长起来的惣右卫门，却始终没有忘记自己百姓的出身。他告诉孩子们至少要思考活着的意义，每个人的生命都是上天赐予的，祖先们留下的家业、各种遗产等都是上天赐予的，我们只需要好好经营。他还

---

① 知行取，江户时代被授予知行所，以其土地年贡为俸禄的武士。

说，如果把作为财宝的金银之物当成自己的私有物品，总有一天会受到上天惩罚。惣右卫门坐在酿酒屋为下一代的孩子们记录着他八十年人生的回忆录。回忆录中，按照楬田屋上代主人的讲述，在另立门户之前祖先世代都是贫苦的农民，如今的衣食无忧全是先祖和父母双亲的功劳，每个人最终都要回到父母身边。尽管他继承了店主的称号，但仍经常穿着棉布衣服，夏天总是一身棉布短外褂。他还在回忆录中写道，不必准备特别纱线纺织的条纹衫和捻线织品，他认为商人在家工作，简单的着装更舒服。惣右卫门身为楬田屋的第二代传人，说下一代人缺乏生活的觉悟，通常能言善道、会抢风头，尤其是身为最后一代驿站人，他们在受人尊敬时自然也会引人不快。他就这样惦记着这群似乎忘记了自己出身的子孙们，满怀心事地逝去了。但是，到了第三代、第四代，就不太了解惣右卫门父子在马笼村与艰苦的生活作斗争的历史了。连第一代主人的妻子开豆腐店，通宵磨石臼，每个夜晚都难以入眠的故事，也像遥远的梦境般渐渐被人遗忘。按照惯例，驿站的年寄役、组头的推选都由村民投票决定，在公布选票之日，由得票最高的人担任驿站长官。当时，当选者在觐见木曾福岛的地方官时，从两位老爷到总管、执事、会记，再到下面的徒士、走卒、会计等人人手持扇子，安永年代，这种选举方式非常流行，竞争也非常激烈。后来不知什么时候，这种方式被废弃了，年寄役和组头的继任变成了世袭制。无论继任者多么不适合，只要是出生在这个家族中，或者是来自这个家族的分支，就会受到人们的尊敬，被尊称为老爷。

这些老爷们也是良莠不齐，他们中有人没有彻底理解驿递司的意图，部分人只考虑自己的利益，便将这些措施一律贬斥为过激的改革。助太刀作为旧驿站的驿马倌，看到这场改革后不能再像之前那样肆意妄为，更加深了他的不满。甚至有老驿马倌说："这关系到驿站的兴衰，伏见屋的老爷们可以做个榜样，多费些心。"

尾州藩的有识之士非常重视民意，所以他们率先支持京都驿递寮的政令是无可厚非的。这件事自然影响到了尾州领地内的木曾地区，根据京都驿递司的新政令，即使是盖有各藩印章做担保的货物，也不能像以前那样直接通过问屋。同时禁止以公用、藩用的名义以公谋私，禁止行贿受贿。统一了出行货物的规格，规定各个问屋不论公用私用均一视同仁。

马笼位于木曾中央，御用驿马倌常年在这里生活，因此对这项改革十分敏感。他们中的很多人习惯了以前的陋习，按自己的想法驮运货物，随意换继，不想干的就直接推给助乡村民，现在形势完全变了。

小笹屋的胜七是一名老驿马倌。他曾在一天夜里偷偷敲开伏见屋的大门，去询问伊之助的意见。

"你去本阵那里问问吧。"伊之助回答。

"哎呀，伏见屋的老爷，这可不行啊。驿站的驿马倌和村子的助乡是两回事，不管楔田屋的老爷，还是蓬莱屋的老爷，都站在我们这边。您也应该更加怜惜驿站的人才对啊。"

虽然胜七这么说，伊之助却以自己不过是外来养子的身份推脱，没有给出明确的答复。即便同是老爷中的一员，伊之助也只想保持中立的立场。"你到本阵那儿去问问"这句话，一直以来都是他最后的撒手锏。

十二月下旬，驿站已经下过几场雪。突然，从西边过来一支七八十人的尾州藩队伍，他们是前往木曾福岛的一伙人，计划在马笼吃午饭。正值年关岁末，驿站的人马都外出了，所以即便是被委托驮运货物人手也不足，而且事出突然，连招揽助乡都来不及。所以，履行驿站课役改革这一任务就落到了各位老爷们那里。无论如何，在交通设施得以完善之前，居住在这条街上和沿途的村民都要拿出助乡的热情，每家每户各派出一个人来应对紧急情况。这样一来，无论是商人还是百姓，都必须在驿站人手不足时前去帮忙交接。

有的老爷对此难以接受，怒声吼道："什么？我们家怎么可能有多余的脚夫？你去本阵那儿问问。"

吉左卫门的病情明显好转，半藏因此也有了精神，准备离开本阵去调停脚夫之事。之前他已经通过邻居伊之助，打听了街上老爷们和老驿马倌的意向。

"当然了。"这句话已然表明了半藏的态度。然后他自己也加入脚夫队伍，吩咐男仆佐吉从后面的木屋里拿来"背板"（木曾风格的背架），还准备了细麻绳。他没有理会村里老爷们的抱怨，自己混在当天的脚夫中去帮忙，打算以实际行动给出答案。

"老爷，您真打算去吗？"佐吉急忙跑过来问道。

"您替我去，我就不用去了，每户只要出一个人就行。"佐吉又补上一句。

这时半藏已经披上蓑衣，一步迈出了门槛。尾州藩的一支队伍分成了几组，有些家臣正在本阵吃午饭。他们把几杆枪支放到玄关的铺板低台上，虽然主要由清助来负责接待那些客人，半藏对这方面也很上心。

"阿民，这里就拜托你了。"他说完比客人先行一步出了家门。

此时问屋前上街区和下街区的人陆续聚集过来。

"本阵的老爷，好马都被借出去了，不管怎么找，这里只有母马和小马驹。"驿马倌穿梭在人马间说道。

"今天我也要加入大家的行列，分给我一件货物吧。"半藏的这句话让其他人备受感动，连问屋老板九郎兵卫也大吃一惊。他们三人每个人分了七贯重的货物，半藏把它紧紧系在"背架"上，然后隔着短蓑衣扛在背上，和平时出入自家的兼吉等百姓们一起，顶着纷纷大雪向外走去。

"哇，是本阵的老爷啊。"有些人意味不明地调侃，还有人偷瞄向半藏，然后缩起戴着斗笠的头，暗自窃笑着背起货物走了过去。

"从这里到妻笼有两里山路，您能走完就太了不起了。"兼吉揶揄道。

从山峰经过一石柄（俗称一石）就是通往山谷入口的木曾路了。过去那些年，每当有大名和官员们的出行队伍浩浩荡荡路过时，从伊那征召来的村民们就会马上放下手中的农具，离开田地前往木曾四大驿站"暂时助乡"，也可以称之为"大助乡"，他们要通过这条绵延四里密布着山蛭、蚋等可怕虫类的险峻山路，才能到达对面。

尽管半藏把货物背在背上，但他怎么也习惯不了这种感觉。开始渐渐落后于脚夫们，连驮马的铃声也逐渐离他远去。有时候兼吉他们会在途中等他一会儿。百姓的肩膀平时背惯了重物，一身筋骨在山里活动惯了，但是半藏与他们不同，他的手和脚都在颤抖。等候多时的百姓们看见他这个样子不禁笑成一片，然后又快步向前走去。

半藏从来没有像那天那样，额头上不断渗出冷汗，像是糊上了一层浓稠的糨糊。年末之际，雪花常常飘进他嘴里，结冰的道路也让他烦恼不已。尽管狂风如此冷酷无情，但和驿站的下层百姓们一起分担着同样的工作，使他由衷地感到快乐。他再次鼓起勇气，踏上纵横交错的道路，用在山上找到的金刚杵①当作手杖向山谷深处前进。当他好不容易走到妻笼大桥，要渡桥时，后面尾州藩的队伍也紧跟着追了上来。

五

明治二年二月，半藏等人被迫卷入革新的潮流。这股浪潮逐

---

① 金刚杵，修行者或朝圣者所持的八角或四角的白木杖。

渐演变为民众对"版籍奉还"①的奏请和禁止"神佛习合"②的呼声。然而，这些革新还未实现，作为交通要道的木曾街道已是状况频出。

木曾福岛的关口已经废除。年底一支由七八十人组成的尾州藩队伍从木曾福岛急行于马笼岬上，后来才知道，其实这支队伍乃同藩的枪队，是奉尾州公之命来逼迫山村氏交付关口的。二月二十六，山村家将二门大炮、二十杆步枪、十张弓、十二支矛、两副拘捕道具以及其他各种装备全部交给了尾州藩。之前福岛藩派新五左卫门和原佐平太率领一支骑兵队已离开关口。

废除福岛地方官衙的通知也紧随其后。山村氏对木曾谷不过是暂时名义上的统治，实际的指挥权已经转移到尾州侧用人（将军的近侍）吉田猿松手中。到了久违的发放武士俸禄之日，山村氏麾下奉职多年的家臣们全部被辞退。

木曾谷的民众就这样迎来了他们新的领导者。不久，根据总管所的新政令，福岛的地方官衙改名为总管所，废除各驿站的问屋，并撤销年寄役一职，今后负责人马继立（交接、换乘等）的地方改称传马所。同时准备传唤两名驿站方总代表火速赶往福岛。事到如今要面临的，是革命中的革命、破坏中的破坏。

"母亲，终于要废除问屋了。"

"是啊，阿民跟我说了。"

"年寄役废除了，驿站也快要解散了。"

半藏和继母阿万谈论起这些话题。

"我和阿民刚刚也谈论过这些。你父亲听到这样的话一定会感到震惊的。我提前嘱咐你，这件事可不要让你父亲听到。"阿

---

① 版籍奉还，明治二年（1869）全国各藩主将其土地（版）和人民（籍）归还朝廷。

② 神佛习合，日本本土的神道和佛教信仰（日本佛教）相融合，一种信仰体系重构的宗教现象。

万开口道。

面对现下局势，善于洞察世事的继母也紧张起来，准备对吉左卫门隐瞒这一切。当年正月，吉左卫门的身体逐渐恢复，在庆祝他迟来的古稀大寿时，还向病中照料自己的亲戚朋友们送了一些象征长寿的荞麦面。然而，吉左卫门身体的衰老是不争的事实。也许是他身体虚弱的缘故，常常会因为一点儿小事马上伤透了心，一整晚睡不着。所以继母想都不敢想，如果半藏把事情原原本本告诉了他会怎么样。

"你看，"阿万又说，"你父亲之前刚大病了一场，身体还未痊愈，所以让人很担心，他目前就是这种情况。"

"可是，这种事是瞒不住的，我觉得还是说出来比较好。"

"说什么呀，就像刚才说的，你父亲现在就在后面的二楼。我会好好叮嘱出入这里的人，不让他们乱说，他就一定不会知道的。"

"这个嘛，知道了会怎么样呢？"

"不，这件事我来负责。如果你父亲的身体再受到刺激，那将是无法挽回的。"

半藏听说会影响父亲的健康，也只好听从了继母的意见。

半藏目送着继母从本阵的主屋走向后面的隐居处，然后开始向四周张望。正如阿万所担心的那样，他越是不想把事情传到父亲的耳朵里，越是难以掩饰民众对这一改革的议论早已遍布大街小巷的事实。这不仅仅发生马笼，同样的事情也发生在中津川，以及落合、妻笼等地方。实际上，木曾福岛、奈良井、宫之越、上松、三留野、合五宿、木曾谷的庄屋和问屋中，对这项改革提出异议的人都被传唤到了白洲，以需要审讯为由要求他们退役，并将他们幽闭起来，除亲属外不得探视。此举之严苛无情，连乡下黑川村的庄屋也不能避免，同样被强制执行了退役。

这种时候，半藏总会找那位邻家的主人作为商量对象。

也只有这位被驿站老爷们排斥的伊之助，会为半藏由衷地提出建议："半藏，这样做怎么样""那样做又怎么样"。半藏一方面要注意后面隐居所的情况，另一方面还要平息市井诸多不满的声音，他告诉驿站的老爷们，说自己一直以来都是为武家，以及正在进行的王政复古事业效力的。同时，他还说这项改革的初衷是为了让世界更加光明，因此必须规劝以前的老传马役们应顺应时代采用简易轻便的通行方式。为了完成伟大的理想，这项改革是必需的。但是如果要跟随改革的步伐，就必须摒弃祖传的名誉职务和家业，心思及此，他的内心不免陷入混乱焦灼之中。

之前被传唤到福岛总管所的两位代表，踏着旧历二月的漫漫雪路归来了。他们从总管所带回的"心得文书"，内容大致如下。

（一）刻印"东山道某某驿站传马所"的印鉴，弃用之前"问屋"的印鉴。

（二）问屋账房的所有账簿，今后都要遵照新规更换成新的，关于印鉴、文契、规定租金等的继立，要分别记录，防止入账混乱。

（三）笔、墨、纸、烛火、炭的采购等，要另设一本账簿按时详细记录。

（四）轿子、桐油、提灯等物品的更换，全部要记录在册。

（五）新传马所设立总管、会计、文书、账房、小吏、马差等职位，每个职位约两人。其中，会计职务可设三人。经过众人商议后，选定总管、会计、文书三职，后三职的选定由前三职负责，评选后要在一两日内公布人选，之后再商议每个人的月薪。

（六）秉持驿站和助乡一致的宗旨，要亲切地对待助乡村落，且不应给予过分干涉。

（七）在新整改未完成之前，驿站常设脚夫二十五人、马二十五匹，暂时照旧安置，由他们负责印鉴和文契的继立。应按时支付助乡人马的薪水，并如实记录，对浑水摸鱼者严惩不贷。

（八）合理计算驿站人马和助乡的薪金。

并且，除了上述内容之外，还有其他待议事项。

这份文书是为新设的传马所起草的，语言通俗直白，此文书内容为临时之计，这种事情在旧时代是没有的。来自尾州藩木曾谷的新统治者，必须首先争取旧本阵的支持，才能有效地促进驿站助乡的统一。

对于详细的规定，木曾谷十一宿的官员之间也是意见不一。十一家驿站已经逐渐不堪重负，很难雇用到新的人马，有人提议，眼下每家驿站向总管所借二百两黄金维持生计。新政府下发了普及金钞（新纸币）的严令，但推行过程中遇到了很大阻碍，当时各领地的米商等众多商人根本不接受新纸币。又听闻消息说，松本以八折的市价发行了新纸币。如今各领地的商人无论几折都不接受新纸币，所以没有人愿意改用新纸币，世人对此众说纷纭，着实令人困惑。因此有人提出，希望政府规定新纸币在市场的流通价格。以上这些均会在十一家驿站商议之后整理成请示书，由代表联名提交给总管所。

组头庄助喊了声"半藏大人"，他经常偷偷来看望半藏。此人作为百姓代表，一直固执地与商人老爷们对抗。最近，他对传马所总管及其他职位的人选颇感不满。

"怎么样，庄助，现在没有之前那样浩荡出行的队伍了吧？"

"暂时不会有了吧。"

"如果没有了的话，我有个想法……"

半藏说道。在他看来，没有必要再像以前那样设置两处继立所，他想借此机会关闭本阵附属的问屋，把新的传马所让给九郎兵卫管理。之前，半藏只把自己的这个想法告诉了伊之助一个人。

庄助说："但是，半藏大人，您不能这样自暴自弃，应该奋力搏一把才是。马笼村的成立，全靠你家先祖的努力。无论如何，你都要使劲拼一把。"

最后，半藏还是按照自己的想法把新设的传马所让给了九郎兵卫，让九郎兵卫制定新的章程。新的管理者用投票的方法选出了七个人。长久以来的旧世袭制被打破，人才选拔由"重视门第"转变为"以人为本"，半藏的表兄荣吉由于在问屋工作中表现良好，晋升到了宿役人的位置。

这样一来，驿站也必须整顿了。各种账簿必须移交到相应部门。半藏吩咐男仆佐吉，让驿站的仆人帮忙，把旧问屋所有的工具搬运到传马所。他躲在自己的房间里，那间榻榻米客厅旁边有他任职本阵、问屋、庄屋以来所有的公文记录，从中挑选出应该移交给传马所的材料。他打开父亲担任问屋时留下的旧箱子，里面装着官员到京都旅途期间的轿辇和随行脚夫的申请契约，署名六组飞脚屋联盟，还有年中活动的文契。他又解开其他箱子的缚绳，里面有驿递寮、甲府县、度会府等驿站通用的大大小小印鉴，凭借这些东西便足以了解最近府藩县的动向，它们是旧驿站的全部印鉴。但是涉及尾州藩的相关文件，以及木曾下四驿站共同负责的文件就很难区分了。不管怎么说，这次需要将驿站和问屋的一半资料移交出去。半藏的心头涌上各种思绪，使他根本无心整理账簿。

阿民进来准备告诉他吉左卫门的事情时，看见榻榻米客厅一片昏暗，惊呆了："哎哟，你坐在这里，怎么连灯都不开？"阿民在昏暗的房间里看到垂头丧气却依然挺直脊梁的丈夫。

"父亲怎么了？"半藏问她。

"他一直追问母亲是不是家里出了什么事，母亲也不知道该怎么回答他。"阿民说完，就去里面取蜡烛了。她把点燃的蜡烛放入带来的灯笼里，霎时明亮的灯光铺满了整个房间。

"我的心实在太乱了。"半藏环视着四周说道，"从刚才开始，我就一个人坐在这里。"

"妻笼怎么样了？"阿民突然想到了哥哥，问道。

"你看，寿平次他们和我们家一样，现在肯定也在谈论同样的话题吧。"

"大概是这样吧。"

"我和你说的事，寿平次一定也对里子说了。怎么说呢？很久以前的事我也不太清楚，不过我们家的祖父也好，父亲也好，几乎都是为这条街道和驿站耗费了一生。现在，这种不辞辛劳的奉献就要像泡影一样全都消失了，我觉得这不公平。至少作为本阵问屋，青山家世世代代参与各国的交通运输事业，福岛总管寄来的文书上也写着这些事。能继任本阵、问屋和庄屋的家族，一定是开垦荒地的世家，不过我告诉你，这个时候不要拘泥于这种旧事。笹屋的庄助来找我，劝我无论如何都要奋力往前冲一把，可是如果我们这些人自己不往后退，驿站的改革又有什么希望呢？"

"这些我不太清楚。但是母亲因为这件事非常担心，我自己也有些混乱不清了。"

阿民惦记着要给孩子做饭，就起身到地炉边认真地忙碌起来。

山里人家终于摆脱了漫长的寒冬。惠那山溪谷方向发生了猛烈的雪崩，半藏在家看不到这个场景，但是每天都能听到屋檐上积雪融化的声音，音色听起来寂寞而单调。从屋顶落下的水滴声，勾起了半藏诸多回忆。半藏在阿民身边度过了难以入眠的一夜，第二天照常早起前往驿站巡视。他心里惦记着对外界动荡还一无所知的父亲，正要拉开驿站的门时，恰好碰见伊之助从对面过来。

"驿站终于要停业了。"两人一边聊着，一边望向空落落的问屋方向。他们打开驿站榻榻米客厅的大门，泛黄的墙壁、陈旧的隔扇，这一切似乎都在诉说着驿站曾经受制于崇高权威被迫屈从的过去，以及在这条街道上人们无以言喻的艰辛。

不知不觉间，半藏和伊之助一同度过了最后的驿站时光。这时，半藏望着伊之助的脸，用平静的语调直言了自己的感受。半藏说，前几年他曾向尾州藩求援，其实从那时起如何继承驿站就成了大家共同要面临的问题。看看当时账本的余额就知道，驿站七年平均下来每年都有一百七十两左右的缺口。随着这些缺口不断累积，填补缺口的借债高达十六股之多，仅利息每年就要支付二百四十四两。即使有尾州藩的援手，这种状态持续下去的话，最终也有可能会走向消亡。多年来驿站如附骨之疽的陋习导致了这一恶果。正因为如此，才出现了重新制定新规的呼声。一直以来，半藏只想和这条街道上的人们共同为武家效劳，为此一心想着只要忍耐就好，如今半藏有些醒悟了，不论问屋还是驿站都不过是封建时代的遗物罢了。

如今的时局，连高高在上的天皇也必须直面激烈的社会变动，更不用说下面的百姓了。

伊之助咬着指甲，安静地听半藏讲述。半藏的耳朵又微微泛起红来。

"伊之助你也辛苦了！我们在一起工作了这么长时间。"半藏又接上一句。

现在所有的工具已经运到了传马所。半藏叫来佐吉，吩咐他把门锁上，就和伊之助一起离开了驿站。

六

平田延胤经过木曾街道时，马笼正在进行驿站改革。延胤从东京沿着下诹访归来，途中顺便访问了伊那谷，那里有已逝平田笃胤的众多门生，他从清内路门生原信好的家中出发，经过大桥，下午三点左右到达了半藏家。打算到木曾路西郊暂作休息。不过，踏上这趟旅程的并非只有延胤一人，还有门生随行，南条村的馆松缝助从伊那便开始追随他，坚持要把他送到马笼。

延胤是半藏老师平田铁胤的儿子、已逝平田笃胤的孙子。平田的同门平时都称铁胤为老先生，称延胤为小先生。半藏见到这位意料之外的来客备感兴奋，开心地把一行人迎进家门。对半藏来说，能带他们去看看自己的故乡，是宛如梦幻般的事。延胤问半藏，他听说木曾地方遍布幽深的溪流，怎么会有这么开阔的溪谷呢？半藏便带着延胤来到西侧的走廊，向客人展示了由美浓到近江方向碧空与群山相接、云雾缭绕的朦胧美景。从走廊看不清与惠那山相连的群山，但半藏说《万叶集》①古诗歌中提到的御坂就在那里，马上引起了客人的兴致。半藏把他们带到二楼的榻榻米客厅，延胤谈起他们一行人的旅程规划：他们打算在返回京都途中，前往伊那山吹村的条山神社拜谒国学四大人（荷田春满、贺茂真渊、本居宣长与平田笃胤）的灵位。此外，因为伊那的诸位门生为老先生遗著《古史传》的出版发行费尽心力，延胤想对他们表示感激，同时还了解到他们在那里替父亲平田铁胤招收了一批新门人。

阿万和阿民端着茶具过来打招呼，半藏站在她们旁边，向延胤介绍说这是他的母亲和妻子。能把自己的继母和妻子引荐给先师的孙子，半藏由衷地感到高兴。听说来的是贵客，阿粂和宗太姐弟穿着正式的和服，一本正经地从母亲身后走出来行礼。彼时半藏的女儿十四岁，长子十二岁。

因为延胤急着赶路，缝助劝半藏跟延胤一起去中津川。缝助来到马笼，想顺便拜访同门的景藏。半藏对这个提议心动不已，立刻派男仆佐吉去隔壁的伏见屋，与伊之助分享了要与延胤同行的喜悦。伊之助迅速换上羽织袴赶了过来。

"这位是小先生。"

伊之助听到这句半藏的介绍，明白了这个人就是半藏经常提到的那位平田先生的继承人，一板一眼地向客人点头致意。

大家做好准备就出发了。途中他们谈起老师平田铁胤的各种

---

① 《万叶集》，奈良末期的和歌集，也是日本现存最古老的和歌集。

传闻，使半藏的这一路程更加轻松愉快。对半藏来说，这时了解到中央的动向是对他最大的激励，所以他不想漏听延胤一行人的任何谈话。半藏听闻，新帝即将在三月初再次来东京，老师平田铁胤已请旨随行，打算趁此机会举家迁往东京。延胤急着赶行程也是这个原因。平田铁胤从那年正月担任新帝的侍讲起，率领神祇官中心势力的平田派学者，直接踏上了通往新政府的要道。如今，老师平田铁胤无论在文化教育上，还是在神社行政上，都是引领全新时代的元老领航员。为召集全国代表共商国家大计，设立了新组织、制定了新制度，政府即将在东京召开会议，这个会议需要不少像老师一样经验丰富、精力充沛的人才。

延胤透露了许多京都方面有关天皇东京之行的内部消息。各地人民如此爱戴新任天皇，竞相迎接天皇一行，并非没有理由。一直以来，天皇都被关在厚厚的玉帘后，只有极少数公卿才能拜见，平时百姓无缘得见天颜。经此一行，天皇又能重新回归身为百姓之父的天赋神职。一直以来，人们都说天皇所在之处位于云端之上，公卿也都是天上人，百姓难窥龙颜，天皇的尊贵玉体不可踏上世俗的土地，将天皇的位置捧到一个遥不可及的高度，从而形成了数百年上下隔绝的弊习。当今万象更新、王政复古，眼前的当务之急就是打破这一陋习。有人奏请天皇遵照本朝的圣时，走出玉帘周游列国，以简易轻便为本、抚育万民。正因如此，才称这是前所未有的东京之行。

不仅如此，这次东京之行后还有更重要的事情，那就是民众希望把皇宫从京都迁回东京、在东京重建新都城。如果朝廷只图一时之利，不采取永久治安之策，难免"屋漏偏逢连夜雨，船迟又遇打头风"，重蹈北条氏衰落后足利氏趁势崛起的覆辙。如今的国情，内有崩溃的中世纪封建制度，外有日益东渐的欧洲势力。毫无疑问，这个社会正在面临开港以来从未有的大变革。延胤希望众人能真正地瞩目这个国家、洞察世界之大势，所有国民同心勠力，积极付诸行动，使万民抱有乐观向上的积极心态。但这需要很大的决心。如果因为担心眼前的一点异议失去迁都的机会，那么这个国家的未来将就此结束。实际上，时代的狂潮正疯狂地奔涌而来。

众人走下山峰，延胤说，在少数国学前辈的著作中也能见到有关迁都一说的论述。可以说如今这个时候，已经迎来了借东京之行迁都的契机。

他们一行人的目的地无疑是中津川的本阵。正好半藏的朋友景藏和香藏都从京都回来了，于是难得的众多亲朋好友齐聚景藏家，甚至还有半藏学生胜重这样的年轻面孔。他们在东美浓的小镇上，设酒宴迎接延胤的到来。当天晚上伊之助也难得地醉了，和半藏一起回到马笼时夜色已深。

大概过了三个月，中津川的香藏从美浓出发前往东京，登上十曲岭时，遇到的旅行者也大多是往东走。如今天皇陛下迁都东京，在那里安置皇居，平田家也收拾了京都的家当，全部搬移到了新首都。

急于赶路的香藏在门口跟半藏招呼了一声，半藏也不好继续挽留。香藏穿着草鞋，从本阵玄关前穿过庭院的花草林荫，来到榻榻米客厅的房檐下，这里绿叶葱葱、牡丹含苞待放，他放下斗笠，喝了半藏端来的送别茶。

如上面所说，香藏急着追赶师父，甚至连坐垫都未暖热便要起身上路，也无心关注问屋被废的事情。半藏非常不舍友人的离别，在友人动身去往野尻驿站留宿后，他也急忙整理了行囊，紧追其后来到木曾福岛的旅笼屋。

终于，他追随友人到了鼓原。小聚了五日，半藏目送着友人离开，独自一人从鼓原回来了。阴历五月的日光映在他的眼中熠熠闪光，平田同门们的一举一动频频浮现在他脑海。那时，师冈正风、三轮田元、权田直助等人都齐聚东京，围在师父身边，与他有着莫逆之交的前辈暮田正香在京都皇学所担任监察。

"是啊，同门都期待十年以后的未来，没想到经过一场奥羽之战，让大家这么快就到了分别的时候。"半藏想。

半藏还不禁想到，战前、战后有很多人为了统一境内携手奋进，但是现在怎么会有这么大的差别呢？还想到不久就要和香藏一样前往东京中津川的景藏，这位年长的朋友，不论他身居任何要职都绝不会曲意逢迎。他乐于和像景藏这样谦逊而不恋声名的人结为知己。

自木曾福岛的关口被废后，监视来往旅客的看守也消失了。半藏经由上松回到三留野，所到之处的庄屋和问屋均被幽闭，这也侧面说明了这次改革的力度。根据总管所下达的严令，到了这种时候，如果一些庄屋和问屋仍沉醉于旧梦中，则会被严令禁止一切外出，禁闭期间不能留月额（剃掉前额至头顶中部的头发，江户时代男子的发型），生病了也不能去医生家疗养，如果想把医生请到自己家里来，需要向上级请示。关闭住宅大门，只能从暗门进出，各类职业要遵守相应的法律。除上述内容外，如果有其他难以理解的地方，可以通过宿役人向上请示。

之后，半藏赶去妻笼本阵探望时，恰好赶上寿平次不在家，这时驿站已被废除，问屋也在改革中。这场改革从一开始就显示出了势不可当的气势。

离开妻笼驿站，就看不到木曾川的碧色河川了。深谷尽头连接着林中的山路，越往上走，越接近木曾西郊。五月的节日紧赶着脚步追来，山里人家的屋檐上还悬挂着残留的菖蒲叶，此时半藏也回到了马笼的新传马所。旧驿站的建筑与本阵的正门并排，从石墙林立的坡道上可以看到位于伏见屋下方的风景。有人拄着拐杖一直徘徊在那个门窗紧闭的冷清建筑前，迟迟不愿离去。这个人就是半藏的父亲。自从大病一场后，吉左卫门就很少离开隐居处。所以半藏正要回家时看见这个场景，不由感到一阵惊愕。

"父亲，您要去哪里？"

半藏向吉左卫门打了声招呼，然后了解到父亲要去拜访很久未见的老朋友金兵卫。他刚刚才知道父亲一个人步履蹒跚地来到家门前。

"父亲，您这样一个人出去，没问题吗？"半藏说着，想让孩子把父亲送到后面的隐居所，然而却不见宗太在附近玩耍的身影。他便陪着慢慢挪动步伐的吉左卫门一起走到后面的二楼。

如今，半藏无法再对父亲隐瞒自己已经失去问屋工作的事实，毕竟父亲已经看到了新的传马所。要把继母和妻子担心的事情对父亲隐瞒到底是不可能的。半藏想到这里，又折回了主屋。

"阿民，我回来了。"

阿民听见半藏的声音，就跟他讲了前一天晚上的事情，昨晚她让人煮了菖蒲汤，一直等半藏到很晚。这时的她还在期待不久后，能和丈夫孕育下一个新生命。阿民已经是五个孩子的母亲了，其中有两个是男孩，分别是长子宗太和已被娘家收为养子的次子正己。三个女孩，除了姐姐阿粲之外，二女儿阿夏已经去世，三女儿阿鞠也不幸早夭。所以阿民无论如何都希望能把下一次生出的孩子平安地养育成人。每当她和丈夫两个人待在一起的时候，就会这样说。显而易见，她的内心发生了巨大的变化，处处彰显着女性的柔软和细腻。

傍晚，半藏去看望父亲。吉左卫门和阿万待在后面的二楼。房间的一角铺着供父亲歇息的榻榻米。半藏还未坦白之前对父亲一直隐瞒的事情，吉左卫门就已经从伏见屋的金兵卫那里听说了很多，一脸担忧地盼望袭击青山家的暴风雨能快点过去。

"我今天累了。"吉左卫门开口道，"难得心情好，没向特来祝贺我古稀的人道谢，先去看老朋友了。不争气的身体，仅仅走到伏见屋的坡道，就上气不接下气了。那个金兵卫一直抓着我不放，还编出了各种关于驿站的传闻，哎呀，真是说不尽的话题。"

半藏看着父亲镇定自若的样子，稍稍放下心来。他告诉父亲，驿站的改革是不可避免的，但也并非一朝一夕的事。曾经从木曾谷中来的脚夫有几百人，从伊那助乡来的脚夫有上千人，而如今已经不是那个允许大规模通行的时代了，所以过去驿站定额的脚夫二十五、马匹二十五的传马制度也过时了，现在只要在各驿站配备脚夫十三人、马十三匹，就足以应付各类继送了。

"哎哟，像我这样旧时代的人，已经不了解当今社会了。"吉左卫门说，"金兵卫说得对，我这个样子连自己都看不下去了。那位退隐的大人大概亦是如此吧。"

"这么说来，父亲不是做了一个梦吧？"半藏注视着父亲的脸问道。

"就是那个梦啊。"

"说来听听，那是个什么样梦呢？"

"哎呀，梦见房梁掉下来了。这梦太奇怪了，我想请算命先生来占卜一下，总觉得房子里有什么乱七八糟的东西。要不然，我也不会做那种梦。稍微一想，就在意得不得了。"

"其实，父亲，我还是跟您实话实说吧。因为母亲和阿民一直担心您的身体，不让我说出实情，所以到现在为止还对您隐瞒着。"

阿万在房间里进进出出。她似乎被半藏父子的谈话吸引，从隔壁取来了茶具。继母说："本来想给半藏尝尝昨天的粽子，但发现没有剩下的了。"她还说，"正值节日，今年的节日庆祝很简单，只邀请了荣吉、清助等亲戚们。"

吉左卫门恍然大悟地说道："不，不会变成这样的。以前我也是这么认为的，但我听说废除了参勤交代制度后就改变了看法。"

"半藏，本阵和庄屋会怎么样？"

"是这样的，本阵、庄屋，还有组头暂时还和以前一样。但这只是现在的情况，还无法预料改革会进行到何种程度。"

听到半藏的回答，吉左卫门望着半藏的脸，一时沉默下来。

"父亲，今天您也累了，先躺一会儿吧。"半藏继续说道。

"能这么有兴致，真不错。"阿万说道。

"那就这样吧。我从傍晚开始就一直在睡觉。阿万好像也受我影响，我躺下，她也接着躺下。"吉左卫门对半藏说着，笑了笑，依照阿万的劝说把手交叉伸进新的睡衣袖子里。系好睡衣的细绳后，坐在榻榻米上。吉左卫门比算命先生的预言多活了一年，迎来了他的七十一岁生日。

"半藏，你快看看呀。"阿万说，"这是今年给你父亲做的，是我精心准备的。你父亲都到了这把年纪了，还一直穿着棉睡袍。他说穿柔软的睡袍太像庄屋，用棉布的就行。而且，就算你去拜谒天神的时候，你父亲也只在里面套件印花布料的衬衣。但是要我说，都七十岁了，睡衣还是穿柔软的舒服。你父亲却无论如何也不肯穿这种衣服，劝了好几次，今年终于同意穿了。"

阿万这种贴心的关怀，也慰藉了吉左卫门内心的悲伤。吉左卫门坐在榻榻米上，把枕头拉过来放在膝盖上，说道："已经去过了金兵卫那儿了，这样我就放心了。明天或者后天，我想带着阿象和宗太去扫墓。不仅是上一代半六的忌辰将近，还有万福寺墓地，我早夭的两个孙女阿夏和阿鞠，也在新坟中并排长眠着，想到这儿我就感到深深的悲痛。"

"老是这样思前想后，事情还是周全不了。"吉左卫门自言自语道。当天晚上，送半藏回到主屋后，吉左卫门仍坐在榻榻米上，回忆起自己漫长的街道生活。半藏的话一直萦绕在他心头，即使躺在床上，也止不住地思来想去。如果还有明天的话……吉左卫门这样想着，渐渐疲惫地睡去了。

七

六月，半藏收到尾州藩已捷足先登早早地归还了版籍的消息。他把福岛总管所的这份通知念给父亲听。上面写着：

德川氏三位中将：

今奉还版籍之际，深察时势，广纳众议，取政令归一之意，诚如所言。

这是新政府行政官下达的政令，意味着这个建议得到了天皇的首肯。总管所为了让村里人无一遗漏地收到消息，还附上文书送到半藏这里。

木曾福岛的关口、地方官衙门、各种助乡名目、问屋以及驿站等相继被废除，这场大变革终于走到了这一步。在西南诸侯已经奏请版籍奉还，还没到付诸实际行动的时候，尾州藩率先采取行动，退位示诚，也不是没有道理的。尾州藩作为德川御三家①之首，相对于水户、纪州，他们一直秉持着堂堂正正的做派，所以由此看来，尾州藩做出这种事也不足为奇。当初德川庆喜奉还大政，辞去将军一职时，尾州藩曾劝德川庆喜把辽阔的领地也尽数归还，将首都迁出江户城之际，尾州藩也主动挺身而出排在官军的最前面，所以，尾州藩会做出这种事更加不足为奇。

"父亲，这里还有另一份通知。德川三位中将要被任命为名古屋藩知事了。"

"让我看看，是知事吗？不再是大名了吗？"

"暂时是这样的。百姓的问屋和驿站都废弃了，自己却还生活在旧时代的模式里，哪有这种道理？"

吉左卫门和半藏交谈了几句，对儿子的话点头赞成，眼中却噙满了泪水。

---

① 御三家，江户幕府时代，是指除德川将军家外，还拥有征夷大将军继承权的三大旁系。

到了七月，吉左卫门中风复发，无法站立。吉左卫门躺在榻榻米上，当月中旬传来了阿民顺产的消息，这次出生的是个健壮的男孩，但是他自身的进食却变得越来越困难。这样的日子一直持续到八月初。八月初四傍晚六点，吉左卫门追随上一代的半六的步伐，在病床上结束了他的一生。

当夜，吉左卫门的遗体从后面的二楼移到主屋的里间。荣吉、庄助、伊之助等人听闻此事，立刻赶来本阵。伊之助刚刚从交易所回来，气喘吁吁地说，他接到福岛总管所通知，新政府为鼓励本地开发特色产品，在此设立产业交易所。看到这位匆忙赶来的邻居，半藏更感岁月的无情，不禁想起父亲如落日西沉般落幕的一生。

第二天一大早，受到吉左卫门生前恩惠的众人聚集到本阵，在宽敞的地炉边、厨房里忙活起来。大家不论红白喜事，有事都来帮忙，聚在一起聊聊天、吃吃喝喝，这是百姓们自古以来的习俗。现在，半藏嘱咐荣吉、清助，听取继母的意见，按照本阵的规定安葬父亲。他作为一名平田门生，本想举行神葬，但青山家与万福寺交情深厚，再加上继母阿万的心愿，所以决定还是遵从大家的意见。总之，半藏希望能通过这次葬礼纪念父亲漫长的街道生活。半藏希望能将父亲风光厚葬，这个想法他在伊之助面前提过，也对继母说过。准备装殓时，亲戚、朋友陆续从东西两侧的邻宿前来吊唁。有来自妻笼的寿平次、得右卫门，还有来自落合的胜重。里间的桌子上，白色的蜡烛静静地燃烧着。木曾山中最不缺的就是木材，棺材用厚实的白木打造，里面放着佛葬习俗中常见的陪葬品。阿万等人聚在一起，为吉左卫门缝制了寿衣、还准备了念珠、头陀袋、草笠和草鞋，阿粂拿来吉左卫门常用的拐杖，想把它一同放进去。无论哪个物件，都彰显了吉左卫门去往另一个世界的旅行者身份。阿万走到他身边，把吉左卫门的手紧紧地握在胸前。这时，半藏把阿粂和宗太叫过来，让他们一起再好好看看祖父。吉左卫门长长的眉毛、静默的嘴唇、高挺的鼻梁，面容比生前更加安详。很多人聚集在灵柩周围同逝者告别，一片拥挤混乱，半藏时不时地留意两个孩子。宗太已经到了明事理的年纪，他抱着双臂躲在房间的角落，一脸落寞地沉思着祖父的死亡。一向深受祖父宠爱的阿彖，早已哭红了眼眶，努力拿出姐姐的模样强打精神，在庭院的走廊处躲了起来。

傍晚时分，寿平次的妻子阿里带着九岁的养子正己（半藏的次子）从妻笼赶来。日落西山后，半藏把万福寺的弟子迎到里间，然后和大家一起聚集在灵柩前，聆听不绝于耳的诵经声。人们开始谈论关于吉左卫门生前的种种，半藏提到父亲吉左卫门心系下层百姓，以及父亲在去世前三天几乎吃不进东西，但突然有一天早上心情大好，说什么都想吃，还问有没有黑莓果子，把孙辈们都叫到他身边不舍得放开，告诉大家那是他最后的日子了。半藏还说，父亲擅长御家流的书法，字体娟丽，像他这种手指笨拙的人只能望其项背，祖父的手艺传给了喜爱读书写字的阿彖。吉左卫门爱好美浓派的俳句，临终前，半藏按照父亲的要求选了《风俗文选》的一节读给他听，父亲悲痛欲绝地听着，最后说了一句："半藏，我要走了。"

伊之助说道："对了，上次吉左卫门先生到伏见屋拜访，聊了很长时间，临走时对我家的大人（金兵卫）似乎也说过这样的话。当时我没在意，现在回想起来，那是他最后的告别了。"

第二天下午，吉左卫门的遗体被抬到本阵门口。清助向人群喊了一声，说不能去寺庙的人在门口目送就好。所以聚集在本阵的大多是附近的老板娘和年长的女性。

"霜婆。"

"是。"

"快点呀。"

"好。"百姓兼吉的母亲听到有人喊她，慌忙跑了过来。恐怕连这个耳背的老太太也回忆起以前的事，想过来送别吧。人群中还有伊之助的妻子阿富，她手里拿着一串念珠。

这时，百姓桑作穿过人群去找半藏，他带来一个负责门火①的年轻人。

"老爷，这是蕗阿婆（半藏的乳母）的孙子。之前他在山口待了很长时间，不知道您觉不觉得眼熟，蕗阿婆的孙子已经长这么大了。他想一起送行，就带他过来了。"桑作向他介绍说。

不一会儿，送葬队伍就绪，向寺院方向出发了。一对高挂的白灯笼在前面引路，旧庄屋的遗体紧随其后。以半藏为首，随行的人有龟屋的荣吉、伏见屋的伊之助、梅屋的五助、楔田屋的小左卫门、蓬莱屋的新助、旧问屋的九郎兵卫、组头庄助、平兵卫、妻笼本阵的寿平次、胜本阵的得右卫门等，他们全部戴着青色草笠，穿着新草鞋。除了产后的阿民抱着婴儿森夫（半藏的三男）闭门不出外，阿万、喜佐、阿里、阿粂她们将如水墨泼洒的秀发盘起，绾成一个没有装饰的圆鬘，加入队伍之中。

不久，这支队伍从街道右转，经过田园向寺院方向行进，接近万福寺的小山时，胜重和清助两人为了先一步赶到寺院，迎接身后的一行人，急忙离开了队伍。附近村子也有人特地赶到万福寺前来吊唁。望眼欲穿的松云和尚终于迎到了胜重两人，在正殿和库房之间的入口处为两人安排了座位。

"那么，胜重，账本就拜托你了。"

其实不用清助说，胜重已经坐在旧书桌旁，接手了当天的记录工作。这里是一条铺着木板的狭长走廊，一头通往寺庙的地炉，是学徒和尚进出的地方，另一头以漆黑的木门为界，通往正殿。透过昏暗的房间，可以看到里面的大厅。胜重站在那里，每有吊唁者过来就记下他们的名字，顺便感慨一声吉左卫门的交际之广。不久，

---

① 门火，在葬礼上，送走死者时在门前燃起的火。

遗体来到正殿前，胜重周围到处是边走边摇扇子的人们。

有时清助会过来桌前查看账本上的名单。胜重翻开账本，告诉他来自美浓的人很多，还有吉左卫门在美浓的俳句诗友也专程前来吊唁了，接着又对清助说："哎呀，清助，别这么忙了，先休息一下。"

"我这次来到马笼，很惊讶老师的孩子们都已经这么大了！真的，大家都长大了。我最先注意到的就是这点。待在老师家的时候，还抱过阿粂呢。"

就在这时，他们刚刚谈到的姐弟三人从寺院的走廊迎面过来，三人中从妻笼来的正己很是活泼，一副这里就是马笼寺庙的惊讶表情。与好久不见的阿粂和宗太一起在寺院逛了一圈，先后去了挂着太鼓的正殿、牌位堂，以及松云和尚精心设计的假山式庭院回廊。

仪式快要开始了。年事已高的金兵卫在寺院等候着灵柩的到来，这时，他和伊之助一起走向方丈，向胜重点头致意后继续往前走。这位大人将头发盘起，比平时更显年轻，胡须刚剃过，面容整洁，在伊之助的搀扶下缓缓走过正殿走廊，似乎脚下走过的每一步都寄托了无限的思念。

"喝！"

悼词结束之际，松云和尚发出一声暴喝。这一声尖锐的暴喝让所有人都吓了一跳。松云和尚是一名修行多年的禅僧，他对遗体的饯别全都囊括于这一声暴喝中。

仪式结束，半藏在银杏树旁的钟堂前与前来吊唁的外村人一一道别，送别外村人后又专门到石碑前与金兵卫道别。山门外石阶的出口处有几尊观音石像，他就在此与回去的村民们道别。

墓地在倾斜的小山丘处，已经做好了下葬准备。半藏等人在入口处见到了前来迎接的男仆佐吉。佐吉对他说明了墓地的深度和宽度，解释这样的深度和宽度足够容纳老爷的寝棺。不久，半藏等人来到墓地，一股浓郁的泥土气息扑鼻而来。这里是古老的

青山家十七代家主的长眠之地，挖出来的泥土堆得像山丘一样
高，甚至掩埋了墓地周围的基石。

半藏等着与人群会合。阿万他们有的提着阏伽桶，有的手捧
鲜花，还有的手持燃香，沿着小路逐渐向墓地会聚。有人透过杉
树丛眺望惠那山山脚的村庄，有人在布满青苔的坟墓间徘徊。

"不管从哪个角度看，这座祖坟的位置都是极好的。"寿平次
对半藏说。那块深深刻着"万福寺殿昌屋常久禅定门"的古碑，
是青山道斋修建万福寺时的遗物。好像不管什么时候，在此长眠
的祖先们都会用深邃长远的目光，眺望着马笼村的命运。

"这里像是古人的坟墓。"寿平次又说道。不知何时，松云和
尚也来到半藏身后，如果不是听见松云低声念诵经文，半藏甚至
没有发现这位和尚就在他身边。不久，在一向做事周全的清助的
指挥下，新墓碑送到了，接着就是下葬遗体了。

此时前来帮忙下葬的人们发生了争执，他们把棺椁放在旁
边，激烈地争论着逝者的头应该朝向哪个方向。有人搬出"北
枕"的说法，认为必须朝向北方。有人提出"佛葬"的理论，认
为必须朝向西方。因为墓地的地势倾斜，隔着浅浅的山谷可以望
见整个村子，最终众人遵循了这个自然的位置。

"好了，细绳准备好了吗？"

"大家开始吧。"

人群中传来这样的声音。

灵柩静静地放置在土中。佐吉等人开始铲土，埋上的土块雪
崩似的重重压向棺盖。从阿万到孙子正己每人送去一捧土，亲近
的人们围在一起，一同将吉左卫门埋入这土地的深处。

举行葬礼的那晚，半藏邀请与吉左卫门等交情深厚的人们
来到家中。按照青山家的家规，当天晚上要请客人吃荞麦面，
半藏不仅邀请了附近的老爷们，还邀请了吉左卫门生前关照过
的百姓们。

当时人们并没有守时的习惯。即使派男仆佐吉过去请了，客人还是迟迟不来。来这里投宿的寿平次夫妇、得右卫门和胜重等人，打算陪半藏度过这悲伤的一夜。傍晚等待客人的时候，庭院渐渐变得昏暗，半藏和寿平次两人在走廊上促膝而谈。

那时他们才明白，被埋葬的，不仅仅是半藏的父亲，以废除参勤交代制度为序幕，一旦将军家发生大变革，就会反复引起社会的剧烈震动。那时，德川时代精心打造的一切就会相继在半藏等人的眼前被埋葬。

一会儿，半藏被家人叫去，说是飞脚来送通知。因为新纸币推行失败，福岛总管所经过多方周旋，把本该运输到木曾谷的大井米运到了邻宿的落合。西方又传来百姓暴动的消息，不知道反对驿站改革的人们会以何种形式发泄不满，这种情况下，当局者想通过融资、囤积大米等措施来拯救时局的努力于事无补。

"自从废除问屋以来，我一直过着垂头丧气的日子。"半藏兀自自言自语，"我就是这样的傻子，明明看到了光明的世界，却还是这样意志消沉。"

半藏又回去找寿平次，寿平次和他同为本阵的伙伴，也是同为庄屋的伙伴，他们的心情能够相互贯通，彼此明白。

"半藏，是飞脚来消息了吗？"

"嗯，是驿站的事。终于大井米快要到我们这来了。"

"听说不久名古屋藩也将更名为名古屋县，这样的话，福岛总管所也会更名为福岛办事处吧。这次要来的名为土屋总藏的人，据说是尾州的勘定奉行，如果这样的人来处理民情的话，会重新整改这个地方吧。"

"你说得对，如果尾州公打算奉还版籍，我们归还问屋和驿站不过是些不值一提的小事啊。"

"是啊。"

"怎么样？反正都要革新，不如干脆把这场革新做得更彻底些。"

"半藏你是平田门生，当然会有这样的想法。"

"可是，如果不到那个地步，就不能期待有脱胎换骨的成果。"

"就像你说的那样，决心革新的那天，自己也要和本阵、问屋一起倒下……那时有宗教信仰的人就不一样了。还是得看新政府要怎么做，这一切对我来说还都是未知。"

这时，松云和尚和年寄役过来了，两人也就不再谈论这些。连接里间、外间、客厅的隔扇都拆了下来，三个房间连通起来用作客席。也有在万福寺或伏见屋留宿的邻国客人，他们从数里远的地方翻越山岭提着灯笼应邀前来参加当天的葬礼。平日经常光顾的木匠和草席铺的人也来了。梳头匠直次穿着短外褂一脸严肃地过来，虽然已经上了年纪，最后还是由他提着沾满油的木箱，为吉左卫门刮了胡子。

松云和尚对面是荣吉，得右卫门的对面是清助，美浓来的客人对面是胜重，他们三人首先起来敬酒。

"半藏大人，我这样说，您别介意啊，以前大老爷很喜欢这样招待客人，经常召集村里的人喝酒。真的，大老爷是个十分大气的人。"虎婆婆说。半藏接下虎婆婆的酒一饮而尽，接着分别给跪坐的兼吉和桑作敬酒。

"今天到来的各位都可以带走一件遗物，这些东西我都准备好了。"半藏说。

"大老爷就是这样的人。"虎婆婆笑了起来，露出特意为今天染的两排黑牙。爱喝酒的虎婆婆把酒盅放在食案上，一边用手抚摸着自己的脸，一边重复着大老爷生前令人难忘的事。

半藏连续喝了数杯后，酒劲渐渐涌上脸和手。那天晚上，他难得地喝醉了。等给客人们端上荞麦面，稀稀落落地开始有人站起身离席。此时半藏的眼睛看东西已经变得模糊不清。最后，他溜出里间，醉醺醺地躺在走廊上，只隐隐约约记得胜重曾过来照顾他。

第 七 章

一

　　新政府迫不及待地迎接新时代的到来，废除了旧历法，引入万国公法（国际历法的旧称），改用国际通用的阳历。明治六年四月，此时，不仅马笼驿站的吉左卫门已故，连他同时代身体健壮的旧友金兵卫，也以七十四岁高龄告别了世人。如果他们有机会看到此时的木曾路，恐怕会惊愕于这条街道的巨大变化吧。以前对位高权重之人跪在地上行礼的陋习已被废除，现在实行四民平等（士、农、工、商），平民也拥有乘马、带姓氏的权利。所有人都斗志昂扬充满干劲儿，街上很难见到牛马了，也几乎见不到用马驮着货物走街串巷的商贩。因为总有一天，在街上驮运货物的牛马群会妨碍通行，给人们带来不便。如今时代已经变了，连一直没有人权的贱民也可以大展拳脚。有人因为被称为平民而欢呼雀跃，还有人为此泪流满面，愿意将所有借出去的钱一笔勾销，来换取加入平民行列的权利。如今的变革之势就像凶猛的洪水般疯狂奔涌而来，势不可当。武家时代已经过去，取而代之的是一切封建制度彻底崩溃的新时代。

　　如今，驿站和备用驿站已经消失，没有了门第之分；废除世袭村吏的旧习，取消了庄屋、年寄役、组头等职务。享保以来，政府会给驿站的每位庄屋分配五石糙米，后来这种分配制度也于明治五年取消了。庄屋、组头改称为户长①、副户长，有关土地、人民的事务全部由户长处理，有关运输的事务由陆运公司处理。随着人马更换制度的废除，压榨助乡村民多年的劳役问题终于得以解决。

这场变动后迎来了前所未有的革新。过去三年，政府终于下定决心废藩，旧藩为拯救士族费尽心思，有志之士开始向一直被称为虾夷地的北海道方向迁移。武家势力覆灭，明治五年十二月制定了征兵法，规定任何人不能以壮大军队为由私自招兵买马。

旧秩序瓦解之势摧枯拉朽般到来。以前以一技之长自立门户之人、被雇用之人、侍奉官吏之人，甚至众多受诸大名庇护的家臣们，开始与上层的主人一样拥有平等的身份。

在风雨飘摇的社会中，木曾福岛自废关以来一片怨声载道，但是它的立场却始终没有动摇，这主要得力于土屋总藏，多亏他从尾州的勘定奉行调任到木曾谷担任民政权判事。像土屋总藏这样善施仁政流芳后世的人杰，可谓前无古人后无来者。土屋总藏接手名古屋县总管所对木曾谷的统治，管辖范围从名古屋县到筑摩县，在任时间为明治三年秋天到明治五年二月总共不到两年的短暂岁月，对木曾地区的人们来说是最幸福的一段时光。他设置意见箱、推行挂牌条例、修改户籍法、实行邮政制度等。土屋总藏为改善木曾地区连年歉收的情况，提议试植在众多山野、荒地都能成活的粗芋（马铃薯），鼓励养蚕、进口轧丝器械，出台了众多民事条例，如禁止无证买卖牛马，严惩危害平民的偷盗行为，禁止不曾还俗的修行者归田，等等。明治二月十七，这位民政权判事下命令分别由各村庄屋出面，将村庄移交给筑摩县。各村的庄屋已更名为户长，地方的有志之士开始考虑儿童的入学问题，而土屋总藏来不及着手新的教育事业，就同木曾人民挥手告别了。

---

① 户长，明治前期，负责地方区、町、村行政事务的官员。

这是个一切都要摸着石头过河的时代。自从实行阳历以来，时间不再用白天、晚上来判断。同年起，实行昼夜二十四小时制。日月的运行周期比以往的日历早了一个月左右。

随着历法的更替，人心也焕然一新。对于以前的农家来说，农田耕作之前均以旧历法为依据，初一、十五与月亮的圆缺息息相关。对于村民来说，如果不按旧历过年，就没有迎接新年的感觉。许多人把新旧两种历法都贴在墙上，仿佛不清楚新历四月一日对应的是旧历的三月初几，就感知不到春分的到来，甚至连具体的季节都无法判断。

从这年开始，木曾路首次迎来了神武天皇祭，并将这个节日定在每年的四月三日。节日期间人们休业，家家户户供奉神酒、恭谨地庆祝节日。也有人沿袭旧历，一年过五个传统节日，然而这已经显得非常不合时宜。后来政府以筑摩县政令的名义向驿站和村庄下发通知，"今后除过节之外，不可怠慢家业"。节日期间，各家屋顶上高高悬挂着鲜艳的国旗，迎风招展，这是山里之前从未见过的景象。

半藏的妻子阿民，曾经的庄屋夫人，如今头衔一变，成为负责学校事务的户长夫人，她趁着节日休业的机会，离开马笼家去拜访哥哥寿平次。不过，这次前去拜访的不止阿民一人。阿民和半藏于去年二月生下了四子和助，她带着小儿子和女仆阿德一同回娘家。在阿民她们眼前铺开的是从马笼一直向东北方向延伸的木曾街道。阿民眺望着远处高挂的太阳旗，此时山里人家正在过节，她们悠闲地走了两里路，下午抵达了妻笼。

二

这次阿民是带着心事来看望妻笼的祖母和哥哥寿平次的，想和他们商量一下女儿阿粂的亲事。伊那南殿村的稻叶家是半藏继母阿万的娘家，双方在阿万的撮合下结成亲家。前一年冬天，南殿村送来了各种聘礼，二月，两家定好了婚期。这次阿民造访妻笼，不仅要把这段姻缘告诉他们，还想跟兄嫂一同商量下这件事。

阿民已经是六个孩子的母亲了。如今的阿民早已没有了曾经的思乡情切。但即使到了这个年纪，对阿民来说回到故乡妻笼、回到祖母身边，还是像回到自己的家一样。不巧的是，寿平次趁着节日邀请得右卫门，带着正己一同外出游玩了。一进门阿民就看到精神矍铄的祖母正在大院，同阿里一起晾晒手工制作的染色线。她还注意到，这些金茶色丝线，应该是用于纺织男人内衣的黄八丈绸。很久以前，这种织染技艺就在民间广泛应用，祖母先从山里三叶海棠的果实中提取出黄色染料，再用木槌研磨果皮，将其晒干后煎煮漂染丝线，她对这些步骤全部了然于心。缝制、织布和染色的手艺都是祖母传授给阿民的，而今，她又教给女儿阿粂。对于久违回乡的阿民来说，这个场景难免会让她想起自己年轻时的往事。

高高的天井、宽阔的地炉，祖母、阿里和阿民一起围在泛着幽光的乌黑梁柱前，就孩子的话题侃侃而谈。阿里和寿平次两人多年没有孩子，为此把正己从马笼接来抚养，时隔多年才终于生下一个女孩，取名琴柱。刚满三岁的琴柱已是伶牙俐齿了，相比之下，和助一岁零两个月了，口齿笨拙，连走路都不会，就像是刚蜕壳的青涩金蝉，只能在榻榻米上爬来爬去。

琴柱用小女孩可爱的语调软软糯糯地说："好的，今天……"接着和助就向她的方向鞠躬行礼。也不知道这孩子是从哪儿学的，总是胡乱行礼。他到老祖母那行过礼后，又到阿里那行礼。在场的人都被这个天真懵懂的孩子惹得忍俊不禁。

"已经可以了。"阿民说完，和助又鞠了一躬。

"阿民，这孩子还吃奶吗？孩子一岁后，就可以让他吃饭了。不管怎么说，现在是最危险的时候，一点儿也不能大意啊。"祖母说道。

身为人母后，不仅阿民发生了变化，阿里也改变了不少。阿里之前因为体弱易生病一直没有孩子，总是一副寂寞的模样，如今露出了身为母亲的丰腴体型，明显一副拖家带口的妇人模样了。阿里已经不再是以前阿民眼中的柔弱女子了。如今的阿民也把心思全放在孩子身上，几乎无暇顾及其他。丈夫半藏正为了木曾谷的山林事件四处奔走，比起丈夫的事，阿民更关心怎么照顾好孩子们。

此时，寿平次带着正己从外面回来了，哥哥寿平次一眼就看到了阿民，他一边解开腰上的细绳，一边打招呼："你来了！"他还是那副老样子。

寿平次和半藏一样，现在也是一名新户长。不久筑摩县的村落会合并，实行大、小区的区制，他刚被选为八大区区长的候选人，他正为此事心情大好。而且，妻子阿里生下了琴柱这个可爱的女儿。琴柱将来会与正己结成一段姻缘，这也是人生一大美事。正己明显长高了很多，现在已经十三岁了。寿平次说来年想送他到福岛进私塾学习，以便将来能顺利继承家业。

妻笼现在还没有开始流行短发，这个新风俗在很多人眼里甚是怪异。但这次阿民来，哥哥的头发已经是利落的短发了。

"怎么样，阿民，适合我吗？"寿平次问道，"半藏，现在怎么样了？"

"哥哥，你要是来我家，真想让你看看他到底有多忙。他经常连胡子都没刮就到处跑。我问他忙什么事，他只说是为了山林事件，也不告诉我具体的情况。"

"这次半藏拼尽全力了。我也跟他商量过，非常赞成他的想法，但这终究是土屋总藏的时代……"

"哥哥，半藏好像也说过这件事。"

"这个嘛，名古屋县在木曾设立办事处，直接负责民政工作，对百姓总是一副亲切的态度。土屋总藏上任后，马上带着六名官员到垦田及其他地方实地考察，主要考察了赞川、妻笼和马笼。我永远忘不了带着那位民政权判事去地界的情景。木曾地区是产马地，需要调查各村当年生的马驹，从生育它的马匹、毛色到主人的名字都要记录在册。考察后，土屋总藏给各村发了一封传阅件，这封文件至今仍被四处传阅。他在信中写道：虽说此行没有那么多住宿津贴，准备工作也很不充分，却受到了众多村庄的热情接待，但是总有官吏在出行期间，做出一些不正当的行为，所以今后不必免费招待他们。明治三年九月，正是政府派驿运寮菊池大令史来这里出差的时候。不管怎么说，土屋总藏时代百姓是最幸福的。然而之后接任筑摩县的民政权判事，对民众大发淫威，简直与土屋总藏时代形成了鲜明对照。如此粗暴的做法，就算现在开始立即修订地租，也难以取得人们的谅解。阿民，在筑摩县权判事一职尚未变动之前，即便是半藏全身心投入山林事件中，再怎么奔走，我认为都是没有意义的。"

三

见过马笼驿站的人再来看妻笼驿站的话，同样能在这里发现革新的痕迹。离晚饭还有段时间，阿民跟着哥哥巡视了每个房间。翻天覆地的大变革到来之前，驿站特有的东西，就是玄关和上台的房间（比地板高出一层的房间），自驿站废除以来，新政府允许普通旅店建造玄关和上台。以前的驿站是类似于公用兼军用的旅店，主要为武家设立，是供军人解除武装后休息的地方。

阿民和寿平次一起走向玄关。她青春记忆中的铺板低台一带，已经不再有驿站风格的影子。既然已经没有大名乘坐悬挂着呢绒遮阳帘的轿子前来留宿，也没有必要在此处张挂绣有家徽的帷幕了。宽敞的地板现在是孩子们玩耍的地方。以前保存着青山家古矛的地方，现在被阿里用来存放织布机。

他们去上台的房间看了看。自从西洋船抵达北海道的浦贺港，这条街道就陷入拥挤混乱之中，不知有多少人在这间客房过夜休息，他们或是奔赴任职地，或是急于回国。如今房间空荡荡的，榻榻米的草席布边，被潮气浸润得湿漉漉的。

"阿民，你家上台的房间用来做什么？"

"我家吗？我们把它作为神殿，供奉出生地的守护神。每天早上我都会带着孩子们去参拜。"

阿民跟在寿平次后面，从厨房的后门走向庭院。从妻笼驿站的会所到原本为众多通行客人准备的旅店全被拆毁了。除了主屋、仓库和畜舍得以保留外，其他建筑物几乎只剩下地基。仓库变成了桑田，梧桐树随处可见。

阿民突然想起来以前的事："那是什么时候？我把手放在被炉上，听见家里人对我说：'阿民，驿站很快要消失了。'当时我觉得肯定是假的，没想到在父亲（吉左卫门）百日忌辰的时候，竟然成为现实。但是，哥哥，现在正好是父亲去世的第一个年头，我们家只剩下主屋，连新宅子也拆了。房柱被人用粗绳绑紧，一圈圈缠起来后再放倒。房柱倒下时发出震耳的响声，以及用锯子和斧头砍柱子的声音至今仍回荡在我的耳边。"

那天晚上，阿民让和助早早睡下，和寿平次来到客厅和祖母、阿里聚聚。阿民想跟兄嫂们深入地谈一谈女儿阿粂的亲事。

阿民率先提起话头："妻笼也能隐约听到那个消息吧？"阿粂从小就被父母许好了人家。如今的变革之势下，本阵、问屋、庄屋、年寄役等相继被废除，这种潮流也波及了阿民年轻的女儿，改变了她原本的命运轨迹。这是因为，如今和亲家之间的关系已不像从前那般牢靠，对方的父母首先提出解除婚约，想要放弃当初的婚嫁之约。阿粂从那时开始说自己不想再嫁到任何地方。但是，继母始终固执地认为女人总归是要嫁人的，半藏也赞同继母的想法，和女儿谈了很多，说没有哪个姑娘到了婚嫁年龄还一直侍奉自己父亲的，也不可能在读书写字的道路上一直走下去。最后半藏为女儿定下了与伊那南殿村的亲事。

阿万为这门亲事在中间费了不少力气。照阿民的说法，稻叶家是阿万的娘家，她从一开始就很热心，谈妥后还给娘家写了一封长信，说总算把这门亲事定下来了，没有比这更让她高兴的了。半藏曾经说过"连祖母的话都不听的孩子，不是我的女儿"，所以他从来没有做过违逆阿万的事情。因为祖母的缘故，阿粂无法拒绝这门亲事。伊那已经找了两次媒人，今年二月连结婚日期都订好了。对方说，除了五月、六月、七月、八月这四个月之外，其他几个月都可以。于是，阿民便将女儿的结婚日期定在了九月。因为她们估计那时半藏的事情会少些，能空出更多的时间参与家里的事情。然而，令阿民意外的是，她能感觉到阿粂似乎仍沉浸在悲伤之中。

"不管怎么说，我们家半藏对这件事很上心，但他一想到木曾山的事晚上就睡不着觉，我在旁边看着也很心疼。亲事谈妥了，具体事宜还想拜托你们帮忙，免不了让你们为阿粂的事操心。"阿民说。

"这件事难道不能快点进行吗？"寿平次问道。

"怎么可以像哥哥说的那样呢？"阿民回道，"亲事谈妥后，我立刻给伊那写了封信，让他们把聘礼的丝绸小袄做好送到京都染色。你看，要经过织布、染色等工艺才能送来，得经过这么个流程。"

"对啊，怎么可能像男人说的那样随随便便呢？应该先从织布开始。"祖母也开口反驳。

"要我说的话，"寿平次又说道，"这件事要是能进展得更快些就好了。不用管女儿难过或者怎么样，只管凑齐了高朋满座，恭祝喜结连理就好，这是很正常的。这样不久就会有可爱的孩子出生了。"

"阿粂今年多大了？"祖母问阿民。

"那孩子已经十八岁了。"

"咦，已经这么大了吗？"祖母有些惊讶，又仔细地看了看阿民的脸，说道："是啊，毕竟吉左卫门去世已经三年了。"

"这么看来，我们老了也很正常。"阿里在旁边附和道。

"怎么说呢，总感觉阿粂一直执着于旧时的婚姻观。"

寿平次说："就是这个原因。"

阿民马上回道："好像是忘不了娃娃亲的事，但似乎又不是这样。"

"那到底是因为什么？阿粂为什么会这样呢？"祖母又问。

"不管我问什么，她总是低着头，一直沉默不语。"

"那就是不能说的事情了。"寿平次想了想，"只有早熟的孩子才会这样。"

"真的，阿粂有点奇怪，这个年纪的孩子，迷上了神灵，和他父亲有点像。"

"可是，阿民，我觉得她是个好姑娘。"寿平次说着，准备把话题就此打住。阿民也将这件事对夫家的人守口如瓶，没说自己来祖母和哥哥这里寻求建议的事。

和马笼的山峰不同，从木曾西边到妻笼，随着一路接近目的地，木曾川的水流在谷底流淌的声音越发清晰。当天晚上，阿民伴着久违的流水声，和孩子一起睡在祖母身边。

四

第二天早上，寿平次家门口挂上了新的牌子。上面写着：

信浓国、妻笼驿站、邮政办理处

青山寿平次

阿民还是第一次看到这样的挂牌。刚当上投递员的男子也一脸郑重地凑过来。店里的大厅是处理邮政事务的地方，墙壁上新挂了个八角挂钟，发出咔嗒咔嗒的声响。

这些事务的流程和寿平次担任问屋时差不多，将还为数不多的零散邮件装进袋子里，送到邻近驿站，记录下投递员投递的准确时间，然后加盖妻笼驿站的印章。一会儿寿平次穿上户长制服，准备去户长办事处上班。

"现在邮政业务很清闲。因为大家都不清楚贴上邮票寄出去的信件能不能顺利寄到目的地。他们觉得比起这个，还不如拜托飞脚把信带去更加靠谱，大家普遍认为邮递就是有去无回。这可真是难办啊。"

寿平次说着对阿民笑了笑，然后出了家门。同样是户长，阿民的丈夫负责学校事务，而哥哥则负责处理邮政事务，他们两人各自选择了适合自己的道路，各自开拓自己的事业。不管怎么说，那时的邮政事业在木曾路刚刚起步，阿民想象不到哥哥的这个新工作是什么样子。

阿民这次回乡，不仅是为了女儿阿桑的事，也是想暂时离开丈夫。她们到妻笼的第二天下午，就开始下起雨来，四月的春雨呼唤着沉睡中的花草树木，淅淅沥沥的雨声使人的心情也得以复苏。阿民眼中的丈夫，仿佛以父亲吉左卫门去世那天为分界点，变成了另一个人。

她说不出丈夫的内心发生了怎样的变化，以及他的思想发生了怎样的改变，但确实父亲去世的那段时间，是丈夫这半生中最艰难的一段时间。一直和半藏一起生活的阿民很清楚这点。丈夫自幼侍奉继母，为人谨小慎微，所以也许在他身上发生这种变化是迟早的，也是不足为奇的。出于这种想法，阿民经常会暗中偷听关于丈夫的传闻。这也是她想听妻笼人聊天的原因。

"是阿民吗？真是难得。"

　　门口有人冒雨前来拜访，向阿民招呼了一声。他就是阿民的旧相识得右卫门，过来给寿平次他们送鲤鱼。

　　得右卫门以驿站的废除为契机，退出了漫长的街道生活。村民们都希望他担任妻笼的副户长辅助寿平次的工作，继续为村子做贡献，然而他还是毅然辞去了职务，把副户长一职让给了养子实藏，如今在扇屋过着隐居生活。

　　"怎么样，阿民，妻笼的变化也很大吧。"得右卫门说着，在地炉旁坐下，这个地方平常兼作会客室和茶室。得右卫门说，虽然这场雨下得暖融融的，但果然还是待在炉火旁边最让人舒服。这位隐居人士和已故的吉左卫门的共同之处，就是像他们这个年纪的人在木曾已经越来越少了。

　　"哎呀，应该都变了吧。"得右卫门又说，"毕竟现在这个世道，驿站主人要以身作则，毫不惋惜地把头发剪短。要是户长还是老样子，副户长却先剪了头发，这样影响可不好。实藏最近也剪了头发。剪发前，他叫来梳头匠，让人给他盘起头发，狠狠地胡乱闹腾了一场。他说这是对头发最后的告别，最终还是把头发剪了。这么说来，半藏还留着长发吗?"

　　"嗯，他还留着，用紫色的绳子扎在后面。"阿民回答。

　　"说起半藏，我想起来一件事。对了，我听寿平次说半藏那个历法建议没有被朝廷采用，想必半藏很遗憾吧。"

　　半藏倾注了很多心血，提出关于修订历法的建议，他认为，新政府没有必要把历法这种与国民生活密切相关的东西也照搬西洋的做派，应该选择更适合本国风土的历法。半藏建议将立春日定为正月初一，将其命名为"皇国历"。他把这个建议提交给相关负责人，不幸的是，由于这一建议不符合国际通用的历法，未被负责人采纳。

　　阿民说："怎么说呢，虽然我对这些不是很明白，但半藏似乎感到无比遗憾。"

当时，民间有志之士向上谏言的事并不稀奇。不过当时新政府采用的阳历还处于尝试阶段，半藏就提出相关建议，这成了乡里人的谈资。在偏僻的山林，比起建议的内容，他们更多的是把建议者本身当作话题，就像那些本不是什么奇葩的行为，却传出了五花八门的谣言。甚至有人谣传，半藏因为太过沮丧精神出现了异常。

直到寿平次从户长办公处回来，得右卫门还在兴致勃勃地侃侃而谈。忽然，阿民听到幼子的哭声，从女仆阿德手中接过和助，想把他抱到婴儿房哄他小睡一会儿，这里紧连着哥哥寿平次的宽衣间，阿民从拉门的空隙处可以听到隔壁房间的交谈声。

"从那以后，就传出流言说青山是个怪人。"这是哥哥的声音。

"不管怎么说，半藏这次算是遭殃了。"这是得右卫门的声音。

"被说成是怪人，谁心情也不会好。半藏也说过'我不想被人说成是怪人'。"这又是哥哥的声音。

他们在谈论关于半藏的传闻。阿民一只胳膊肘撑在枕头上，让和助衔着她的乳头，一边摆弄孩子伸进她怀里的小手，一边侧耳倾听隔壁房间的说话声。哥哥表面上是个顽固派，实际上很愿意接受新事物，与时俱进，而得右卫门面对这瞬息万变的世界，则是既不迎合也不排斥，是那种置身事外旁观社会变迁的人。这两个不同性格的人之间碰撞出了各种各样的话题。

他们中一人说，半藏与以前相比变得更豁达了，但另一人说，半藏绝对不是一个豁达的人。从寿平次和半藏第一次去江户，到横须贺拜访祖先遗族的青年时代，到如今半藏迎来四十二岁的厄运之年，寿平次一直关注着他，所以在他眼中半藏一点儿没变。之后又有人说："原来如此，已故平田笃胤的四千门生，自水户运动鼎盛之时起，就一同投身复古事业，为开辟新道路殚精竭虑。我们固然不能无视他们背后的付出，但是，中津川的景藏、香藏与马笼的半藏等同门友人，如何在这个浪潮汹涌的时代乘风破浪？这更值得我们去关注。"

"好痛。"

孩子咬到了阿民的乳头，她条件反射地捏了捏孩子的鼻子。阿民半直起身子，想悄悄地离开孩子，去祖母和阿里那边，但每次和助都会下意识地嚅动嘴唇，不肯轻易放母亲离开。

五

第四天早晨，阿民准备离开妻笼，祖母对她说道："不必那么担心。"她这次因为女儿阿粂的事特意回乡，却没有听到可用的建议，也没有商量出什么像样的办法。然而，仅仅看着祖母她们安详的面容，就能从中得到莫大的安慰和鼓励，阿民已经很满足了。

这时阿里也过来了："阿民，离阿粂的喜事越来越近了，你做件好看的和服，我们也跟着学学吧。"

"是啊。"祖母也点头。

"不久阿粂也许会改变主意的。"

此时的阿里又表现出了和丈夫寿平次相似的冷静！"再怎么喜欢读书的姑娘，也才十八岁，对以后哪有什么清晰的想法。"

"就像阿里说的，你做身阿粂喜欢的窄袖便服，我们也学学。少女时期，谁都想拥有一个属于自己的衣橱，大家都有过这样的成长经历。"

祖母接过话说道。祖母已经三世同堂，她经常把自己在深闺中的少女生活讲给大家听，每次都会着重讲"衣橱"的故事。

阿民匆匆忙忙地整理了回家的行李，她不仅惦记着马笼的丈夫，还牵挂着女儿的事，所以没有在娘家逗留太久。山中的灌木早早地抽出了嫩芽，竹笋也着急地冒出了头，现在正是山里人吃艾蒿的季节，祖母疼爱难得回乡的孙女，各种东西都想让她尝一遍。仅仅是祖母温言劝吃的话语，就让阿民感到由衷的满足。和来的时候一样，阿民把系着铃铛的荷包挂在和助腰上，然后让女仆阿德背着和助。

"啊，阿民，你这么快，要回去了吗？下次和助也要再来啊，下次再来的时候，你可要再长大些。老祖母的身体还很健康，会等着你过来一起玩的。"

祖母很是不舍，阿民向她告别后就踏上了归途。

街道上聚集了很多伊势神宫的信徒，木曾路已今非昔比。曾经的木曾路，每有出行队伍来，阿民的公公吉左卫门就会带上驿站人员，身穿印有家徽的麻布礼服，到驿站边境迎接或恭送那些上层人士，如今这种情景已经不复存在了。曾经大名带着众多随从，甚至还有医生随行，驿站里放满了阳伞、步枪、大木箱的那个时代已经远去了。即便如此，直到明治二年，这条街道上还能偶尔看到上京的大名和公卿的出行队伍，不过随行队伍已缩减到二十人到八十人，再后来，这样的出行队伍也完全不见了踪影。

"来，快点！"阿民催促着身后的阿德。很快，她回到了丈夫的身边。用她哥哥的话说，当今筑摩县的官员同土屋总藏时代相比，简直是天壤之别。而脱离尾州藩庇护的半藏，现在要为即将失去木曾山的村民全力奔走。

如今，各处的城郭已成为无用之物，摇摇欲坠。早在明治元年，上松宿的原畑役所已被拆除，那是尾州藩在上松建造的军营，也是木曾的木材衙门。阿民常从传闻中听说的木曾福岛关口，以及丈夫常去的地方官宅邸，全都销声匿迹了。从地方官衙门，到书院、同心园的起居室，以及其他大大小小依木曾川而建的三四十处武士宅邸，全都被夷为平地。

之后会发生什么呢？对此世人也是众说纷纭。听闻德川十五代将军"大政奉还"的消息时，半藏作为平田门生对复古事业的美好前途深信不疑，但他坚信自己必须以某种形式对此做出回应。

第 八 章

一

　　母亲的枕屏风

　　高低贵贱，所求无非安睡梦

　　春花秋叶，美景赏心亦悦目

　　岁月无情，时光易逝春常待

　　继母阿万一边夸赞屏风的做工，一边仔细品读半藏写的和歌。连顽皮的三儿子森夫也在墙角好奇地偷看新做好的小屏风。

　　这里是半藏位于马笼驿站的家。仅作住宅而言他的家实在太大，由于修缮十分麻烦，因此把部分旧宅和驿站拆作桑田，只留下已故父亲吉左卫门的隐居室。阿万从后面二层小楼经过桑田旁的小路，来正房吃饭。明治六年春，阿万已是六十五岁的老妇人，送别吉左卫门后剪短头发，孤独地生活在隐居室。为了慰藉继母，半藏把自己创作的和歌写在纸上，又亲自设计制作成屏风。这是一张二尺多高的屏风，杉木的绿色和白纸的颜色相得益彰，凸显了他简朴的品位。他说屏风既可以遮挡隔扇缝隙的风，偶感风寒时又可以放在枕边，还可以在没有访客时读读上面的和歌打发时间，继母听后非常高兴。

　　阿粂已经到了容易感物伤怀的二八年华。阿民回到妻笼老家尚未归来时，她来到半藏身边，和祖母一起欣赏屏风。比起母亲，她更像父亲些，因此虽是待字闺中的年纪，打扮却略显朴素，衣领处颇具少女气息的梅花色，与她的气质十分相称。阿粂对父亲的这件作品格外感兴趣，父亲写和歌时，她自告奋勇过来研墨，目不转睛地看着父亲下笔的手。恰逢赶上颠覆一切的时代，对方父母撤销了原本给她安排好的婚约，过去家庭之间的关系如今已经不再稳固，曾经的约定无论大小全都相继取消。正是这个时期，阿粂的人生遭遇了难以言表的打击，然而她并没有就此意志消沉。看着父亲为祖母打造的屏风，她努力从深切的伤痛中重新站起，逐渐恢复了往日的状态，孩子气的笑声打消了父亲内心的担忧。

半藏很久没有和家人一起度过这样的时光了。目前的形势，他需要做一些长远的谋划，忙得甚至连在隐居室的小屏风旁略作休息对他来说都是极为奢侈的。自二月初，他把寄往筑摩县厅的请愿书藏入怀中以来，一直奔走各地，无暇回家。半藏之所以四处奔走，是因为他作为户长负责的地租改革迫在眉睫，助手给他安排了诸多烦琐的土地调查等工作。另外，作为教务负责人，在正式校舍落成之前，不得不把村里的万福寺旁的屋舍用作临时教室，与过去开设私塾的松云和尚一起尽可能地照顾好村里的孩子们。给孩子们提供良好的教育是他的夙愿，但设施尚未准备好，所以他并非喜欢制造风波才四处奔走的。毫无疑问，半藏家是历史悠久的旧家族，此前一直担任庄屋，兼做驿站生意，负责管理部落民、维持当地秩序。当埋葬过去种种旧习的改革浪潮向全国上下涌来时，他们不得不离开祖辈传下的家业。在新的改革浪潮中他们获得的报酬微乎其微，所以有些人希望改革得更猛烈些。一些因为对改革不满，受到闭门思过处罚的户长、店主也不在少数，半藏却并不拘泥于这些琐事，甚至将它们统统抛在脑后，从不过问此事。东征军抵达江户城的前一天，陛下对全国人民宣誓的五句话，半藏仍记忆犹新。那些话语才是人民重燃希望的一切。然而，由于没有称职的地方官员，在山中发生了偏离宣誓主旨的事件，这一事件关乎木曾川上流沿岸至奥津多数居民的生死存亡，所以不能仅作为地方性问题处理。这就是所谓的山林事件。

二

"沿海居民依靠渔业和盐业为生，我希望山里的人们也能过上靠山吃山的日子。沿海可以设有禁渔区，山中也可以设置禁伐区。然而要在开放区实行禁伐令，禁止采伐任何树木，恕我无礼，这非亲民之策，还望明察。"

这是木曾谷三十三个村落十五位代表联名，于明治四年十二月向福岛办事处提交的第一封请愿书。此地从前属于尾州，一切都是在宗族的保护下发展至今，各村采用樽木更替采伐的方式，每年从领地领取补助金。另外政府以补助为目的，从邻国美浓的大井村及尾州藩管辖下的其他各村庄购入的大米，每两黄金比平时可以多买五升米，如果赊账的话只需明年十二月前还清，待遇非常优厚。后来废藩置县最终得以实现，名古屋县下发通知，以明治四年为最后期限废除补助。不仅如此，深受西方减轻交通负担的思想影响，村民无法像之前一样从往来于木曾路的旅行者身上获取收入。因此希望当局能了解情况，以此次改革为契机恢复享保之前的制度，解除对木曾谷的禁伐令，拯救本应靠山吃山的当地民众。这是第一封请愿书的中心思想，由半藏负责起草。他们提出请愿时，木曾地区即将脱离名古屋管辖，虽然当时土屋总藏作为民政权判事仍在职，但他那时正好在名古屋出差。于是请愿书由矶部弥五六转由岩田市右卫门保管。"早晚会在土屋属归厅讨论的，在此之前先放在这里吧。"听了这句话，王泷、赘川、薮原三个村落的代表和半藏一起离开了福岛办事处。谷中的户长们都说，如果能让土屋总藏那样有见地的人多在职一些时间就好了。不幸的是，总藏把所有的事务交给了筑摩县的官吏，将今后的百年大计也留给了后来者，在众多村民的惋惜声中离开了木曾谷。

之后，木曾地区的管辖权移交到了筑摩县。明治五年二月，新县厅选址松本，通告以及布令书早早传到了谷中。半藏等人写下请愿书，其中提到了禁伐令，他们拒绝让当地民众离开松本附近的富饶地区，移居到深山幽谷。如今驿站鼎盛时期已不复存在，以茶屋、旅店为首，小商人、卖炭人等行业的生计将不可避免地陷入困境，因此希望利用山林维持生计。当时信浓分为长野和筑摩两县，筑摩县的管辖范围是从伊那谷到飞弹地区，初期除了本厅所在的松本以外，仅在饭田和高山设立了支厅，不曾在木曾福岛设立过支厅。稍远的村落距离松本二三十里，向本厅上报任何事都必须经过这条道路。但仅仅如此，远不能解决百姓的疾苦。半藏等人的请愿书中也提及过此事。自东北战争以来，连旧德川幕府中明辨事理的人也默认了这一切，新郡县时代来了。对于山中居民来说这是个不容错过的机会。

山林事件并非明治初年的问题，实际上是旧领主与百姓之间长久纷争的结果，禁伐令一直被视作木曾谷最大的苦难。因此这场纷争在明治时期重新点燃绝非偶然。部落民的僵局固然是导致其发生的主要原因，但明治初期，一切复辟机运才是其直接原因。当时，即便深山老林中的人也能感受到时势的到来，他们随时准备迎接一个能更好管理社会的新政治形态。天皇打破陋习、遵循天理公道的誓言不知给民众带来了何等大的希望。半藏等人把目光投向山林，震惊于刺柏、花柏、明柏、扁柏以及侧柏繁茂生长区的深邃，同时也惊叹于这些茂密的树木竟是享保时代开始的禁伐树，难道从中就找不到拯救部落民的生路吗？第一封请愿书中引用了宣誓书的语句作为他们认为能够实现复辟的证据，也可以看出其中诚心恳求的意味。不久，筑摩县在木曾福岛设立支厅，权中属（一种地方官职）的本山盛德被派往木曾担任主要官吏，但此人与之前土屋总藏的态度截然不同。他先入为主地认为如果接受民众的请愿，解除木曾山的限制，恢复到享保之前的制度，允许百姓不分品种等级根据需要随意采伐，那么尾州藩保存下来的苍郁森林将顷刻间化作一座秃山。本山盛德不允许解除禁伐令，理由是木曾谷各村的山地都是国有山地，凡是长有五种禁伐树木的林地都是国有林，口头上将这些土地全部划分为国有土地。这位福岛支厅主任的话，将五种树木生长的土地全部划为国有，不顾以往惯例将这些林地纳入国有林。这种做法让所有人为之震惊。

过去数月，半藏看到各个村落都有不幸的百姓被捆上绳索带走。陆续有人进入禁止百姓踏足的国有林，盗伐犯罪频发。按照官方人士的说法，这是由于村民自己无知愚钝、不理解法规犯下的罪行，不应该饶恕。

关于此，半藏有一段难忘的年少记忆。曾经有来自福岛的官差为了调查取证传讯过整个马笼村的居民。这件事就发生在半藏驿站的家中，广阔的玄关上是年老的官差、管家、书记员等，外面四名民兵在两侧听候调遣。村里所有人都收到了传唤。六十一名村民被驿站官员捆上绳索带走，七十岁以上的老人可以免受绳索之苦，已故之人的遗属仅会受到"斥责"，据说这在当时是一种特殊的怜悯。那时半藏只有十八岁，年纪尚轻的他因为躲在庭院角落的梨树下偷看，受到父亲吉左卫门的责骂。据他父亲说，出现这么多伤者在村里的历史上闻所未闻。他想起了那些听说官差要进村调查，匆忙烧掉多余木材的村民们。那段时期村民被军官威胁，"以前砍木曾山一棵树，就有一颗人头落地"。可即便在过去黑暗的时代，明山（非禁伐区）也只是禁止采伐那五种树木，只要不违反禁令，村民就可以随意在山林间跋涉，采伐其他树种，或者收集柴炭的木料。而如今，不仅禁伐令没有解除，而且失去了在尾州藩时代的自由。更严重的是有的村子只要一出门就是国有林。有些地方即便想要获得寒冷季节所需的柴炭或者培育贫瘠土地的草炭都无从下手，无奈附近都是国有土地。木曾谷人民的请愿从未终止。所有人都说，无论本山盛德多么强势嚣张，他们都不可能接受如此残酷的山林规则，本来耕地稀少，农业难以开展，生活来源还只能倚仗森林，可如今只能依靠制造柏树斗笠、木质饭盒、木梳等维持生计的山村，已经沦落到几乎每家每户都有人被绑上绳索带走的地步。半藏等人计划再次请愿，也是因为不忍目睹家乡的惨状。

再度开始奔走之前，半藏做了许多准备工作。明治五年二月，他早早准备好了给筑摩县厅的请愿书，然而郡县政治刚刚起步，由于种种原因最终未能提交，之后整整等了一年。明治六年二月，他转而研究古代的沿革、查阅过去的文件，比如某村子的村民给另一个村子村民的契约，某村子的谋士给官府出具的字据，或者四个村子派出五名代表和邻村村民交换的文书，等等。随着调查的深入，他获取的材料完全可以证明古老的木曾山曾经是一片自由的山林。可以说，在遥远的古代，这个地方是依靠山林从事砍伐的樵夫、开垦田地种植农作物的野叟，或是养马人居住生活的世界。人口迅速繁殖的中古期，犬山的石川备前守开始向谷中村民征收住宅、垦地、山地等租税。由于每年需要大量租税支付陆路运输和水路运输费用，当地米麦又贫瘠，所以大豆、荞麦和稗等农作物也被纳入征税范围，春秋两季再用这些粮食给民众发放贡粮。到德川治世初期，山谷迎来了新主人，那就是山村家的祖先，幕府直辖的地方官，但各项规定还是石川备前守的旧规矩，没有发生变化。庆长年代，把征收的地租等杂税称为年贡，山林税称为徭役。如何称呼无所谓，本质都是相同的。从前的这项纳贡规定是关于木曾谷历史最可靠的记载，证明当时对普通民众没有砍伐树木和开垦土地的限制。后来幕府将租税进行分配，其中木曾民众白木六千驮①，山村家族白木五千驮，并且将美浓地区作为领地赐予山村家族，代替幕府守护东山道中的要冲，以及木曾谷和福岛的关所。此后，这片山谷又转到尾州大领主手中，山村家族脱离幕府管辖成为名古屋的地方官，尾州藩制定了划分山中区域的方针。所谓巢山、留山、明山的区别就始于此。巢山和留山绝对严禁民众进入。自庆长年间到享保八年，由于明山是民众持续缴纳山林税的来源，因此允许自由进山伐木，另外，作为免除年贡的代价，未经许可不得砍伐规定的五种树木。

不可否认的历史摆在眼前。半藏根据这些事实进一步探寻当地的真相，找到了木曾谷中的柏林采伐许可证。它曾出现在父亲吉左卫门留给他的青山家旧书中。这代表尾州藩十分重视幕府直辖时代以来的意志，每年仍将从砍伐柏树中的六千驮白木赠予山谷中的百姓。这项规定便是柏林采伐许可证。其中三千驮是以扁柏票据的形式赠予民众的木材，余下的三千驮称作兑换票，逐渐演变成以金钱的方式赠予。根据祖先笔记中木材通用清单的记载，当时官府每年赠予马笼村民二百驮的扁柏、花柏等。尾州藩也意识到山里生活的艰辛，不忘回馈民众。在半藏看来，郡县时代上层的人物既然想要收获改革的果实，就应该密切关注这片山谷，深入了解当地情况，不辜负民众的期待。

请愿书已经写就。二月到四月，半藏为了收集户长们的意见，在各个村落间走访。然后开始修改、誊写请愿书，并求取十五位代表的签字盖章，五月十二日，与赞川、薮原、王泷、马笼四个村落的村民一同去本厅请愿，这就是大致的计划。半藏也十分紧张，只要再去一趟御岳山深处的王泷村，一切便联系妥当。

---

① 驮，一匹马背的行李重量作为一驮，江户时代通常以36贯（约135公里）的路程为定量来计数。

为了早日完成，他处理完自己村里的事务，拜托松云和尚照顾学校的孩子，等妻子回来就可以前往王泷了。

等待中，女儿来到自己身边，说出了他意想不到的事情。

"父亲，让我陪您去吧。"

在他看来，绝不能让女儿跟着自己前往寂静的深山。

半藏也有些不知所措。只能出言安慰阿条。

尽管觉得女儿的话有些奇怪，但日夜操劳的他满心盘桓着山林的问题，并没有多加留意阿条的话。

三

阿民带着妻笼本家的消息，与和助、阿德一起返回。

"阿民，寿平次说了什么？"

"木曾山的事情，哥哥说，除非支厅换人，不然是不可能的。"

"是吗，寿平次这么说的啊……"

半藏夫妇只简单地聊了几句，没有时间好好交流。阿民解开装有妻笼特产的包袱，说这是给宗太的，那是给森夫的，又取出了一些孩子们喜欢的物件，一时间全家人都在聊妻笼的事情。阿民拿出了用纸包着的漂亮彩线，说这是妻笼的祖母给阿条的。四儿子和助从阿德背上下来，在大家中间爬来爬去。

趁着等待妻子的时间，半藏已经叫来了村里的梳头匠直次，剃掉了自己长长的胡子。自铃屋翁时代以来，紫红色备受平田派推崇，甚至连先贤的著作也用这种颜色的线装订。半藏甚是喜欢这个颜色，他将直次梳好的头发整理成总发①，后面系上一根紫红色的绳子。女仆阿德的父亲直次从吉左卫门时代就开始负责家主的出行事宜。

---

① 总发，古时日本成年男子发型之一。不刮月代，将头发全部在头顶扎起来，也有不扎向后垂下的。江户时代，很多医生、儒者梳这种发型。

"阿民，我要去王泷了。"

还没等大家说话，阿民就看到了丈夫。阿民刚见过妻笼的哥哥，丈夫的气质与哥哥完全不同，她就这样爱慕地注视着丈夫的脸。半藏走向客厅："我已经准备出发了，只等你回来。你不在的这段时间，我给母亲做了一面枕屏风。"

即便是他，也和为了女儿的婚事特意去妻笼商量的阿民有着相同的担忧。他看到阿民的脸仿佛在说，女儿到了婚嫁年龄，母亲就是这般辛劳。没见过阿粂的人，只是听闻她是个瘦弱娇嗔的女孩，见到本人才发现竟是位出落得白皙丰满的大姑娘了。在她内心深处寄宿着一具与外表不相符的容易受伤的弱小灵魂。阿粂就是这样一个孩子。青山家自祖辈传承的本阵、问屋、庄屋三种家业的废除接踵而至，连父母许配婚约这等女人一生中的大事也被取消，她无法像年迈的祖母一样在如此破败的景象中心平气和地坐着。因为这次与伊那稻叶家的亲事都是阿万在操办，阿粂对祖母一直一言不发。在半藏他们眼里，阿粂是个经常陷入沉思的女孩。

半藏走着走着似乎突然想起了什么，他踢了一脚通向客厅走廊的地板。回到那个桌子和地板都堆满了旧书的房间，开始思考山林的问题。

"那个该那样，这个该这样。"

半藏自言自语。

伏见屋的伊之助担心这次请愿书的提交问题，偷偷从隔壁来访，再加上忧心阿民去妻笼的事，半藏那天下午没能出去。伊之助不认可福岛支厅主任的做法，提出了很多建议。比如，村子里有柏树的地方，即便是民众的私有地也要统统划归国有；如果民众坚持是私有地，那么就从山林中征税；如果划归国有就免征赋税等等问题。

废藩置县以来，各村一人的轮流守山和留山巡逻等杂役也被废除，伊之助归还佩刀和佣金后离开了岗位。如今正埋头于自家的产业。他对支厅主任无视木曾谷三十三个村村民生活疾苦的措施深恶痛绝，但表示自己要先隐忍，便回去了。离晚饭还有一段时间，半藏在客厅找到一个夫妻二人说话的时机。

"阿粂说了很奇怪的话。"半藏向阿民提及了女儿的事情。他接着说，"我说要去王泷，她居然说要跟我一起去"。

"是吗？"

"她好像听说过岳里宫，听口气似乎是要去参拜。"

"她没跟我说过这事。"

"我想让她再考虑考虑。阿粂太年轻了。我为父亲的病去祈祷的时候，胜重说要一起去，那会儿就让我很头疼。当时我被清助拦下，劝我不要带一个年轻人去参笼。即便这样胜重还是要去，没办法只好带他去了。现在我还很后悔，这次我要自己去，坚决不带女儿。你看，她才十八岁，一个女孩子的脚，怎么能走到那么远的神社呢。我一会儿去跟她说说，让她别犯傻。"

"也是啊，一个尚未出嫁的孩子，为什么对这个感兴趣呢？"

阿民想说说为女儿的亲事特意去妻笼的事情，犹豫几次都无法开口。因为谈得不太顺利就回来了。虽然她觉得半藏想听的是妻笼的意见，但阿民的故事要从回到老家，在妻笼旧本阵晾晒手工彩线的祖母，以及许久未见的故乡讲起。

"抵达当日的夜晚，我早早地让和助睡下，与祖母和哥哥、嫂子一起叙叙旧，但他们只是听了阿粂的情况，当晚并没有说什么。"

说着，一直随声附和的半藏打断了阿民的话。

"话说回来，祖母他们怎么说？"

"我哥哥说这次相亲时间拖得有点长，更干脆一点儿就好了。"

"不，我不是问你这件事。我是问你应该怎么做？"

"按照老家人的说法，距离婚礼还有一段时间，这段时间阿条的态度可能发生变化，应该再观察观察。这样清晰明确的想法不是阿粂这个年纪该有的。这就是他们的意见。祖母说，已经给阿粂做了她喜欢的丝绸棉袄，这是姑娘家最重要的。"

接着这个话头，阿民商量的话题又转移到给女儿选什么款式的和服上。她说，恰好京都麸屋町的伊势久是认识多年的染布店，他家的养子要去美浓收订单，到时候会把需要定做的东西交给他们。于是又开始商量应该染什么样的花纹，既适合女儿，又能让送彩礼的南殿家满意。

"这些小事情就拜托你和母亲了。"

"你就是这样，什么都不跟我商量。"

"就算你这么说，我现在也……"

"我知道你很忙，责备你这样埋头工作的人是没用的。你就做你的事情吧。我会跟母亲商量阿粂嫁妆的。你在听我说话吗？"

之后阿民沉默着，在半藏身边盯着榻榻米，一动不动。很长时间夫妻二人一直漠然相对。直到听见里屋森夫他们吵架的声音，阿民才起身去看孩子们。像往常一样，到了晚饭时间，全家聚集在宽大的地炉周围，按照旧本阵时代的习惯从家长到仆人都有规定的位置。孩子们就餐也要按照年龄顺序。不一会儿，以从隐居室过来的继母为首，大家来到各自的餐桌前，把盛味噌汤的碗递给伺候用餐的阿德。阿民把和助放在身旁，默默地吃饭。半藏看了看继母，又看了看长女阿粂和弟弟们，之后又看了看阿民，也默默地吃起来。当晚，在客厅已经做好了明天一早去王泷的准备，但是对于没什么要紧事又沉默不语的阿民他却无可奈何。实在是琐事伤人心。在他看来，享保之前他的祖先们都是无偿担任户长，这个职务相当于村子的主事人或百姓的领班。出生于这种家庭，平日里他的愿望就是能在这样的关头帮助大家，并非想要刻意疏远不顾妻儿，他思索着就快到了提交请愿书的日子，以此稍微安慰自己。如果本厅的官吏询问当初木曾谷没有留

山、明山之分的税收征收情况该如何，他试着自问自答。这并不
难回答。答案就是，过去这里曾征收过二十六万八千余棵柏树，
用作庞大的陆路水路运输费用，再从民众住宅等税收中扣除同样
的金额赠予百姓。夜晚，他从枕头下取出香藏的来信读了一遍又
一遍，不知不觉间在心情不悦的妻子身旁睡着了。

前往王泷这天半藏早早起床，呼吸着四月清晨新鲜的空气。
阿民收拾好心情帮丈夫准备出发的举动给了半藏勇往直前的力
量。他把喜欢的歌集放进怀中，这是因为身为户长他打算忙里偷
闲，借风雅之事拜访歌友，与各位代表共同研讨。

"怎么样，阿民？如果途中遇到熟人，问起我去哪里，就给
他看看我怀里的和歌。"

他带上笔，腰间插上笛子对妻子说。

"打扮得倒是有趣。"阿民说着，指着一身轻率装束打扮的丈
夫，对飞奔过来的女儿说："阿粂，你看，父亲腰上别着笛子要出
门了。"

半藏从妻子的手中接过斗笠："阿粂，如果我去王泷神社的
话，会替你一起参拜的。"他微笑着对女儿说。

准备妥当，半藏潇洒地出发了。当时户长的差旅费规定每天
十三钱，那是个与后世物价相差甚远的时代。这次短暂的差旅他
选择自费，并未申请差旅补助。从马笼到妻笼，他到阿民的老家
露过一面，拜托寿平次为他办好前往王泷的事宜，就匆忙踏上熟
悉的官道前往奥津。妻笼附近的木曾谷是冬季作业的主要地点，
在这里把山上砍伐的木材捆成木筏顺流运下。那里阳光略显昏
暗，碧绿清澈的木曾川水撞击着白色的花岗岩，越过岩石，河水
从林地众多的河川上游随着潺潺流水声打着旋儿流淌而来。

四

"很久没给老师写信了……"

半藏突然想起了老师，在野尻住上一晚，明天继续赶路。

这是从马笼出发的第二天下午，路上行人不少，还有背着猴子的艺人从他身边经过。匆忙奔走的途中忽然怀念起他的同学们，回忆起老师平田铁胤身边的众师兄们。从这边的道路可以看到对岸重叠交错的深邃森林。

"即便力所不及，为了恢复旧制度，我也要努力试试！"

这个想法激励着他，他没有忘记恩师。

担心着留在家中的女儿阿粂，不知不觉间半藏已经来到了木曾的浮桥附近。和妻笼周边广阔的河床相比，这里只是一处靠近木曾川的狭窄山谷。西边来的旅人顺着悬崖，从潮湿的斜坡走下，在长满陌生青草和苔藓的岩壁下找到了一间歇脚茶馆。半藏走到那边稍作休息。巧的是，一个西洋人在翻译的陪同下，将马停在茶馆前，来到半藏旁边歇息。来了个满嘴讲外语的异邦人，坐着休息的旅人都瞪大了眼睛，前前后后地打量着这个异邦人。虽然无辜杀害西洋人的事情已经鲜有耳闻了，但对西洋人不友好的人也不是没有。土屋总藏时代，记录关于外国人旅游时内地人的言行举止一类的书籍也传播到了马笼村。半藏读过这些书。但在他的记忆中，未曾听说外国人来到过木曾路。抱着试一试的心态，他走向翻译，告知自己是当地的户长，询问起初次见到的这个西洋人的国籍，以及出发地和目的地。据翻译说，他是意大利人，从香港来到横滨，被十月即将在名古屋开办的爱知县英语学校聘请为老师，现正在赴任途中，之所以不在东海道附近任教，是想尝试一下日本内地的旅行。不知为何，意大利人突然从上衣的内袋里掏出日本政府的护照，半藏告诉他不需要这样。意大利人又通过翻译打听到了半藏的职业，并询问前面的村子是否有驻马的地方。由于语言不通，半藏不能准确地理解对方的想法，便回答山里有十一处驿站，还告知自己曾经也是一名站长。

翻译对此已经习以为常。给外国人传话和导游都由他负责。

他告诉半藏，带着外国人在内地旅行有很多困难，抱怨走过众多小镇时后面都会跟随看热闹的人群。

"尝尝这个特产，豆沙馅的年糕。"说着，歇脚茶馆的老婆婆把手工制作的点心放到客人面前。哑巴一样的外国旅人只是听了听翻译的解释，并没有试着尝一口。

没过多久，半藏离开了这个挂着"茶肆"招牌的地方。当晚定在福岛过夜，在熟识的驿站脱下草鞋，脑海中浮现出初次近距离看到西洋人的样子。西洋人就像嘉永六年夏，出现在东海道浦贺港口久里浜海的西洋船一样，不顾日本两百年来的闭关锁国，带着不可小觑的力量来到下田，来到横滨，如今又像跳上激流的香鱼一样甚至进了深山。昨日之船只，今日之爱知县教师。半藏震惊不已。

从福岛赶到王泷，次日半藏又继续他的旅途，乘坐常磐的渡船从行人桥到御岳山道，然后在三泽等待为登山者准备的木筏，渡过渡口时久违地听到了王泷祢宜人的声音。

"有客人，从马笼驿站来的。"

"是青山啊，真是稀客。"

王泷的户长远山五平住在距离祢宜家不远的地方，正热切等待将要抵达的半藏。关于提交山林事件请愿书一事，五平一开始便是半藏的协助者。在山谷十五名代表中，他与贽川、薮原两个村落的户长志同道合，是与半藏一起到名古屋福岛办事处上访的伙伴。此次二度请愿能准备得如此完善，也多亏负责在上松和奥津间奔走的五平。这么讲不是没有道理的。五平的祖先世代居住在御岳山，负责散布在王泷川河岸的各个村落和御岳山地区。这位老户长是最直接感受到村民即将失去大部分木曾山痛苦的人。王泷不像马笼那样位于木曾官道附近，因此五平家没有参与各官道的交通运输，但作为管理村民和土地的一村之长，也是持续受到尾州山村家照顾的旧家族。

半藏在祢宜家摘下斗笠，脱掉草鞋前去拜访。五平说："青山啊，和我这样每天面对大山的人已经不多了。再这样下去木曾的村民就遭殃了，离开了大山的他们就像鱼离开了水。"

乍听是一个贴切的比喻，其实与鱼无缘。虽然住在河边，他只熟悉池塘里饲养的鲤鱼。偶尔从深山里挑进来一些腌青串鱼，连骨头也舍不得扔，还要用炉火烤了品尝一下味道。相反，他熟悉很多鸟类，只需听见鸟叫声便能说出它的名字，他精通山林的一草一木。

山林事件以来，尾州藩在木曾谷设置了上松军营、原木衙门、山林衙门、护林员、禁伐区巡视员，如此保护森林究竟为了什么？谈及此，五平和半藏都沉默不语。站在尾州藩的立场，人们很容易想到木曾山每年砍伐数量庞大的良木，这片森林作为一藩的财政来源备受重视。事实上，利用河水运输柏树需要巨大的人力和财力，从小谷狩、大谷狩经过美浓的水运贮木场运送到远方市场，一个算盘根本算不清。尾州藩对这片山林的关注还体现在它悠久的治水历史上，只有了解河川下游情况的人才能体会到，大多数上游的民众还未意识到这点。幽深的木曾谷被森林覆盖，即使白天依旧光线昏暗，是一片天然险阻。从前木曾的福岛关所，主要负责严查火器、监视妓女等一切与旅行者相关的事宜，因而受到德川直属地方官的保护。不仅这些，尾州藩负责保护的东山道要冲，也在半藏的关注范围。

五平看着半藏，说道："如果尾州察觉，会怎么说呢？会说支厅的做法是对的，木曾的民众不讲道理吗？据我所知，版籍奉还完全不能与之相提并论。我知道所谓的版地民籍奉还，就是把土地和民众返还朝廷，让万民沐浴圣恩。尾州比其他各藩率先向朝廷返还也是出于这个目的。但返还旧领地的本意不是为了造成如此多的受害者。"

说完，五平取出了半藏交由他保管的相关文件。半藏起草的请愿书经由十五名代表，又回到了五平手中。以薮原村户长为首，共同签名盖章的文件就在此。可以看到请愿书的首行对"上级"毕恭毕敬地写道"诚惶诚恐，上呈此书"。现有的木曾谷山地政策是享保年间名古屋藩制定的，本次请愿希望能采取与本县管辖下其他乡相同的政策。此外，为了让本厅官吏知悉这些年来的情况，还附上了三份谷中民众向旧领主提交的请愿书副本。

"附上三份副本非常重要。"

"正是。这样一来就明白不是现在才有的问题了。"

二人交流了一番。因为要在五月十二日再次提交请愿书，所以安排大家前一天在赞川会合，四名代表一同前往松本。他们商定好如果本厅官员询问现在村民的困难，四人分别口头作答，讲述支厅主任下达的山林规则让谷中民怨四起，代表中也有人不能接受此事的。

五平说："这封请愿书的主旨并不反对设立国有林。如果必须设置御用伐木场等场所，那么请制定明确的管理制度，然后正式通告，我们一定会严格遵守。作为交换，请把明山留给民众。自新规以来，许多民众的私有地被划归国有，希望能像旧时那样解决问题。大概内容就是这样。总而言之，希望能得到国家公平的对待，趁现在官民齐心，制定好未来百年方针，恢复享保之前的旧制度。"

来之前，半藏在野尻和福岛度过了几个不眠之夜，从远山五平处返回时在祢宜家休息了一晚，次日清晨似乎返乏了，越发疲惫。甚至祢宜宫的主人来里宫社殿做完早课，敲完太鼓又走过数町的山路返回时，他还在酣然大睡。直到听见拉滑窗的声音才爬起来。

"您睡得真香啊。"随着问候声，女主人带着热茶和腌梅子走过来。

祢宜老宅位于木曾福岛深处四里半的山麓，这里既是里宫的神宫，也兼作参拜团的住宿地。因为需要商议木曾山的事情，近年来半藏来王泷，每次去远山家拜访必定在祢宜住宿，然而每次都能看到不一样的客房。这里已经不再是神佛合一的神教统治。房间墙壁上虽然还装饰着传统的稻草绳（新年挂在门前取意吉利），但客房里御岳山的金刚藏王画轴已经被取下，取而代之挂上了祭祀御岳三社的物件。

"青山先生，今天就好好休息吧。我儿子说一会儿要带您去神社，正在收拾东西呢。"祢宜说。文久三年，阴历四月，他来这里为父亲祈福时，一同前往的胜重还梳着刘海儿，是个浅黄色襦袢衣领的少年。

"从那之后已经过去十一年了吗？是啊，我儿子现在都十八岁了。"他还说。

不一会儿，半藏梳洗完毕，把斗笠和草鞋等杂物放在驿站，跟祢宜的儿子一起去里宫参拜。

"马上就是初春雉子出现的季节了，那时这座山很值得一看。"时隔十年，本以为祢宜的儿子还是个小孩子，没想到已经是年华正茂的青年了。

宗教改革在这里如火如荼地进行着。来到山脚，眼前狭长的山路一直延伸到神社的石门前，路旁还有两部神教时代的遗物，疑似神佛一体的铜制佛像已被推翻在地。而率领众多门人弟子踏平险峻，为了这座山倾注了一生心血的普宽、神山、一德等修行者们的石碑铜像则完好无损。

里宫内部的变化更让半藏震惊。山村苏门既是社殿的改造者，又是木曾福岛的清官。这里有他捐赠的纪念匾额，还有两张惯例的天狗面具。嘴巴咧到耳朵的野兽，似乎都在诉说着金胎两教的神秘，但残存的仅仅是过去的留念，一切躯壳终将被丢弃。护摩仪式被废除，盐肤木燃烧的香气已不再。本殿里长久普照的大日如来佛像也不见了踪迹，神前竹帘阴影处的经卷桌也消失了。透过杉树、柏树的枝叶遥望周围的森林，山中清新的空气以及细细的清流顺着岩石落下的声音让社殿深处显得越发寂静。半藏在这里待了一会儿，为自己的女儿祈福。

回到祢宜，半藏决定在大山对面的王泷驿站睡上一整天。于是，主人去准备餐点，烧洗澡水。这是很久之前建成的浴池，本来是为冷天参拜神社以及开山时节的客人准备的，想为他们解除疲劳继续前行。

午后，五平前来拜访半藏，取过短册，他们一起朗诵和歌，举行了一场小型的和歌会。之后祢宜拿来红色的毛毡，铺开宣纸，让不常露面的半藏留下墨宝，他儿子在一旁研墨。此时半藏已经铺开从马笼带来的歌书，放好了用帘子卷起的毛笔。按照五平的意思在纸上写下了一首之前他自己创作的和歌。

偶尔，半藏会离开座位，来到走廊放眼远方。从那里能看到御岳山山脚深处的山谷。五平也起身，和半藏一起凝视山谷下耀眼的王泷川。虽然眼前树梢摩肩接踵、一派原始森林的气息，但如今已经不允许自由进山伐木了。考虑到祢宜家还有其他客人，半藏和五平会合之后对代表之间的话题闭口不谈。五平还是原来那个五平，挨个儿给半藏介绍眼前的山峰，只聊风景和故乡。

这个时节，木曾深处已经下过多场雨，谷间山莺频频鸣叫。五平和半藏约定在赘川再碰面就离开了，留半藏一人独享这本歌书。傍晚时分，春天的活力愈加凸显，雾气笼罩了山谷。望着远处人家渐渐点起的灯火，他拿出别在腰间的笛子，暂时沉浸在孤寂的快乐中。

次日清晨，早早地有人开始离开大山。有些参拜团的成员天蒙蒙亮便起来收拾行李准备返回。白衣、白带、白头巾，继一身白装的大山巡礼者之后，半藏也与祢宜家人告别离去。王政六年春四月，沿王泷川回到木曾福岛镇。名古屋本町的文明社堪称地方刊物的先驱，最初是以木板雕刻出版周刊的。虽然只是一份以时事报道为主的传闻类报纸，但周报中刊出了田中不二麿赴欧美视察教育事业的消息。王政四年十一月十日，岩仓大使一行带着重大任务从日本出发赴欧美考察，他们将带回什么呢，这是当时民众关注的焦点。一行人加上随从者和留学生总计一百零七人，其中就有佐贺县的久米邦武。此人不只奉命跟随大使看管文件，也是政府从神祇省选拔出来的为数不多的国学者。传闻他奉旨视察欧美文明，负责在新兴的日本继续发展国学，这着实让平田门人们异常激动。

五

五月十二日，福岛支厅的传唤书送到马笼的户长公所，收件人是户长青山半藏。

半藏在公所大致读过一遍。大概内容是让他五月十二日上午十点前到福岛支厅报道，不许他人代替，有要事传达，必须携带传唤书亲自报道。他把传唤书带回自己家，又仔细阅读了一遍。如果接受传唤，就无法兑现与远山、五平他们的约定，四名代表当天一起前往本厅更是希望渺茫。不仅如此，握着这张传唤书，他还有一种不祥的预感。

他暂且将被传唤的事告诉了邻居伊之助，并派人去王泷传信，穿好户长制服，郑重其事地从西头前往木曾路。此次福岛之行，他的内心并不积极。

筑摩县支厅还与名古屋县时代的总部办事处一样，设在福岛兴禅寺。半藏沿官道进入福岛镇，在规定时间之前来到临时官厅。等了三十分钟，才被叫到支厅的一众官员面前，负责此事的官员开始宣读：

今日起，免职户长，望知悉。

只此一句。

果然，传唤半藏并没有什么好事。当然，免职仅限于户长之职，教务还是和之前一样，但他明白与支厅的人作对是没用的。事实上，在那一瞬间，他必须做出决断：鞠躬，然后离开。

回家途中的他已经不再是户长。

第 九 章

一

八月，女儿阿粂的婚期将近，自春季以来阿万和阿民一直在谈论这个话题。木曾谷山林事件届时告一段落，半藏也可以歇歇了。早先提亲的人从伊那谷前来商量婚期，青山家选择了九月的吉日。如今日子近在眼前，半藏等人作为三十三个村落总代表废寝忘食地周旋奔走的山林事件却出了意外。

自不必说，半藏被福岛支厅免去户长一职有严重的惩戒意味。他作为户长的生涯已宣告终结。尽管关心明治维新的成果，希望至少能在这段时期贡献一份力量，最后却失去了户长的工作。祖祖辈辈作为户长，向百姓传递消息，照顾村民，改善村民生活的责任已经成为过去，现在手头上只剩下教育工作。对继母和妻子而言，这是山林事件意料之外的结果。随着女儿阿粂的婚期临近，青山家往昔的光辉也在消散。

"结婚当天需要一位媒人陪同，宴席不必奢华。不过需要准备神酒、两汤、三菜以及一晚的住宿。"这是二月稻叶家来信的内容。阿民收下彩礼，准备按对方的要求办理。目前为止，安排阿粂婚事的正是婆婆阿万，尽管她是半藏名义上的母亲，但对此事十分上心，只是主角阿粂对结婚之事一直不闻不问。不仅如此，阿民还察觉到半藏户长免职一事对渴望女儿嫁入的稻叶家产生了不小的影响。在阿民看来，女儿与半藏越来越像。明治四年，弟弟宗太只有十四岁，如此年轻就被当时的福岛所任命为名主见习，按理说这个孩子身上应该有一些父亲的影子，然而一点儿也没有，反倒是在女儿的身上多有体现。阿民每次看见阿粂的背影，都不禁感叹越来越有半藏的模样了。半藏热心于子女的教育，阿粂在潜移默化中深受父亲影响，经过几年的培养，如今已经在内心深处对父亲信奉的本居、平田等人心存感恩。阿粂生来多愁善感，因此，父亲被罢免户长，脸色铁青地从福岛回家时的样子，对她幼小的心灵造成了非比寻常的伤害。种种坎坷的命运敲打着她的内心。

"我觉得我不能再这样了。"她在母亲身边辗转反侧。

阿民夹在性格强势的婆婆与年轻的女儿之间，以自己的方式鼓励着女儿，并决心帮助被罢免户长的丈夫共同撑起这个家。过去阿民到妻笼老家见到祖母和哥嫂过着一种自给自足的生活。现在阿民想在丈夫家尝试这种生活方式。阿民生性开朗，她下定决心将两个尚且年幼的孩子平安抚养长大。

一天，阿民正在犯愁为女儿置办嫁妆定做的染布没有按时到货，又有些东西要拿，就去了后面仓库。仓库入口的石阶上整齐地摆放着丈夫的鞋，生锈的铁丝网的大门没有上锁，阿民顺着声响爬上二楼。在那里，她看到半藏将青山家祖传的古刀、古字画，以及吉左卫门生前收集的古茶具等一一取出，坐在一旁暗自思忖。半藏数十年收集的中日藏书也从墙壁上取下堆放在那里。在这样的隐蔽之处窥见丈夫的窘迫，阿民结合当时各家变卖家产的传闻，心中百感交集。

二

青山家正门没有听到织布机的声音。阿粂为弟弟宗太织的腰带即将完成，然而此时房间里只有织布机，没有见到阿桑的身影，或许她已厌倦了纺织。

阿民经过织布机房，来大厅寻丈夫。正巧半藏不在屋内，他正在前院的牡丹花下专心打扫。

"阿民，阿桑待在家里的日子屈指可数了啊。"半藏手握着笤帚说。

毕竟是孩子的终身大事。将女儿平安嫁出之前，父母的心情并不轻松。尤其对于半藏来说，现在不是操心眼前事的时候，前辈正香如今正是举步维艰的时刻。半藏穿着木屐来到客厅的一角坐下，说道："我除了一直思考别无他法。自从送走暮田以来，每天从学校回来都在沉思。"

阿民看着眼前的丈夫，十分心疼。女儿的嫁妆准备得差不多了，也不想和他谈论这些男人帮不上忙的事情。她来是为了谈谈阿桑的情况，现在即便为阿桑定做怎样的和服她都没有一点儿高兴的样子。

"不过稻叶家也是个周到的人家啊。"阿民说，"你看，阿桑出嫁当天，对方提醒我们，只需要准备一件和服就可以，陪同阿桑的侍女能省则省，如果一定要陪同的话请在四天前派来。他们连这种事都跟咱们说了。"

"为什么是四天前？"

"你啊，去跟阿桑说，结婚当天不要慌张，像平常一样待在房间就好了。如果对方没有诚意，不会连这种事情也讲。只要心存感激就好。"

"等一下。说到底，阿桑不讨厌这场亲事吧？只是女儿家多愁善感。如果对方真是那般率直，那么作为亲家也确实不错。"

"不管怎么说，阿桑一声不吭，也不是办法。不管给她定做什么，她都没兴趣。我和她说，如果觉得这次的嫁妆不够排场，那就大错特错了。大家都很关心你，你也要认真对待。她当时回答说，母亲不必如此担心，我也是父亲的女儿。"

"……"

"她还说，不过转念一想，有神灵和我在一起也就不寂寞了，还请神灵大人保佑我。"

"……"

"不过阿粂还是听父亲话的。如果你跟她说她会听进去的。你去跟她说说吧。"

"我觉得不需要像你这样担忧。时间到了，阿粂就会下决心了。"

半藏脱下鞋子，在客厅的榻榻米上徘徊。庭院中的风略带几分秋天的萧瑟，不时提醒他们，女儿和家人在一起的时间不多了。半藏觉得，即便阿粂不善言辞，但这个女儿也不会忘却养育她长大的身边人。她对家人的爱在日常生活中已经言明。半藏清楚，她一直都是个善解人意的好孩子，在这方面他很放心。

因为"勿视"的风俗，青山家给女儿准备了一身白无垢，只等一生一次的重大仪式到来。邻居伊之助夫妇已经为阿粂送来了精心准备的礼物，不过，主角阿粂似乎还在睡觉。她避开人群，躲在祭祀土神的神殿中，一个人坐在那里直到房间变得昏暗。"要做什么事情就抓紧做"，这是半藏教给女儿的。阿民说连仓库中的旧娃娃都想让女儿带走，只希望阿粂早些成家，自己也能够安心，此外别无他想。

人们聚集在休息室，谈论出嫁的具体事宜。妻笼的寿平次没发表意见，不过荣吉等人的意思是，即便新娘哭了大家也要给予祝福，做好万全准备不要有纰漏。

"半藏，阿粂的行李准备得如何了？"

说着，峠村的平兵卫也来了。这位擅长周旋奔走的平兵卫，即便旧组头被废，如今依旧是峠村的主心骨。

"行李吗？对方说行李在仪式前四五天送到，当天送的话太混乱了。还说搬运工由我们定，我委托了中牛马会社，在饭田换驿可能方便些。"半藏说。

九月四日，西风，拂晓的风尤为强劲。青山家稻田旁的栗子大多被吹落下来。阿粲整日与织布机为伴，面无表情，到了傍晚，为弟弟宗太精心纺织的腰带布料终于完成。阿粲喜欢纺织，而且是个擅长纺织的灵巧姑娘。阿民也称赞这腰带布料像是散发着蓝草香味，到了吃饭时间，阿粲仍站在织布机旁，一动不动。她女儿家的额头和父亲一样大，表情中没有浮现一丝整日纺织的疲劳，眼中没有一滴眼泪，双手紧紧握住自己的衣袖，身体微微颤抖，仿佛要压制这无言的悲伤。

那是四五天之前的事情，阿民并没有太在意。当晚月亮升起得略迟，客厅的拉门上映出松树的影子，阿粲像每晚一样走到后院，在树下沐浴着月光，踱步徘徊。阿民看见女儿从便门走向屋外，她担心女儿出嫁前感染风寒，匆匆穿上院内的木屐，出去把女儿叫了回来。

"阿粲！"

听见母亲的呼唤声，女儿从仓库前黑暗的柿子树下折回。

次日，青山家整日无事。晚饭后，男仆佐吉说有东西落在了后面的小木屋，离开地炉去取，很久没有回来。回来后他告诉半藏和阿民，他原本关上的仓库门现在却开着。当时，阿万正在地炉旁聊得起劲。环顾四周，阿粲不见了。一家人急忙出动，半藏和佐吉带着提灯匆匆赶往仓库，阿万和阿民紧随其后。黑漆漆的仓库二楼，并排摆放的两个旧衣箱旁边倒着的不是别人，正是想要自杀的阿粲。

第 十 章

一

　　青山家的悲剧迅速在小小的马笼镇传开。马笼是一片饮用水匮乏的地界，与之相对，深山里有一股马笼特有的泉水，刚涌出的山泉水透着丝丝凉意。只要是没有深井的人家，即便是女子也要挑起扁担，拎起水桶从那里挑水。南边小镇后方的悬崖下，是妇女们聚集打水的地方，在这个隐蔽的位置可以获悉镇上所有的事情。

　　谣言越传越离谱。有人说旧本阵女儿昨晚出事的，也有人说是次日清晨。每次聚在一起打水的时候，她们谈论的话题总是阿粂。那个姑娘之所以没有失去生命，多亏家人及时发现进行救治，但情况危急，谁也不知道是否能救活。据说，半夜提着灯笼赶来的医生也没有十足的把握。

　　门外人们的各种传言指向阿粂并不奇怪。即便青山家的人，也解不开阿粂企图自杀的谜团。事情发生后的四五天，对于家人来说如同过去了四五十天。其间，阿粂一直命悬一线，甚至无法吞咽。

　　半藏一夜之间似乎老了十岁。作为父亲，每每有各种人来看望时，他只能说自己也心烦意乱。随着治疗，女儿的情况逐渐乐观，性命无忧。"让大家这么操心女儿的事情实在是不好意思。"他对探望的人说，"我决心借此机会，清算自己的过去，迈向新的人生。"有时他下班回家，袴也来不及脱就去看阿粂。在主屋后面竖起屏风，女儿安静地躺在那里。阿粂面容肿胀，喉咙上短刀刺破处包扎的白布十分扎眼，每次看到都觉得心惊肉跳。面对女儿面目全非的容貌，阿民也吓得不轻，悲伤之余，身为母亲的她一心想要救治女儿，于是开始每天参拜后山的稻荷神社。

生在木曾谷最古老的青山家，还是在豪华的婚礼前，阿粂为什么会如此想不开？这一直是个谜团。寿平次的妻子阿里从妻笼赶来，半藏的学生胜重也从落合赶来，他们都带着震惊的表情来到半藏家探望。胜重见到伊之助时说："姑娘的心里已经对这个世界厌倦了吗？"

阿里说："是求学之道无法前进了吗？"

伊之助分析说："十八岁的年轻人，行动大概也没有经过明确的思考，也许她本人也没打算走到这一步，真希望有位智者能来开导一下这个聪慧的姑娘。"

也有人说，这恰好是阿粂还是处女的证据，她大概认为结婚是件神圣的事情，所以在一生一次的重大仪式前无法冷静思考。甚至还有人说，可能是由于阿粂对学问的追求和对信仰的坚定，才会被折磨成这样。她的未来本是前途可期，可如今发生这样的事情，只有心思敏感的人才能明白阿粂孤独的内心吧。

当时，半藏除了能在信中向亲家说明事情的经过，要求解除婚约以外没有别的办法拯救女儿。然而，已经交换了彩礼，对方也准备好了衣箱衣柜甚至针线盒，只等阿粂的到来，对于这份厚意，身为父母很难写信解除约定。想着起码应该找媒人去解释，即便到了约定的良辰吉日九月二十二日，他也没能写好这封信，到了月末也没写完。拖到十月过半，他甚至只写了拒绝信的草稿，到了关键内容却无从下笔。

终于在十月二十三日，半藏写好了这封难以下笔的信。写完之后，他想起了从一开始为促成这门亲事费心劳神的继母阿万。那时长辈的话是绝对的权威，母子关系近似主仆关系。如阿万这般在封建道德中磨炼至今的妇人，真的会放过这个不幸的孙女吗？他对此格外在意。

"阿民。"

半藏叫来妻子，当时两张崭新的邮票还没贴上，他拿出来读给妻子听。

"你如果能再多关心下女儿的事情，也不会变成现在这样。"

阿民一边说着，一边在丈夫身旁啜泣。

半藏对此无法反驳。山林事件中，他为了即将失去木曾山的当地百姓日夜奔走，心思全用在此事上，对家庭、妻儿几乎不管不顾。他不得不接受恪守封建礼制的继母、啜泣的妻子，以及受伤的女儿。

某天，他去里间看望女儿。阿粂的面部正在逐渐消肿，他喜出望外，用手掌摸了摸熟睡中女儿的额头和脸颊，重新看了看她明显恢复的样子。此时，阿粂睁开了黑黑的大眼睛，说道："父亲，对不起，是我不好。下一次，下一次我会做好的，这次的事情请您原谅。"

"阿粂想开了吗？"他说。

十一月，平兵卫从伊那南殿村拜访归来。他此行是受半藏之托，向稻叶家人说明阿粂现在的情况，恳请解除婚约。平兵卫带回了对方的答复，稻叶家主表示十分遗憾，并说这样的女孩子值得等待，希望重新约定婚事。

稻叶家的厚意让事情变得更麻烦了。其中，继母阿万强烈希望自己老家能与青山家维持旧好，半藏也无法轻易拒绝对方的厚意。

阿万的祖父是大名鼎鼎的武士坂本孙四郎，所以她打心底不将半藏这样的人放在眼里。按她的话来说，发生这些都是因为半藏考虑不周。半藏和普通人不同，净做一些怪事。因此连累她也颜面尽失，面对娘家人抬不起头。阿万让伤口刚刚愈合的孙女来到自己面前，向脸色苍白的阿粂一股脑地诉说着稻叶家的深情厚谊。阿万还对她说，这份人情太重，阿粂跪在地上，只是一脸难堪地请求原谅，其他什么也没说。阿万对此也只能叹息。

半藏看到亲人之间以沉默的形式上演的痛苦抗争，想着阿万给她娘家的各种开销，又担心世俗的议论。如果是亲子孙的话，不管怎样还是能明辨是非的。想想继母一吐为快的神情，再看看阿粂，还只是个刚刚活过来的小姑娘。如果让她试图重新振作起来的心灵再次遭受相同的痛苦，不知道会发生什么。此刻，他能做的唯有和妻子阿民一起劝解继母，从看不见的封建枷锁中拯救女儿。

"让事情更简单一些。"

他耳边响起这样的声音。他内心深处希望抛开各种接踵而至的人情世故，开辟一条全新的道路。现在不是该踌躇的时候，只能让事情变得更简单些。

于是他又写了一封寄往稻叶氏的信件。想让这封信成为拒绝南殿村最后的话语。

二

"快撒盐。快撒盐。"

半藏从木曾街道终点的木板桥经过巢鸭、本乡大道，来到神田神社，首先听到了孩子们的声音。在各个城镇迎来祭典的时候，他来到了东京。

恰逢其时，太鼓响彻镇上的天空，家家户户的祭礼灯连绵不断，比想象中还要热闹。穿过新建的目镜桥，原来的建筑已经消失，那一带变成了大马路，柳原沿岸绵延的青柳映照在水面，诉说着它辉煌的过去。半藏落脚的地方不是往常的两国十一屋。即便两国大街没有变化,十一屋也已经不在了。他熟识的老人去世后,老板娘关停了旅店,在浅草开了一家叫作甲子饭的小饭店。随着脚步的前进,他来到多吉夫妇在相生町的住处,现在他们已经搬到了浅草左卫门町。将近黄昏,他在两国找到一家打出浪花讲招牌的旅店,暂时在那里歇脚。

东京暂且无事发生,半藏因此稍感安心。次日,他拜访了平田铁胤老先生的隐居地。谈及对已故的笃胤先生的悼念,老师也惆怅万分。当天,拜访了尾州藩的田中不二麿等,上京第三天下午他终于在左卫门桥附近找到了多吉夫妇的新住所。

多吉夫妇和半藏许久未见。"你还没忘了过去,能来看我们,真是太好了。"夫妻二人说着,劝他快点把两国的旅店退掉来这里,这番话让半藏非常感动。

"阿隅,这是青山十年来第一次回来吧?"

多吉变了,阿隅也变了。之前半藏作为木曾下四宿总代的庄屋奉江户道中奉行之命进城,和这对夫妻共同生活了五个月。离开江户时,夫妻二人还特意送给他两只深蓝色木棉草鞋作为饯别礼。

当然,半藏此次上京不仅为了参观,主要是来拜访田中不二麿。从不二麿还是尾州藩士时二人便已认识,半藏向他倾诉自己的志向并请求他的帮助。旧领主庆胜公时期开始,尾州家便与半藏父子交往颇深,毕竟名古屋藩的官员是他最熟悉的人。在名古屋藩校明伦堂的弟子中,出了如不二麿这般心系教育的人物,对他而言并不意外。如今文部、教部两省合并,不二麿位居文部大丞,半藏有信心让这个掌管一切省务事务的人接受他的提议。然而,不二麿将工作重点放在民智开发上,自从考察欧美教育事业归来之后,他意欲将美式的自由教育引入国内。不二麿认为如今是一个尝试的时代,一切都只是开端。

多吉再次来看望半藏。

"如何，青山。和江户时期比较，城镇发生了很大变化吧。自去年春季以来，为减少暴办事件，政府做了一件大事，禁止为亲人报仇！擅自为亲兄弟报仇已经是说书先生的故事了。仅这一规定就使社会发生了很大变化。不过，在久居江户的人看来，德川大人确实可怜。大家都说，无法忘记德川大人的恩情。阿隅甚至说，看见葵花的纹样就会泪流满面。"

古板的多吉家还挂着灯笼，附近已经使用电灯了。到了晚上，明亮的灯光照亮了城镇。连照明也发生了变化。

更不用说庆应三四年西洋船的到来推动了神户大坂港的开放，也不必说日本两千五百多年来史无前例的大事件——外国公使访问京都。如今日本向世界敞开国门，它的影响已经体现在百姓的日常生活中，东京等地尤其明显。半藏从城里人的风俗习惯以及服装颜色的变化上也能看出这点。即便在点亮油灯和蜡烛的昏暗世界中，也有与之相映衬的颜色。如今在电灯代替油灯和蜡烛的时代已经看不到曾经昏暗世界中美好的事物了。多吉的夫人阿隅对这种事情非常敏感，她和半藏述说着最近妇人出席宴会时衣服颜色的变化，还说在社会流行变化之前，照明方式已经改变了。

多吉夫妇抓着好不容易上京的半藏说了很多东京的事情，就连说书艺人的节目都夹杂着英语，这样的变化让半藏忍俊不禁。阿隅取来了一鹏斋芳藤画的浮世绘。浮世绘将舶来品和日本国内物品拟人化，描绘了时代的面貌。半藏不禁怀疑，在遥远的过去，吸收中国文化时这个国家是否也是如此。跨海而来的都被称作文明开化，社会已经发展到即使梳短发也会被称颂文明开化的程度。夏天穿一条兜裆布，冬天穿一件棉和服，如果有客人，无论多么寒冷都赤身裸体抬轿子的轿夫已经消失了。从常年赤裸下身的鱼贩到只穿一条兜裆裤工作的蛤蜊商人，面对外国人，他们似乎会对自己的打扮感到羞耻。

半藏经常往来于各地拜访同门故旧，有机会深入观察各个城镇。无论东京发生怎样翻天覆地的变化，半藏总感觉与他最初的印象并没有太大变化。有人说比江户时代变得更小，也有人说新城市将来的人口增长难以预测。有些地方还残留着封建时代遗留的木门。旧城郭的关卡大部分已被毁坏。他和多吉夫妇以前都住在相生町，还记得拆除日比谷长州住宅时的相遇，此番上京再看，那一带已经是一片平原了。大大小小的武家住宅变成了桑园或茶园。他在目的地的所见无不诉说着曾经人称"武家六分町人四分"的都会如今也已焕然一新。

然而，东京处在高速发展阶段。半藏在旧本阵问屋时代曾管理过驿站和街道，来到著名的银座，宽阔的道路两旁有数栋罕见的砖砌建筑，虽是二层住宅，但窗户和梁柱都是相同的设计。是自明治五年大火以来，严禁建造木质建筑之后首批建成的新市街。最初没有一个市民愿意住在砖房里，有谣言称如果住进去会肿胀而死。当时的银座靠近热闹的浅草六区，二丁目的熊相扑、竹川町的犬舞、四丁目的贝壳加工，以及沙画、阿呆陀罗①等节目吸引来了东京的游客。划分兴衰的分界处新旧事物混杂。

现在，半藏已经习惯了旅行，对所见所闻感受颇深。轿子出行已经废弃，取而代之的是单人、双人的人力车或是马车。来往的行人中可以看见穿洋装的人，但大部分人还是穿和服。当然也有人在洋装上套羽织，有人留着披肩发、穿洋装却脚踩木屐，有人短发穿书生羽织，各凭喜好。半藏穿梭在这各色人群中。

由田中不二麿推荐，半藏上京后，受雇于教部省暂时任职。当时正逢教部省和文部省一同从马场搬迁至常盘桥，各个政府部门都需要国学领域的人才。但半藏本意并非如此，他想去旧神社任职，开辟新的生涯。为了对此有更多的了解，他特意上京。不

---

① 阿呆陀罗，阿呆陀罗经的略语。指语调轻快的俗谣，多见于幕府到明治时期。

二麿劝他暂时在教部省任职等待时机，毕竟漂泊异乡令人于心不忍。神祇局①是教部省的前身，平田一派曾在那里工作。由于这层关系，半藏心中一动，想看看老师铁胤和同门前辈曾经工作的地方，便听从了不二麿的建议。

他姑且将此事告知老家的妻子儿女，信中提到临时住在舒适的多吉家，告诉她们一颗漂泊的心总算安定了下来。他虽然仍在斋戒的路上，但自从穿越碓冰峠，在两国旅店脱下草鞋那晚开始，从置身神田川城镇，在多吉夫妇身边找到自我那天起，他的精神状态越来越好，好像是换了个人。半藏从昏暗中醒来，在后面的水井旁贪婪地呼吸着清晨的空气，从净化自身开始，他养成了每天早上洒水净身的习惯。

现在他远离了所有的亲人，休息日，半藏在二楼的房间里，望着将近六月梅雨季节的天空，思念着家乡和妻儿。令人窒息的时代风云变幻不能轻易诉说，与此同时有些东西在他心中渐渐成型。稍不留意明治维新的改革潮流就可能倒转，大多数人期待的社会重建和四民平等的新时势将会如何尚未可知。

在他心中时常浮现曾经在时代中沉沦的水户，记起水户激烈的党派之争如同一场宗教战争，脱离了成败利害。他记起水户人面对敌人时表现出的强大反击力，甚至是面对井伊大老和安腾老中这样身居要职的官员也不例外。结合眼前众多现象看，曾经的水户事件成了筑波的旗帜，更是尊王攘夷意志的体现，它是否像有生命的历史，现在改变了形态重新出现在佐贺、土佐、萨摩了呢？

他试着问自己。

"这还是在恢复旧制吗？"

在他眼前持续展开的不是归来的古代，而是意想不到的近代。

---

① 神祇局，明治维新时的政府机关，掌管祭祀、传教等。

第十一章

一

东京即将迎来本年的十月底。位于常磐桥教育省政府办公室的工作人员到了下班时间。半藏身穿和服，脚踩竹皮木屐，口袋里装了满满的书，完成了一天的工作正从政府办公室赶回家。那天，半藏怀揣着焦躁不安的心情离开政府机关，连聚在那里的同事们都视而不见，踩着遍地泛黄的落叶，大步走了过去。半藏回忆起离开家乡来到东京时的情景，那时已经做好了在大城市过流浪生活的心理准备。虽说半年的工作时间很短，但他毕竟置身于堪称神祇局后身的教部省，在这里可以看到平田一派诸位前辈留下的工作遗迹，对他来说已经很满足了。小镇的拐角处，半藏突然驻足，长长地舒了一口气，这条路已经走了半年。半藏在教育部担任了与他性格完全不符的职位，这是不是原本就是一种错误呢？这种想法在他脑海里久久挥之不去。也许这本不是他应该走的路吧。这样想着，他又迈开了步伐。越是接近住所，心中难以言喻的孤独感越发强烈。

半藏回到多吉夫妇家，脱掉和服，但仍觉得自己身处常磐桥的办公楼。仿佛仍然可以看到政府办公室下班前的情景。他完成了当天的工作，正在整理办公桌。有的同事边把包袱夹在腋下边聊天儿。旁边的同事用手托起下巴认真地倾听，时而发出阵阵笑声。平时，半藏对本居宣长老先生钦佩无比，此时恰好有位同事在讲述老先生的故事。这故事在老先生的学生斋藤彦麻吕的日记中也有记载。"某天，以彦麻吕为首，两三个学生聚在老先生家，吃饭聊天：'老师真是个活神仙呀'。这时，旁边的女仆突然哭了起来。询问其中缘由，女仆回答说，事实上，这位'活神仙'每天晚上都来她的寝室，对她骂骂咧咧，昨晚甚至用脚踹她，疼得她腿都不能弯，说着居然哭了。彦麻吕听了吓得目瞪口呆。"听后，办公室在场的人都哄然大笑。讲故事的同事更加得心应手，他嘲讽道："毕竟老师只是进入女仆的寝室，也算是个品格高尚的人。"说到"品格高尚的人"，大家又爆笑了起来。半藏脸色苍白，不知道那个同事的话有几分真假，另外，也不知道斋藤彦麻吕的日记到底有多少可信度，他不想去争论结果，但是围在那里的同事们如获至宝一样热烈地谈论着。他突然想到：如果没有本居宣长老先生，平田笃胤还在步前人的后尘；没有平田笃胤，就没有平田铁胤；如果没有平田铁胤，可能就不会有现在的教育省。他不由得朝那位同事的后背狠狠地捶了一拳，就快步离开了办公室。如此一来，他心情更加焦躁不安了。

二

"我有点恍惚。自从阿粂那件事情后，我不知道该怎么办了，是不是迷失了方向？"半藏为开辟新的人生离开家乡，踏上斋戒之路，其实他很早就产生了这样的想法。半藏思索片刻后，打算辞去常磐桥政府办公室的工作。他把这件事告诉了多吉夫妇，并打算去左卫门町来段寂寞的旅行。他最希望的是能去神田神社，坐在神殿的一角度过静谧的时光。有时房东多吉会邀请他，一起去两国的寄席①，据说那里有个著名的说书人。一天，新乘物町

---

① 寄席，指观众展示讲谈、落语、浪曲等演艺的表演场所。

的医生金丸恭顺来访。恭顺是平田的门生之一，半藏想既是同门，这人总能成为自己的倾听者吧。于是，他就把这段日子的经历告诉恭顺："我实在觉得无趣，所以一直闭门不出，也不想去政府办公室上班，你听说过斋藤彦麻吕吗？他是本居先生的门生。"

恭顺听了这番话，捧腹大笑："斋藤彦麻吕是江户人，藤垣内社的成员，也是本居大平老先生的学生，和本居宣长老先生是不同时代的人。"

"这么看来，我是搞错人了吗？"

"那当然啦。"

"这实在是……"

"不只是宣长老先生姓本居，大平老先生也姓本居，春庭先生也姓本居。"两人彼此相视一笑。

据恭顺说，宣长的得意门生后来继承了本居的姓氏，名为大平，他早年丧妻。或许那位学富五车的大平经历了不为人知的寂寞。话虽如此，彦麻吕作为大平先生的学生，与他朝夕相处且关系亲近，但是他究竟会不会采用日记的方式来记录生活，这点不好说。如果那个学生发现了他老师的好色之心对此深感惊讶（才写下日记），那么彦麻吕也难逃愚钝之人的指责。宣长老先生在书中写道："好人允许别人恋爱，坏人谴责别人恋爱。"一个真正致力于研究国学的人是不会不赞成爱情的。从已故的宣长老先生的著作中也可以看出，好人赞美爱情，坏人谴责爱情。

聊完这些后，半藏说："宣长老先生差点被冤枉了。"

恭顺大笑着回去了。之后，半藏心里稍稍轻松一些。"好人允许别人恋爱，坏人谴责别人恋爱。"恭顺的这句话在他脑海中反复出现。他想，如果前辈是小丑，那么在一旁听得津津有味的同事们还不如小丑吧。真是的，说什么男女相恋本就是意料之外的，这又是什么歪理。

半藏叹息道："教育省的事儿已经不值得一提了。"

　　如今，他与政府办公室的同事们关系已闹僵，无法回去工作了。他最终决定办理辞职手续，辞掉政府的工作，也清醒地意识到这里不是自己应该待的地方。

　　半藏就这样结束了教育省公职人员的生涯。半年的工作时间虽然短暂，但让他学到了很多东西。平田派的前辈学者们对政教合一的计划束手无策，取而代之实行神佛联合大教院的教化事业，此事业最终也以失败告终，这是半藏在这短短半年时间里所经历的事情。也正是在这段时间，半藏逐渐意识到在明治维新的道路上，许多无能官员是如何对待本居老先生的。

　　每当疲惫、心累的时候，半藏就会提心吊胆地想起昨天的事。十一月初以来，他居住的旅店，早晚时分已深感凉意。他有时会在临时住所里度过漫漫长夜，昏暗的灯光下，他有一种不可思议的感觉，不知不觉中自己已在人世的旅程中迷失了方向。

　　半藏搬到东京后一直保持着这样的习惯，早晨起床后下楼到厨房的水井旁边冲澡。

　　"多吉昨晚也很晚才回来吧？"

　　"青山，他昨晚很晚才回家，还用力敲了门，想必吵到你了吧。"

　　问的人是半藏，回答的是房东多吉的妻子。接着她又说道："你听我说，我丈夫最近寻到了个兴趣，总和那位举办者打听有没有俳句会之类的。昨晚就是那个人主办的，他们一伙人，把酒肉便当摆在面前，还讲什么五十韵百韵，玩到很晚才回来。我调侃他，你也没个男人样，都到吉原了，也不住一晚。"

　　"总觉得老板娘这样的人可遇不可求。"

　　"不过，青山，你不觉得我丈夫的借口挺好吗，走夜路那么晚回来，还说是去参加俳谐会了。"

　　多吉夫妇就是这样的两口子。多吉虽然出生在商人家庭，但对物质和财富毫无执念。他无论走到哪里，都不忘把笔墨盒别在腰上，以便随时把浮现在脑海里的俳句写下来，这就是奇人传中以风雅为生命的人吧。他的寡欲、正直，再加上老板娘的侠义之气，就连半藏这样的旅客也不想离开多吉家。

多吉告诉半藏，他经常去两国药研堀一带的旧书店。店长是位古怪的隐居人士，店里摆放着江户时代的俳书、浮世草子以及浮世绘等，多吉的大部分藏书都是在隐士店里买的。半藏在旅途中收集了很多书籍，想把看过的卖掉，于是打算下午去药研堀。

碰巧的是，半藏还没出门，好友金丸恭顺就来拜访他了，恭顺说了件令半藏意想不到的事情，有人打算推荐半藏担任飞弹市水神宫的首席神官。这些消息都是通过不二麿了解到的。

"怎么样，青山，现在的工作对你来说真是大材小用啦，不如去飞弹市的水神宫工作吧。"恭顺说道。

谈不上大材小用。但是，新工作对于半藏来说，简直就是求之不得的事。关于飞弹之行，恭顺说："我虽然只是不二麿的传话人，但还是替你担心，一想起飞弹的水无神社，那可是既荒凉又遥远的地方，但这绝不是降级调职的意思，不二麿还说，为了避免误会，要我好好和你解释一下。"

"哪里的话，感谢你把这个好消息告诉我。"半藏向恭顺表示感谢并说道，"我要好好考虑一下，然后告诉不二麿。"

虽然飞弹山区很遥远，但是能让半藏踏上日思夜想的斋戒之路，半藏甚为感动。他那颗摇摆不定的心终于可以安定下来了。他把这件事情简单地告诉多吉，就踏上二楼的楼梯径自回到了卧室。

半藏要去工作的地方，又名水无神社，位于飞弹市大野郡。从东京出发，经中仙道和木曾道，到达美浓的中津川有八十六里路。从中津川，必须再走二十三里才能到达水无神社。在那个年代，出行很不方便，走那么远的路实在是不太容易了，并且，美浓的加子母村一带要走高山路，更不是一件容易的事。从木曾谷到伊那的山路，即便是白天，那片森林也是一片黑暗，听说还有从树上掉下来的草蛭、附着在路人身上的毒虫，以及在强风中呼啸的山白竹等，高山路比传闻中的更加险峻。

半藏的飞弹之行还没有确定下来。他走出小镇，打算找东京的熟人问一下对新工作的意见。没有人阻止他，哪怕只是告诉他即便不去飞弹山还有其他工作。他试着对自己说："一条新的道路正在铺开，通往神灵之路就在眼前，只要毫不犹豫地走到尽头就好，这个时候还需要犹豫什么呢？"回答这个问题看似简单，其实并不容易。新政与旧政之间的暴力冲突正以多种形式出现的时候，半藏认为仅仅保护神灵而不考虑当下是不够的，一旦去飞弹市的深山工作，以后怕是很难回来了。

"青山啊，你决定要去高山了吗？"

"还没呢，"半藏答道，"我还没答应呢，不过，如果真要去那边工作的话，就得趁现在吧。如果老了就很难去山里工作了。"

此时，多吉看着妻子阿隅说道："阿隅，青山这次要去的地方离东京可有一百多里路，距离你老家也有二十多里，那可是一百二十多里路呢。听说那地方都是山路，连马都过不去呢。青山可真有雄心壮志！"

多吉已赞成半藏去飞弹工作的事儿了，老板娘想了想也没有阻止。半藏的老师铁胤也说过同样的话，只是担心他路途遥远。一会儿，半藏上了二楼，自言自语道："我还以为多吉夫妇会阻止我呢。"事实上，他希望有人能阻止他。哪怕只有一个人阻止他，他也会三思的。

又一个清晨，半藏像往常一样天还没亮就开始洗漱，冲完澡后，多吉家的仆人们还没有起床。水井旁边的厨房门和屏风都关着，晨雾中听到了清晨的第一声鸡鸣声。

那天，半藏听说天皇要来东京，他知道天皇只要到神田桥就会经过此路，于是决定在离开东京之前去拜见一下天皇。他把这件事告诉了多吉夫妇，吃过早饭立即换上和服，比去茅场町店上班的多吉出门还早。半藏沿着神田川，踏着清晨泥泞的道路就出发了。途中小镇的天空渐渐放亮，半藏的内心也逐渐平静。如今，他不仅是水无神社的首席神官，还负责神教的宣传工作。

前来拜祭的人陆陆续续聚集在神田桥畔。约两个小时后，半藏周围已经挤满了人，先到的他被后面的人推到了前面。巡查官员拿着棍子多次上前劝阻前排的人。

明治七年十一月十七日，过去一年里是否出征朝鲜的巨大争议仿佛眼前的霜叶一样浮现在众人的脑海中。如此多的人聚集在道路两边观看皇家出行，这足以证明了众人对天皇的同情，毕竟在这内有政府分裂，外有列强入侵的艰难时刻，天皇被迫救亡图存，拯救全国人民。

如今，天皇已经打破了日本两千五百多年来的先例，打开京都建春门迎接外国人。他立下誓言，无论是新政府、幕府，还是平民百姓，都有实现自己愿望的权利。想起年仅二十二岁的天皇自东行以来拜平田铁胤为师，就不由得热泪盈眶。

半藏的腰间别着一把新扇子，是他离开旅店时带来的。扇子上有他创作的一首忧国诗。虽然这不是用来向别人展示的东西，但他作为无名百姓，对国家未来的关注并不亚于其他人。

半藏手持新扇，等待着天皇的辇车。

又等了三十分钟，终于听到近卫军骑兵队英勇的马蹄声了。在那一刻，他被强烈的冲动驱使。即使手里拿着一把普通的扇子，也有一股难以抑制的热情涌上心头，恨不得把此扇献给天皇。

他看到第一辆辇车驶来，立刻从人群中走出来，前后看了看，快速把扇子扔进了马车里，然后急忙退下，额头贴地，跪在地上。

"是上诉人，是上诉人。"声音是从拥挤的人群中发出的，仿佛出现了什么不敬人士一样，互相高喊着。这时，一名巡查官迅速跑过来，紧紧抓住半藏的手臂。人们几乎是一窝蜂地向他冲来。

第十二章

一

　　半藏一连五天没回多吉家。多吉家一直很担心杳无音信的半藏。毕竟献扇事件早就传得满城风雨，多吉夫妇也不无耳闻。关于此事的传闻也是各式各样。多吉从茅场町的店里听说了各种传闻，阿隅很担心半藏，毕竟对于半藏会做出这种行为，夫妻二人至今还是半信半疑。

　　几天后，巡警来了。多吉刚好不在家，阿隅出来打招呼，巡警是政府驻地的人，说是来传达东京法院的通知，首先要确认青山半藏是不是居住在这里。阿隅一听这些就想到了之前的传闻。这名巡警站在格子门口继续说，接上级通知，现允许半藏回家，通知你们来领人。阿隅稍稍喘了口气说："我虽然不知道其中缘由，但青山先生绝不是危害社会之人。之前住在相生町时，他奉江户道中奉行之命来江户述职，暂时住在这里。这次也来找我们了，不久前，他还在教部省的业务科工作。我们很了解他平时的行为，他可是个正直的人啊。"

　　阿隅对巡警的突然来访很上心，所以为半藏说了不少好话。巡警听了这些立即打断了她，并告诉阿隅，他只是履行职责来下通知，然后就离开了，并让阿隅告诉多吉或他的代理人带上他的印章，尽快接走相关人员。但阿隅知道半藏能回家后反而更加担心了。因为她的丈夫多吉不像是出生在商人家庭的人，他对这个社会漠不关心，完全不适合执行巡警的任务。只有提起"俳句三昧"时，多吉才会两眼发光。

阿隅了解丈夫的性格，决定自己替丈夫把半藏领回来，她整理好衣服等着多吉回来。多吉从外面回来时，比阿隅还要焦头烂额。

"这家伙，一定是有原因的。青山，有自己的考虑吧。"阿隅把事情的经过告诉了多吉，并说担心丈夫去那种地方，毕竟多吉从不习惯去这种场合。身高体壮的多吉摇了摇头，坚持要去接半藏回来。幸运的是，正好半藏的同门金丸恭顺医生前来拜访。他也是担心半藏的安危特地赶过来的，所以恭顺决定与多吉一起把半藏领回来。

"先等一下！"

阿隅说完，把丈夫的和服拿出来捎给半藏当换洗衣服。多吉作为本地人，平时喜欢穿唐栈织（江户时代从中国进口的棉质布料）外袍，但这种衣服不适合半藏。于是阿隅选了件素色的外褂，蓝色棉袄、长衫，还有贴身内衬，一起用包袱包好。甚至还给半藏准备了一双崭新的藏青色布袜子一同放进包袱里。

"那里肯定有等候室，你让他悄悄换上这身衣服。青山换下来的脏衣服还用这个包袱包好再带回来。"

阿隅目送多吉和恭顺一起出了左卫门町。看着丈夫的背影，心想半藏飞弹之行前突然发生了这样的事，哪怕看到他平安归来也无法安心。

半藏在多吉和恭顺的陪同下于下午四点回到左卫门町。阿隅让三人在格子门口等着，吩咐女仆从厨房拿来火石和铁，火没灭之前不让半藏他们进屋。

半藏经过一系列非比寻常的"烟火浴"后，终于来到了屋檐下。他苍白的脸色、邋遢的样子，略微长长的胡须和五天没有梳理的头发都能表明他这几天经历了什么。阿隅看到半藏穿着多吉的衣服，无精打采的样子很是心疼。阿隅就是这么关心他，但半藏好像觉得道谢不足以表达自己的感激之情，双手撑在地上跪着，过了好一会儿也没抬头，最后从包袱里拿出来监禁期间穿的脏衣服，好像在说，这里面的脏衣服全是虱子，也拜托你了。

"嗯，这样就放心了。"多吉在楼下徘徊着，说道："阿隅，我带青山去梳洗一下再回来。麻烦金丸先生在这里等一下。"

"好的，青山去梳洗下吧，我正好抽根烟。"恭顺说道。

半藏仍穿着多吉的衣服，他准备上楼去拿自己的衣服，阿隅阻止了他，让他先去洗洗，洗干净再换衣服。

"好，先洗个澡，咱们待会儿再聊。"

多吉走在前面，把阿隅给他的手帕搭在肩上，准备出门。

"阿隅，拿两把伞来，外面下雨了。"

半藏和多吉一起撑着雨伞前往镇上的公共浴室，放眼望去，整条路的所见所闻令他更加感慨万千。

多吉居住的小镇自古以来一直以江户时代的几家石屋闻名。如果沿着商店旁边的窄路往前走，可以到达神田川。虽然这一带杂乱无章，有很多仓库和货场，但离旧两国不远，比较清静，还能听到镇上的声音，可以说是个非常适合多吉的地方。

离小镇不远处有个带石榴口的澡堂，这是江户时代的遗迹。当半藏穿过朱红色的漆门，踏上狭窄的脚板，将身体浸在热气腾腾的浴池时，他终于回过神儿来。洗完澡后神清气爽，和多吉一起沿着原路返回，那时天色已晚，街上已是灯火通明。回到旅店时，恭顺还在楼下等着他们。

"金丸先生，阿隅说今晚想做荞麦面。有青山陪着，您多吃点。"

"手打荞麦面嘛，那一定很美味啊！"

多吉和恭顺聊天时，阿隅（做好了荞麦面后）随手取下束衣袖的带子，让女仆端上饭菜，半藏回屋拿出酒来助兴。

"哈哈哈，可以喝酒了，毕竟事情都解决了。"恭顺说道。

半藏换好和服，正坐在桌前。桌上放着烤海苔、柚子味噌、牡蛎、三碟醋，三人就这样开始了对饮。半藏听着寂寞的雨声，向多吉道出了这次事件的来龙去脉。半藏说当他得知第一辆车就是天皇的辇车时，心中无比激动，本来没打算靠近辇车的，但是等到回过神来的时候，已经很尴尬了。虽然当时民间志士向天皇提建议的并不少见，但是在天皇出行途中挥舞着扇子扔进天皇辇车里的，这可是史无前例的。为此，天皇的随行警卫以巡查的名义将半藏送到驻地，接着又被驻地送到警视厅，在警视厅进行讯问。

当天晚上，半藏被送进监狱。第二天，即十八日，他被带到医生面前。医生先是问了他的姓名、年龄、职业等，像是在鉴定他的精神状态，在此期间歪头思考了好几次，认真观察他的一举一动。医生先给半藏诊察，然后试着问了各种问题。比如，早上几点出门去神田桥前看天皇出行，那天早饭吃了什么。医生诊断后，他被送往东京法院，当晚又被关进了监狱。十九日法院宣读了警视厅送来的书面材料，并逐一询问了事实。他回答说确实如此。监狱生活一直持续到二十二日早上，直到巡警去他的暂居地向房东问话，他才知道原来自己竟成了嫌疑犯。

半藏叹息道："可是，我不也是个傻瓜吗？在法院被询问的时候，明明有很多话要说，我却连十分之一都说不出来。"多吉听了此番话后觉得半藏能平安回家，比什么都高兴，脸上一副我绝不会说你愚蠢的表情。

多吉说："青山啊，这次的事，你也是为国家担忧才这么做的！那就干了这杯酒吧！"

半藏说他曾经是旧庄屋、马笼驿站的站长，长期为武家工作，但实际上，虽然有股拼命的热情，却在人生的十字路口忍受了所有的痛苦，也只能眼看着好友们为理想各奔东西。如今他所有的忍耐汇成一股热血，这种热血驱使着他来到天皇的出行之路。但这个世界并不是靠他的一腔热血就能改变的。

二

白雪覆盖的道路上滑冰摔倒的孩子喊了声"老师！"

二月上旬，半藏回到家乡，经过伏见屋时，听到学生们呼唤他的声音。有的孩子熟练地从斜坡滑下，有的孩子跌倒了又爬起来，发出了孩童特有的爽朗的笑声。山里长大的孩子们，手里拿着鹰嘴钩，享受着大山里积雪的快乐。他们都是原来敬意学校的学生，也是来自马笼新校的孩子，如今学校已更名为神坂村小学。

"父亲！"

那是三儿子森夫的声音，他已经到了淘气的年龄，离开滑冰的小伙伴们，向半藏跑去。第四个儿子和助也已经长大了，可以和邻居家的大孩子们一起在雪地里尽情奔跑，和助冻得两腮通红，也没发现自己那轻薄外套的下摆早已湿透。

虽说已经是春天了，可山里还是一片寒冬的景象。半藏的继母阿万、妻子阿民、女儿阿粂、长子宗太、男仆佐吉等人都在木板屋等待他的归来，屋檐下的石头从融化的积雪中露出来。半藏从东京走了八十多里才回来，虽然他既冷又累，但不能在家待太长时间，三天后必须离开马笼，前往飞弹任职。于是，半藏从马上卸下行李，给孩子们拿礼物，开始讲述他离家这段时间的故事以及东京的传闻。村里人早就打听到他回来的日期，为了确认他平安归来都蜂拥而至。来自松本市的教员小仓启助带来了神坂村小学的消息，马笼镇的前组长笹屋庄助讲述了山林事件和村里鼓励养蚕的政策，荒町的松下千里讲述了重建诹访的事情。

半藏回家只待三天，对家里人来说实在是太匆忙了。阿民把地炉换成大号的，用乡下的大地炉温暖丈夫那冻僵的身体。她正跟半藏说起女儿阿粂和福岛植松家的亲事，继母阿万端着一个老式烟灰缸走过来，对半藏说道："咱家不能没有主事的人。虽然宗太年仅十八岁，但他是个孝子，在村里口碑极好，如果让荣吉来辅佐他，再让清助帮忙，咱青山家就是锦上添花了。趁你去水无神社前，把家督让给宗太，让他按照自己的想法去做吧。"

继母阿万已是白发苍苍，她用手托着下巴，缓缓抬头看了看半藏，似乎在强调自己的决定如何英明。继母又一一指出半藏在经营方面的不足，半藏无言以对。

半藏这次回乡将是他一生中最难忘的经历，四十四岁被逼隐退。这比上一任吉左卫门早了二十年，吉左卫门六十四岁隐退，将庄屋之位传给半藏。上上任半六老先生六十六岁时引退，半藏比他早了二十二年。

在这寂寞、慌乱的生活中，半藏一有空闲就跑去隔壁伏见屋。看到伊之助平安无事，半藏非常高兴，并由衷地感谢他为自己所做的一切。虽然可能会被继母骂，但半藏还是把吉左卫门留给他的林地分给伊之助，用来偿还以前的债务。

他还说，长子年纪轻轻，不知能否撑下去，但好在阿民在他身边。自己已经不适合住在青山的旧宅子里了，所以听从了继母的安排。说完便折回家中，长期独身的男仆佐吉向他走来，他那双皲裂的大手在半藏面前微微攥成拳头。佐吉说，终于可以自由了，想回山口村娶个老婆成家立业。

"老爷，我有个请求。"

"佐吉，你说说看。"

"不知道您知不知道，我至今没有姓氏。"

"啊，佐吉还没有姓氏吗？"

"嗯，我想和大家一样，有个姓氏。如果您能给我赐个姓氏，那我在这里工作这么久也值了。"

照佐吉的说法，自己姓什么都可以。像许多身无分文的人一样，佐吉的父母一生忙于手中的农活，以至于什么都没留下，甚至连一本族谱都没有。他们都是默默地工作，默默地死亡。佐吉对于姓氏没有什么特别讲究，但毕竟是从自己这一代开始的，所以想找个和自己有关的姓。

因为佐吉平时在驿站北边的松林里工作，所以半藏问他姓北林如何，半藏按他的要求给他赐名北林佐吉。还叮嘱他一回到山口村，就把这事报给村公所。半藏把家里祖传下来的田地分给这个男人，允许他在担任仆人的同时耕种稻田。佐吉性格古怪，甚至被说患有厌女症。他没有夜间休息的概念，白天在木屋里工作，晚上在主屋的地炉边工作，主人们吃的蔬菜都是他亲手种的。

距离旧文件移交的时间越来越近了。半藏望着先祖留下的两根长矛，又打量了一下山上家赠的传家宝，心中五味杂陈，不论是木曾山通行簿、年度进贡目录，还是青山氏族谱、家宅账簿无不倾注了他多年的心血。半藏席不暇暖，他在旧桐木书桌前坐下，还来不及看一眼这些，便起身整理留给宗太的账本。阿粂装作若无其事的样子来房间门口张望，这让他想起来当年三个职位相继被废除时，女儿的表情。在这个家里，最容易陷入崩溃的就是这个早熟的女儿。

"是阿粂吧？"半藏边整理边喊，房间里到处都是旧文件。

这年，阿粂迎来了二十岁。原本打算以死来争夺自己婚姻主权的女儿，意外地收到福岛植松家传来的联姻消息，一个偶然的机遇将他们的命运结合起来。

"父亲，我终于下定决心了。"

阿粂说完紧了紧红色的衬领，好像要遮住前年留下的伤疤，然后走过大厅躲到了西边走廊昏暗的地板旁。

三天后，半藏动身前往中津川。这次飞弹之行，半藏不是不想带着妻子一起去，只是不让妻子立刻跟过去，他想先安顿下来，再把妻子接过去。如果阿民不留在马笼老家辅佐宗太，这个家怕是很难维持下去。仆人佐吉也不愿意离开半藏，说至少要送半藏到飞弹的宫村，半藏没让他跟着。他把行李挂在马上，让经常出入飞弹的百姓兼吉牵着，从新茶屋离开了马笼镇，沿着信浓和美浓边境的十曲岭向前走。

半藏在中津川拜访了两位老朋友，给他们讲述了东京的平田老先生以及同门医生金丸恭顺等人的故事。遗憾的是，长期卧病在床的香藏再也站不起来了。香藏是个沉默寡言的人，再次见面还是老样子。

一想到前面陡峭的山路，半藏心里就充满了恐惧。他看了看陪他去宫村的兼吉，他们商量骑马去，到了山路再用牛驮行李。据说只有像牛一样短而有力的腿才能如履平地般穿越山坡上的岩石。在他穿过雪地到达飞弹之前，半藏在景藏家给马笼的伏见屋写了封信，内容如下。

致小竹伊之助：

　　我提笔写下此信只是暂时与君告别。此次飞弹之行是上天赋予我的使命，我离开马笼，来到了中津川，只为给生活在高原的人们开辟一条令他们满意之路。如今，飞弹人民都在等待我的到来，也许两三年之后，自己会蹉跎而归，也许会化为尸骨而归，但我想，只要能完成上天的使命就足够了。我想从心底里感谢你，感谢你在我去东京后给予我的所有帮助。

　　女儿阿粂的事儿就拜托你了。希望今后也多帮帮她。等到她出嫁的时候，我会回村，这是我唯一的心愿。我现在身体健康，心情也很平静。

　　祝君平安！

半藏

第十三章

　　四年后，一个英国人在夫人的陪同下从东京经东山道沿木曾西行，这位英国人名叫格列高利·霍尔瑟姆（Gregory Holtham），于明治六年来到日本，作为日本政府聘请的铁路建筑师，接替上任总建筑师恩格兰的工作。明治七年到十年是这个国家的动荡时期，发生了佐贺之变、征台之战、西南战争等，所以政府支出巨大，铁路建筑等工程难以按照最初的计划进行。当时东京和京都之间的线路究竟规划在东海道还是东山道，政府也没有明确的方针。由于各种迫不得已的情况，各地的测量进度一直止步不前。当时只完成了铁路支线东京到横滨线的测量，神户和京都之间只于前年测量了京都大津间的距离。霍尔瑟姆将工作委托给横滨管理铁路的二把手，请了几天假，特意去拜访了主管西神户和京都线路的英国铁路建筑师。

　　明治十二年，木曾路迎来了初夏，即使对霍尔瑟姆这样不习惯住在乡下的人来说，也是一个舒适的季节。然而，这个古老的街区很少有西洋人来过，异国的风俗文化总能引起山里人的注意，这也给他添了不少烦恼。虽然现在是世界交融的时代，但在木曾一带，还是第一次见到偕夫人出行的外国人。

　　霍尔瑟姆决心来日本，可不是为了游山玩水。在他来日本前，与他同国籍的维卡阿斯·博伊尔早先来到了日本，受日本政府委托成为规划日本铁路设计的首席建造师。博伊尔曾经对东山道进行了两次实地考察，一次是在明治七年五月，另一次是明治八年九月。霍尔瑟姆此次的目的是对博伊尔勘察的地点进行二次勘察，以备日后参考。

最早劝说日本铺设铁路的是欧洲人，他们早在日本开放之前就预料到了这一点。有人来日本的目的是在江户和横滨之间修建铁路；有人来日的目的是获得修建铁路的许可证；有人是为了找一份测量员或建筑商的工作，或者推销建设铁路专用材料和设备；还有人抗议新政府撤销了幕府曾经授予修建铁路的权利，这些外国人纷至沓来，由此可以看出彼此间的竞争是何等激烈。其中，英国公使帕克斯先生以明治二年东北和九州地区的饥荒为例，提出亟须建造铁路才能缓解饥荒危机。在他的劝告下政府决定启动铁路项目。当时一位英国的权威人士愿意为日本政府提供建设铁路所需的资金，由此推动了铁路建设的进程。英国的铁路建筑师们陆陆续续来到日本这也不足为奇了。

当时，日本首次制造的两艘新舰，分别命名为"清辉"号和"筑波"号，于明治十二年春首次试航，并获得了一致好评。其实，日本的航海技术不足二十年，但他们能够独立建造船只，任用本国的导航员操作船只，访问日本人从未去过的地方，在从未见过这等场面的日本人看来，这是个全国人民都信心满满的时代。当时日本的铁路项目仍处于起步阶段，必须学习欧洲的技术。幸运的是，日本聘来的第一个铁路技术人员埃德蒙·莫雷尔，他不仅有组织才能，也很有见识，在他看来，如果日本想在没有欧洲帮助的前提下，将来能独自建设铁路，有必要建一个铁道方面的学校，为铁路建设培养自己的工程师，这可是个相当有远见的人。

之后来日本的是博伊尔。博伊尔作为首席建筑师将莫雷尔的工作范围扩大了数倍。他说，规划一条横穿日本的铁路要以国家利益为主要目的，这无疑是个重大又有意义的项目，但又绝非易事。他向政府递交了一份申请书，认为先要确定基本路线，之后的支线都要以此为基础连接起来，这是世界各国铁路建设的实况，日本也是如此。博伊尔还表示，东山道公路是全国最适合修建铁路干线的地方。其原因是，东山道公路靠近海边，方便水运，如果在这里铺设铁路，不仅可以运输产品，开辟山区，还可以改善东西两京及南北两海的交通。正是考虑到这一点，博伊尔带领测量队两次勘察东山道，为东京和京都之间的铁路路线制订了基本规划，并向政府报告了调查结果，详细说明了东山道和尾张线的基本情况、建造方法、建筑材料和劳动力，并将运输、地质检查、运费等一一列了出来。

霍尔瑟姆在日本的行程大致是按照之前英国建筑师博伊尔的标记规划的。博伊尔计划的路线是从东京到高崎，从高崎到松本，再从松本到加纳。此方针是从松本经洗马、奈良井，在赤城山南面到薮原后面的山脚开凿隧道，火车从隧道中开出来。然后沿着木曾川，经薮原和宫越之间的河岸，离开德元寺村，沿着河岸到达木曾福岛，经过上松、须原、野尻和三留野站到达美浓地区。

当霍尔瑟姆进入木曾路时，被山谷的美景震惊，突然间意识到博伊尔是如何做到以平和的心态冷静地观察这片宽阔的森林的。根据博伊尔的记载，奈良井和薮原之间的赤城山是日本西北和东南两海域的分界处。

木曾川在薮原一带只能算条小河，河流从御岳山流出与其他支流汇合，水量急剧增加。锦织村位于东山道太田站约九英里上游处，考虑到这样的地理位置，政府首次在太田站和锦织村开通了往返船运。

从御岳山到王泷川之间，一到冬天就会大量砍伐树木，主要是铁杉和松树，这些木材借助河水的力量，从木曾川漂流到锦织村，并在此处集中把木材组装成木筏，然后送到尾州湾。博伊尔的观察不仅限于此。

木曾川的上游有大量的山毛榉，但是由于重量问题，无法水运，再加上陆路运输需要花费高额费用，所以山毛榉从不出口，如果能实现东山道铁路的建设计划，意味着将来这个多山国家的开发将会迅猛发展。

来到马笼，霍尔瑟姆把这些规划牢牢地记在心里。博伊尔没有把邻村的妻笼到马笼一带列入设计范围内。在博伊尔看来，这里山地丘陵遍布，将铁路线从三留野站移到木曾川对岸会更好。尽管如此，这将是一个大计划。他的目的是从国家利益出发，重点发展内陆地区，让内地和沿海之间的往返交通更加便利。他还考虑到铁路建设初期往往会有强烈的反对意见，以及有些人出于保护自然的目的可能会反对建设铁路，所以必须做好充分的心理准备。在三浦屋的房间里，霍尔瑟姆思考着这些问题，并想象着未来交通革命会给这个美丽的山谷带来怎样的变化。

第二天一早，霍尔瑟姆一群人从三浦屋出发，沿着西边的美浓路继续视察之旅。老街的人们对此一无所知，既不知道政府未来在交通方面的规划，更不知道开国的成效已经发展到了这种程度。

伏见屋的伊之助在家里养病。当他听到英国人在马笼过夜的消息后，在床上回忆着二十多年来的镇上生活。从他有限的知识来看，自嘉永时代以来，西洋船的到来使得海岸防御成为必要，德川幕府及其宗族为了防御海岸不得不节约日常开支，日常开支的缩减从某种程度上促进了参勤交代制度的废除，改变了东山道之前的社会状况。

明治初期已经不能叫作"光复"了，很多人都称之为"明治维新"。不仅是马笼的自己，镇上的人们都暗自心惊。事实上，镇上的人们既是商人又是百姓，他们的心理并不像外界想象得那么单纯。还有那些在武家忍受了多年屈辱的武士仆役，如同机械一样卑躬屈膝生活着，难道他们不希望自己活在新时代吗？随着封建制度内部的瓦解和欧洲人的东移，这种社会大变革，是否足以证明日本自古以来从未处于如此急剧的改革旋涡之中？不知是神经过度紧张还是身体过度疲劳，总之，他也说不清楚。

　　十月下旬，半藏辞掉了工作四年有余的水无神社神官一职，急匆匆地踏上了归乡之旅。他把在神社忙里忙外的杂役六三郎当作随从一同带上路，跨越飞弹和美浓边界，回到了家乡。

第十四章

一

　　不知不觉中，连美浓的落合都知道，青山家的支柱已经动摇。始于永禄、天正年间的悠久传统和历代家谱无不在诉说着青山家的古老历史。谈及马笼旧本阵，这间遭受暴风雨侵袭的老宅，同一条街道的无人不知。如果说马笼是木曾路的西端，那么落合便是美浓路的东侧入口。

　　落合稻叶屋的胜重早在明治十七年三月就听说了此事，还得知半藏已和继承了家产的宗太夫妇分居，搬到了一间小隐宅。胜重无法忘记作为半藏的住家学生在马笼旧本阵度过的三年时光。明治十九年春，他已接近不惑之年。历史悠久的青山家也无法逃避落魄的命运，这对于他来说并非事不关己。事实上那段时期，他时常和那些受过半藏照顾的人聚在一起，商量要找些办法安慰老师。至今为止，接受过半藏教诲的人中，胜重最是前途无量。现在他继承了祖辈的家业，从事酿酒工作，因为直到上一代一直担任落合的年寄役，所以经常到村里开会议事，异常忙碌。胜重时常挂念许久未见的老师，突然想回马笼看看。出门时他手里提着一个细长的酒桶，里面尽可能多地装满酒。据说老师的酒量了得，一直注重健康的他在出发前寻找礼物时，还是带上了好酒想给老师尝尝。他说这是落合的酒，想请老师尝尝与马笼伏见屋的酒有何差别，盼望着看见半藏尽兴畅饮的表情。在胜重看来，当初的本阵也好，问屋或庄屋也罢，都是半藏从祖辈那里继承的职务，站在村民之上位于地方自治的首要位置，不可否认半藏在经济管理方面存在诸多问题，但他更专心于公共事业。虽然为旧藩士族制定了补助措施，发放了一种叫作禄券的福利，但庄屋、本阵、问屋没有任何好处。明治维新时期他们待遇微薄，这种时候，作为半藏的学生，虽然对于即将倾覆的青山家的命运无能为力，但他希望至少能让老师安详地度过晚年。之所以这样说，是因为自飞弹的孤独之旅以来，半藏无论是精神上还是肉体上都发生了某种变化，在这片狭小的土地上，胜重自然也有所耳闻。

与四月上旬的美浓不同，马笼上方春日迟迟，胜重在这样的午后，踏上霜雪消融的道路，来到半藏的隐居地。这栋名为静屋的二层小楼，位于距离青山本家稍远的马笼内侧。沿着从落合到马笼的路，在到达旧本阵之前右拐，就可以找到这间静屋。胜重来访时恰好老师正在忘情地高声读书，在屋外也能听到二楼的声音。入口的墙壁外放着一块浆洗衣服的木板，却不见阿民的身影。胜重在落尘区坐了一会儿，等待读书声结束。在此期间，他有时间仔细观察老师将度过余生的房屋。这栋小楼的楼下只有一间卧室和厨房，木曾山的木材，木质紧实，有恰到好处的古朴沉稳之感，看来半藏在这里过着简朴的生活。不一会儿，半藏惊讶地从二楼下来迎接胜重。半藏舍弃了过去的总发，将头发剪短，形象干净清爽。每次胜重来访，半藏的神色和表情都不一样，有时脸色苍白，有时面色红润。半藏身体强健似上代吉左卫门，放在膝盖上的手像把小蒲扇。当天阿民去本家帮忙不在家，半藏要去泡茶，胜重趁机取出了从落合带来的酒。

半藏瞪大了眼睛，开心得像孩子一样："哦，胜重带酒来了啊。"平日，半藏的继母、宗太夫妇和亲戚们总说隐居要有隐居的样子，饮酒当慎重。

"胜重，太感谢啦！现在我家的人过来，只想让我服老。"

"哎呀，家人也是为了老师着想嘛。"

"但是啊，胜重，我现在整日独自面对着大山，时常会想起从前的事情，根本没法静下心来读书。"

半藏小心地把胜重给他的礼物藏到厨房，不一会儿微笑着折回来。

半藏在静屋迎来了第二个春天，东京的平田铁胤老师已经故去。不仅如此，他还送别了中津川的朋友香藏。半藏忍受着故旧逐渐逝去的寂寞，抓住许久不见的胜重，不愿轻易让他离开。但胜重只是看到老师的面容便已很满足，由于有其他事情，不一会儿就打算辞别，半藏追到了屋外，对胜重说："话说回来，胜重，文久三年你我二人去御岳山参笼的日子，不就是这会儿吗，现在天气真好啊！连黄莺都飞进了山谷。"

说话间，胜重已经起身回去了。在胜重心中，老师依旧是曾经那个老师。

二

"老师，您要去哪？"

从马笼镇去往万福寺的田间小路上，笹屋庄助和小笹屋胜之助二人叫住了半藏。

"我吗？我现在要去寺庙。"

"要去寺庙啊。"

"您这身可真有趣啊。"

半藏和庄助他们聊着。半藏身穿以前在敬意学校教书时的衣服，脚踩教书先生的草鞋，头顶新鲜的款冬叶。

"我刚才过来的路上，遇见了村里的孩子们。他们头顶着款冬叶正在玩耍，我也要了一片。"

半藏一本正经地说。他是被孤独吞没的狂人吗？还是戴着莲叶吟诵踱步的渡边方壶吗？其实半藏并非如此。他的样子仿佛在说如果不做出这样滑稽的打扮，就不能去寺庙。庄助和胜之助憋着笑，问他因何事前往万福寺。

"啊，都是一些喜欢打听事情的聒噪之人啊。那就说给你们听听吧，我现在要去把寺庙烧掉。那样的寺庙毫无用处。"

这是半藏的回答。庄助和胜之助都只认为这是半藏的戏言。当时是九月下旬，正赶上马笼秋日祭的前一天。荒町诹访分社的祢宜松下千里想要将祭典办得热闹些，神坂村的小学老师小仓启助正在全力协助。这位老师原本也是一位祢宜，他提议让孩子们穿上半背衣，随伴奏团在镇上游行，努力把乡村戏演得有声有色。受他们感染，即将迎接一年一度祭典日的氏族子弟们也打起了精神，这种快乐更多地存在于等待祭典的日子里。镇里的年轻人沉迷于笛子和三味弦的练习，欢快热闹的太鼓声就连去往寺庙的路上都能听见。

庄助和胜之助需要为祭典提供协助，但半藏的话让他们十分在意，虽然并不真的认为他要将先祖建造的万福寺烧毁，但两人还是尾随其后。不知何时头戴款冬叶的半藏，已隐没在古杉树的阴影中。

半藏踏上石头台阶，进入寺庙前的行为并没有让庄助二人吃惊。后来他们看见半藏站在本堂正面的拉门前，从衣袖里拿出了火柴。

"疯子！"

不经意间对视的庄助二人同时露出了这样的眼神。当时，火已经烧到了拉门，惊惧的胜之助为了灭火急忙脱下羽织。在一片呼喊声，提桶运水声，四处奔跑的寺院杂工和僧徒的吵闹声中，半藏被最先赶过来的庄助从后方抱住。火势并不严重，但烧至半毁的拉门已经残破不堪，本堂正门附近都是水。即使混乱平息，庄助仍牢牢抓住半藏的手腕，不打算松开。

最　终　章

一

　　庄助和胜之助二人姑且带着半藏回到了青山本家。正巧借住在旧本阵主屋的医生小道拙枀去名古屋出差，青山当主宗太也在木曾福岛的官府工作，于是亲戚熟人们聚在一起商量对策。有人说一定要让宗太回来，便连夜派人去木曾福岛送信。经过一番商量，他们决定把半藏留在旧本阵，即使去厕所也要有人陪同。

　　作为西筑摩郡书记的宗太接到通知，立刻匆匆赶回木曾，次日午后抵达了马笼。他听取荣吉和清助等人的意见，尽量安抚狂躁的半藏，不给村民们再添麻烦。堪称一村之父的半藏竟然在万福寺本堂放火，周围的人们都十分震惊，一致同意赶快请来山口村的医生杏庵老人来征求意见。他们怀疑，自献扇事件以来，半藏声名狼藉，举止异常，现在是真的疯了。

　　马上到了秋季祭礼，清助等人担心半藏，于是在祭典前夜齐聚旧本阵守护半藏，他们回到自家时听到了第一声鸡鸣。清助是祭典负责人之一，当孩子们从鸟居前出发时，他也带上梆子带头游行，祢宜松下千里头戴乌帽、身穿礼服也加入了游行队伍。

　　听说马笼祭礼重启，不少临近村落的少男少女赶来，打算在此过夜。赶了一二里山路前来的年轻人们无一不对一年一度的祭礼狂言①充满期待。年幼的马笼儿童统一穿着黑色半背衣，后背印着大片的白色家纹，腰间挂着带有小心火烛字样的黄色小袋子穿梭在城镇中，据说这是几年来未见的景象。旧街道上空响起笛子和三味弦的声音，伏见屋前方一群年轻人跟着木曾的节拍围在一起载歌载舞，热闹程度可见一斑。人们就这样享受着祭典，完全忘记了半藏在寺庙放火一事。

为何半藏想要烧毁与青山家渊源深厚的万福寺呢？许多村民都找不到个中缘由。这是很久以前皈依禅宗的青山先祖道斋为村民建造的万福寺，现在的住持松云和尚为人善良，待人和善，就连半藏自己平日也经常对他表示感谢。春分来临时，他会到村里托钵绕行，在佛前放上团子和糕点供奉各家神灵，无论是拂晓的十八声大钟，还是早课诵经都样样不落。再比如，他会为观音堂念佛的老婆婆拿出茶点，为要祭祀稻荷大明神的年轻人借出寺庙的地皮，也不忘为檀家重建分发充满诚意的护身符、纳豆或者竹笋，只要是能加深与村民关系的活动都当成寺庙的节日举办。半藏将松云如此不懈勤勉修行的寺庙视为无用之物，欲将其烧毁，真是出乎所有人的预料。

山口村的杏庵老师在祭典最热闹的时候赶回了旧本阵。自前日以来亲戚们的意见各一，现在将根据老人的诊断决定。重担在身的杏庵急忙来到半藏的卧室诊脉，但医生说一两次的诊断也很难弄清楚。不过杏庵知道半藏平日喜欢喝酒，且酗酒成性，再从他的失眠症和面色推断，断定半藏至少有精神方面的异常，提醒大家不要忽视对病人的照顾，并说会配好安眠药送来，建议在本人不注意的情况下倒入茶里服用。不过半藏本人一脸自己明明没有生病的表情，莫名其妙地接受了医生的诊疗。

---

① 狂言，日本古典艺能之一。室町时代形成的台词剧、滑稽剧，分为本狂言、间狂言。

这件事传开之后，村民一片哗然。有人说如果老师趁看护人员不注意从屋子里逃出，不知道又会做出什么荒唐事。如果在万福寺放火时，没有人抱住老师，大火必然旋即烧上拉门，万一火势蔓延到茅草屋顶，那么佛龛和牌位堂自不必说，纪念伏见屋金兵卫的太鼓和纪念兰溪的苦心之作屏风画都会付之一炬，到了那时候，客殿、方丈、厨房也有危险，说不定还会蔓延到寺庙的仓库，如果光天化日公然如此行事，还不是精神病人，将是天理不容。有人言辞激烈地说，幸好火灾没有扩大，如果被警察分局知晓肯定大事不妙，如果青山的亲戚们想在内部解决，为什么不把老师转移到安全的地方，严加看守，采取恰当方法让村民安心呢？

半藏的表兄荣吉是亲戚中最具有决断力的人。事已至此荣吉也没有办法，次日一早命人把里面的小木屋收拾出来，将那里作为半藏的活动场所。又匆忙喊来村里的工匠，紧急打造高窗，铺设隔湿地板，以及看护人员休息的单间设施，加急施工，避免有缺漏。最后邀请镇里的官员来检查，向他们说明已经把小木屋的西侧作为半藏的活动场所，还特别郑重地上了锁。毕竟是身材高大、脚踩特制鞋袜、腕力惊人的半藏所在的地方，在竖起拉门的地方还特意建造了坚固的栅栏。

二

惠那山的雪来得尤为早些。十月下旬已经飘来了山中的第一场雪。进入十一月，山里的孩子们已经有人穿上了厚衣服。无论是早起百姓手上的晨霜，还是皮肤的皲裂，都让人想起即将到来的漫长冬天。

自胜重回去之后，小木屋越发冷清。小木屋背靠后山朝北，采光极差，夜晚更加黑暗。看护人员考虑到用火危险，不敢搬来

黎明之前

被炉让他暖和冻僵的身体。即使一心照顾丈夫的阿民也一样。

然而，没有人提议是时候把半藏从那个房间放出来。所有人都说想让老师更长久地待在那里。小木屋的封锁更加严密了，看守们交替进入单间。夜晚外面有人敲打着小心火烛的梆子，从伏见屋到稻荷神社来回巡逻。

某天午后，罕见的猛烈冰雹向马笼袭来。霎时，厚重的乌云从深秋的天空垂下，比雷雨时的霰更大的冰雹落在小木屋的屋顶。冰雹过后天空重见光明，庄助和胜之助两人一起出来巡逻，他们有些担心半藏，便向着他的住所走去。途中二人遇见的百姓全都一脸惊恐的样子。他们有人在挖牛蒡的时候遭遇冰雹；有人在耕田时遭遇冰雹；有人收拾好刚挖出的萝卜，只带着马逃了回来。村民们自古以来就是这样，稍有天地异变就和某种暗示联系在一起。

庄助二人去见半藏，途中遇到了清助，他说老师情况不太好。庄助他们心中暗想，半藏这样的人关得越久，放他出来的时候越麻烦。罕见的冰雹过后，即使晴天也依然寒冷，庄助二人听到半藏在栅栏内狂躁的呼喊声，不由得大惊失色。

"来吧，想进攻就来进攻吧，向我射箭！向我开炮！"

半藏的状态极不正常，这不应该是刚才冰雹时的狂躁。半藏似乎已经神志不清，正竭尽全力地与这个世界战斗，毫不屈服地尝试最后的抵抗，他抓起自己的粪便，从栅栏内扔出来，扔向庄助，扔向胜之助，也扔向清助。

"老师，您在干什么！"

庄助提高声量，打算制止半藏。比起悲哀，更多的是惊吓。

"敌人又进攻了！我看过楠正成的书，这是屎合战。"

正是因为半藏听见了旧组头的制止声。一直忍受着幽闭痛苦的他觉得捶胸顿足的哭泣远不能宣泄心中的苦闷，还要把剩余的粪便扔出去，才能彻底发泄心中的悲愤。小木屋的房间里躲避着困惑

· 336 ·

不已的人们，有人甚至险些滑倒，臭气冲击着庄助他们的鼻腔。

"受不了了！"

说着，清助、庄助和胜之助在房间的角落里找到靠在墙上的草席，披着逃了出来。

三

一切都结束了。几天后半藏在阴冷的小木屋里病倒了，到了月末还是没能站起来。借住旧本阵主屋的医生小岛拙粲也从名古屋出差回来，最后给半藏诊断为脚气冲心。黎明，半藏咽气前，他努力睁大眼睛，却连看东西的力气都没有了，甚至连阿民她们的呼喊都无法应答。享年五十六岁。五个孩子中在他枕边的只有长男宗太，甚至连阿粂都没能赶上见父亲最后一面。

清晨就开始下的雨还没有停止的迹象。竹叶发出簌簌的响声，每场雨都让人觉得山村里的冬天更近了一步。阿民她们在半藏的枕边隐约地听到第一声鸡鸣时，他已经离开了人世，阴暗的天空开始放晴，淡蓝色的阳光从高窗射入房间。大家给半藏清洗身体时，已经是早上了。遗骸放在青色的席子上，枕头的位置也变了，病床已是阴床，不过在阿民她们眼里，半藏似乎还在沉睡。

荣吉、清助、庄助、胜之助先后来到小木屋。隔壁的二代伊之助、半藏的两名年轻学生、伏见屋的三郎和梅屋的益穗都来了，站在人群中眼噙泪水。大家都希望早些将遗骸转移到别处，不想放在这间不祥的屋子里，但要转移到主屋，还是转移到隐居室的静屋，大家又有不同意见，很难统一。希望选择主屋的是山里的人们，但有人说让医生腾出地方哪怕两三天也不是故人的本意。又有人说，难道要在静屋那幢小楼里举行老师的葬礼吗？拙斋自己建议定在主屋，他的意思是，希望用这间悠久历史的房屋送别曾经兼任马笼本阵、庄屋、问屋的最后一人。

雨下个不停，大家趁雨势稍小的时候在半藏的遗骸上披上蓑衣，运出了小木屋。一个百感交集的场景由此展开。生前常说自己对古老的青山家已经毫无用处的半藏，再次回归旧本阵的屋檐下。把用被子包裹着的旧主人从小木屋搬回主屋，主要靠强壮的男仆佐吉，还有农民朋友兼吉和桑作。宗太、三郎、益穗等人撑着雨伞在前后护送。

半藏的死讯传到马笼以外的地区，不少学生从郊区赶来吊唁，其中最急迫的是落合的胜重。

胜重来到本阵时，老师的遗骸已经被安置到主屋里了。他先对青山的家人表示深切哀悼，然后走进客厅，跪在古老神葬的白木祭台前，额头贴在榻榻米上，敬拜老师。半藏庄严的面容，仿佛战胜了世间所有的悲伤和痛苦。棺材还没到，荒町的祢宜也未露面，暂时主要是马笼的人聚集在此。胜重和宗太去寻找埋葬地点，由于家政改革后提倡节俭，于是选择了万福寺山腰的那片墓地，并通知了寺庙。胜重对此非常遗憾，他说无论如何都想要找一处合适的地方厚葬老师，他提议如果墓地旁边寺庙的田地能出让的话，他们这些学生在费用方面愿略尽绵薄之力。这是因为胜重知道，青山家的墓地已经被祖辈排满，再分不出地方了。

"学生一来就说些麻烦事。"

宗太的眼神如是说。不过，竟然也被这些人对父亲的惋惜之情打动，宗太颠覆了节俭的观念，最后采纳了胜重的意见。荣吉和清助得到宗太授意，冒雨出去重新寻找墓地。

悲伤的夜晚来临。灵柩前亲戚故旧聚集，大家一直等候的寿平次、实藏，以及木曾福岛的阿条夫妇仍未露面。毕竟是旧本阵的事情，过去联系颇多的十三位百姓人家、木匠、榻榻米商户以及梳发屋的人都来了，半藏生前的话题说之不尽。有人说至今都无法忘记小时候偷偷跑进院内偷摘巴旦杏，被人从后面重重打过，那个人就是老师。还有人说无法忘记半藏经常在袖子里放蜜柑分给村里的儿童，自己幼年时就是被蜜柑诱惑，踏上了去老师家读书学习之路。

明治十九年十一月二十九日夜，深山雨水来临。胜重一边听着初冬的雨声，一边听着村民们坐在一起诉说着回忆，从巴旦杏和蜜柑这些琐碎事上可以看出老师高尚的品格。

次日午后，胜重和伏见屋的主人（二代目伊之助）来到万福寺门前。寺庙移交墓地的交涉已经完成，胜重等人想去打个招呼，同时看看埋葬老师的地方。老师的葬礼定在十二月一日，借用寺庙的场地作为仪式会场，同时受宗太委托前来商量相关事宜。胜重几乎一夜没睡守在老师灵前，老熟人伏见屋也只睡了两个小时，他们在老师灵柩前聊到天亮。第二天还要举行葬礼，他强行扛住疲劳，报答生前对自己特别照顾的老师。

松云和尚感念自万福寺建立以来与青山家代代的情谊，尤其是与半藏在敬意学校的情分，和尚为了表达自己的心意，将胜重等人迎入方丈，告诉他们，会场的准备工作已基本完成，作为寺庙方，墓地转让等事也会尽可能地提供便利，并拿出茶点招待两位客人。松云还是一副禅僧的沉着模样，希望向胜重打听些事情。他问二人是否认为半藏放火一事是疯狂的举动，和尚说他自己并不这样认为。为何松云会有这样的想法？这是因为他想起半藏不是从晚年开始才认为寺庙是无用之物的，自问屋、庄屋被废除之时，半藏就萌生了这样的想法。那时半藏就想过，僧侣是否应该同样被废除呢？半藏创立敬意学校之初，把寺庙本堂用作临时教室时，松云已经感觉到了半藏的意图。这意味着半藏主张完全废佛，可如今信教自由已被承认，在山上放火烧庙的行为虽然很幼稚，但其影响很难说是微乎其微的。这不就是半藏的目的吗？平田门人的复古运动刺激了佛教徒的觉醒，如果没有遭受如此强大的冲击，恐怕大部分佛教徒也会如同德川家族一样在颓废和堕落中沉沦。只能认为半藏被与生俱来的专注和感情驱使，由于教部省前后不一的做法导致了他信教自由的不彻底性，最终招致了这样的结果。这是松云的看法。另一方面，和尚作为当事人，更不能忽视半藏这种不可思议的行为。不过直到现在，松云没和其他任何人提过，直到半藏死后，他才告诉了胜重等人。当时，胜重凝视着白眉和尚的脸，说道："住持，您有这样的想法，为什么不早点说出来，救出老师呢？"

在松云看来，一切都是时势，和尚也无能为力。如果半藏没有违逆时势，也不会为了百姓被打压。松云对胜重等人说，本没打算见死不救，但事实上还是见死不救了，叹息不已。

"不过，这一次我也领悟到了世事无常。"

松云说着取出了包袱里的东西，似乎和尚的本心就蕴含其中。令人惊讶的是，即将迎来七十岁高龄的和尚，踏上长途旅行的愿望就在这里。

松云平时总说四不斗。不与命斗，不与法斗，不与理斗，不与势斗。当时，和尚明确表示他对半藏想要烧毁的寺庙没有任何贪恋，并想要以此为死者祈福。他和胜重等人说，只是就此放弃法务和寺庙不是报答半藏的方式，让出住持的职位前他会继续照顾后继弟子，修缮漏雨的本堂屋顶，直到心中没有遗憾。他立志在七十岁生日那天开始游历全日本，以一根锡杖为依靠，任凭风雨，不负先贤，如同奔赴战场一样离开熟悉的马笼。和尚为今后的住持写下了万福寺重大活动的备忘录，为弟子留下了禅门训诫："佛世难遇，正法难闻，善心难起，人心难得，万事难全。"一切准备妥当，和尚还准备了旅行的护身符袋，说着从包袱中取出了青锦布的袋子。然后打开袋子拿出刻有梵文经的贝陀罗树叶和水天宫的护身符。古人经常客死他乡，短暂的生命不知将在何处终结，所以和尚还在寺庙留下了遗书。

之后，胜重和伏见屋主人辞别和尚，离开了万福寺。胜重看着同伴说道："没想到老师最后竟是这样去世的，让我们厚葬他吧。"

二代目点头称是。

雨过天晴，暂时看明天的葬礼可以顺利举行。胜重等人沿着墓碑林立的狭窄小路，查看半藏的墓地。它位于杉树林间，这是半藏祖父半六、父亲吉左卫门、伏见屋金兵卫、前代伊之助等故人的永眠之地。墓碑被昨夜的雨水淋湿，有些还没干，有些刚褪去水渍，走过这些墓碑，来到杉树林尽头，可以看到新开墓地生起的篝火。旧本阵男仆佐吉、百姓兼吉和桑作在那里挖土，为下棺做准备。

胜重来的时候，清助已经到了。寺庙转让的田地大部分地面已经整平，周围的灌木也收拾干净了，从缓坡向山谷方向可以看见惠那山山脚的马笼村。不止一人说这个位置适合老师，很欣慰能找到这么个好地方。兼吉和桑作有时放下铁锹，来到篝火旁，和来送行的人聊会儿天。馒头状的新坟冢上竖着写有"青山半藏之奥津城"的白木墓碑，这样的场景已经浮现在人们脑中。有人甚至想到了来年坟冢上覆盖的青草。

"清助，给远方的通知都发出去了吗？"

"应该没有遗漏。"

"东京平田家的通知呢？"

"没忘。暮田正香老师那儿也送了。"

"那森夫与和助呢，父亲的葬礼都不回来吗？"

"这个嘛，我从中津川给他们发了老师亡故的电报，但没有收到回复的消息。大概，和助不会回来了。"

清助、伏见屋主人和胜重三人闲聊着。三郎和益穗二人踏着落满杉叶的小路来寻找胜重等人，告诉他们阿粂夫妇和妻笼的人快到旧本阵了。

大家都一副如释重负的表情。有人说，青山半藏虽然晚年评价不佳，但从他死后的送行者来看，老师果然还是老师。还有人说，斗转星移，街道变更，今后这座山中再也不会有像老师这样的人了。虽然听说阿粂快到了，大家并没打算立即回去。清助深深叹息："半藏最后给人们添了不少麻烦。说什么楠正成的屎合战，即便想给他清洗身体，也洗不干净。他的一生从来没有过这么尴尬的时候。没想到那样，最后也能平静地离去……现在再想起，半藏精神异常的时候，身体应该没有大碍。后来本以为他心情稍微平静了，可身体却真的垮了……"

"非常遗憾，如果老师的身体再坚持下，就可以从小木屋出来了。无论别人怎么说，我从未见过像老师这样纯洁的人。"

"是啊，正如三郎所说。真希望老师能再活十年。"

胜重叹息。

当天，他们在半藏的墓地彻夜交谈，决定第二天迎接从奥津赶来的阿粂等人。不久，伏见屋主人、清助以及年轻的学生们相继离去，只剩下胜重一人。

这时，半藏作为旧庄屋、旧本阵、旧问屋主人的人生已成为过去。人死如灯灭，万念俱成灰。这不仅宣告着他个人生涯的终结，明治维新也到了明治十九年的重大过渡期。人们厌倦了孕育进步的保守，也厌倦了孕育保守的进步。对新日本的渴望已深入年轻人的心中，但他们只知道埋葬黑暗的封建社会，却未能看到明治维新的真正成就。在此期间，政府突然将施工中的东山道铁道干线改为建设东海道铁路干线，铁道建设在各地兴起，缩短时间和距离的交通改革像汹涌的世纪洪水，浸没了人们的生活。"未闻道，身先死。"胜重想起这句老师曾经脱口而出又耐人寻味的话，不禁悲从中来。

"就差一点了。"

挖掘墓地的男人们说。接着响起了"嘿呦"的号子声。埋葬半藏需要相当的宽度和深度，挖出的土在附近堆成小山，泥土气息浓厚。每当佐吉他们的铁锹凿进泥土，都如同敲击着胜重的五脏六腑，一声接着一声！